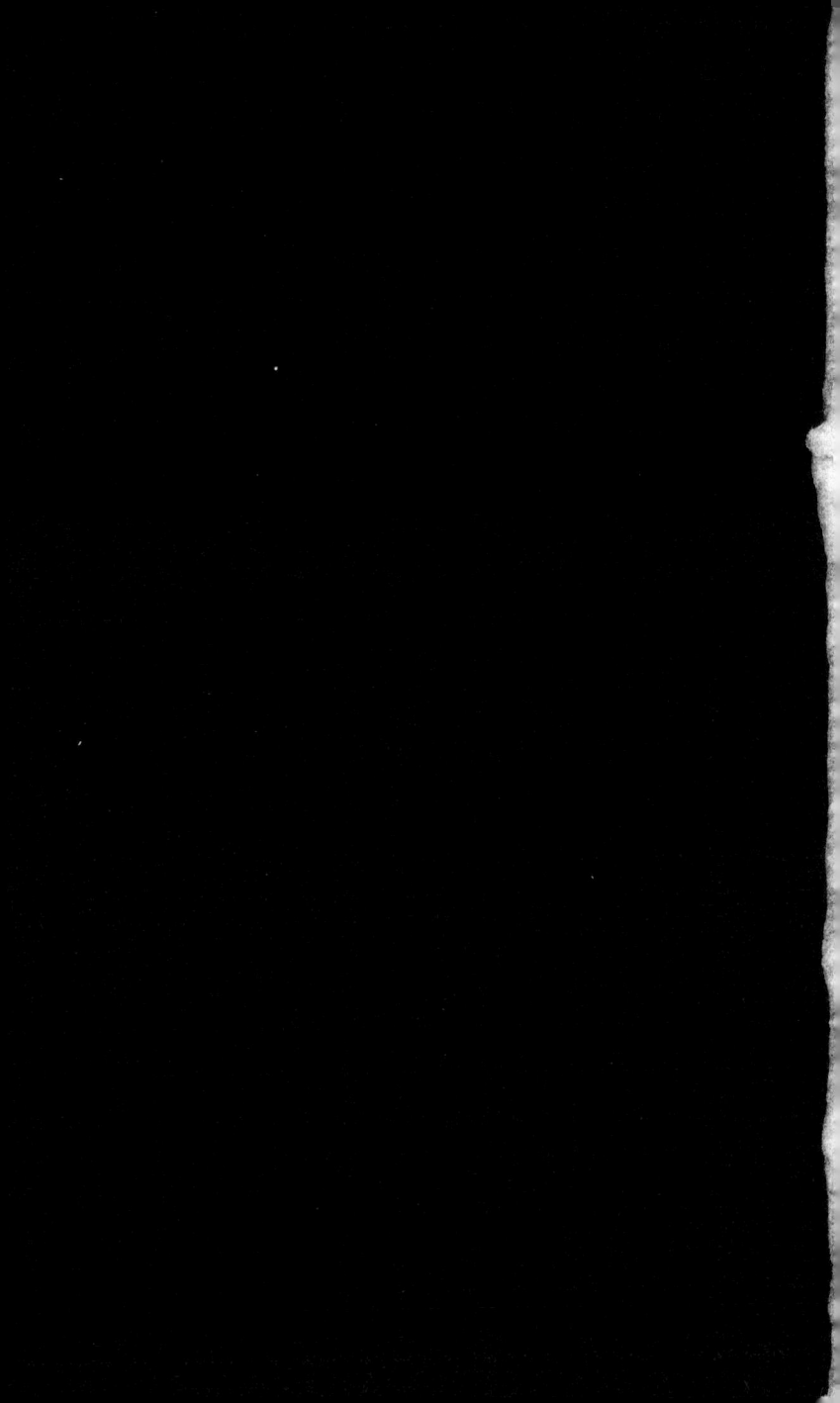

몰타의 매

몰타의 매
The Maltese Falcon

대실 해밋 장편소설 고정아 옮김

THE MALTESE FALCON
by DASHIELL HAMMETT

Copyright (C) 1929, 1930 by Alfred A. Knopf, Inc.
Copyright renewed 1956, 1957 by Dashiell Hammett
All rights reserved.
This Korean translation edition published by arrangement with
Alfred A. Knopf, a division of Random House, Inc., New York, New York through
KCC(Korea Copyright Center Inc.), Seoul.

이 책은 실로 꿰매어 제본하는 정통적인 사철 방식으로 만들어졌습니다.
사철 방식으로 제본된 책은 오랫동안 보관해도 손상되지 않습니다.

조스에게

1. 스페이드와 아처	9
2. 안개 속의 죽음	19
3. 세 여자	35
4. 검은 새	45
5. 레반트인	62
6. 조그만 그림자	70
7. 허공에 쓴 G	82
8. 허튼 수작	98
9. 브리지드	109
10. 벨베데어 호텔의 소파	119
11. 뚱뚱한 사내	133
12. 회전목마	147
13. 황제에게 바치는 선물	159
14. 라 팔로마	171
15. 이 도시의 모든 얼치기	182

16. 세 번째 살인 196
17. 토요일 밤 209
18. 희생양 223
19. 러시아인의 솜씨 243
20. 교수형을 당한다면 267

역자 해설 꼬리에 꼬리를 무는 거짓말 285
대실 해밋 연보 291

1
스페이드와 아처

새뮤얼 스페이드의 턱은 길고 뼈가 불거진 데다 끝 부분이 튀어나와서 V자 모양을 이룬다. 그 위에 자리 잡은 입 또한 그보다 유연하기는 해도 역시 V자 모양이다. 휘어진 두 개의 콧구멍도 작은 V자가 된다. 황회색 두 눈은 한일자 모양이다. V자는 매부리코 위쪽 두 개의 주름에서 뻗어 나간 숱 많은 눈썹에서 다시 한 번 반복되고, 연한 갈색 머리카락은 양쪽 관자놀이와 이마 위 한 지점을 뒤집힌 V모양으로 연결하고 있다. 전체적으로 그는 유쾌한 금발의 악마 같은 인상이었다.

그가 에피 페린에게 말했다. 「그래, 무슨 일?」

에피는 볕에 그을린 피부에 몸매가 호리호리한 여자였다. 얇은 진갈색 모직 원피스가 물에 젖은 듯 몸에 찰싹 달라붙어 있었다. 소년처럼 밝은 얼굴에서 갈색 눈동자가 즐거이 반짝였다. 그녀는 문을 닫고 거기 기대서서 말했다. 「젊은 여자 분이 왔어요. 이름이 원덜리라고 하네요.」

「의뢰인이야?」

「그런 것 같아요. 어쨌건 만나보고 후회는 안 할 거예요. 굉장한 미인이거든요.」

「들여보내.」 스페이드가 말했다. 「어서 들여보내.」

에피 페린은 문을 바깥 사무실 쪽으로 열고 손잡이를 잡은 채로 말했다. 「들어오세요, 원덜리 양.」

〈고맙습니다〉라는 소리가 들렸다. 분명한 발음이 아니었다면 알아듣지 못했을 만큼 조그만 목소리였다. 이어 젊은 여자가 안으로 들어왔다. 그녀는 망설이는 듯한 걸음으로 천천히 들어오면서, 수줍음과 탐색이 함께 담긴 코발트 빛 눈동자로 스페이드를 바라보았다.

원덜리는 키가 크고 날씬했지만, 앙상한 곳 하나 없이 유연했다. 허리는 꼿꼿하고 가슴은 봉긋했으며, 긴 다리에 손발이 가늘었다. 옷은 눈 색깔에 맞추어서 두 가지 색조의 파란색을 갖추어 입고 있었다. 파란 모자 아래로 물결치는 곱슬머리는 어두운 붉은빛이었지만, 도톰한 입술은 밝은 붉은빛이었다. 조심스러운 미소로 초승달 모양을 이룬 입술 사이로 하얀 이가 반짝였다.

스페이드는 일어나서 인사를 하고 두꺼운 손가락으로 책상 옆에 있는 참나무 안락의자를 가리켰다. 그는 키가 180센티미터에 이르는 장신이었다. 둥글게 경사진 어깨 때문에 몸이 전체적으로 원뿔 — 몸의 폭과 두께가 비슷하다 — 같은 느낌을 주었다. 새로 다려 입은 회색 코트도 그다지 몸에 잘 맞지 않았다.

「고맙습니다.」 원덜리는 아까처럼 조그만 목소리로 말을 하고 의자 끄트머리에 앉았다.

스페이드는 다시 자리에 앉아서 회전의자를 반의 반 바퀴 정도 돌려 그녀와 마주했다. 그러고는 예의 바른 미소를 지어 보였다. 입술은 벌리지 않았다. 그의 얼굴의 모든 V자가 길쭉해졌다.

달그락거리는 소리, 희미한 종소리, 에피 페린이 타자를 치는 소리가 닫힌 문 저쪽에서 들려왔다. 가까운 어느 사무실에서 웅

웅거리는 모터 소리도 둔중하게 울렸다. 스페이드의 책상에 놓인 놋쇠 재떨이에서는 피우다 만 담배 한 대가 담배꽁초들 틈에서 가늘게 연기를 올리고 있었다. 흰 담뱃재들이 노란 책상 표면과 녹색의 압지와 몇몇 서류들 위로 점점이 내려앉아 있었다. 담황색 커튼이 드리워진 창문은 20센티미터가량 열려 있었다. 그 틈으로 안뜰에서 암모니아 냄새를 실은 바람이 들어왔다. 책상 위의 담뱃재들이 바람에 떨며 가볍게 꼬물거렸다.

원덜리는 흰 재가 떨리며 꼬물거리는 모습을 가만히 바라보았다. 눈빛이 불안해 보였다. 그녀는 의자 끄트머리에 살짝 걸터앉아 금방이라도 일어나려는 듯 바닥을 두 발로 굳게 딛고 있었다. 그리고 검은 장갑을 낀 손으로 무릎에 놓인 납작한 검은색 핸드백을 꽉 움켜쥐고 있었다.

스페이드는 의자 등받이에 몸을 기대고 물었다. 「무슨 일로 오셨습니까, 원덜리 양?」

그녀는 숨을 멈추고 그를 바라보았다. 그러고는 침을 꿀꺽 삼키더니 다급하게 말했다. 「혹시…… 그러니까…… 제가…… 이런 부탁을…….」 그녀는 반짝이는 이로 아랫입술을 깨물며 말을 끊었다. 어두워진 눈동자만이 무언가 호소하는 눈빛을 보내고 있었다.

스페이드는 이해한다는 듯 미소를 짓고 고개를 끄덕였지만, 그 태도는 별로 심각할 것 없다는 듯 가벼워 보였다. 「처음부터 말씀해 주세요. 그래야 무슨 일을 해야 할지 알 수 있을 테니까요. 가능한 한 처음부터 말씀해 주세요.」

「뉴욕에서 시작된 일이에요.」

「네.」

「그 애가 어디서 그 남자를 만났는지는 몰라요. 그러니까 뉴욕 어디서였는지 모른다는 거예요. 그 애는 저보다 다섯 살이 어려요. 겨우 열일곱 살이죠. 저는 그 애 친구들을 하나도 몰라요. 자매치고는 그렇게 가까운 사이가 아니거든요. 어머니와 아버지는 유럽에 계세요. 이 사실을 알면 쓰러져 버리실 거예요. 부모님이 돌아오시기 전에 그 애를 찾아야 돼요.」

「그렇군요.」

「다음 달 1일에 오실 거예요.」

스페이드의 눈이 밝아졌다. 「그러면 2주일의 시간이 있군요.」

「편지를 받기 전까지는 어떻게 된 일인지 전혀 몰랐어요. 정말 미치는 줄 알았어요.」 그녀의 입술은 바르르 떨렸고, 두 손은 무릎 위의 검은 핸드백을 뭉갰다. 「사건의 진상이 바로 이런 일일지 모른다는 생각에 쉽게 경찰을 찾아갈 수가 없었어요. 하지만 그 애한테 무슨 일이 생겼을지도 모른다고 생각하면 경찰에 가야 할 것 같았죠. 주변에 의논할 만한 사람이 하나도 없었어요. 저 혼자서는 어떻게 해야 할지 알 수가 없었어요. 제가 뭘 할 수 있었겠어요?」

「물론 없습니다.」 스페이드가 말했다. 「그런데 동생이 편지를 보냈다고요?」

「네. 그래서 제가 전보를 쳐서 집으로 오라고 했어요. 샌프란시스코 우체국의 우편 수신부로 보냈어요. 동생이 알려 준 주소라곤 그것뿐이었어요. 1주일을 기다렸지만 답장도 없고 다른 연락도 없었어요. 이제 곧 부모님이 돌아오실 거예요. 그래서 제가 동생을 데리러 샌프란시스코로 올 수밖에 없었어요. 동생한테는 미리 편지로 알렸는데, 잘못한 것 같다는 생각이 들어요. 정말 그럴까요?」

「그런 것 같습니다만, 어떻게 해야 할지 판단하는 게 늘 쉬운 일은 아니죠. 어쨌든, 아직 못 찾으신 거지요?」

「네, 못 찾았어요. 편지에 세인트 마크 호텔에 묵을 테니 설령 집에 돌아오지 않을 생각이라고 해도 나하고 만나서 이야기 좀 하자고 썼어요. 하지만 동생은 오지 않았어요. 사흘을 기다렸는데도 안 왔고 아무런 연락도 없었어요.」

스페이드는 공감한다는 듯, 금발 악마의 머리를 끄덕이며 눈살을 찌푸리고 입술을 오므렸다.

「너무 암담했어요.」 원덜리는 애써 미소 지으려고 하면서 말했다. 「그 애가 어떻게 된 건지 아무것도 모르는 상태로 그냥 이렇게 가만히…… 앉아서…… 기다리고 있을 수가 없었어요.」 그녀는 이제 미소 지으려는 노력을 포기하고 몸을 떨었다. 「제가 아는 건 우체국 주소뿐이었어요. 그래서 편지를 한 통 더 보내고, 어제 우체국으로 갔죠. 어두워질 때까지 기다렸는데 동생은 오지 않았어요. 아침에 다시 가 보았지만 여전히 코린은 없었어요. 하지만 대신 플로이드 서스비를 만났어요.」

스페이드가 다시 고개를 끄덕였다. 이마의 주름은 사라지고, 그 자리에 날카로운 주의력이 들어섰다.

「그 사람은 저한테 코린이 어디 있는지 말해 주지 않았어요.」 그녀가 낙심한 목소리로 말을 이었다. 「아무 말도 해주지 않았어요. 그냥 코린이 잘 지낸다고만 했어요. 하지만 그 말을 어떻게 믿겠어요? 그 사람은 어찌 됐건 그렇게 말할 거 아니에요?」

「그렇죠.」 스페이드가 말했다. 「하지만 사실일지도 모릅니다.」

「그런 거라면 좋겠어요. 정말요.」 그녀가 소리치듯 말했다. 「하지만 이런 상태로 집에 갈 수는 없어요. 동생을 보지도 못하고 전화 통화조차 못했다고요. 그 남자는 저를 코린에게 데려다 주려고 하지 않아요. 코린이 저를 만나기 싫어한대요. 저는 그 말을 안 믿어요. 어쨌건 그 사람이 코린한테 저를 만났다고 이야기해주고, 만약 그 애가 원하면 오늘 저녁에 제가 있는 호텔로 데리고 오겠다고 했어요. 하지만 코린은 오기 싫어할 게 분명하다면서, 그러면 자기 혼자 오겠대요. 그 사람은……」

그녀는 깜짝 놀라서 말을 끊고 손으로 입을 막았다. 문이 열렸기 때문이다.

「아이쿠, 미안합니다!」 문을 열고 들어온 남자가 갈색 모자를 황급히 들어 올려 인사를 하고는 밖으로 나갔다.

「괜찮아요, 마일스.」 스페이드가 말했다. 「들어와요. 원덜리 양, 제 동료 아처입니다.」

마일스 아처가 다시 들어와서 문을 닫고 원덜리에게 꾸벅 고개를 숙여 인사했다. 그러고는 미소를 지은 채 손에 든 모자를 공손하게 살짝 흔들었다. 그는 중간 정도의 키에 체격이 단단한 남자로 어깨가 넓고 목이 두꺼웠다. 각이 진 붉은 얼굴은 유쾌해 보였다. 바짝 자른 머리에는 흰머리가 듬성듬성 나 있었다. 30대 초반의 스페이드보다 10년 정도 나이가 많아 보였다.

스페이드가 말했다. 「원덜리 양의 여동생이 뉴욕에서 플로이드 서스비라는 남자를 만나서 이리로 도망쳐 왔답니다. 동생의 편지를 받은 원덜리 양이 동생을 찾아 이곳에 와서 서스비를 만났고 오늘 밤 다시 만나기로 했답니다. 그 남자가 동생을 데리고 나온다고 했다는데, 안 그럴 가능성이 더 높아요. 원덜리 양은 여동생을 남자의 손에서 빼내 집으로 데려가려고 해요.」 그는 원덜리를 바라보았다. 「맞나요?」

「네.」 그녀가 우물우물 대답했다. 스페이드의 친절한 미소와 이해하는 듯한 고갯짓과 차분한 대응 속에 조금씩 사라졌던 부끄러움이 다시 돌아와 그녀의 얼굴을 붉게 물들였다. 그녀는 무릎에 놓인 가방을 내려다보면서 장갑 낀 손으로 불안스레 만지작거렸다.

스페이드가 동료에게 눈을 찡긋했다.

마일스 아처는 책상 모서리 앞에 가 섰다. 그러고는 여전히 가방을 바라보고 있는 그녀를 내려다보았다. 그의 조그만 갈색 눈동자가 대담하게 그녀의 얼굴에서 발끝으로 내려갔다가 다시 얼굴로 올라왔다. 그러더니 스페이드에게 휘파람 부는 입 모양을 흉내 내 보였다.

스페이드는 의자 팔걸이에서 손가락 두 개를 들어 짤막한 경고를 보내고 말했다.

「그건 그렇게 어려운 일이 아닐 것 같습니다. 오늘 저녁에 호텔로 사람을 보내서 그 남자가 원덜리 양의 동생에게 갈 때까지 미행하면 되는 일이니까요. 만약 동생이 그 남자와 왔다가 원덜리 양의 말을 듣고 집에 돌아가기로 결심한다면, 그건 더 좋은 일이지요. 반대로…… 우리가 동생의 거처를 알아낸 뒤에도 동생이 그 남자를 떠나지 않겠다고 한다면…… 그때는 또 다른 방법을 찾을 수 있을 겁니다.」

「그래요.」 아처가 말했다. 무겁고 거친 목소리였다.

원덜리는 미간을 찡그린 채 얼른 고개를 들어 스페이드를 바라보았다.

「하지만 조심하셔야 돼요!」 그녀가 입술을 불안스레 움찔거리며 떨리는 목소리로 말했다. 「나는 그 남자가 무슨 일을 저지를까 봐 두려워요. 코린은 너무 어려요. 그 아이를 뉴욕에서 여기까지 데리고 온 건 뭔가 심각한…… 혹시…… 혹시 그 아이를…… 어떻게 하는 건 아니겠지요?」

스페이드는 씩 웃고 의자 팔걸이를 두드렸다.

「걱정 말고 저희한테 맡겨 주십시오. 그 사람을 어떻게 다루어야 할지 곧 알아낼 겁니다.」

「하지만 혹시라도?」 그녀가 다시 한 번 물었다.

「가능성은 늘 있습니다.」 스페이드가 신중하게 고개를 끄덕였다. 「하지만 우리를 믿고 맡기십시오.」

「물론 두 분을 믿습니다.」 그녀가 심각하게 말했다. 「하지만 그 남자가 위험한 사람이라는 걸 알아 두시는 게 좋을 것 같아요. 솔직히 말씀드리면 그 남자는 어떤 일도 망설이지 않을 것 같아요. 자기 편리를 위해서라면 코린을 죽일 수도 있을 것 같다고요. 설마 정말로 그러지는 않겠죠?」

「원덜리 양이 그 사람을 협박한 것도 아니지 않습니까?」

「내가 원하는 건 그저 부모님이 돌아오시기 전에 동생을 집에 데리고 가서 두 분이 아무것도 모르게 하는 거라고 말했어요. 날 도와주면 부모님께 아무 말 안 하겠지만, 도와주지 않으면 우리 아버지가 반드시 그 남자를 처벌할 방법을 찾을 거라고 했어요. 하지만 그 남자가 내 말을 다 믿는 것 같지는 않아요.」

「두 사람이 결혼하는 건 해결책이 안 될까요?」 아처가 물었다.

「그 남자는 영국에 아내와 세 아이가 있어요. 코린이 편지에 그렇게 썼어요. 그래서 그 남자하고 도망쳤다고요.」 그녀는 얼굴을 붉히고 당황한 목소리로 대답했다.

「그런 사람들이 주로 그렇죠.」 스페이드가 말했다. 「언제나 영국 출신은 아니지만요.」 그는 몸을 기울여 연필과 메모지를 집었다. 「어떻게 생겼습니까?」

「나이는 서른다섯 정도고, 키는 스페이드 씨만 해요. 피부는 원래 검은 편이거나 아니면 볕에 그을린 것 같고요. 검은 머리에 눈썹이 진해요. 목소리가 크고 말투는 거칠고 행동에는 불안과 신경질이 배어 있어요. 그러니까 전체적으로 난폭한 인상이에요.」

스페이드는 고개를 숙인 채 종이에 메모를 하면서 물었다. 「눈은 무슨 색입니까?」

「푸르스름한 회색이고 물기가 어려 있기는 한데 약하다는 느낌은 아니에요. 그리고…… 아 맞아요, 아래턱에 뚜렷한 흉터가 있어요.」

「마른 체격입니까? 보통입니까? 뚱뚱합니까?」

「건장한 체격이에요. 어깨가 넓고 자세가 꼿꼿해요. 그러니까 흔히 말하는 군인 같은 분위기예요. 오늘 아침에 만났을 때는 연회색 양복에 회색 모자 차림이었어요.」

「직업은 뭡니까?」 스페이드가 연필을 놓으며 물었다.

「몰라요.」 그녀가 대답했다. 「전혀 모르겠어요.」

「당신을 찾아오기로 한 시각은요?」

「여덟 시 이후요.」

「좋습니다, 원덜리 양. 사람을 보내겠습니다. 그렇게 하면…….」

「스페이드 씨, 그리고 아처 씨.」 그녀가 두 손을 모아 쥐고 간절하게 말했다. 「두 분 가운데 한 분이 직접 오시면 안 될까요? 보내주시는 분을 못 믿는다는 건 아니고, 그건 아니고…… 아! 코린한테 무슨 일이 생길까 봐 너무 걱정이 돼서 그래요. 저는 그 사람이 무서워요. 그렇게 해주실 수 있나요? 금액이 올라갈 건 예상하고 있습니다.」 그녀는 떨리는 손으로 핸드백을 열고 스페이드의 책상에 1백 달러짜리 지폐 두 장을 내려놓았다. 「이 정도면 될까요?」

「좋습니다.」 아처가 말했다. 「그리고 제가 직접 가겠습니다.」

원덜리가 일어서서 자신도 모르게 그에게 손을 내밀었다.

「고맙습니다! 고맙습니다!」 그녀는 감격하며 스페이드에게도 손을 내밀었다. 「고마워요!」

「아닙니다.」 스페이드가 원덜리의 감동이 끝나기도 전에 말했다. 「기꺼이 해드려야죠. 원덜리 양이 아래층에서 서스비를 만나거나 아니면 때를 봐서 그 사람하고 같이 호텔 로비에 모습을 보여 주면 도움이 될 겁니다.」

「그럴게요.」 그녀가 약속하고 두 사람에게 다시 고맙다고 말했다.

「저를 찾으려고 두리번거리지 마세요.」 아처가 말했다. 「제가 문제없이 두 사람을 찾을 테니까요.」

스페이드는 원덜리를 복도 문까지 바래다주었다. 그가 사무실로 돌아오자 아처가 책상에 놓인 1백 달러짜리 지폐 두 장을 보며 낮고 흡족한 목소리로 말했다. 「이 정도면 훌륭하지.」 그러고는 그 가운데 한 장을 집어 조끼 주머니에 접어 넣었다. 「게다가 그 핸드백 속에는 이 녀석 친구들도 있던걸.」

스페이드는 남은 지폐 한 장을 자기 주머니에 넣고 자리에 앉았다. 「너무 열 올리지 말아요. 저 여자 어떤 것 같아요?」

「최곤데! 그런데도 열을 올리지 말라니.」 아처가 별로 재미있는 기색도 없이 요란하게 웃었다. 「샘, 저 여자를 처음 본 건 자네일지 모르지만, 이야기는 내가 먼저 했네.」 그는 두 손을 바지 주머니에 찔러 넣고 구두 뒤축으로 몸을 흔들었다.

「그러다가 일을 그르칠 수 있어요.」 스페이드가 어금니를 드러내 보이며 늑대 같은 웃음을 지었다. 「하지만 아처 씨는 머리가 좋으니까. 그래요, 머리가 좋지요.」 이렇게 말하고 그는 담배를 만들기 시작했다.

2
안개 속의 죽음

어둠 속에서 전화벨이 울렸다. 벨이 세 번 울리자 침대 스프링이 삐걱거렸고, 손가락이 나무 위를 더듬었다. 작고 딱딱한 물체가 양탄자 위로 떨어지자 다시 스프링이 삐걱거렸고, 잠시 후 남자의 목소리가 말했다.

「여보세요…… 응, 나야…… 죽어?…… 알았어…… 15분이면 돼. 고마워.」

딸깍 스위치 소리가 나더니 천장 한가운데 세 가닥 금빛 사슬에 매달린 사발 모양의 둥그런 흰색 전등이 방을 밝혔다. 맨발에 녹색과 흰색의 체크무늬 잠옷 차림인 스페이드가 침대 가장자리에 일어나 앉았다. 그는 탁자 위의 전화기를 노려보면서 그 옆에 놓인 갈색 종이 묶음과 불 더럼 담배쌈지를 집어 들었다.

열린 창문 두 곳으로 스며드는 차갑고 축축한 바람이 앨커트래즈 섬에서 1분에 여섯 번씩 울리는 안개 경보의 둔중한 흐느낌을 실어다 주었다. 탁자에 엎어 놓은 듀크의 책 『미국 유명 범죄 사례집』 한구석에 불안하게 얹힌 작은 자명종이 2시 5분을 가리켰다.

스페이드는 두꺼운 손가락으로 공들여 담배를 말았다. 흰 종이에 적당량의 다갈색 담배 가루를 둥글게 얹은 뒤, 가운데만 약간 움푹하고 양쪽 가장자리는 평평하도록 골고루 폈다. 이어 양 엄지로 종이의 한쪽 끝을 안쪽으로 말아 넣고, 양 검지로는 종이 반대쪽 끝을 그 위로 감아 올렸다. 그런 뒤에 양손의 엄지와 검지로 원통형이 된 종이의 양끝을 잡고, 위에 덮인 종이 자락에 침을 발랐다. 이어 왼손 엄지와 검지로 담배의 한쪽 끝을 잡은 채 오른손 검지와 엄지로 침에 젖은 이음매 부분을 판판하게 매만지고, 오른쪽 검지와 엄지로 담배를 돌려 왼손에 잡혀 있던 부분을 입술에 물렸다.

그는 돼지가죽과 니켈로 만든 라이터 — 아까 떨어진 물건 — 를 집어 들어 불을 켰다. 그러고는 입 한구석에 불붙은 담배를 문 채 일어서서 잠옷을 벗었다. 그는 팔과 다리와 몸에 붙은 나긋나긋한 살과 둥글게 처진 큼직한 어깨 때문에 전체적으로 곰과 비슷한 모습이었다. 물론 털이 없는 곰이었다. 그는 가슴에도 털이 없었다. 그의 피부는 아이처럼 부드럽고 발그레했다.

그는 뒷목을 긁고 옷을 입었다. 위아래가 붙은 얇은 흰색 속옷을 입고, 회색 양말을 신고, 검은 대님을 매고, 암갈색 구두를 신었다. 구두끈을 맨 뒤 전화기를 들고 그레이스톤 4500번에 전화를 해서 택시를 불렀다. 그러고는 녹색과 흰색 줄무늬 셔츠를 입고 부드러운 흰색 깃을 대고 나서 녹색 넥타이를 맸다. 그날 입은 회색 양복과 헐렁한 트위드 코트를 걸치고, 암회색 모자를 썼다. 그가 막 주머니에 담배와 열쇠와 돈을 쑤셔 넣었을 때 아파트 1층 현관의 초인종이 울렸다.

스페이드는 부시 거리가 내리막이 되어 차이나타운으로 이어지기 전에 직교하는 스톡턴 거리를 지붕처럼 덮는 지점에서 요금을 내고 택시에서 내렸다. 샌프란시스코의 얇고 끈끈하고 스멀거리는 밤안개가 거리를 몽롱하게 덮고 있었다. 스페이드가 택시를 내린 곳 몇 미터 앞에서 남자들이 골목 안쪽을 들여다보며 서 있었다. 부시 거리의 맞은편 보도에서도 두 여자와 한 남자가 그 골목 쪽을 보고 있었다. 불이 켜진 창문들에 사람들의 얼굴이 있었다.

스페이드는 흉물스러운 계단으로 내려가는 두 개의 철책 승강구를 지나 난간 앞까지 갔다. 거기서 축축한 가로대에 두 손을 얹고 스톡턴 거리를 내려다보았다.

아래쪽 터널에서 자동차가 펑크라도 난 것처럼 요란한 소리를 내며 튀어나왔다가 사라졌다. 한 남자가 터널 입구에서 그리 멀지 않은, 2층 건물 두 동 사이의 빈 공간 앞에 세워진 영화와 휘발유 광고판 앞에 쪼그리고 앉아 있었다. 광고판 밑을 들여다보기 위해 머리를 거의 보도에 대다시피 한 자세였다. 땅바닥을 짚은 한 손과 광고판의 녹색 틀을 움켜쥔 다른 한 손이 이런 기이한 자세를 지탱해 주었다. 다른 남자 두 명이 광고판 한쪽 끝에 어색하게 서서 광고판과 건물 사이의 몇 센티미터 틈새를 들여다보았다. 광고판 다른 쪽 끝에 있는 건물은 창문이 없는 회색 측벽으로 광고판 뒤쪽 공간에 면해 있었다. 그 측벽 위에 불빛들이 깜박거리면서, 왔다 갔다 하는 사람들의 그림자를 드러냈다.

스페이드는 난간에서 돌아섰다. 그러고는 부시 거리를 걸어가서 사람들이 모여 선 골목 앞에 섰다. 정복을 입은 경찰관이 흰색으로 〈버릿 거리〉라고 쓴 암청색 에나멜 표지판 아래서 껌을 씹으며 손을 들고 물었다.

「무슨 일로 오셨습니까?」

「샘 스페이드라고 합니다. 톰 폴하우스한테 전화를 받고 왔습니다.」

「그렇군요.」 경찰관이 손을 내렸다. 「못 알아봤습니다. 사람들은 저기에 있습니다.」 그가 엄지손가락으로 어깨 너머를 가리켰다. 「안타까운 일입니다.」

「그래요.」 스페이드는 그렇게 말하고 골목으로 들어갔다.

골목 중간쯤, 입구에서 그리 멀지 않은 곳에 구급차가 컴컴하게 서 있었다. 구급차 뒤 왼쪽에는 거친 널빤지들을 가로로 잇대어 만든 허리 높이의 울타리가 있었다. 울타리 너머로는 컴컴한 땅이 아래쪽 스톡턴 거리의 광고판 앞까지 가파른 경사를 이루며 내려갔다.

길이가 3미터가량 되는 울타리의 제일 위쪽 널빤지가 한쪽 기둥에서 떨어져 나와 반대편 기둥에 매달려 있었다. 비탈길 5미터 아래에 납작한 바위가 하나 튀어나와 있었다. 바위와 비탈길이 맞닿은 틈새에 마일스 아처가 누워 있었다. 두 사람이 그 옆에 서 있었다. 한 사람이 죽은 자에게 손전등을 비추었다. 손전등을 든 다른 사람들은 비탈길을 왔다 갔다 했다.

「안녕, 샘.」 그중 한 명이 스페이드에게 소리치고는 골목으로 올라왔다. 그림자가 그보다 앞서 비탈길을 올랐다. 키가 크고 배가 술통처럼 나온 사내였다. 눈은 작고 예리했으며, 입술은 두꺼웠고, 아무렇게나 면도한 턱에는 수염이 거뭇거뭇했다. 신발, 무릎, 손, 뺨이 모두 갈색 흙투성이였다.

「시신을 치우기 전에 자네가 보고 싶어 할 것 같아서.」 그가 부서진 울타리를 넘어오며 말했다.

「고마워, 톰.」 스페이드가 말했다. 「어떻게 된 거야?」 그는 울타리 기둥에 팔꿈치를 대고 아래쪽의 남자들을 내려다보며 그들의 고갯짓에 역시 고갯짓으로 응답했다.

톰 폴하우스는 흙 묻은 손가락으로 자신의 왼쪽 가슴을 찔렀다. 「심장을 뚫었어. 이걸로 말이야.」 그가 코트 주머니에서 두툼한 권총을 꺼내 스페이드에게 내밀었다. 권총 표면의 움푹한 곳들에 진흙이 박혀 있었다. 「영국제 웨블리 맞지?」

스페이드는 울타리 기둥에서 팔꿈치를 떼고 고개를 숙여 무기를 들여다보았지만 손은 대지 않았다.

「맞아. 웨블리-포스버리 자동 권총이야. 분명해. 38구경, 8연발. 지금은 단종되었고. 몇 발이나 쏜 거지?」

「한 발.」 톰은 다시 자기 가슴을 찔렀다. 「여기 울타리 위로 쓰러질 때 이미 죽었을 거야.」 그는 진흙이 묻은 권총을 들어 올렸다. 「이 총을 본 적 있어?」

샘이 고개를 끄덕였다. 「웨블리-포스버리는 몇 번 보았지.」 그는 별 관심이 없다는 듯이 대꾸하고 나서 빠른 속도로 말했다. 「여기서 총에 맞은 거지? 지금 자네가 서 있는 곳에서 말이야. 울타리를 등지고. 총을 쏜 사람은 여기 서 있었고.」 그는 톰 앞으로 가서 손을 가슴 높이로 들어 올리고 검지를 수평으로 눕혔다. 「여기서 한 방 먹이자 마일스가 울타리 위쪽을 부수고 떨어져서 굴러가다가 저 돌에 막혀서 멈춘 거야. 그렇지?」

「그래.」 톰이 천천히 미간을 찌푸리면서 대답했다. 「화약에 코트가 눌었어.」

「마일스를 발견한 건 누구지?」

「순찰 경관 실링이었어. 부시 거리를 걷다가 이 앞에 이르렀는데, 어떤 차가 방향을 바꾸면서 전조등을 이쪽으로 비추는 덕에 울타리가 부서진 걸 본 거야. 그래서 자세히 보려고 왔다가 마일스를 발견한 거지.」

「그 차는 어떻게 됐어?」

「전혀 알 수가 없어, 샘. 실링이 거기에 신경을 쓰지 않았거든.

무슨 일이 있는지 몰랐으니까. 실링 말에 따르면, 파월 거리에서 이리로 내려오는 동안 여기서 나간 사람은 아무도 없었어. 누가 지나갔다면 자기가 분명히 봤을 거라더군. 다른 출구라면 스톡턴 거리에 있는 광고판 밑뿐인데, 아무도 그리로 가지는 않았지. 안개 때문에 땅이 축축한데도 남은 자국이라고는 마일스가 미끄러진 흔적과 이 총이 구른 자국뿐이야.」

「총 소리를 들은 사람이 아무도 없어?」

「아이구 샘. 우리도 지금 막 현장에 도착했어. 누군가는 들었겠지만, 그거야 들은 사람을 찾아내야 아는 얘기지.」 그는 돌아서서 한쪽 다리를 울타리 너머로 옮겼다. 「시신을 치우기 전에 가서 봐야 하지 않겠어?」

「아니.」 스페이드가 말했다.

톰은 울타리를 넘다 말고 작은 눈을 동그랗게 뜨고 스페이드를 돌아보았다.

「자네가 봤잖아. 내가 볼 수 있는 건 자네도 다 볼 수 있을 거야.」 스페이드가 말했다.

「마일스는 총을 허리춤에 차고 있었어.」 톰이 말했다. 「한 발도 쏘지 않았지. 외투는 단추가 채워져 있었고. 주머니에서 160달러가량의 돈이 나왔어. 업무 중이었던 건가, 샘?」

스페이드는 잠시 망설이다가 고개를 끄덕였다.

「그렇다면?」 톰이 물었다.

「플로이드 서스비라는 사람을 미행하고 있었어.」 스페이드는 원덜리에게 들은 대로 서스비의 인상착의를 설명했다.

「이유는?」

스페이드는 외투 주머니에 손을 찌르고 톰을 보며 졸린 눈을 깜빡거렸다.

톰이 답답하다는 듯 다시 물었다. 「미행한 이유가 뭐냐고?」

「영국 사람인 것 같아. 자세한 내막은 나도 몰라. 우리는 그 사람의 거처를 알아내려고 했을 뿐이야.」 스페이드는 희미하게 웃고 주머니에서 한 손을 꺼내 톰의 어깨를 두드렸다. 「더 이상 캐묻지 말아 줘.」 그는 다시 주머니에 손을 넣고 돌아서며 말했다. 「마일스의 아내한테 이 소식을 전해야겠군.」

톰은 인상을 찌푸린 채 입을 열었다가 아무 말도 하지 않고 도로 다물었다. 그러고는 목을 가다듬고 인상을 편 뒤에 부드럽지만 갈라진 목소리로 말했다.

「안됐어, 이렇게 되다니. 마일스도 우리 모두와 마찬가지로 결점이 있었지만 좋은 점들도 있었을 텐데 말이야.」

「그래.」 스페이드는 건성으로 응대하고 골목을 빠져나갔다.

스페이드는 부시 거리와 테일러 거리의 모퉁이에 있는 심야 약국에서 전화를 걸었다.

전화번호를 일러 주고 잠시 시간이 지난 뒤에 그가 말했다. 「예쁜 아가씨, 나야. 마일스가 총에 맞았어…… 그래, 죽었어…… 놀라지 말고…… 그래……. 에피가 아이바한테 소식을 전해 줘야 할 것 같아……. 아니, 내가 할 수는 없어…… 그래, 고마워……. 그리고 아이바가 사무실에 오지 못하게 좀 막아 줘…… 내가 나중에 연락할 거라고. 음, 언젠가……. 그래, 하지만 정확히 못 박지는 마……. 그렇지. 에피는 정말 천사야. 안녕.」

스페이드가 천장에 매달린 둥그런 사발 모양의 전등을 다시 켰을 때, 양철 자명종은 3시 30분을 가리켰다. 그는 모자와 외투를 침대에 내려놓고 부엌으로 가서 포도주 잔과 기다란 바카디

병을 들고 침실로 돌아왔다. 스페이드는 선 채로 술을 따라 마셨다. 그러고는 병과 잔을 탁자에 내려놓고 침대 가장자리에 앉아 담배를 말았다. 바카디를 세 잔 마시고 담배를 다섯 개비째 물었을 때 1층 현관의 초인종이 울렸다. 자명종 바늘은 4시 30분을 가리켰다.

스페이드는 한숨을 쉬고 자리에서 일어나 욕실 문 옆에 있는 전화기로 갔다. 그가 단추를 누르자 1층 현관문이 열렸다. 「귀찮은 여자야.」 그는 이렇게 투덜거리고 그 자리에 선 채로 검은 전화기를 노려보며 거친 숨을 내쉬었다. 그의 뺨은 벌겋게 달아올랐다.

밖에서 엘리베이터 문이 열렸다 닫히는 소리가 들렸다. 스페이드는 다시 한숨을 쉬고 복도 문 앞으로 갔다. 무겁지만 나직한 발소리가 복도 양탄자 위에 울렸다. 두 남자의 발소리였다. 스페이드의 얼굴이 밝아졌다. 괴로운 눈빛도 사라졌다. 그는 얼른 문을 열었다.

「안녕, 톰.」 그가 버릿 거리에서 만난 술통 같은 배의 키 큰 형사에게 말했다. 그러고는 톰 옆에 있는 남자에게 인사를 건넸다. 「안녕하십니까, 경위님. 들어오시죠.」

두 사람은 같이 고개를 끄덕이고는 아무 말도 없이 안으로 들어왔다. 스페이드는 문을 닫고 두 사람을 침실로 들였다. 톰은 창가에 있는 소파의 한쪽 끝에, 경위는 탁자 옆 의자에 앉았다.

경위는 체구가 단단했다. 그의 둥그런 정수리는 짧게 자른 반백의 머리카락으로 덮여 있었고, 네모진 얼굴에는 짧게 자른 반백의 콧수염이 돋아 있었다. 넥타이에는 5달러짜리 금화를 꽂았고, 옷깃에는 다이아몬드가 박힌 작고 정교한 비밀 결사 기장을 달고 있었다.

스페이드는 부엌에서 포도주 잔 두 개를 더 가지고 와서 모두 세 개의 잔에 바카디를 따르고, 손님들에게 한 잔씩 건넨 뒤 자기 잔을 들고 침대 가장자리에 앉았다. 그의 얼굴은 차분하고 평온했다. 그가 잔을 들어 올리고 말했다. 「범죄의 성공을 위해.」 그런 뒤 술을 마셨다.

톰은 빈 잔을 발치에 내려놓고 진흙 묻은 검지로 입을 닦았다. 그러더니 무언가 어렴풋한 것을 기억해 내려는 듯이 침대 발치를 바라보았다.

경위는 10여 초 동안 포도주 잔을 바라보다가 술을 아주 조금 마시고는 탁자 위에 괸 자신의 팔꿈치 곁에 잔을 내려놓았다. 그가 엄격하고 신중한 눈길로 방을 둘러보고 나서 톰에게 눈길을 던졌다.

톰은 소파에서 불편한 듯 몸을 움직이다가 고개를 들지 않고 물었다. 「마일스의 아내에게 소식을 전했나, 샘?」

「물론.」 스페이드가 대답했다.

「뭐라고 그러던가?」

스페이드가 고개를 저었다. 「나는 여자들에 대해서는 아무것도 몰라.」

「아무렴, 모르고말고.」 톰이 나지막하게 말했다.

경위는 두 손을 무릎에 얹고 몸을 앞으로 내밀었다. 녹색이 감도는 그의 눈동자가 스페이드를 집요하게 바라보았다. 그의 시선은 마치 어떤 기계 장치로 만들어져 있어서 손잡이를 당기거나 단추를 눌러야만 거둘 수 있을 것 같았다.

「자네가 가지고 다니는 총은 어떤 종류인가?」 그가 물었다.

「나는 총을 안 가지고 다닙니다. 별로 좋아하지 않아요. 물론 사무실에는 몇 자루 있습니다.」

「그것들을 좀 보고 싶네.」 경위가 말했다. 「여기에는 하나도 없나?」

「없습니다.」

「장담하나?」

「찾아보세요.」 스페이드가 빙긋이 웃으며 빈 잔을 흔들었다. 「원하신다면 이 토굴을 뒤집어 보시죠. 불평하지 않을 테니. 물론 수색 영장이 있어야겠지만요.」

「그러지 마, 샘!」 톰이 나무랐다.

스페이드는 탁자에 잔을 내려놓고 경위를 마주 보며 일어섰다.

「무얼 원하십니까, 경위님?」 그는 눈빛만큼이나 딱딱하고 차가운 목소리로 말했다.

던디 경위의 시선은 스페이드의 눈을 따라 이동해 있었다. 얼굴은 움직이지 않고 시선만이 이동했다.

톰은 소파에서 다시 몸을 들썩이고 콧구멍으로 깊은 숨을 내쉰 뒤 한탄하듯 말했다. 「자네하고 싸우자고 온 건 아니야, 샘.」

스페이드는 톰을 무시하고 던디에게 말했다. 「경위께서 원하시는 게 뭔가요? 솔직하게 말씀하세요. 도대체 당신이 무슨 권리로 나를 포승줄에 엮어 가려고 하는 겁니까?」

「좋아.」 던디가 가슴에서 울리는 소리로 말했다. 「앉아서 들어 보게.」

「앉건 서건 그건 내 마음입니다.」 스페이드가 꼼짝하지 않고 말했다.

「제발 이성적으로 행동하게.」 톰이 부탁했다. 「우리가 다투어서 무슨 소용이 있어? 우리가 곧바로 이야기를 하지 않은 건 아까 내가 이 서스비라는 자에 대해 물었을 때 자네가 상관하지 말라는 식으로 말했기 때문이야. 우리를 그런 식으로 대하면 곤란해, 샘. 옳지도 않고 자네한테도 아무 도움이 안 돼. 우리한테는 우리 할 일이 있으니까.」

던디 경위는 벌떡 일어나서 스페이드 앞으로 다가가더니 네모진 얼굴을 치켜들고 스페이드의 얼굴에 바짝 들이댔다.

「그러다가는 조만간 발을 헛디딜 거라고 내가 전부터 경고했네.」 그가 말했다.

스페이드는 조롱하듯 입을 씰룩거리고 눈썹을 치켜 올렸다. 「누구라도 이따금 발을 헛디디는 법입니다.」 그가 일부러 온화한 말투로 대답했다.

「이번엔 자네 차례야.」

스페이드는 미소를 지으며 고개를 저었다. 「아니요, 충고 고맙습니다만 나는 문제없습니다.」 그러고는 얼굴에서 웃음기를 거두었다. 윗입술 왼쪽이 송곳니 위로 씰룩거렸다. 가늘어진 눈에는 난폭한 빛이 떠올랐다. 그가 경위 못지않은 낮고 굵은 목소리로 말했다. 「나는 이런 일을 별로 좋아하지 않습니다. 왜 내 주변을 어정거리는 겁니까? 이유를 말하든가 아니면 나가 주십시오. 그래야 잠을 좀 잘 수 있을 테니까요.」

「서스비가 누군가?」 던디가 물었다.

「내가 아는 건 톰에게 다 말했습니다.」

「톰은 들은 이야기가 거의 없던데.」

「나도 아는 게 거의 없습니다.」

「자네가 왜 그자를 미행한 건가?」

「내가 안 했어요. 마일스가 했죠. 어떤 고객이 그자를 미행해 달라며 훌륭한 액수의 미국 화폐를 집어 주었기 때문입니다.」

「그 고객이 누군가?」

스페이드의 얼굴과 목소리는 다시 평온해졌다. 그가 나무라듯 말했다.「그런 사실은 고객과 의논하지 않고는 말씀드릴 수 없다는 걸 아실 텐데요.」

「나한테 말하든가 법정에서 말하든가 둘 중 하나가 될 걸세.」 던디가 발끈해서 말했다.「이건 살인 사건이라는 걸 잊지 말게.」

「그렇겠죠. 경위께서도 잊지 말아야 할 것이 있습니다. 그걸 말하거나 말거나는 내가 선택할 일이라는 겁니다. 경찰이 나를 미워한다고 울음을 터뜨린 일이 언제였는지 모르겠습니다.」

톰은 소파를 떠나 침대 발치에 앉았다. 면도도 제대로 하지 않고 여기저기 흙이 묻은 그의 얼굴은 피곤하고 주름이 깊어 보였다.

「이성적으로 행동하게, 샘.」 그가 사정했다.「우리를 좀 도와줘. 자네가 이야기를 안 해주면 우리가 마일스 살인 사건을 어떻게 밝혀낼 수 있겠나?」

「골치 앓을 것 없어.」 스페이드가 그에게 말했다.「내 집의 송장은 내가 묻을 테니까.」

던디 경위는 자리에 앉아서 두 손을 다시 무릎에 얹었다. 그의 초록색 눈동자가 따뜻해졌다.

「그럴 줄 알았네.」 그가 말하고 쓴웃음을 지었다.「바로 그래서 우리가 자네를 찾아온 거야. 그렇지 않은가, 톰?」

톰은 목으로 신음 소리를 냈지만 말은 하지 않았다.

스페이드는 경계의 눈빛으로 던디를 바라보았다.

「내가 톰한테 바로 그렇게 말했네.」 경위가 말을 이었다.「이렇게 말했지. 〈톰, 내가 볼 때 샘 스페이드는 자기 집안 문제는 자기가 조용히 해결할 사람일세〉 하고 말이야.」

스페이드의 눈에서 경계의 빛이 사라졌다. 그는 지루해하는 눈빛으로 톰을 돌아보며 조심성 같은 것은 내다버린 듯한 말투로 물었다. 「자네 남자 친구가 뭘 원해서 저렇게 조바심을 내는 거지?」

던디는 벌떡 일어나서 구부린 두 손가락으로 스페이드의 가슴을 두드렸다.

「잘 듣게.」 그가 음절 하나하나를 또박또박 발음하면서 손가락 끝을 두드려 자신의 말을 강조했다. 「자네가 떠나고 35분 뒤에 서스비가 자기 호텔 앞에서 총에 맞아 죽었어.」

스페이드도 똑같이 또박또박 말했다. 「앞발 못 치웁니까?」

던디는 손가락을 뗐지만 말투는 변하지 않았다. 「톰 말로는 자네가 어찌나 바쁘던지 동료를 들여다보지도 않고 그냥 갔다더군.」

톰이 사과하듯 중얼거렸다. 「어쨌건 샘, 허겁지겁 도망가 버렸잖아.」

「그렇다고 아처의 집에 가서 그 아내에게 소식을 전해 준 것도 아니고.」 경위가 말했다. 「전화를 해보니 자네 비서가 가 있더군. 자네가 보내서 왔다고.」

스페이드는 고개를 끄덕였다. 그의 얼굴은 차분하다 못해 무표정해 보였다.

던디 경위가 구부린 손가락 두 개를 스페이드의 가슴을 향해 들어 올리다가 다시 얼른 내리고 말했다. 「비서에게 전화하는 데 10분. 서스비의 숙소, 그러니까 레번워스 거리 부근의 기어리 거리까지 가는 데 10분. 자네한테 그 정도야 식은 죽 먹기지. 최대한 잡으면 15분을 줄 수도 있어. 그리고 거기서 그자가 나타날 때까지 10분에서 15분 정도 기다렸겠지.」

「내가 그자의 거처를 알았다고요?」 스페이드가 물었다. 「그리고 그자가 마일스를 죽인 뒤에 곧장 숙소로 돌아가지 않았다는 것도 알았다고요?」

「그거야 자네가 아는 일이지.」던디가 완고하게 말했다.「집에는 몇 시에 왔나?」

「4시 20분 전이었습니다. 걸으면서 생각을 좀 했어요.」

경위가 둥근 머리를 끄덕끄덕 흔들었다.「우리는 자네가 3시 반까지 집에 돌아오지 않았다는 걸 알고 있어. 전화를 걸었더니 받지 않더군. 어디를 걸어다닌 건가?」

「부시 거리를 왔다 갔다 했습니다.」

「누구를 만났나?」

「아뇨, 목격자는 없었습니다.」스페이드가 말하고 즐겁게 웃었다.「앉아요, 던디. 아직 술도 다 안 마셨군요. 잔을 들어, 톰.」

「됐어, 샘.」톰이 말했다.

던디는 자리에 앉았지만 술잔에는 눈길도 주지 않았다.

스페이드는 자신의 잔을 채워 마신 뒤에 빈 잔을 탁자에 내려놓고 다시 침대 가장자리에 가서 앉았다.

「이제 내 처지를 알겠군요.」그가 악의 없는 눈길로 형사 두 명을 번갈아 바라보며 말했다.「벌컥 성을 낸 건 죄송합니다. 경찰 나리들이 와서 나한테 죄를 씌우려 하니까 흥분했습니다. 마일스가 죽어서 심란한 마당에 두 분 경찰 나리까지 계략을 부리시니 말이죠. 이제 괜찮습니다. 그쪽에서 무슨 생각을 하고 있는지 알았으니까요.」

「그만 하게.」톰이 말했다.

경위는 아무 말도 하지 않았다.

「서스비가 죽었다고요?」스페이드가 물었다.

경위가 대답을 망설이자 톰이 말했다.「그래.」

그러자 경위가 화를 벌컥 내며 말했다.「덧붙여서 자네도 알아두는 게 좋을 것 같군, 몰랐다면 말일세. 그자가 한마디 말도 하지 못하고 죽었다는걸.」

스페이드는 담배를 말며 고개도 들지 않고 물었다.「그게 무슨 말씀인가요? 내가 알고 있었다는 뜻인가요?」

「내가 한 말 그대로야.」그가 퉁명스럽게 대답했다.

스페이드는 완성된 담배를 한 손에 들고 다른 손에 라이터를 든 채 그를 보며 미소를 지었다.

「나를 잡아갈 준비는 안 돼 있겠죠, 던디?」그가 물었다.

던디는 굳은 녹색 눈동자로 스페이드를 바라볼 뿐 대답하지 않았다.

「그렇다면 내가 경위님의 의견에 마음을 쓸 이유가 없겠군요, 그렇죠?」스페이드가 말했다.

「제발 이성적으로 행동하게, 샘.」톰이 말했다.

스페이드가 담배를 입에 물고 불을 붙이고는 웃으며 연기를 내뿜었다.

「이성적으로 행동하겠네, 톰. 내가 이 서스비라는 자를 어떻게 죽였습니까? 생각이 안 나네요.」

톰은 끙 하고 불만스러운 한숨을 토했다. 던디 경위가 말했다.「그자는 호텔에 들어가다가 등에 네 발의 총을 맞았어. 44구경과 45구경 총으로. 목격자는 없지만 현재 드러난 걸 보면 그래.」

「그 사람은 루거 권총을 차고 있었어.」톰이 덧붙였다.「하지만 총은 쏜 흔적은 없었어.」

「호텔 사람들이 그자에 대해 뭐라고 합니까?」스페이드가 물었다.

「거기서 1주일을 묵었다는 것밖에는 아무것도 몰라.」

「혼자서요?」

「혼자.」

「찾은 건 있습니까? 그 사람 몸이나 방에서?」

던디가 입술을 오므리고 물었다. 「무얼 찾았을 것 같은가?」

스페이드가 담배꽁초로 빙글빙글 원을 그렸다. 「그 사람이 누구인지, 무슨 사연이 있는지 알려 주는 것들이겠죠. 찾았나요?」

「우리는 자네에게서 그 이야기를 들을 수 있을 줄 알았는데.」

스페이드는 황회색 눈동자에 과장된 솔직함을 담고 경위를 바라보았다. 「나는 죽은 서스비도 산 서스비도 본 적이 없습니다.」

던디 경위는 실망스러운 표정을 지으며 일어섰다. 톰은 하품을 하고 기지개를 켜면서 일어섰다.

「물어보려고 왔던 것들을 물었네.」 던디가 돌멩이처럼 단단해 보이는 녹색 눈동자 위로 이맛살을 찌푸렸다. 그는 콧수염에 덮인 윗입술을 이빨에 바짝 대고 아랫입술만 움직이며 말했다. 「우리가 들은 것보다 자네가 들은 게 더 많군. 그만하면 공정한 일이야. 스페이드, 자네는 나를 알지. 자네가 그 일을 했건 안 했건 나는 자네를 공정하게 대하고 기회도 충분히 줄 걸세. 내가 자네를 크게 비난하게 될 것 같지는 않지만, 그렇다고 눈 감아 주는 일도 절대 없을 거야.」

「공정하네요.」 스페이드가 차분하게 말했다. 「하지만 제가 대접한 술을 다 마셔 주시면 제 기분이 더 좋아질 것 같습니다.」

던디 경위는 탁자로 돌아서서 잔을 집어 올리고 천천히 마셨다. 그러고는 〈잘 자게〉 하며 손을 내밀었다. 그들은 엄숙하게 악수를 했다. 톰과 스페이드도 엄숙하게 악수를 나누었다. 스페이드는 그들을 보냈다. 그런 뒤에 옷을 벗고 불을 끄고 잠자리에 들었다.

3
세 여자

스페이드는 다음 날 아침 열시에 출근을 했다. 에피 페린이 책상에 앉아 오전 우편물을 뜯어서 보고 있었다. 볕에 그을린 소년 같은 얼굴이 창백했다. 그녀가 우편물과 놋쇠 종이칼을 내려놓고 말했다.「안에 와 있어요.」낮은 목소리에 경고가 담겨 있었다.

「오지 못하게 하라고 했잖아.」스페이드가 목소리를 낮추어 나무랐다.

에피 페린이 갈색 눈을 크게 뜨고 스페이드만큼 불쾌한 목소리로 말했다.「하지만 방법을 안 가르쳐 줬잖아요.」그녀의 미간이 살짝 좁아졌고, 어깨가 축 처졌다.「나한테 뭐라고 그러지 말아요, 샘.」그녀가 지친 목소리로 말했다.「밤새 그 여자랑 같이 있었단 말이에요.」

스페이드는 에피 곁으로 가서 그녀의 가르마에 흩어진 머리카락을 매만져 주었다.「미안해, 에피, 그건 미처······.」그가 말을 끊었다. 안쪽 사무실 문이 열렸기 때문이다.「안녕, 아이바.」그가 문을 연 여자에게 말했다.

「아, 샘!」그녀가 말했다.

아이바는 30대 초반의 금발 여자였다. 얼굴은 예뻤지만 전성기를 5년 정도 지난 것 같았다. 튼튼한 체격이었지만 균형이 잘 잡혀 있어서 매력적이었다. 그녀는 모자에서 신발까지 온통 검은색으로 차려입고 있었다. 상복치고는 급조한 느낌이었다. 인사를 나누고 그녀는 문에서 한 발짝 물러서서 스페이드를 기다렸다.

그는 에피 페린의 머리에서 손을 치우고 안쪽 사무실로 들어가 문을 닫았다. 아이바가 얼른 다가와서 키스를 받기 위해 슬픈 얼굴을 들었다. 그녀의 두 팔이 먼저 그를 안았다. 그는 그녀에게 키스하고 팔을 풀었지만, 그녀는 그의 가슴에 얼굴을 묻고 흐느끼기 시작했다.

그는 그녀의 부드러운 등을 쓰다듬으며 다정하게 말했다. 「불쌍한 아이바.」 자신의 책상 반대편에 놓인 옛 동료의 책상을 곁눈질하는 그의 두 눈에 분노가 어렸다. 그는 입술을 오므리고 얼굴을 찌푸리며 그녀가 쓴 모자의 운두 부분을 피하려고 턱을 돌렸다. 「마일스의 형한테는 연락했어?」

「응, 오늘 아침에 여기 왔어.」 이 말은 흐느낌과 스페이드의 코트에 막혀 뭉개져 버렸다.

그는 다시 얼굴을 찌푸리고 고개를 숙여 슬쩍 손목시계를 보았다. 왼팔을 그녀에게 둘러 손을 왼쪽 어깨에 얹고 있었는데, 셔츠 소매가 뒤로 당겨져서 시계를 볼 수 있었다. 10시 10분이었다.

여자는 그의 품 안에서 약간 움직이더니 다시 고개를 들었다. 눈물에 젖은 둥글고 파란 눈동자를 흰 눈자위가 동그랗게 감싸고 있었다. 그녀의 입은 젖어 있었다.

「아, 샘.」 그녀가 흐느꼈다. 「당신이 죽인 거야?」

스페이드는 휘둥그레진 눈으로 그녀를 보았다. 뼈가 불거진 턱이 덜컥 벌어졌다. 그는 그녀에게서 팔을 거두고 뒷걸음질로 물러섰다. 그러고는 찌푸린 얼굴로 그녀를 바라보며 목을 가다듬었다.

그녀의 팔은 아직도 그를 안고 있던 자세 그대로 허공에 들려 있었다. 고뇌가 어린 두 눈은 좁아진 미간 아래에서 살짝 감겨 있었다. 눈물에 젖은 부드럽고 붉은 입술이 바르르 떨렸다.

「하!」 스페이드가 거칠게 웃고는 담황색 커튼이 쳐진 창가로 갔다. 그녀를 등지고 서서 커튼 너머로 안뜰을 내려다보는데, 그녀가 다가왔다. 그는 얼른 돌아서서 책상으로 갔다. 그러고는 자리에 앉아 팔꿈치를 책상에 얹고 턱을 두 주먹 사이에 끼고서 그녀를 바라보았다. 가늘게 뜬 눈에서 황회색 눈동자가 반짝였다.

「도대체 누가 당신 머릿속에 그런 환상적인 생각을 넣어 준 거지?」 그가 차갑게 물었다.

「나는 그저……」 그녀가 손을 입에 댔다. 그녀의 눈에 다시 눈물이 차올랐다. 그녀는 우아하고도 확고한 걸음으로 책상 옆에 다가와 섰다. 그녀의 검은 구두는 놀라울 만큼 작았고, 굽은 엄청나게 높았다. 「나한테 매정하게 굴지 마, 샘.」 그녀가 하소연했다.

그는 그녀를 보며 웃음을 터뜨렸다. 그의 눈은 아직도 반짝였다. 「당신이 내 남편을 죽인 거야? 그러더니 나한테 매정하게 굴지 말라고?」 그는 손바닥을 마주 두드렸다. 「아이쿠, 이런.」

그녀는 얼굴에 흰 손수건을 대고 소리 내서 울기 시작했다.

그는 일어서서 그녀의 등 뒤에 다가가 섰다. 그러고는 그녀를 끌어안고 귀와 코트 깃 사이의 목 부분에 입을 맞추며 말했다. 「아이바, 이러면 안 돼.」 그의 얼굴에는 아무 표정이 없었다. 그녀가 울음을 그치자 그는 입을 그녀의 귀로 옮겨 속삭였다. 「오늘 여기 온 건 현명한 일이 아니야. 여기 있으면 안 돼. 어서 집에 가.」

그녀는 그의 품 안에서 몸을 돌리고 물었다. 「오늘 밤에 올 거야?」

그는 부드럽게 고개를 저었다. 「오늘 밤은 안 돼.」

「하지만 빨리 올 거지?」

「그래.」

「얼마나 빨리?」

「되도록 빨리.」

그는 그녀의 입에 키스하고 그녀를 문 앞으로 데리고 가서 문을 열고 말했다. 「잘 가, 아이바.」 그녀를 보내고 나서 그는 문을 닫고 책상으로 돌아갔다.

스페이드는 조끼 주머니에서 담배쌈지와 종이를 꺼냈지만 담배를 말지는 않았다. 그저 한 손에는 종이를, 다른 손에는 담배쌈지를 들고 앉아서 어두운 시선으로 죽은 동료의 책상을 바라보았다.

에피 페린이 문을 열고 들어왔다. 갈색 눈동자에는 불안이 어려 있었지만 목소리는 태평했다. 「어떻게 됐어요?」

스페이드는 대답하지 않았다. 그의 어두운 시선은 여전히 동료의 책상에 머물러 있었다.

에피는 인상을 쓰고 그의 옆에 가서 섰다. 그러고는 좀 더 큰 목소리로 물었다. 「저 과부하고 무슨 이야기를 했냐고요?」

「내가 마일스를 죽인 줄 알아.」 그가 말했다. 오직 입술만이 움직였다.

「자기하고 결혼하려고요?」

스페이드는 대답하지 않았다.

에피는 그의 모자를 벗겨서 책상에 내려놓고 고개를 숙여 그의 손가락에 힘없이 들려 있는 담배쌈지와 종이를 빼냈다.

「경찰은 내가 서스비를 죽인 줄 알아.」 그가 말했다.

「서스비가 누군데요?」 그녀가 담배 종이 묶음에서 한 장을 빼내고 그 안에 담배 가루를 뿌려 넣었다.

「내가 누구를 죽였을 것 같아?」

그녀가 대답하지 않자 그가 말했다. 「서스비는 원덜리가 의뢰해서 마일스가 미행하러 간 남자야.」

그녀의 가느다란 손가락이 담배 모양을 완성했다. 그녀는 거기에 침을 바르고 매끈하게 다듬어 양쪽 끝을 조이고는 스페이드의 입에 물려 주었다. 「고마워, 에피.」 그가 말했다. 그러고는 그녀의 가는 허리에 한 팔을 두르고 피곤한 듯 그녀의 옆구리에 뺨을 기대며 눈을 감았다.

「아이바하고 결혼할 거예요?」 그녀가 연갈색 머리를 내려다보며 물었다.

「바보 같은 소리.」 그가 나직하게 말했다. 불을 붙이지 않은 담배가 그의 입술의 움직임에 따라 위아래로 까딱거렸다.

「아이바는 바보 같은 일이라고 생각 안 할걸. 그 여자한테는 당연한 일이죠. 당신이 그동안 한 일을 생각해 보면.」

그가 한숨을 내쉬고 말했다. 「애초에 아이바를 만나지 않는 건데 그랬어.」

「그건 지금 생각이고요.」 에피의 목소리에 심술이 배어 있었다. 「한때는 달랐죠.」

「나는 여자들을 다른 방식으로 대할 줄 몰라.」 그가 투덜거렸다. 「그리고 그때 나는 마일스를 싫어했어.」

「거짓말하지 말아요, 샘.」 그녀가 말했다. 「당신도 내가 그 여자를 한심하게 생각한다는 걸 알 거예요. 하지만 그런 몸매가 될 수 있다면 나도 기꺼이 한심해지겠어요.」

스페이드는 답답하다는 듯 그녀의 허리에 얼굴을 문질렀지만 말은 하지 않았다.

에피 페린은 입술을 깨물고 이마를 찌푸리더니 고개를 숙여 그의 얼굴을 들여다보았다. 「혹시 아이바가 죽였을 가능성은 없나요?」

스페이드가 몸을 똑바로 세우고 그녀의 허리에서 손을 뗐다. 그러고는 즐겁다는 듯 미소를 지으며 그녀를 바라보았다. 그는 라이터를 꺼내서 불을 켜고 담배 끝에 갖다 댔다. 「에피는 천사야.」 연기를 뿜으며 그가 다정하게 말했다. 「멍청하고 말 많은 천사.」

그녀는 엷게 쓴웃음을 지었다. 「그래요? 하지만 오늘 새벽 세시에 내가 그 소식을 전하러 갔을 때 아이바가 집에 들어온 지 얼마 안 된 기색이었다는 말을 해주면 어떨까요?」

「지금 답을 듣고 싶어?」 그가 물었다. 눈에는 긴장의 빛이 떠올랐지만, 입에는 여전히 미소가 남아 있었다.

「문을 바로 열어 주지 않았어요. 옷을 갈아입는 것 같았어요. 들어가 보니까 벗은 옷이 의자에 쌓여 있었어요. 모자하고 외투가 밑에 깔린 채로요. 맨 위에 놓인 속옷은 아직 따뜻했고요. 자고 있었다고 했지만 그건 아니었어요. 이불을 흩트려 놓았는데 주름이 자연스럽지 않았거든요.」

스페이드는 에피의 손을 잡고 가볍게 두드렸다. 「탐정이 다 됐군, 에피. 하지만……」 그는 고개를 저었다. 「아이바가 죽인 건 아냐.」

에피 페린은 손을 빼내고 냉정하게 말했다. 「그 한심한 여자는 당신하고 결혼하고 싶어 해요, 샘.」

그는 답답하다는 듯 머리와 한 손을 살짝 흔들었다.

그녀는 인상을 찌푸렸다.「어젯밤에 아이바를 만났어요?」

「아니.」

「정말이요?」

「정말이야. 제발 던디처럼 굴지 마. 에피한테 안 어울려.」

「던디가 당신을 의심해요?」

「그래. 톰 폴하우스하고 같이 네 시에 우리 집에 술을 마시러 왔더군.」

「정말로 당신이 그 죽었다는 아무개한테 총을 쐈다고 생각한다는 말이에요?」

「서스비야.」 그는 담배꽁초를 놋쇠 재떨이에 버리고 새 담배를 말았다.

「정말로요?」 그녀가 다시 물었다.

「그거야 모르지.」 그의 시선은 새로 만드는 담배에 고정되어 있었다. 「하지만 약간의 의심을 품고 있는 건 분명해. 내 이야기가 그 의심을 얼마나 몰아내 줬는지 모르겠어.」

「날 좀 봐요, 샘.」

그가 그녀를 바라보며 웃자, 그녀의 불안한 얼굴에 잠시 즐거움이 떠올랐다.

「당신이 걱정돼요.」 그녀가 다시 심각한 얼굴이 되어 말했다. 「당신은 언제나 모든 걸 다 아는 것처럼 굴지만, 그런 지나친 자신감은 도움이 안 돼요. 언젠가 깨달을 거예요.」

그는 장난스레 한숨을 쉬고 다시 그녀의 팔에 뺨을 댔다.「던디가 하는 말이 바로 그거야. 하지만 에피는 아이바만 좀 막아 주면 돼. 다른 문제는 내가 해결할 테니까.」 그는 일어나서 모자를 썼다.「문에 적힌 〈스페이드 앤드 아처〉라는 글씨를 지우고 〈새뮤얼 스페이드〉라고 새로 새겨 줘. 한 시간 후에 돌아오겠어. 아니면 전화를 하지.」

스페이드는 자줏빛으로 장식된 세인트 마크 호텔 로비를 지나 접수부에 있는 붉은 머리의 멋쟁이 청년에게 다가가서 원덜리가 객실에 있느냐고 물었다. 붉은 머리의 청년은 잠깐 옆으로 갔다가 돌아와서 고개를 저었다. 「원덜리 양은 오늘 아침에 떠났습니다, 스페이드 씨.」

「고마워.」

스페이드는 접수부를 떠나 로비 옆에 있는 작은 방으로 갔다. 통통한 몸집에 검은 옷을 입은 중년 초입의 남자가 평평한 마호가니 책상 앞에 앉아 있었다. 책상의 로비 쪽 모서리에는 마호가니와 놋쇠로 만든 삼각기둥 모양의 명패가 놓였고, 거기에는 〈프리드〉라는 이름이 새겨져 있었다.

통통한 남자가 일어서더니 책상 밖으로 걸어 나와 손을 내밀었다.

「아처 이야기는 들었네, 스페이드. 이런 기막힌 일이 있나 그래.」 그가 세련된 어조에 지나치지 않을 만큼의 관심과 공감을 담아 말했다.

「고맙습니다, 프리드. 어제 혹시 아처하고 이야기를 해보셨나요?」

「아니. 어제 이른 저녁에 여기 오니까 아처가 로비에 앉아 있더군. 업무 중일 거라고 생각했어. 당신 같은 친구들은 일할 때 방해하면 싫어하니까 그냥 모르는 척했지. 그 일이랑 무슨 상관이 있는 건가?」

「그런 것 같지는 않아요. 하지만 아직은 모르죠. 어쨌건 가능한 한 이곳이 얽혀 들지 않도록 하겠습니다.」

「고맙네.」

「뭘요. 그런데 떠난 손님에 대한 정보를 살짝 알려 주고, 그 사실을 잊어 주실 수 있습니까?」

「그야 쉽지.」

「원덜리라는 여자가 여기 묵다가 오늘 아침에 떠났습니다. 좀 자세히 알고 싶어요.」

「이리 오게.」 프리드가 말했다. 「함께 찾아보세.」

스페이드는 가만히 서서 고개를 저었다. 「저는 그냥 여기 있겠습니다.」

프리드는 고개를 끄덕이고 작은 방을 나갔다. 그러더니 로비에서 갑자기 멈춰 섰다가 스페이드에게 돌아왔다.

「어젯밤 경비는 해리먼이었네. 아마 아처를 봤을 걸세. 그 사실을 떠벌리지 말라고 주의를 줄까?」

스페이드는 곁눈으로 프리드를 보았다. 「그러시지 않는 게 좋을 것 같습니다. 원덜리가 여기와 무슨 관련이 있다고 드러나지 않는 한 그게 중요한 건 아니니까요. 해리먼은 좋은 사람이지만 말이 헤퍼요. 여기에 무슨 비밀이 있다는 생각을 심어 주면 별로 안 좋을 것 같습니다.」

프리드는 다시 고개를 끄덕이고 사라졌다. 15분 후에 그가 돌아왔다.

「원덜리는 지난 화요일에 왔네. 뉴욕에서 온 걸로 되어 있어. 트렁크는 없었고, 작은 가방 몇 개만 있었네. 숙박료에 전화 요금은 추가되지 않았고 우편물도 받은 것 같지 않아. 직원들이 기억하는 바로는, 만난 사람도 키가 크고 얼굴이 거무죽죽한 서른여섯 살가량의 남자 한 사람뿐이었어. 오늘 아침 아홉시 반에 나갔다가 한 시간 후에 돌아와서 숙박비를 정산하고 짐을 자동차에 실어 달라고 했다네. 짐을 실어 준 친구 말에 따르면 내시 사의 개폐식 자동차였다는군. 아마 대여한 거겠지. 우편물 전달 주소를 남겼는데, 로스앤젤레스에 있는 앰배서더 호텔로 되어 있군.」

「고맙습니다, 프리드.」 스페이드는 그렇게 말하고 세인트 마크 호텔을 떠났다.

사무실에 들어서는 스페이드를 보자마자 에피 페린이 타자 치던 손을 멈추고 말했다. 「친구 분이 왔다 갔어요. 던디라고. 당신이 가진 총을 보고 싶어 했어요.」

「그래서?」

「당신이 있을 때 다시 오라고 했죠.」

「잘했어. 다시 오면 총을 보여 줘.」

「그리고 원덜리 양이 전화했어요.」

「그럴 때가 됐지. 뭐래?」

「만나고 싶대요.」 에피는 책상 위에서 쪽지를 집어 들고 읽었다. 「캘리포니아 거리의 코로넷 아파트 1001호에 있대요. 르블랑을 찾으래요.」

「이리 줘.」 스페이드가 손을 내밀었다. 그녀가 쪽지를 주자, 그는 라이터를 꺼내서 불을 켜고 거기에 종이를 갖다 댔다. 그러고는 종이가 한 귀퉁이만 빼고 모두 검은 재로 돌돌 말리자 리놀륨 바닥으로 떨어뜨리고 구두 굽으로 짓이겼다.

에피가 그러면 안 된다는 표정으로 그를 바라보았다.

「원래 이러는 거야.」 그는 빙긋이 웃으며 말하고는 다시 밖으로 나갔다.

4
검은 새

원덜리는 초록색 크레이프 실크 원피스에 허리띠를 두른 차림으로 코로넷 아파트 1001호의 문을 열었다. 얼굴이 발긋하게 달아올랐다. 왼쪽으로 가르마를 타서 오른쪽 관자놀이 위로 늘어뜨린 적갈색 머리카락이 느슨한 물결을 이룬 채 약간 헝클어져 있었다.

스페이드가 모자를 벗었다. 「안녕하십니까.」

그의 희미한 미소에 그녀는 더 희미한 미소로 답했다. 보라색에 가까운 그녀의 파란 눈동자는 고통스러운 표정을 떨치지 못했다. 그녀는 고개를 숙이고 나직한 목소리로 머뭇거리며 말했다. 「들어오세요, 스페이드 씨.」

그녀는 부엌과 욕실과 침실 문을 모두 지나 미색과 붉은색으로 장식된 거실로 그를 인도한 뒤, 집 안이 어지러워서 미안하다고 했다. 「모든 게 엉망이에요. 아직 짐을 다 못 풀었거든요.」

그녀는 스페이드의 모자를 탁자에 내려놓고 호두나무로 만든 긴 의자에 앉았다. 그는 브로케이드 천을 씌운 타원형 등받이 의자에 앉아서 그녀를 마주 보았다.

그녀가 눈을 내리깐 채 양손을 비틀다가 말했다. 「스페이드 씨, 당신한테 참담한 고백을 해야 할 것 같아요.」

스페이드는 예의 바르게 웃고 가만히 기다렸다. 하지만 그녀는 눈을 들지 않았다.

「어제…… 제가 한 이야기는…… 모두 가짜예요.」 그녀가 더듬더듬 말하더니 비로소 애처로움과 두려움이 가득한 눈을 들어 그를 바라보았다.

「아, 그 이야기요.」 스페이드는 가볍게 말했다. 「그걸 완전히 믿지는 않았습니다.」

「그러면……?」 그녀의 눈에 담긴 애처로움과 두려움 위에 당황이 더해졌다.

「우리는 당신이 준 2백 달러를 믿었습니다.」

「그 말씀은……?」 그녀는 무슨 말인지 이해하지 못한 기색이었다.

「그게 진실이었다면 그만한 돈을 주지 않았겠지요.」 그가 담담하게 말했다. 「그 정도의 돈이면 거짓말도 용납할 수 있습니다.」

그녀의 눈이 밝아졌다. 그녀는 긴 의자에서 일어나려고 하다가 도로 앉아서 치마를 매만졌다. 그러고는 몸을 앞으로 숙이고 열띤 목소리로 말했다. 「그러면 지금도 스페이드 씨는 제 일을 기꺼이……」 스페이드는 손바닥을 위로 하고 손을 들어 그녀의 말을 막았다. 그의 얼굴 윗부분은 인상을 썼지만 아랫부분은 미소를 지었다. 「그건 상황에 따라 달라집니다. 곤란한 건……. 그건 그렇고 당신 이름은 원덜리입니까, 르블랑입니까?」

그녀는 얼굴을 붉히고 조그맣게 말했다. 「진짜 이름은 오쇼네시예요. 브리지드 오쇼네시요.」

「곤란한 건 말입니다, 오쇼네시 양, 두 건의 살인이……」 그녀가 몸을 움찔했다. 「이런 식으로 얽혀서 발생하면 모두가 흥분하고 경찰도 물불을 안 가리게 됩니다. 그러니까 사람들을 다루는 일에 힘도 돈도 더 많이 들게 된다는 겁니다. 달리……」

그녀가 그의 말을 듣지 않고 이야기가 끝나기만을 기다리는 모습을 보고 그는 말을 멈추었다.

「스페이드 씨, 솔직히 말해 주세요.」 그녀의 목소리는 발작 일보 직전에 이른 듯 떨고 있었다. 표정은 혼란스러웠고 눈빛은 절망적이었다. 「어젯밤 일은…… 내 잘못인가요?」

스페이드는 고개를 젓고 말했다. 「지금 내가 아는 한에서는 그렇지 않습니다. 서스비가 위험한 사람이라고 미리 경고해 주지 않았습니까? 물론 여동생 이야기 같은 건 거짓말이었지만, 그건 상관없습니다. 어차피 안 믿었으니까요.」 그는 처진 어깨를 으쓱치켰다. 「내가 볼 때 오쇼네시 양 잘못은 아닙니다.」

「고마워요.」 그녀가 조그맣게 말하고는 고개를 가로저었다. 「하지만 나는 계속 자책하게 될 거예요.」 그녀는 손으로 목을 감쌌다. 「아처 씨는 어제 오후까지만 해도 그렇게…… 그렇게 생생하게 살아 있었어요. 그렇게 강인하고 기운찼는데…….」

「그만 하세요.」 스페이드가 말했다. 「마일스가 아무것도 모르고 당한 건 아니에요. 그런 위험은 우리가 늘 감수하는 겁니다.」

「그분…… 결혼하셨나요?」

「결혼했습니다. 1만 달러짜리 보험에 들어 있고 아이는 없고 아내는 그를 사랑하지 않았습니다.」

「아, 그만 해요!」 그녀가 속삭였다.

스페이드는 다시 어깨를 으쓱했다. 「그냥 그렇다는 말입니다.」 그는 손목시계를 보고 의자에서 일어나더니 그녀가 앉아 있는 긴 의자로 가서 그 옆에 앉았다. 「지금 그런 걸 걱정할 때가 아닙니다.」 그의 목소리는 부드러우면서도 확고했다. 「바깥에는 경찰과 지방 검사보와 기자들이 땅바닥에 코를 댄 채 사방을 들쑤시고 있어요. 이제 당신이 원하는 게 뭐죠?」

「당신이 나를 구해 주었으면 좋겠어요. 이 모든 일에서요.」 그녀는 가늘게 떨리는 목소리로 말했다. 그녀는 머뭇머뭇 그의 소매에 손을 얹었다. 「스페이드 씨, 사람들이 나를 아나요?」

「아직은 모릅니다. 내가 먼저 당신을 만나고 싶었습니다.」

「내가 당신을 찾아갔다는 걸 알면 사람들이 어떻게 생각할까요?」

「의심을 품겠죠. 그래서 일단 내가 먼저 당신을 만나려고 한 겁니다. 어쩌면 굳이 이 일을 알려 줄 필요가 없을지도 모를 것 같았어요. 경우에 따라서는 그들의 관심을 돌릴 지루한 이야기를 하나 지어내야 할지도 모릅니다.」

「설마 당신, 내가 그…… 살인 사건들이랑 관련 있다고 생각하는 건 아니겠지요?」

스페이드는 그녀를 향해 빙긋 웃고 말했다. 「묻는다는 걸 깜빡했군요. 관련이 있습니까?」

「없어요.」

「좋습니다. 그러면 이제 경찰한테 뭐라고 이야기할까요?」

그녀는 긴 의자에 앉은 채 몸을 움찔거렸다. 촘촘한 속눈썹에 가려진 그녀의 두 눈은 스페이드의 시선을 떨치고 싶지만 그러지 못하는 것처럼 흔들렸다. 그녀는 더 작고 어려 보였다. 그리고 무언가에 억눌린 사람처럼 보였다.

「그 사람들에게 나를 알릴 필요가 있을까요?」 그녀가 물었다. 「그러느니 차라리 죽겠어요, 스페이드 씨. 지금은 설명할 수 없지만, 어떻게든 내가 경찰에게 심문받지 않게 막아 주시겠어요? 지금은 심문받는 일을 견딜 수 없을 것 같아요. 그러느니 차라리 죽겠어요. 그렇게 해주시겠어요, 스페이드 씨?」

「그렇게 할 수는 있습니다. 하지만 먼저 진상을 좀 알아야죠.」

그녀는 스페이드 앞에 무릎을 꿇고 앉아서 그를 향해 고개를 들었다. 창백하고 팽팽하고 겁에 질린 얼굴로 그녀는 두 손을 꼭 모아 쥐었다.

「나는 그다지 떳떳한 인생을 살지 못했어요.」 그녀가 하소연했다. 「나는 나쁜 여자예요. 당신이 생각하는 것보다 훨씬 나빠요. 하지만 그렇다고 완전히 나쁘기만 한 건 아니에요. 스페이드 씨, 나를 좀 봐요. 내가 완전히 나쁘기만 하지는 않다는 걸 알죠? 당신은 알 수 있죠? 그러면 나를 좀 믿어 주세요. 아, 나는 너무 외롭고 두려워요. 당신이 도와주지 않으면 나는 의지할 사람이 아무도 없어요. 내가 당신을 믿지 않으면서 당신한테 나를 믿어 달라고 할 권리가 없다는 걸 알아요. 나는 당신을 믿어요. 하지만 지금은 말할 수 없어요. 나중에 때가 되면 말할게요. 무서워요, 스페이드 씨. 당신을 믿는 게 두려워요. 아니, 그런 뜻이 아니에요. 나는 당신을 믿어요. 하지만…… 나는 플로이드도 믿었어요. 그런데, 지금은 아무도 없어요. 스페이드 씨. 당신은 나를 도와줄 수 있어요. 도와주겠다고 했잖아요. 당신이 나를 구해 줄 거라고 믿지 않았다면 당신한테 연락을 하는 대신 도망쳤을 거예요. 나를 구해 줄 사람이 달리 또 있다고 생각했다면 이렇게 무릎을 꿇고 빌겠어요? 이게 옳은 방식이 아니라는 건 알아요. 하지만 나에게 자비를 좀 베풀어 줘요, 스페이드 씨. 나한테서 옳은 방식을 기대하지 말아 줘요. 당신은 강하고 능력 있고 용감해요. 그 힘과 능력과 용기를 나에게 조금 나누어 줄 수 있지 않나요? 나를 도와줘요, 스페이드 씨. 나는 지금 도움의 손길이 필요해요. 당신이 나를 외면한다면 내가 어디 가서 당신만큼 능력 있는 사람을 찾겠어요? 나를 도와줘요. 아무것도 말해 주지 않으면서 나를 도와 달라고 부탁하는 게 억지라는 걸 알지만 그래도 부탁해요. 나에게 자비를 베풀어 줘요, 스페이드 씨. 당신은 나를 도와줄 수 있어요. 제발 나를 도와줘요.」

내내 숨을 꾹 참다시피 하고서 이 이야기를 들은 스페이드는 오므린 입술 사이로 긴 숨을 내뿜어 폐를 비워 냈다. 「당신한테 다른 사람의 도움이 그렇게 필요할 것 같지는 않군요. 당신은 좋아요. 아주 잘해요. 눈이 특히 그렇습니다. 〈나에게 자비를 베풀어 줘요, 스페이드 씨〉 같은 말을 할 때 떨리는 목소리도 그렇고요.」

그녀는 자리에서 일어섰다. 얼굴은 고통스럽게 달아올라 있었지만, 고개를 꼿꼿이 세운 채 스페이드의 눈을 똑바로 들여다보았다.

「내가 자초한 일이에요. 내가 자초했어요, 하지만…… 아! 나는 정말로 당신의 도움을 원했어요. 지금도 간절히 원해요. 내가 이야기를 한 방식은 거짓이었지만, 이야기 자체는 거짓이 아니었어요.」 그녀는 뒤로 돌아섰다. 그녀의 자세는 더 이상 꼿꼿하지 않았다. 「당신이 나를 믿지 못하는 건 모두 내 탓이에요.」

스페이드가 얼굴을 붉히고 바닥을 보며 중얼거렸다. 「이제 당신은 위험한 사람이로군요.」

브리지드 오쇼네시는 탁자로 가서 그의 모자를 집어 들고 다시 돌아와서 그의 앞에 섰다. 하지만 모자를 내밀지는 않고 그가 원하면 가져가도록 들고만 있었다. 그녀의 얼굴은 해쓱했다.

스페이드는 모자를 바라보고 물었다. 「어젯밤은 어떻게 된 겁니까?」

「플로이드가 아홉 시에 호텔로 나를 찾아왔어요. 우리는 밖으로 나갔죠. 내가 그러자고 했어요. 아처 씨한테 우리를 보여 주려고요. 우리는 기어리 거리에 있는 레스토랑에서 저녁을 먹고 춤을 춘 뒤 열두 시 반쯤 호텔로 돌아왔죠. 플로이드는 호텔 문 앞에서 나와 헤어졌고, 나는 호텔 안에 서서 아처 씨가 건너편 보도에서 그 사람을 따라 내려가는 걸 보았어요.」

「내려가요? 그러면 마켓 거리 쪽으로 갔다는 말인가요?」

「네.」

「아처가 총에 맞은 부시 거리와 스톡턴 거리 근처에서 두 사람이 무슨 일을 했는지 알고 있나요?」

「거기가 플로이드의 숙소 아니었어요?」

「아닙니다. 거기는 서스비의 호텔로 가는 길에서 열두 블록 가까이 떨어진 곳이에요. 그 사람이 떠난 다음에 무얼 했나요?」

「나는 잠자리에 들었어요. 그리고 아침에 식사를 하러 나갔다가 신문의 제목을 보고 기사를 읽었죠. 그런 다음 차량 대여소가 있는 유니언 광장으로 가서 차를 빌려 가지고 호텔로 짐을 가지러 간 거예요. 어제 내 방이 수색당한 걸 알고 나서는 떠나지 않을 수 없었어요. 이곳은 어제 오후에 구했어요. 여기 와서 당신 사무실에 전화를 건 거예요.」

「세인트 마크 호텔의 객실이 수색을 당했다고요?」 그가 물었다.

「네, 내가 그 사무실에 가 있던 동안에요.」 그녀는 입술을 깨물었다. 「그 이야기는 안 할 생각이었는데 해버렸네요.」

「그러면 그 일에 대해 질문하지 말아 달라는 의미입니까?」

그녀가 조심스레 고개를 끄덕였다.

그는 인상을 찌푸렸다.

그녀는 손에 쥔 모자를 살짝 흔들었다.

그는 짜증스럽다는 듯 웃음을 터뜨리고 말했다. 「모자를 눈앞에 대고 흔들지 말아요. 할 수 있는 만큼 해보겠다고 말하지 않았나요?」

그녀는 미안하다는 듯 미소를 짓더니 모자를 도로 탁자에 가져다 놓고 다시 긴 의자로 돌아가 그의 옆에 앉았다.

「당신을 맹목적으로 믿을 수도 있습니다. 하지만 내가 사건의 진상을 약간이라도 알지 못한다면 당신한테 그다지 도움이 되지 못할 겁니다. 예를 들어, 나는 당신이 말하는 그 플로이드 서스비라는 자에 대한 정보가 좀 필요합니다.」

「우리는 아시아에서 만났어요.」 그녀는 고개를 숙인 채 손가락으로 의자 위 두 사람 사이의 공간에 8자를 그리며 천천히 말했다. 「그리고 지난주에 같이 홍콩에서 여기로 왔죠. 그 사람은……나를 도와주겠다고 해놓고는 오갈 데 없는 내 처지를 이용해서 나를 배신했어요.」

「어떻게 배신했다는 거죠?」

그녀는 고개를 젓고 입을 다물었다.

스페이드는 답답한 듯 이마를 찌푸리고 물었다. 「왜 그 사람을 미행해 달라고 했습니까?」

「동정을 살피고 싶었어요. 그 사람은 자기 숙소조차 알려 주지 않았거든요. 그 사람이 무얼 하는지, 누구를 만나는지 그런 걸 알고 싶었어요.」

「그 사람이 아처를 죽였나요?」

그녀가 놀란 표정으로 그를 바라보며 말했다. 「그럼요, 당연한 거죠.」

「그 사람은 루거 권총을 차고 있었는데, 아처가 맞은 건 그게 아니었습니다.」

「외투 주머니에 연발 권총이 있었어요.」

「봤나요?」

「네, 아주 여러 번 봤어요. 그 사람은 늘 거기에 권총을 넣고 다니니까요. 어젯밤에는 못 봤지만, 그 사람이 외투를 입었으면 반드시 권총도 있다는 이야기예요.」

「왜 그렇게 총을 많이 가지고 다닙니까?」

「총으로 살았거든요. 홍콩에서 들은 이야기로는 미국에서 도망친 어떤 도박꾼이 아시아로 가면서 그 사람을 경호원으로 데리고 갔는데, 거기서 도박꾼은 자취를 감추었대요. 사람들은 플로이드가 그 사정을 알 거라고 하더군요. 나는 몰라요. 내가 아는 건 그 사람이 언제나 총을 여러 자루 들고 다닌다는 것과 잠을 잘 때도 방바닥에 구긴 신문지를 잔뜩 깔아 놓고 누구도 소리 없이 들어오지 못하게 했다는 것뿐이에요.」

「정말로 멋진 놀이 상대를 고르셨군요.」

「그런 사람만이 나를 도와줄 수 있었으니까요.」 그녀가 잘라 말했다. 「마음만 변하지 않았다면요.」

「그랬겠죠.」 스페이드는 검지와 엄지로 아랫입술을 쥐고 우울한 표정으로 그녀를 보았다. 양미간의 수직 주름들이 깊어지면서 두 눈썹이 바짝 붙었다. 「지금 당신이 처한 곤경은 어느 정도인가요?」

「심각해요. 더할 수 없이 심각해요.」

「신체적 위험까지 있나요?」

「나는 용감한 사람이 아니에요. 죽음보다 더 끔찍한 건 없다고 생각해요.」

「그렇다면 그런 위협을 받고 있다는 건가요?」

「그건 지금 우리가 여기 앉아 있다는 사실만큼이나 확실해요.」 그녀가 몸을 떨었다. 「당신이 나를 도와주지 않는다면요.」

그는 입에서 손가락을 떼고 손으로 머리를 훑었다. 「나는 예수가 아닙니다.」 그가 짜증스럽게 말했다. 「아무것도 없는 데서 기적을 만들지는 못해요.」 그러고는 손목시계를 보았다. 「시간은 흘러가는데, 당신은 아무런 단서도 주지 않는군요. 그러면 서스비를 죽인 건 누굽니까?」

「몰라요.」 그녀는 구겨진 손수건을 입에 대고 말했다.

「당신의 적입니까? 그자의 적입니까?」

「몰라요. 그 사람의 적이었으면 좋겠어요. 하지만 정말로······ 몰라요.」

「그 사람이 당신을 어떻게 도와주기로 했던 겁니까? 왜 그 사람을 홍콩에서 여기로 데려온 거죠?」

그녀는 겁먹은 눈으로 그를 바라보고 말없이 고개를 저었다. 지친 표정 안에 필사적인 고집이 가득했다.

스페이드는 일어서서 재킷 주머니에 손을 찔렀다. 그러고는 그녀에게 인상을 찌푸려 보이며 거칠게 말했다. 「희망이 없군요. 나는 아무것도 해줄 수가 없습니다. 당신이 뭘 원하는지를 모르겠어요. 어쩌면 당신도 모르는 것 같다는 생각이 듭니다.」

그녀는 고개를 숙이고 흐느꼈다.

그는 목으로 그르릉 하고 동물 같은 소리를 내고는 모자를 집으러 탁자로 갔다.

「설마······」 그녀가 고개를 들지 않은 채 목멘 소리로 조그맣게 물었다. 「경찰한테 가는 건 아니겠죠?」

「경찰한테 가냐고요!」 그가 분노에 찬 목소리로 외쳤다. 「경찰은 새벽 네 시부터 나를 들볶고 있어요. 지금까지 내가 경찰의 접근을 막기 위해 얼마나 애를 썼는지는 하늘만이 알 겁니다. 무엇 때문에 그랬냐고요? 당신을 도와줄 수 있을지 모른다는 착각 때문에요. 하지만 다 틀렸습니다. 포기합니다.」 그는 머리에 모자를 얹고 깊숙이 눌러 썼다. 「경찰한테 가냐고요? 그냥 가만히 있어도 그 사람들이 나에게 몰려올 겁니다. 그러면 내가 아는 대로 경찰한테 말할 테니, 당신은 당신 운명이나 시험해 보십시오.」

그녀는 긴 의자에서 일어나 스페이드 앞에 몸을 펴고 섰지만 두 무릎이 덜덜 떨렸다. 하얗게 질린 얼굴을 치켜들었지만 입술과 턱이 마구 움찔거렸다. 「잘 참고 들어 주셨어요. 당신은 나를 도와주려고 하셨어요. 하지만 희망도 소용도 없는 일 같네요.」 그녀는 오른손을 내밀었다. 「어쨌건 애써 주셔서 고맙습니다. 나는…… 운명에 맡기겠습니다.」

스페이드는 다시 한 번 그르렁 소리를 내더니 긴 의자에 앉아서 물었다. 「돈은 얼마나 있습니까?」

그녀는 그 질문에 깜짝 놀랐다. 그러더니 아랫입술을 깨물고 망설이다가 말했다. 「남은 돈은 5백 달러 정도예요.」

「그걸 줘요.」

그녀는 그를 조심스레 바라보며 머뭇거렸다. 그는 입과 눈썹과 손과 어깨로 격렬하게 분노를 표현했다. 그녀는 침실로 들어갔다가 즉시 한 손에 지폐 다발을 가지고 돌아왔다.

그는 그 돈을 받아 들고 세어 본 뒤 말했다. 「4백 달러뿐이군요.」

「생활할 돈이 필요해요.」 그녀가 가슴에 손을 대고 힘없이 말했다.

「더는 없습니까?」

「네, 없어요.」

「돈으로 바꿀 만한 게 있을 텐데요.」 그는 태도를 누그러뜨리지 않았다.

「반지 몇 개하고, 장신구가 좀 있어요.」

「그걸 전당포에 맡기면 되겠군요.」 그가 말하고 손을 내밀었다. 「리미디얼 전당포가 가장 좋습니다. 미션 거리와 5번 거리 모퉁이에 있어요.」

그녀는 그에게 하소연하는 눈길을 보냈다. 그의 황회색 눈동자는 딱딱하고 차가웠다. 그녀는 천천히 손을 드레스 목 안쪽으로 넣더니 돌돌 말린 얄팍한 지폐 다발을 꺼내 그의 손에 건네주었다.

그는 지폐를 펴서 세었다. 20달러짜리 네 장, 10달러짜리 네 장, 그리고 5달러짜리가 한 장 있었다. 그는 그중 10달러짜리 두 장과 5달러짜리를 그녀에게 돌려주고 나머지는 주머니에 넣었다. 그러고는 일어서서 말했다. 「이제 나가서 당신을 위해 무슨 일을 할 수 있는지 알아보겠습니다. 최대한 좋은 소식을 가지고 최대한 빨리 돌아오도록 하죠. 초인종은 네 번 울리겠습니다. 길게, 짧게, 길게, 짧게. 그게 나라는 신호입니다. 문 앞까지 배웅할 필요는 없습니다. 혼자서 나갈 수 있으니까요.」

그녀는 방 한가운데 서서 혼란스러움이 담긴 파란 눈으로 떠나는 그의 뒷모습을 지켜보았다.

스페이드는 〈와이즈, 메리컨 앤드 와이즈〉라는 간판이 새겨진 문을 열고 접수실로 들어갔다. 「아, 안녕하세요, 스페이드 씨.」 전화 교환대에 앉은 붉은 머리의 여자가 인사했다.

「안녕하십니까.」 그가 대답했다. 「시드 있나요?」

그가 한 손으로 여자의 통통한 어깨를 짚었고, 여자는 플러그를 꽂고서 수화기에 대고 말했다. 「스페이드 씨가 오셨습니다, 와이즈 씨.」 그녀가 스페이드를 올려다보며 말했다. 「들어가 보세요.」

그는 그녀의 어깨를 꽉 잡아서 고맙다는 표시를 하고, 접수실을 지나 조명이 흐린 복도로 들어선 뒤 그 끝에 있는 불투명 유리문까지 걸어갔다. 불투명 유리문 안에는 몸집이 작은 사내가 서류가 잔뜩 쌓인 커다란 책상 앞에 앉아 있었다. 가무잡잡한 타원형 얼굴은 지친 기색이 역력했고, 숱이 적은 검은 머리에는 비듬이 점점이 박혀 있었다.

작은 사내가 스페이드에게 불 꺼진 시가 토막을 흔들며 말했다. 「의자를 가져와 앉게. 그래, 어제 마일스가 변을 당했다고?」 그의 피곤한 얼굴에서도 약간 날카로운 목소리에서도 아무런 감정이 느껴지지 않았다.

「그래. 그래서 여기 온 거야.」 스페이드는 인상을 쓰고 목을 가다듬었다 「아무래도 검시 과정에서 내가 좀 피곤해질 것 같아. 내가 고객의 비밀과 신원과 기타 등등을 밝히지 않고 버틸 수 있을까? 성직자나 변호사처럼 말이야.」

시드 와이즈는 어깨를 치키고 입 양쪽 꼬리를 낮추었다. 「그럴 수 있지. 검시가 군법 회의는 아니니까. 자네는 이보다 더한 문제들도 잘 헤쳐 나왔잖아.」

「알아. 하지만 던디가 점점 치졸해져서 말이야. 게다가 이번 경우는 조금 번거로울 것 같아. 모자를 써, 시드. 필요한 사람들을 좀 찾아봐야 할 것 같아. 어쨌건 안전하고 싶으니까.」

시드 와이즈는 책상 위의 서류 더미를 보고 〈끙〉 하는 신음 소리를 냈지만, 자리에서 일어나 창가의 벽장으로 갔다. 「자넨 정말 징그러운 친구야, 새미.」 이렇게 말하고 그는 모자걸이에서 모자를 내렸다.

스페이드는 그날 오후 5시 10분에 사무실로 돌아왔다. 에피 페린이 그의 책상에 앉아서 「타임」지를 읽고 있었다. 스페이드는 책상 위에 걸터앉아서 물었다. 「재미있는 거 있어?」

「여기는 없어요. 카나리 포도주라도 마신 것 같은 얼굴이네요.」

그는 만족스럽게 웃었다. 「우리의 앞길이 창창히 밝은 것 같아. 전부터 나는 마일스가 어디 가서 죽어 주면 사업이 좀 더 번창할 거라고 생각했거든. 나한테 꽃다발을 보내 주지 않겠어?」

「벌써 보냈어요.」

「에피는 다시없는 천사야. 오늘 에피가 가진 여자의 직감은 어땠는지 묻고 싶군.」

「왜요?」

「원덜리를 어떻게 생각해?」

「좋다고 생각해요.」 에피는 망설이지 않고 대답했다.

「그 여자는 이름이 너무 많아.」 스페이드가 심각하게 말했다. 「원덜리, 르블랑, 진짜 이름은 오쇼네시라고 하더군.」

「전화번호부에 나온 이름을 다 써도 상관없어요. 그 여자는 괜찮은 여자예요. 당신도 알고 있겠지요.」

「아니, 나는 잘 모르겠는데.」 스페이드는 에피 페린을 보며 졸린 듯이 눈을 깜박였다. 그러더니 쿡쿡 웃었다. 「어쨌건 그 여자는 이틀 사이에 나한테 7백 달러를 주었어. 그건 괜찮은 일이지.」

에피 페린은 허리를 펴고 앉아서 말했다. 「샘, 만약 그 여자가 어려움에 처했는데 당신이 그 여자를 실망시킨다거나, 그런 상황을 이용해서 돈을 뜯어낸다면 평생토록 당신을 욕하고 경멸할 거예요.」

스페이드는 부자연스럽게 웃었다. 그러다가 인상을 찌푸렸는데 그것도 부자연스러웠다. 그는 뭐라고 말하려고 하다가 복도 문이 열리고 누가 들어오는 소리에 입을 다물었다.

에피 페린이 일어나서 바깥 사무실로 나갔다. 스페이드는 모자를 벗고 의자에 앉았다. 에피가 〈조엘 카이로〉라고 적힌 명함을 가지고 들어왔다.

「좀 특이한 사람이에요.」 그녀가 말했다.

「그러면 얼른 들여보내야지.」 스페이드가 말했다.

조엘 카이로는 중간 정도의 키에 체격이 조그맣고 피부가 까무잡잡한 사람이었다. 검은 머리는 매끄럽고 윤기가 흘렀다. 이목구비로 보아 레반트[1] 출신임을 알 수 있었다. 진초록 넥타이에는 네 면을 다이아몬드로 두른 정방형 루비가 박혀 있었다. 좁은 어깨에 꼭 맞게 재단된 검은색 코트가 통통한 엉덩이 위에서 살짝 벌어졌다. 통통한 다리를 감싼 바지는 최신 유행과는 약간 다르게 몸에 착 달라붙어 있었다. 에나멜 가죽 구두 위에는 황갈색 구두 덮개가 덮여 있었다. 그는 새미 장갑을 낀 손에 검은 중산모를 들고 좁은 보폭으로 사뿐사뿐 걸어서 스페이드에게 다가왔다. 시프레 향수가 함께 다가왔다.

스페이드는 방문자에게 고개를 숙여 인사하고는 의자를 가리키며 말했다. 「앉으시죠, 카이로 씨.」

「고맙습니다.」 카이로는 모자를 든 채 우아하게 인사하고 가느다란 고음으로 이렇게 말했다. 그러고는 얌전하게 자리에 앉아서 발목을 엇갈리고 모자를 무릎에 내려놓은 뒤에 노란 장갑을 벗었다.

스페이드가 의자 등받이에 몸을 기대고 물었다. 「무슨 일로 오셨습니까, 카이로 씨?」 온화하고도 무심한 그 목소리와 의자에 등을 기댄 그 동작은 바로 전날 그가 브리지드 오쇼네시에게 똑같은 질문을 할 때와 조금도 다르지 않았다.

---

[1] 지중해 동부 지역.

카이로는 모자를 뒤집어 그 안에 장갑을 넣고 가까운 책상 모서리에 올려놓았다. 그의 왼손 검지와 약지에서 다이아몬드가 빛을 발했다. 그리고 오른손 중지에는 다이아몬드에 둘러싸인 넥타이의 루비와 같은 종류의 루비가 끼여 있었다. 그의 손은 부드럽고, 정성들여 가꾼 티가 났다. 손은 크지 않았지만 살집이 통통해서 무딘 느낌이 들었다. 그는 손바닥을 비벼서 바스락거리는 소리를 내며 말했다. 「초면이지만 동료 분의 돌연한 죽음에 애도의 말씀을 드려도 좋을지요.」

「고맙습니다.」

「스페이드 씨, 신문 기사가 암시하듯이 이 불행한 사건과 그에 잇달아 일어난 서스비라는 사람의 죽음 사이에 어떤…… 연관 관계가 있는지 물어봐도 될까요?」

스페이드는 무표정한 얼굴로 아무 말도 하지 않았다.

카이로는 일어나서 고개를 꾸벅했다. 「죄송합니다.」 그러고는 자리에 앉아서 두 손바닥을 책상 한구석에 나란히 올려놓았다. 「단순한 호기심 이상의 어떤 것 때문에 그런 질문을 했습니다, 스페이드 씨. 저는 그동안…… 뭐랄까? ……제자리를 잃었던…… 그…… 어떤…… 장식물을 되찾고자 합니다. 당신이 저를 도와줄 거라고 기대하고 희망합니다.」

스페이드는 관심이 있다는 듯 고개를 끄덕이며 눈썹을 치켜 올렸다.

「그 장식품이란 조그만 조각상입니다.」 카이로가 신중하게 단어를 고르며 말했다. 「검은색의 새 조각이죠.」

스페이드는 예의 바르게 관심을 기울이며 다시 고개를 끄덕였다.

「저는 그 조각상의 정당한 주인을 대신해서, 그것을 찾아 주시는 대가로 5천 달러를 지불해 드릴 준비가 되어 있습니다.」 카이로는 책상 모서리에서 한 손을 들고 못생긴 검지의 넓적한 손톱으로 허공을 찍었다. 「저는…… 뭐라고들 하더라? ……어떤 질문도 제기하지 않겠다고 약속 드릴 수 있습니다.」 그는 손을 다시 책상 위에 내려놓고 스페이드를 바라보며 부드럽게 미소 지었다.

「5천 달러라면 큰돈이군요.」 스페이드가 심각한 얼굴로 카이로를 보며 말했다. 「그렇다면…….」

문에서 똑똑 소리가 났다.

스페이드가 〈들어와〉 하고 소리치자 문이 빼꼼히 열리고 에피 페린의 머리와 어깨가 들어왔다. 그녀는 검은색의 조그만 펠트 모자를 쓰고 회색 모피 깃이 달린 검은 코트를 입고 있었다.

「다른 일 있나요?」 그녀가 물었다.

「아니, 그럼 퇴근해. 나갈 때 문 잠그고.」 스페이드는 고개를 돌려 다시 카이로를 보며 말했다. 「흥미로운 조각이로군요.」

에피 페린이 복도 문을 닫고 나가는 소리가 들렸다.

카이로가 조용히 웃더니 안주머니에서 검고 납작한 권총을 꺼내 들고 말했다. 「미안합니다만, 두 손을 목 뒤로 깍지 끼어 주시기 바랍니다.」

5
레반트인

스페이드는 권총을 보지 않았다. 대신 의자에 기대앉으며 팔을 들어 머리 뒤에서 양쪽 손가락을 끼었다. 그의 두 눈은 별다른 표정 없이 카이로의 거무스름한 얼굴을 또렷하게 응시했다.

카이로는 미안하다는 듯 헛기침을 하고 불안한 미소를 지었는데, 입술에 핏기가 살짝 사라져 있었다. 그의 검은 두 눈에는 습기와 부끄러움과 진지함이 가득했다. 「사무실을 좀 뒤지겠습니다, 스페이드 씨. 경고하건대 나를 방해하려고 하면 주저 없이 총을 쏠 겁니다.」

「그렇게 하십시오.」 스페이드의 목소리도 얼굴만큼이나 아무런 감정을 드러내지 않았다.

「일어나 주십시오.」 총을 든 남자는 그의 두꺼운 가슴에 총을 겨누고 명령했다. 「무기를 갖고 있는지 확인해야 합니다.」

스페이드는 정강이로 의자를 밀며 자리에서 일어났다.

카이로는 그의 등 뒤로 갔다. 그는 권총을 오른손에서 왼손으로 옮겨 쥔 뒤 스페이드의 코트 자락을 젖히고 안쪽을 살폈다. 그러고는 스페이드의 등 바로 앞에 권총을 댄 채 오른손으로 그의 옆구리를 더듬고 가슴을 만졌다. 레반트인의 얼굴이 스페이드의 오른쪽 팔꿈치 아래에서 15센티미터 거리에 들어왔다.

스페이드는 오른쪽으로 돌면서 팔꿈치를 아래로 찍어 내렸다. 카이로는 얼굴을 얼른 빼내려 했지만 그러지 못했다. 스페이드가 오른발 뒤꿈치로 카이로가 신은 에나멜 구두의 발가락 부분을 찍어 눌러 그가 움직이지 못하게 했기 때문이다. 팔꿈치는 그의 광대뼈 바로 아랫부분에서 작렬했다. 스페이드의 발이 그의 발을 찍어 누르지 않았다면 그는 비틀거렸을 것이다. 스페이드는 팔꿈치를 그의 놀란 얼굴 아래로 더 내려 보냈다가 쭉 펴서 손으로 권총을 잡았다. 스페이드의 손가락이 닿는 순간 카이로는 바로 권총을 놓았다. 스페이드가 잡으니 권총은 아주 작아 보였다.

스페이드는 카이로의 구두에서 발을 떼고 뒤로 돌았다. 그러고는 왼손으로 그의 코트 깃을 움켜쥐고 — 루비가 박힌 녹색 넥타이가 손가락 관절 위에서 우그러졌다 — 오른손으로는 노획한 무기를 코트 주머니에 넣었다. 스페이드의 황회색 눈동자가 어두워졌다. 얼굴은 무표정했지만 입가에는 불쾌한 기색이 떠올랐다.

카이로의 얼굴은 고통과 낙심으로 일그러졌다. 검은 눈에 눈물이 어렸다. 얼굴은 팔꿈치에 맞아 빨개진 뺨을 제외하면 잘 닦은 납 같은 색이었다.

스페이드는 움켜쥔 옷깃으로 그를 천천히 돌려 세우고 그가 조금 전에 앉았던 의자 앞으로 밀고 갔다. 고통이 어렸던 납빛 얼굴이 어리둥절한 표정으로 바뀌었다. 스페이드는 빙긋 웃었다. 부드럽고 약간 나른해 보이는 미소였다. 그의 오른쪽 어깨가 몇 센티미터 들렸다. 그러면서 굽힌 오른팔이 함께 올라갔다. 주먹, 손목, 아래팔, 팔꿈치, 위팔이 모두 뻣뻣하게 한 덩어리를 이루고, 그걸 움직이는 건 유연한 어깨밖에 없는 것 같았다. 주먹이 카이로의 얼굴로 날아들어 한순간 아래턱 한쪽과 입 한쪽, 그리고 광대뼈와 턱뼈 사이의 공간을 덮었다.

카이로는 눈을 감고 의식을 잃었다.

스페이드가 카이로의 늘어진 몸을 의자에 내려놓자, 그의 몸은 팔다리를 늘어뜨린 채로 널브러졌다. 머리는 의자 등받이 위에 굴렀고 입은 벌어졌다.

스페이드는 의식을 잃은 사내의 주머니를 하나하나 꼼꼼히 뒤졌다. 필요하면 그의 늘어진 몸을 들추기도 했다. 그는 그렇게 꺼낸 물건을 책상 위에 쌓아 놓았다. 마지막 주머니까지 비우자 자기 의자로 돌아와서 담배 하나를 말아 불을 붙이고 전리품을 살펴보기 시작했다. 그의 태도는 신중하고 차분하고 철저했다.

부드러운 가죽으로 만든 검은색의 큼직한 지갑에는 365달러가 각기 다른 크기의 미국 지폐로 들어 있었고, 5파운드짜리 지폐가 세 장, 카이로의 이름과 사진이 담기고 비자가 가득 붙은 그리스 국적의 여권, 그리고 아랍어 같은 글이 적힌 분홍빛 반투명 종이 다섯 장이 접혀 있었다. 아처와 서스비의 죽음이 보도된 신문 기사가 거칠게 잘린 채 들어 있었고, 가무잡잡한 얼굴에 차가운 눈과 따뜻한 입 모양을 한 여자의 엽서만 한 사진과 오래돼서 노래지고 접힌 부분이 갈라진 커다란 실크 손수건, 그리고 조엘 카이로라는 이름이 적힌 명함 몇 장과 그날 밤 기어리 극장에서 하는 공연의 특석 표가 있었다.

지갑과 그 안의 내용물 외에는 〈시프레〉 향이 밴 밝은 빛깔의 실크 손수건 세 장과 백금 론진 손목시계가 있었는데 그 시계에 달린 백금과 순금 사슬의 반대편에는 흰색 금속으로 만든 호리병 모양의 작은 펜던트가 달려 있었다. 미국, 영국, 프랑스, 중국의 동전 몇 개, 대여섯 개의 열쇠가 달린 열쇠고리, 모조 가죽집에 든 금속 빗, 역시 모조 가죽집에 든 손톱 줄, 조그만 샌프란시스코 지도, 서던 퍼시픽 철도 수하물 표, 반 정도 찬 보라색 방향정(芳香錠) 통, 상하이 보험 중개인의 명함이 있었다. 벨베데어 호텔의 필기 용지 네 장도 있었는데 그 한 장에 작고 꼼꼼한 글씨로 새뮤얼 스페이드의 이름과 사무실, 그리고 아파트 주소가 적혀 있었다.

스페이드는 이런 물건들을 꼼꼼히 살펴보고 나서 — 그는 혹시 안에 무얼 숨겨 두었나 해서 시계의 뚜껑도 열어 보았다 — 고개를 숙이고 엄지와 검지로 의식을 잃은 사내의 손목을 잡고 맥박을 점검해 보았다. 그런 뒤 손목을 놓고 의자에 앉아 다시 담배를 말아 불을 붙였다. 담배를 피우는 동안 그의 얼굴은 이따금 보이는 아랫입술의 미세하고 별 뜻 없는 흔들림 말고는 너무도 고요하고 심각해서 바보 같아 보일 지경이었다. 하지만 이내 카이로가 신음 소리를 내며 눈꺼풀을 퍼덕이자 스페이드의 얼굴은 평온을 되찾았고, 눈과 입에 가볍게 다정한 미소가 떠올랐다.

조엘 카이로는 천천히 깨어났다. 그는 눈을 떴지만, 그로부터 1분은 족히 지난 뒤에야 천장의 특정 지점에 시선을 고정할 수 있었다. 그러고는 입을 다물고 침을 삼킨 뒤에 콧구멍으로 무겁게 날숨을 내보냈다. 그는 한쪽 발을 당기고 한 손을 허벅지에 올리고는 의자 등받이에 구르던 고개를 일으키고 어리둥절한 눈길로 사무실을 둘러보다가 스페이드를 보고 벌떡 일어나 앉았다. 무슨 말인가 하려고 입을 여는 듯하더니 갑자기 깜짝 놀라며 스페이드의 주먹에 맞아 울긋불긋 멍이 든 얼굴에 손을 가져갔다.

카이로가 이를 맞다문 채 고통스럽게 말했다.「내가 당신을 쏠 수도 있었어요, 스페이드 씨.」

「시도는 할 수 있었겠죠.」 스페이드가 인정했다.

「하지만 안 했어요.」

「압니다.」

「그런데 당신은 왜 나한테서 무기를 빼앗고 나를 때렸습니까?」
「미안합니다.」 스페이드가 말하고 송곳니를 보이며 늑대 같은 미소를 지었다. 「하지만 5천 달러짜리 제안이 농담이라는 걸 알았을 때 내가 느낀 당혹감을 고려해 주십시오.」
「오해하지 마세요, 스페이드 씨. 그 제안은 진짜입니다.」
「뭐라고요?」 스페이드는 정말로 놀랐다.
「그 조각상을 되찾으면 5천 달러를 기꺼이 지불할 준비가 되어 있습니다.」 카이로는 멍든 얼굴에서 손을 떼고, 다시 얌전하고 사무적인 자세로 앉았다. 「당신이 보관하고 있나요?」
「아뇨.」
카이로는 예의 바르게 의구심을 표현했다. 「여기 없다면······ 왜 그렇게 큰 위험을 무릅쓰고 내 수색을 막은 거죠?」
「누가 들어와서 총을 들이대면 고분고분 그 말에 따라야 하는 겁니까?」 스페이드는 책상 위에 놓인 카이로의 물건들에 손가락을 튀겼다. 「여기 우리 집 주소도 메모해 놓으셨더군요. 벌써 가 봤습니까?」
「그렇습니다, 스페이드 씨. 조각상을 돌려받는다면 기꺼이 5천 달러를 드리겠지만, 가능하다면 조각상의 주인에게 비용을 절약해 주는 게 좋지 않겠습니까?」
「주인이 누구입니까?」
카이로는 고개를 젓고 미소를 지었다. 「그 질문에 대답하지 않는다고 나를 나무라지 않기를 바랍니다.」
「그렇습니까?」 스페이드는 입술을 꼭 다물고 웃으면서 몸을 앞으로 숙였다. 「나는 지금 당신 목덜미를 잡고 있습니다. 당신은 여기 불쑥 들어와서 당신이 어젯밤의 살인 사건과 관련이 있다는 걸 증명해 버렸어요. 그 정도면 경찰의 구미에도 충분히 맞을 겁니다. 이제 당신은 나하고 한편이 될지 말지 선택해야 돼요.」

카이로는 조심스럽고 차분하게 미소를 지었다. 놀란 기색은 전혀 없었다. 「나는 행동을 취하기 전에 당신에 대해 꽤 깊이 조사를 했습니다. 당신은 매우 이성적인 분이라서 수익성 높은 사업 앞에서 다른 사정들에 발목을 잡히는 일은 없을 거라고 확신했습니다.」

스페이드는 어깨를 으쓱하고 물었다. 「수익성 있는 사업이란 게 뭐죠?」

「나는 당신에게 5천 달러를 주겠다고 했습니다.」

스페이드는 손가락 뒤쪽으로 카이로의 지갑을 탁 때리고 말했다. 「여기 5천 달러 같은 건 없습니다. 눈이 있으면 직접 보시죠. 보라색 코끼리를 갖다 주면 백만 달러를 주겠다는 말은 누구라도 할 수 있습니다. 하지만 그게 무슨 의미가 있습니까?」

「알겠습니다, 알겠습니다.」 카이로는 눈살을 찌푸리면서 신중하게 말했다. 「내 말이 진실이라는 얼마간의 보증을 바라시는 거죠.」 그러고는 손가락 끝으로 붉은 아랫입술을 훑었다. 「착수금을 드리면 될까요?」

「그것도 가능하죠.」

카이로는 지갑으로 손을 뻗었다가 망설이며 손을 거두어들이고 말했다. 「거기서 백 달러를 꺼내 가지십시오.」

스페이드는 지갑을 들고 1백 달러를 꺼냈다. 그러더니 인상을 찌푸리고 말했다. 「2백 달러가 더 낫겠습니다.」 그는 1백 달러를 더 꺼냈다.

카이로는 아무 말도 하지 않았다.

「당신의 첫 번째 추측은 내가 그 새를 가지고 있다는 거였습니다.」 스페이드는 2백 달러를 주머니에 넣고 지갑을 다시 책상에 떨어뜨린 뒤 또렷한 목소리로 말했다. 「그건 빗나간 추측이었어요. 그러면 두 번째 추측은 뭡니까?」

「그게 어디 있는지 당신이 알 거라는 거죠. 정확히 알지는 못한다 해도 어쨌거나 당신이 손에 넣을 수 있는 곳에 있다는 겁니다.」

스페이드는 그 말을 긍정도 부정도 하지 않았다. 그 말을 제대로 듣지 못한 사람 같았다. 그가 물었다. 「당신이 말하는 그 사람이 정말 그것의 주인이라는 증거가 있습니까?」

「불행히도 증거는 거의 없습니다. 하지만 이건 있습니다. 다른 어느 누구도 그 소유권에 대한 진정한 증거를 가지고 있지 않다는 겁니다. 그리고 당신이 내가 짐작하는 만큼 이 사태를 이해한다면 — 그렇지 않다면 내가 여기 찾아오지 않았겠지요 — 그것이 탈취된 방식 자체가 그 사람의 소유권을 증명한다는 걸 알 겁니다. 아무렴 서스비보다야 훨씬 명백한 소유권이지요.」

「그 사람의 말은 어떻습니까?」 스페이드가 물었다.

흥분한 카이로는 눈과 입이 동그래지고 얼굴이 빨개져서 새된 소리로 외쳤다. 「〈그자〉는 주인이 아니에요!」

「아.」 스페이드는 알쏭달쏭한 어조로 부드럽게 말했다.

「그자가 지금 샌프란시스코에 있습니까?」 카이로가 약간 누그러들었지만 여전히 흥분한 목소리로 물었다.

스페이드는 졸린 듯 눈을 깜박였다. 「우리가 서로에게 속을 털어놓는 게 두루두루 좋을지도 모르겠군요.」

카이로는 약간 움찔하더니 다시 침착해졌다. 「그렇게 생각하지 않습니다.」 그의 목소리는 이내 부드러워졌다. 「당신이 나보다 많은 것을 안다면 나는 당신의 힘을 빌려 소득을 얻을 것이고, 당신 또한 5천 달러의 소득을 얻을 겁니다. 만약 당신이 나보다 아는 게 적다면, 당신을 찾아온 건 실수가 되고 당신의 제안에 따르는 건 그 실수를 악화시키는 꼴이 될 겁니다.」

스페이드는 무심하게 고개를 끄덕이고 책상 위의 물건들을 향해 손을 흔들어 보이며 말했다.「당신 물건들입니다.」카이로가 주머니에 물건들을 집어넣는 모습을 보며 그가 덧붙였다.「그러면 내가 그 검은 새를 찾아오는 비용은 당신이 대고, 임무가 달성되면 5천 달러를 주는 거지요?」

「그렇습니다, 스페이드 씨. 하지만 선금으로 지급한 돈은 뺀 5천 달러입니다. 그러니까 다 합해서 5천 달러가 되는 거죠.」

「맞습니다. 합리적인 방식입니다.」눈가의 주름살만 빼고 스페이드의 얼굴 전체가 엄숙해졌다.「당신의 요구는 나더러 살인이나 도둑질을 하라는 게 아니라, 그저 조각상만 찾아다 달라는 거지요. 가능하면 정직하고 합법적인 방식으로.」

「가능하다면요.」카이로가 동의했다. 그 역시 눈을 뺀 얼굴 전체가 엄숙했다.「그리고 어떤 경우에도 신중해야 합니다.」그는 일어서서 모자를 집어 들었다.「저한테 연락하고 싶다면, 저는 벨베데어 호텔에 있습니다. 635호입니다. 우리의 협력이 서로에게 최대의 이익을 가져다주리라 믿습니다, 스페이드 씨.」그러고는 망설이며 말했다.「제 권총을 돌려주시겠습니까?」

「그럼요. 잊었군요.」

스페이드는 코트 주머니에서 권총을 꺼내 카이로에게 주었다. 카이로는 총구를 스페이드의 가슴을 향해 돌렸다.

「양손을 책상 위에 내려놓기 바랍니다.」카이로가 진지하게 말했다.「사무실을 수색하고 싶으니까요.」

「아, 이럴 수가.」스페이드는 이렇게 말하고 목구멍 안으로 웃음을 삼키며 말했다.「좋아요. 뒤져 봐요. 막지 않을 테니.」

6
조그만 그림자

 조엘 카이로가 떠난 뒤 스페이드는 30분 동안 혼자 조용히 이마를 찌푸리고 앉아 있었다. 그러더니 걱정을 털어 버리듯 소리 내서 말했다. 「어쨌건 돈을 주잖아.」 그는 책상 서랍에서 맨해튼 칵테일 병과 종이컵을 꺼냈다. 컵의 3분의 2 정도를 채워 술을 마시고, 병을 다시 서랍에 넣고, 컵을 휴지통에 던졌다. 그러고는 모자를 쓰고, 코트를 입고, 불을 끄고, 가로등 켜진 거리로 내려갔다.

 깔끔한 회색 챙모자와 외투 차림을 한 스무 살쯤 되어 보이는 조그만 체구의 청년이 스페이드가 사는 아파트 근처 모퉁이에서 빈둥거리며 서 있었다.

 스페이드는 커니 거리 방향으로 서터 거리를 걸어가서 시가 가게에 들러 불 더럼 담배쌈지 두 개를 샀다. 가게 밖으로 나와 보니 청년은 반대편 모퉁이에서 전차를 기다리는 네 사람 중의 한 명이 되어 있었다.

 스페이드는 파월 거리의 허버츠 그릴에서 저녁을 먹었다. 8시 15분 전에 그릴을 떠나며 보니 청년은 근처에 있는 남성용 장신구 가게의 창문을 들여다보고 있었다.

스페이드는 벨베데어 호텔로 가서 접수부에 카이로 씨를 불러 달라고 부탁했다. 카이로는 객실에 없다고 했다. 청년은 로비 맨 안쪽 구석의 의자에 앉아 있었다.

스페이드는 기어리 극장으로 갔지만, 로비에 카이로가 보이지 않자 극장 앞 보도 가장자리에 서서 기다렸다. 청년은 아래쪽 마쿼드 식당 앞에서 사람들 속에 섞여 서성거리고 있었다.

8시 10분에 조엘 카이로가 그 사뿐사뿐한 걸음으로 기어리 거리를 걸어왔다. 그는 스페이드를 보지 못한 것 같았다. 스페이드가 어깨에 손을 대자 그는 살짝 놀라서 말했다. 「아, 맞아요. 당신이 표를 봤지요.」

「그래요. 당신한테 보여 주고 싶은 게 하나 있어요.」 스페이드는 카이로를 극장 앞의 관객들 틈에서 데리고 나와 보도 가장자리로 갔다. 「저기 마쿼드 식당 앞에 있는 챙모자를 쓴 친구 말이에요.」

「알겠습니다.」 카이로가 중얼거리고 손목시계를 내려다보았다. 그런 뒤에 기어리 거리 위쪽을 올려다보았다. 이어 눈을 앞쪽으로 돌려 조지 알리스가 샤일록으로 분장한 극장 간판을 바라보더니, 검은 눈동자를 옆으로 굴려 챙모자 청년을 바라보았다. 청년의 얼굴은 창백했고, 아래로 내리깐 두 눈 위로 속눈썹이 곱슬곱슬했다.

「저 자가 누굽니까?」 스페이드가 물었다.

카이로는 스페이드를 올려다보며 미소 지었다. 「모르는 사람입니다.」

「계속 내 뒤를 쫓고 있어요.」

카이로가 혀로 아랫입술을 적시고 물었다. 「그렇다면 저 친구에게 우리가 같이 있는 모습을 보이는 게 현명한 일일까요?」

「내가 어떻게 알겠습니까?」 스페이드가 대꾸했다. 「어쨌건 이미 저질러진 일이죠.」

카이로는 모자를 벗고 장갑 낀 손으로 머리를 매만졌다. 그러고는 다시 조심스레 모자를 쓰고 더없이 솔직한 태도로 말했다. 「분명히 말씀드리는데 난 저 친구를 전혀 모릅니다, 스페이드 씨. 나는 저 자와 아무런 관계가 없다는 것도 분명히 말씀드릴 수 있습니다. 맹세코 나는 당신 이외의 그 누구에게도 도움을 요청하지 않았습니다.」

「그러면 저 친구도 다른 사람들 중의 한 명인가요?」

「그럴 수 있습니다.」

「그냥 알고 싶었습니다. 성가시게 굴면 다치게 해야 할지도 모르니까요.」

「좋으실 대로 하십시오. 저 청년은 내 친구가 아닙니다.」

「좋습니다. 이제 막이 오르는군요. 안녕히 가십시오.」 스페이드는 이렇게 말하고 길을 건너 서쪽으로 가는 전차를 탔다.

청년도 같은 전차에 탔다.

스페이드는 하이드 거리에서 전차를 내려 아파트로 올라갔다. 그의 방은 심하게 어질러져 있지는 않았지만, 누군가 수색한 흔적이 역력했다. 스페이드는 몸을 씻고 나서 깨끗한 셔츠로 갈아입고 새 깃을 달았다. 그러고는 다시 밖으로 나가 서터 거리로 가서 서쪽으로 가는 전차를 탔다. 청년 역시 같은 전차에 탔다.

스페이드는 코로넷 아파트를 몇 블록 앞둔 곳에서 전차를 내려, 높다란 갈색 아파트 건물 입구로 갔다. 초인종 세 개를 동시에 누르자 1층 현관문에 걸린 열쇠가 부르르 울렸다. 그는 안으로 들어간 뒤 엘리베이터와 계단을 지나고 노란 칠이 된 기다란 복도를 지나 건물 뒤편으로 갔다. 뒷문에 자물쇠가 걸린 걸 보고 안뜰로 나갔다. 좁은 안뜰은 어두운 뒷골목으로 이어져 있었다. 스페이드는 그 골목을 따라 두 블록을 걸은 다음 캘리포니아 거리를 건너서 코로넷 아파트로 갔다. 아직 9시 반도 되지 않은 시각이었다.

브리지드 오쇼네시가 스페이드를 크게 반기는 모습을 보면, 그녀가 그의 방문을 그다지 확신하고 있지 않았다는 걸 알 수 있었다. 그녀는 그 계절에 아토이즈라고 불리는 파란 색조의 새틴 드레스를 입고 있었고 ─ 어깨 끈은 푸른 옥수(玉髓) 구슬이었다 ─ 역시 아토이즈 빛깔의 스타킹과 구두를 신고 있었다.

붉은색과 미색으로 꾸며진 거실은 말끔히 정돈되어 있었고, 납작한 검은색과 은색의 도자기 꽃병에서 꽃들이 분위기를 밝게 했다. 아무렇게나 껍질을 벗긴 작은 통나무 세 개가 벽난로에서 타고 있었다. 스페이드는 그녀가 그의 모자와 코트를 걸어 두고 오는 동안 그 불을 들여다보았다.

「좋은 소식 있어요?」 그녀가 거실로 돌아와서 물었다. 불안이 비쳐 보이는 미소를 지은 채 그녀는 숨을 참고 기다렸다.

「이미 알려진 것들 외에는 우리가 새롭게 세상에 알릴 건 아무것도 없습니다.」

「경찰에 나를 밝히지 않을 건가요?」

「그렇습니다.」

그녀는 만족스레 한숨을 쉬고 기다란 밤나무 의자에 앉았다. 그녀의 얼굴도 몸도 편안하게 이완되었다. 그녀는 경탄의 눈으로 그를 바라보며 미소 지었다. 「어떻게 그렇게 했어요?」 그녀가 궁금함보다는 놀라움을 담은 말투로 물었다.

「샌프란시스코에서 돈이나 술수로 얻지 못하는 건 별로 없습니다. 아니면……」

「당신한테 아무런 문제가 안 생긴다는 건가요? 앉으세요.」그녀는 긴 의자에 그의 자리를 내주었다.

「얼마간의 문제는 별로 상관하지 않습니다.」그가 지나치게 오만하지 않은 말투로 대답했다.

그는 난롯가에 서서 탐색하고 평가한다는 사실을 전혀 감추지 않는 눈길로 그녀를 바라보았다. 그녀는 그의 노골적인 시선 아래서 살짝 얼굴을 붉혔지만, 이전보다 자신감이 더 커진 것 같았다. 그러면서도 두 눈에는 여전히 매력적인 수줍음이 남아 있었다. 그는 자기 곁에 앉으라는 그녀의 말을 완전히 무시한 것처럼 한참 동안 서 있다가 마침내 긴 의자로 갔다.

「지금 보여 주는 그 모습이 당신의 본래 모습은 아니죠?」그가 의자에 앉으면서 물었다.

「무슨 말씀인지 모르겠는데요.」그녀가 어리둥절한 눈을 하고 목소리를 낮추어 말했다.

「여학생 같은 태도 말입니다. 말을 더듬고 얼굴을 붉히고 그런 거요.」

그녀는 얼굴을 붉히더니 그에게서 눈길을 돌리고 허둥지둥 대답했다. 「오늘 오후에 말씀드렸잖아요. 나는 나쁜 여자고…… 당신이 생각하는 것보다 훨씬 나쁘다고요.」

「바로 그거예요. 당신은 오늘 오후에도 그 똑같은 말을 똑같은 어조로 했죠. 그건 훈련된 말투입니다.」

그녀는 몹시 당황해서 눈물을 흘릴 기세까지 보이다가 웃음을 터뜨렸다. 「그렇다면 좋아요, 스페이드 씨. 나는 겉으로 보이는 것하고는 완전히 다른 사람이에요. 여든 살 먹은 사악한 노파고 직업은 주물공이에요. 하지만 이게 가식이라고 해도 내가 배운

게 이것뿐이에요. 그러니 이런 태도를 완전히 떨칠 수 있을 거라고 기대하지는 말아 줘요.」

「아, 좋습니다.」 그가 그녀를 안심시켰다. 「당신이 정말로 그렇게 순진하다면, 그거야말로 문제죠. 그러면 우리는 아무것도 할 수 없을 테니까요.」

「나는 순진하게 굴지 않을 거예요.」 그녀가 손을 가슴에 대고 약속했다.

「오늘 밤 조엘 카이로를 봤습니다.」 그가 사교적인 대화를 시작하는 것처럼 말했다.

그녀의 얼굴에서 밝은 기운이 사라졌다. 그의 옆얼굴을 응시하는 두 눈에 두려움이 어리더니 이내 조심스러워졌다. 그는 쭉 뻗어 발목을 엇갈린 자신의 발끝을 보고 있었다. 그의 얼굴에서는 아무런 생각도 엿보이지 않았다.

한참이 지난 뒤에야 그녀가 불안스레 물었다.

「그 사람을…… 알아요?」

「오늘 밤에 만났습니다.」 스페이드는 고개를 들지 않고 여전히 가벼운 어조로 말했다. 「조지 알리스 연극을 보러 왔더군요.」

「그 사람이랑 이야기를 했다는 거예요?」

「막이 올라간다는 종이 울릴 때까지 1, 2분 정도요.」

그녀는 긴 의자에서 일어나 벽난로 앞으로 가서 불을 쑤셨다. 그러고는 벽난로 선반에 놓인 장식품을 약간 옆으로 옮겨 놓고 방 한쪽 모퉁이로 가서 탁자에 놓인 담뱃갑을 집어 들고 커튼을 정돈하다가 자리로 돌아왔다. 그녀의 얼굴은 이제 부드럽고 편안해 보였다.

스페이드는 그녀를 비스듬히 보면서 웃었다. 「좋아요. 당신은 아주 잘해요.」

그녀는 표정을 바꾸지 않고 조용히 물었다.「그 사람이 뭐라고 그러던가요?」

「뭘 말입니까?」

그녀는 망설였다.「나에 대해서요.」

「아무 말도 안 했습니다.」스페이드는 그녀가 손에 든 담배에 라이터를 갖다 댔다. 무표정한 악마 같은 얼굴에서 두 눈이 반짝였다.

「그러면 다른 말은요?」그녀는 약간 장난스럽게 뾰로통해져서 물었다.

「검은 새를 찾아 주면 5천 달러를 주겠다고 하더군요.」

그녀는 깜짝 놀라서 담배 끝을 깨물었다. 그러고는 당황한 눈으로 그를 보더니 얼른 돌아섰다.

「또 불을 쑤시고 방을 정돈하려는 건 아니겠죠?」그가 심드렁하게 물었다.

그녀는 밝고 명랑하게 웃고 토막 난 담배를 재떨이에 버린 뒤, 밝고 명랑한 눈으로 그를 보며 약속했다.「안 그럴게요. 그런데 당신은 뭐라고 답했어요?」

「5천 달러는 큰돈이라고 그랬습니다.」

그녀는 미소를 지었다. 하지만 그가 심각한 표정으로 그녀를 바라보자 그녀는 혼란스러워하며 희미해진 미소를 이내 거두었다. 그리고 그 자리에 상심하고 곤혹스러운 표정이 나타났다. 「정말로 그렇게 할 생각은 아니죠?」그녀가 말했다.

「왜요? 5천 달러는 큰돈입니다.」

「하지만 스페이드 씨, 당신은 나를 도와주겠다고 했잖아요.」그녀는 그의 팔에 두 손을 얹었다.「나는 당신을 믿었어요. 그러면……」그녀가 말을 끊고 그의 소매에서 두 손을 떼어 불안하게 비틀었다.

 스페이드는 혼란스러워하는 그녀의 눈을 보며 미소를 지었다. 「당신이 나를 얼마만큼 믿는가는 따지지 말죠. 나는 당신을 도와주겠다고 했어요. 그건 분명해요. 하지만 당신은 검은 새와 관련된 이야기를 한마디도 해주지 않았어요.」

 「당신은 이미 알잖아요. 안 그러면 어떻게 이런 이야기를 꺼냈겠어요. 당신은 이미 알고 있어요. 나를 이런 식으로 취급하면 안 돼요.」 그녀의 코발트 빛 눈동자가 기도하듯 간절해졌다.

 「5천 달러는……」 그가 세 번째로 말했다. 「큰돈입니다.」

 그녀는 어깨와 손을 들어 올렸다가 패배를 시인하며 도로 내렸다. 그러고는 작고 기운 없는 목소리로 말했다. 「맞아요. 그건 내가 줄 수 있는 것보다 훨씬 큰 액수예요. 당신의 충성심을 놓고 입찰을 해야 한다면 말이에요.」

 스페이드는 웃었다. 짧고 약간 씁쓸한 웃음이었다. 「좋습니다. 당신이 직접 그렇게 말하니 말입니다. 당신은 나한테 돈 말고 무얼 주었습니까? 신뢰를 주었나요? 일말의 진실이라도 주었나요? 내가 당신을 도울 수 있게 협조했나요? 돈 말고 다른 어떤 것으로 내 충성을 사려고 해봤나요? 내가 여기 개입하기로 마음먹는다면, 좀 더 고액을 제시하는 사람에게 가지 말아야 할 이유가 있습니까?」

 「나는 내가 가진 돈을 전부 드렸어요.」 흰자위가 동그랗게 드러난 그녀의 눈에서 눈물이 반짝였다. 목소리는 갈라지고 떨렸다. 「나는 당신의 자비에 나를 맡겼어요. 당신이 도와주지 않으면 나는 오갈 데 없는 신세가 된다고 말했어요. 또 뭐가 있어야 하죠?」 그녀가 갑자기 그에게 다가앉아서 분노에 떨며 외쳤다. 「내 몸으로 당신을 살 수 있을까요?」

두 사람의 얼굴은 몇 센티미터밖에 떨어져 있지 않았다. 스페이드는 두 손으로 그녀의 얼굴을 잡고 경멸을 담아 그 입에 거칠게 키스했다. 그러더니 뒤로 물러앉아서 말했다. 「생각해 보겠습니다.」 그의 험악한 얼굴에서 분노가 이글거렸다.

그가 그녀의 마비된 얼굴에서 손을 뗀 뒤에도 그녀는 그 자세 그대로 앉아 있었다.

그가 일어나서 말했다. 「젠장! 이게 다 뭐 하는 짓이지.」 그러고는 벽난로 앞으로 두 걸음 다가가다 멈추어 서서 불타는 장작을 바라보며 이를 갈았다.

그녀는 움직이지 않았다.

그가 그녀를 향해 돌아섰다. 미간에 세로로 파인 두 개의 금이 깊은 고랑을 이루면서 양옆으로 붉은 두둑이 솟아올랐다. 「당신이 정직하건 부정직하건 그런 건 하등 상관없습니다.」 그는 차분한 태도를 유지하려고 애쓰며 말했다. 「당신이 무슨 장난을 꾀하고 있건, 무슨 비밀을 갖고 있건 상관 안 해요. 하지만 당신이 무언가를 알고 그런 일을 하는 건지 어떤지는 내가 알아야 되지 않겠습니까?」

「알고 있어요. 그렇다는 걸 믿어 줘요. 그게 최선이에요. 그리고……」

「증거를 보여 주시죠.」 그가 추궁했다. 「나는 기꺼이 당신을 도울 의사가 있습니다. 그리고 지금까지 최선을 다했고요. 필요하다면 맹목적으로 투신할 수도 있을 겁니다. 하지만 당신을 이만큼밖에 못 믿어서는 그렇게 할 수가 없어요. 당신이 지금의 사태를 이해한다는 걸 나에게 납득시켜 봐요. 그저 모든 걸 추측과 운에 맡기고, 어떻게든 결국 잘되기만을 희망하고 있는 게 아니라는 걸 말입니다.」

「나를 조금 더 오래 믿어 줄 수는 없나요?」

「조금 더란 얼마만큼을 말하는 겁니까? 당신이 기다리는 게 뭐죠?」

「조엘 카이로를 만나 봐야겠어요.」 그녀는 입술을 깨물고 고개를 숙이고는 거의 들릴 듯 말 듯한 소리로 말했다.

「오늘 밤 만날 수 있습니다.」 스페이드가 시계를 보며 말했다. 「곧 공연이 끝날 거예요. 호텔로 전화를 걸면 됩니다.」

그녀는 놀라서 눈을 들었다. 「하지만 여기서는 안 돼요. 그 사람한테 내가 있는 곳을 알려 줄 수는 없어요. 무서워요.」

「내 아파트에 가면 돼요.」

그녀는 입술을 오므리고 망설이다가 물었다. 「그 사람이 거기 오라면 올까요?」

스페이드는 고개를 끄덕였다.

「좋아요.」 그녀가 외치고 벌떡 일어섰다. 두 눈이 크고 밝아졌다. 「지금 가죠.」

그녀는 옆방으로 갔다. 스페이드는 모퉁이의 탁자로 가서 조용히 서랍을 열었다. 서랍에는 트럼프 카드 두 벌, 브리지 놀이 채점표 한 묶음, 놋쇠 나사못, 빨간 실 한 토막, 금색 연필 한 자루가 들어 있었다. 그가 서랍을 닫고 담배에 불을 붙이는데, 그녀가 조그만 검은색 모자를 쓰고 회색 염소 가죽 코트를 입은 차림으로 그의 모자와 코트를 들고 돌아왔다.

두 사람을 태운 택시가 스페이드의 아파트 건물 앞에 서 있는 검은 승용차 뒤에 멈추어 섰다. 승용차 안에는 아이바 아처가 혼자 운전석에 앉아 있었다. 스페이드는 그녀에게 모자를 들어 인사하고 브리지드 오쇼네시와 함께 건물 안으로 들어갔다. 하지만 로비에 들어서자 벤치 옆에 서서 말했다. 「여기서 잠깐만 기다려 주겠습니까? 오래 걸리지 않을 겁니다.」

「상관없어요.」 브리지드 오쇼네시가 벤치에 앉으며 말했다. 「서두르지 않아도 돼요.」

스페이드는 승용차로 갔다. 그가 승용차 문을 열자 아이바가 빠르게 말했다. 「당신하고 할 이야기가 있어, 샘. 집에 들어가도 될까?」 그녀의 얼굴은 창백하고 초조해 보였다.

「지금은 안 돼.」

아이바는 이를 다물고 앵돌아진 목소리로 물었다. 「저 여자는 누구야?」

「시간이 별로 없어, 아이바.」 스페이드가 차분히 말했다. 「무슨 일이지?」

「저 여자 누구냐니까?」 그녀는 고갯짓으로 아파트 로비 쪽을 가리키며 다시 물었다.

그는 그녀에게서 눈길을 돌려 거리 아래쪽을 바라보았다. 바로 아래 모퉁이의 차고 앞에 스무 살 무렵의 청년이 깔끔한 회색 챙모자와 외투 차림으로 벽을 등진 채 어슬렁거리고 있었다. 스페이드는 인상을 쓰고 다시 아이바의 고집스러운 얼굴로 눈길을 돌렸다. 「무슨 일이지? 무슨 일이 있는 거야? 이런 야밤에 여기 오면 곤란해.」

「조금씩 이해가 되려고 하네.」 그녀가 투덜거렸다. 「나더러 사무실에 오지 말라더니, 이제는 여기도 오지 말라고. 이제 당신을 따라다니면 안 된다는 거야? 그럼 왜 그렇다고 잘라 말하지 않는 거지?」

「이봐, 아이바. 당신은 이런 식으로 행동할 권리가 없어.」

「없다는 거 알아. 나한테는 당신에게 주장할 아무 권리도 없어. 하지만 나는 있는 줄 알았어. 당신의 거짓 사랑에 속아 넘어가서…….」

스페이드는 피곤한 기색으로 말했다. 「그런 일 가지고 따질 시간이 없어. 나를 찾아온 이유가 뭐야?」

「여기서는 말할 수 없어. 들어가면 안 돼?」

「지금은 안 돼.」

「왜 안 되는 거지?」

스페이드는 대답하지 않았다.

그녀는 입술을 앙다물고 운전대 앞에 제대로 자리를 잡은 뒤 시동을 걸고 성난 표정으로 앞을 노려보았다.

승용차가 움직이기 시작하자 스페이드가 〈잘 가, 아이바〉라고 말하며 문을 닫았다. 그러고는 승용차가 눈앞에서 사라질 때까지 모자를 들고 보도 가장자리에 서 있다가 다시 건물 안으로 들어갔다.

브리지드 오쇼네시는 밝게 웃으며 벤치에서 일어섰고, 두 사람은 함께 스페이드의 아파트로 올라갔다.

7
허공에 쓴 G

 본래는 침실이지만 지금은 침대를 벽에 붙여서 거실이 된 방에 들어서자, 스페이드는 브리지드 오쇼네시의 모자와 코트를 받아 들고 그녀에게 푹신한 흔들의자를 권한 뒤 벨베데어 호텔에 전화했다. 카이로는 아직 호텔에 돌아오지 않았다. 스페이드는 자신의 집 전화번호를 일러 주면서 카이로에게 돌아오는 즉시 전화해 달라는 전갈을 남기고 전화를 끊었다.

 스페이드는 탁자 옆의 안락의자에 앉았다. 그러더니 갑자기 밑도 끝도 없이 그가 몇 년 전 북서부 지방에서 지낼 때 겪은 일을 이야기하기 시작했다. 어느 부분을 강조한다거나 중간에 멈추거나 하는 일 없이 시종 차분하고 사무적인 말투였다. 물론 이따금 같은 문장을 약간 바꿔서 다시 말하는 일은 있었다.

 처음에 브리지드 오쇼네시는 건성으로 이야기를 들었다. 이야기 자체보다는 그가 그런 이야기를 한다는 데 더 놀라서, 그 내용보다는 그의 의도를 더 궁금해했다. 하지만 이야기가 진행되면서 차츰 거기에 흥미를 품었고, 마침내 조용히 귀를 기울이고 들었다.

 타코마에 사는 플릿크래프트라는 이름의 남자가 어느 날 점심을 먹으러 자신의 부동산 사무실을 나간 뒤 돌아오지 않았다. 그는 그날 오후 네 시에 있던 골프 약속도 지키지 않았다. 그건 점심을 먹으러 나가기 전 30분도 안 되는 시각에 그가 먼저 연락해서 잡은 약속이었는데 말이다. 그의 아내와 아이들은 다시는 그를 보지 못했다. 그들 부부는 금실이 더없이 좋다고 알려져 있었다. 그는 다섯 살과 세 살배기 두 아들이 있었으며, 타코마 교외에 주택이 있고, 신형 패커드 승용차를 비롯해서 성공한 미국인의 온갖 상징적 물건들을 소유하고 있었다.

플릿크래프트는 아버지에게서 7만 달러의 유산을 받았고, 부동산업으로 성공해서 실종 사건이 생길 무렵에는 재산이 20만 달러로 불어나 있었다. 그의 주변은 잘 정돈되어 있었지만, 이 실종이 계획된 사건이 아니었다는 걸 보여 줄 만큼은 느슨하게 흐트러져 있었다. 예를 들면, 실종 다음 날에 상당한 수익이 예상되는 계약을 체결하기로 예정되어 있었다. 또 아무리 따져 봐도 실종 시점에 그가 수중에 50~60달러 이상의 돈을 갖고 있을 가능성이 없었다. 지난 몇 달 동안 그가 영위한 명백하고도 단순한 생활을 보면, 어떤 비밀스러운 죄를 저질렀다거나 다른 여자를 만났다고 의심하기도 어려웠다. 물론 두 가지 모두 희박하게나마 가능성이 있기는 했지만.

「그러니까 그 사람은 손을 펴니 주먹이 사라진 것처럼 홀연히 자취를 감춘 겁니다.」 스페이드가 말했다.

이 이야기가 거기 이르렀을 때 전화가 울렸다.

「여보세요.」 스페이드가 전화기에 대고 말했다. 「카이로 씨? 스페이드입니다. 지금 내 아파트로 올 수 있습니까? 포스트 거리입니다……. 네, 그런 것 같습니다.」 그는 여자를 보고 입술을 오므린 뒤 빠른 속도로 말했다. 「오쇼네시 양이 여기 와 있습니다.

당신을 만나고 싶어 합니다.」

브리지드 오쇼네시가 인상을 쓰고 의자에 앉은 채 몸을 살짝 움직였지만 말은 하지 않았다.

스페이드는 전화기를 내려놓고 말했다. 「금방 올 겁니다. 그러니까 그게 1922년의 일이었어요. 1927년에 나는 시애틀의 어느 큰 탐정 사무소에서 일했습니다. 플릿크래프트 부인이 와서 누가 스포케인에서 남편 닮은 사람을 봤다고 하더라고 말했습니다. 내가 가 보니 플릿크래프트가 맞았습니다. 두어 해 전부터 스포케인에서 살았더군요. 찰스라는 이름은 바꾸지 않고 성만 피어스로 바꾸어서 말이죠. 자동차 사업으로 1년에 2만에서 2만 5천 달러의 수입을 올렸고, 결혼을 해서 사내아이 하나를 두었고, 스포케인 교외에 살면서 골프 철이 되면 오후 네시 이후에 골프장에 가서 골프를 쳤습니다.」

스페이드는 플릿크래프트를 찾으면 어떻게 해야 되는지에 대해서는 그다지 자세한 지시를 받지 않았다. 그래서 데이븐포트에 있는 스페이드의 사무실에서 플릿크래프트와 이야기를 했다. 플릿크래프트는 아무런 죄책감을 느끼지 않았다. 첫 번째 가족에게 편하게 살아갈 재산을 남겨 주었으며, 자신의 행동은 매우 합리적인 것이었다고 생각했다. 유일한 문제라면 그런 합리성을 스페이드에게 명확히 설명하기가 어려울 것 같다는 답답함이었다. 그는 누구에게도 자신의 이야기를 한 적이 없었고, 그 합리성을 설명할 필요가 없었다. 하지만 어쨌건 처음으로 그런 시도를 했다.

「나는 이해했습니다.」 스페이드가 브리지드 오쇼네시에게 말했다. 「하지만 플릿크래프트 부인은 그러지 못했죠. 말도 안 되는 헛소리라고 생각했어요. 어쩌면 그 말이 맞는지도 모릅니다. 어쨌건 결국은 잘 끝났어요. 부인은 나쁜 소문이 퍼지는 걸 원하지 않았습니다. 또 자신에게 그런 몹쓸 짓을 저지른 남자와 ─ 어쨌건 부인이 볼 때는 ─ 다시 관계를 회복하는 것도 바라지 않았습니다. 그래서 두 사람은 조용히 이혼했고 모든 것이 멋지게 해결됐습니다.

 그 남자한테 일어난 일은 이런 겁니다. 점심을 먹으러 가는 길에 사무용 건물을 짓는 공사장 앞을 지나게 되었습니다. 건물은 아직 골격만 있었죠. 그때 빔인가 뭔가 하는 게 10층 정도 높이에서 떨어져서 플릿크래프트 앞의 보도를 박살냈습니다. 아주 가까운 거리였지만 플릿크래프트에게 직접 닿지는 않았어요. 깨진 보도 조각이 튀어 올라 뺨을 강타했을 뿐이죠. 피부만 약간 까진 건데도 나와 만났을 때까지 흉터가 있더군요. 그 사람은 그 이야기를 하면서 그 흉터를 손가락으로…… 뭐랄까 사랑스럽다는 듯이…… 만졌습니다. 플릿크래프트는 당연히 머리가 쭈뼛 섰지만, 경악했다기보다는 충격을 받았다고 했어요. 누군가 인생의 어두운 문을 열고 그 안을 보여 준 것 같았다고 하더군요.」

 플릿크래프트는 훌륭한 시민이자 좋은 남편이고 아버지였다. 외부의 강요에 의해서가 아니라 그냥 그렇게 주변 환경에 맞추어 사는 것이 편했기 때문이다. 그는 그런 식으로 교육을 받고 자랐다. 주변 사람들도 그와 같았다. 그가 아는 인생은 공평하고 정연하고 이성적이고 책임 있는 그런 것이었다. 그런데 철제 빔의 추락이 인생은 본래 그런 것과 아무 상관이 없다는 사실을 알려 주었다. 훌륭한 시민이자 남편이자 아버지인 그도 사무실에서 식당에 가다가 떨어지는 빔에 맞아 즉사할 수 있었다. 그 순간 그는 죽음은 그렇게 마구잡이로 찾아오며, 사람은 눈먼 운명이 허락하는 동안만 목숨을 부지한다는 걸 깨달았다.

 그를 가장 괴롭힌 것은 그런 운명의 불공평함이 아니었다. 최초의 충격이 지난 뒤 그 점은 받아들였다. 그를 괴롭힌 것은 그가 영위해 온 정연한 일상이라는 게 인생 본래의 길이 아니라 인생을 벗어난 길이라는 깨달음이었다. 그는 철제 빔이 추락한 장소에서 5미터도 가기 전에 이 새로운 발견에 따라 자기 인생을 변화시키지 않으면 다시 평화를 되찾지 못하리란 것을 확신했다. 그리고 점심 식사를 마쳤을 때 변화의 방법을 찾았다. 인생은 난데없는 빔의 추락으로 그 자리에서 끝날 수도 있으니 그 자신도 난데없이 살던 곳을 떠나서 인생을 바꾸겠다는 것이었다. 그도 남들만큼 가족을 사랑했다. 하지만 그 정도 재산을 남겨 주고 떠나면 생활에 문제가 없다는 걸 알았고, 그의 가족애는 결별을 못 견딜 만큼 남다른 것이 아니었다.

「그날 오후에 그는 시애틀에 갔습니다.」 스페이드가 말했다. 「거기서 배를 타고 샌프란시스코로 갔죠. 두어 해 동안 정처 없이 떠돌다가 다시 북서부로 흘러든 뒤 스포케인에 정착해서 결혼을 했어요. 두 번째 부인의 외모는 첫 부인과 달랐지만, 두 사람은 차이점보다는 같은 점이 더 많았습니다. 그러니까 골프도 브리지 게임도 잘하고, 새로운 샐러드 요리법을 개발하기 좋아하는 그런 여자 말이에요. 그 사람은 자신이 한 일을 후회하지 않았습니다. 그에게는 충분히 합리적인 일이었거든요. 그래서 자신이 결국 타코마에 두고 떠난 것과 똑같은 생활로 빠져 들었다는 사실도 모르는 것 같습니다. 하지만 내가 이 이야기를 좋아하는 건 바로 그 때문입니다. 그 사람은 철제 빔 사건 때문에 인생을 바꾸었습니다. 하지만 그 뒤로는 빔이 떨어지지 않았으니, 빔이 떨어지지 않는 생활에 인생을 맞춘 거죠.」

「정말로 멋진 이야기네요.」 브리지드 오쇼네시가 말하고 의자에서 일어나 그의 앞에 바짝 다가와 섰다. 그녀의 두 눈은 크고 깊었다. 「당신에게 굳이 말할 필요는 없겠지만, 그 사람이 여기 오면 당신은 마음먹기에 따라서 나를 아주 곤경에 빠뜨릴 수 있어요.」

스페이드는 입술을 다문 채 희미하게 웃고 말했다. 「그래요, 굳이 말할 필요 없습니다.」

「그리고 내가 당신을 철저히 믿지 않는다면 내 발로 이런 자리에 오지 않았을 거라는 점도 알고 있죠.」 그녀는 엄지와 검지로 그가 입은 파란 코트의 검은 단추를 비틀었다.

「또 그 소리!」 스페이드가 장난스럽게 경멸의 시선을 보냈다.

「하지만 그렇다는 걸 알잖아요.」 그녀는 집요했다.

「아뇨, 모릅니다.」 그는 단추를 비트는 손을 톡톡 두드렸다. 「우리가 여기 온 건 내가 당신을 왜 믿어야 하는지 이유를 물었기 때문입니다. 두 가지를 뒤섞지 말아요. 당신은 나를 믿을 필요 없어요. 내가 당신을 믿도록 설득만 해낸다면요.」

그녀는 그의 얼굴을 살펴보았다. 콧구멍이 바르르 떨렸다.

스페이드는 웃고 다시 그녀의 손을 두드렸다. 「지금은 그런 걱정도 하지 말아요. 그 사람이 곧 올 겁니다. 그 사람하고 정리해야 할 일들을 정리하세요. 그다음에 우리가 어떻게 할지를 정리해 봅시다.」

「그러면 내가, 그러니까 내 마음대로 그 사람을 상대할 수 있다는 건가요?」

「물론.」

그녀는 그의 손 아래 놓인 자신의 손을 돌려서 서로의 손가락을 마주 댔다. 그러고는 조용히 말했다. 「당신은 하늘이 보낸 선물이에요.」

「과장하지 말아요.」 스페이드가 말했다.

그녀는 그에게 나무라는 시선을 던졌지만 곧 웃으면서 푹신한 흔들의자로 돌아갔다.

조엘 카이로는 몹시 흥분했다. 온 눈을 검은 홍채가 덮었고, 스페이드가 문을 반쯤 열기도 전에 가늘고 높은 음성으로 뭐라고 말을 하고 있었다.

「그 녀석이 밖에서 이 집을 보고 있습니다, 스페이드 씨. 당신이 극장 앞에서 나한테 보여 준 그 청년 말이에요. 어쩌면 그 녀석한테 나를 보여 준 건지도 모르겠어요. 이걸 어떻게 이해해야 하죠, 스페이드 씨? 나는 믿음을 가지고 여기 왔습니다. 속임수나 술수 같은 건 예상하지 않았다고요.」

「저 역시 믿음을 가지고 오실 거라 기대했습니다.」 스페이드가 심각하게 인상을 썼다. 「하지만 그 녀석이 나타나리란 예상은 못했군요. 카이로 씨가 들어오는 걸 그자가 봤나요?」

「당연히 봤죠. 그냥 지나쳐 갈 수도 있었지만 그래 봐야 소용없을 것 같았습니다. 이미 우리가 함께 있는 걸 봤으니까요.」

브리지드 오쇼네시가 현관 입구로 나와 스페이드 등 뒤에서 불안스레 말했다. 「누구 이야기를 하는 거예요? 무슨 일이죠?」

카이로는 검은 모자를 벗고 뻣뻣하게 인사한 뒤에 새침한 목소리로 말했다. 「모르신다면 스페이드 씨에게 물어보시죠. 나도 스페이드 씨를 통해서 알게 되었으니까요.」

「오늘 저녁 내내 나를 미행하는 청년이 있습니다.」 스페이드가 한쪽 어깨 너머로 고개를 돌린 채 태평하게 말했다. 「들어와요, 카이로. 여기 서서 이웃들에게 우리 이야기를 모두 들려 줄 필요는 없으니까요.」

브리지드 오쇼네시가 스페이드의 팔꿈치 윗부분을 잡고 물었다. 「그 사람이 내 아파트까지 당신을 따라왔나요?」

「아니요. 그 전에 따돌렸습니다. 그다음에 다시 미행하려고 여기 와서 기다린 것 같습니다.」

카이로가 검은 모자를 배에 댄 채 현관 입구로 들어왔다. 스페이드는 복도 문을 닫았고, 모두 거실로 들어갔다. 거기서 카이로가 모자 위로 다시 한 번 뻣뻣하게 인사했다. 「다시 만나서 반갑습니다. 오쇼네시 양.」

「그러실 줄 알았어요, 조.」 그녀가 대답하며 손을 내밀었다.

그는 그녀의 손을 잡고 정중하게 고개 숙여 인사한 뒤 얼른 손을 놓았다.

그녀는 조금 전까지 앉아 있던 푹신한 흔들의자에 도로 앉았다. 카이로는 탁자 옆의 안락의자에 앉았다. 스페이드는 카이로의 모자와 코트를 벽장에 걸고 돌아와서 창문 앞에 있는 소파 끄트머리에 앉아 담배를 말았다.

브리지드 오쇼네시가 카이로에게 말했다. 「샘한테서 이야기 들었어요. 매와 관련해서 거래를 하자고 했다고요. 돈은 언제쯤 준비해 줄 수 있나요?」

카이로는 눈썹을 움찔하더니 미소를 지었다. 「준비는 되어 있습니다.」 말을 마친 뒤에도 한동안 그의 얼굴에서 미소가 사라지지 않았다. 그가 스페이드에게 눈길을 돌렸다.

스페이드는 담배에 불을 붙이는 중이었다. 그의 얼굴은 침착했다.

「현금으로요?」 그녀가 물었다.

「그럼요.」 카이로가 대답했다.

그녀는 인상을 쓰고 입술 사이로 혀를 살짝 내밀었다가 도로 당기고 물었다. 「우리가 매를 주면 5천 달러를 바로 주실 수 있는 거죠?」

카이로는 손을 들어 올려 손가락을 꼬물거리며 말했다. 「죄송합니다. 제 표현이 서툴렀던 것 같습니다. 주머니에 돈을 갖고 있다는 뜻은 아니었습니다. 하지만 은행 업무 시간이라면 언제라도 몇 분 안에 돈을 준비할 수 있습니다.」

「아!」 그녀가 스페이드를 바라보았다.

스페이드는 입고 있는 조끼 위로 담배 연기를 뿜고 말했다. 「그 말이 맞을 겁니다. 오늘 오후에 몸을 수색해 보니까 주머니에 몇백 달러밖에 없었습니다.」

그녀의 눈이 동그래지자 그는 씩 웃었다.

레반트인은 의자에서 몸을 앞으로 굽혔다. 그의 눈과 목소리는 뜨거운 관심을 감추지 못했다. 「그러니까 나는 오전 10시 반에 돈을 줄 수 있습니다.」

브리지드 오쇼네시가 웃음을 지어 보이고 말했다. 「하지만 나한테는 매가 없어요.」

카이로의 얼굴에 당혹의 그림자가 몰려들었다. 그는 못생긴 두 손을 의자 팔걸이에 얹고 작은 체구를 꼿꼿이 세웠다. 검은 눈에 분노가 가득했고, 입은 꾹 다물고 있었다.

여자가 장난스레 달래는 듯한 표정을 짓고 말했다. 「하지만 오래 걸려도 1주일이면 구할 수 있어요.」

「어디에 있습니까?」 카이로는 예의 바른 태도로 의구심을 표현했다.

「플로이드가 감추어 둔 곳에요.」

「플로이드? 서스비 말입니까?」

그녀가 고개를 끄덕였다.

「거기가 어딘지 알고 있나요?」

「아는 것 같아요.」

「그러면 왜 1주일을 기다려야 합니까?」

「1주일이 안 걸릴 수도 있어요. 그런데 조, 당신은 누구를 위해 그걸 사는 거죠?」

카이로는 눈썹을 치켜 올렸다. 「스페이드 씨에게 말했습니다. 주인에게 돌려주려는 겁니다.」

여자의 얼굴에 놀라움이 떠올랐다. 「그러면 당신은 그 사람한테 돌아갔군요.」

「당연히 그랬습니다.」

그녀는 목으로 소리를 삼키며 웃었다. 「그 모습을 보았으면 좋았을 텐데.」

카이로는 어깨를 으쓱했다. 「그건 당연한 귀결이었습니다.」 그가 한 손으로 다른 손의 손등을 문질렀다. 눈꺼풀이 내려와 눈에 그늘을 드리웠다. 「이제 내가 질문해도 되겠습니까? 당신은 왜 그걸 나한테 팔려고 하는 겁니까?」

「무서워서요.」 그녀가 잘라 말했다. 「플로이드에게 그런 일이 생기고 보니. 그래서 지금 그걸 갖고 있지 않은 거예요. 다른 사람한테 넘겨주기 위해서가 아니라면 그걸 만지고 싶지도 않아요.」

스페이드는 소파에 팔꿈치 한쪽을 괴고 앉아서 두 사람에게 공평한 시선과 관심을 기울였다. 편안하게 늘어진 몸과 평온한 표정 어디에도 호기심이나 초조함 같은 것은 보이지 않았다.

「도대체 플로이드한테는……」 카이로가 낮은 목소리로 물었다. 「무슨 일이 일어난 겁니까?」

브리지드 오쇼네시가 왼손 검지를 들어 허공에 〈G〉자를 썼다.

카이로가 말했다. 「알겠습니다.」 하지만 그의 미소에는 의문이 어려 있었다. 「그 사람이 여기 있나요?」

「몰라요.」그녀가 짜증스레 말했다. 「그게 무슨 상관이죠?」

카이로의 의문이 더욱 깊어졌다. 「엄청난 상관이 있을 수 있습니다.」그는 그렇게 말하면서 두 손을 무릎에 내려놓았는데, 뭉툭한 검지 하나가 알고서인지 모르고서인지 스페이드 쪽을 가리켰다.

여자는 그 손가락을 힐끔 보고 답답하다는 듯 고개를 흔들고 말했다. 「나한테도 그래요. 또 당신한테도.」

「그렇죠. 바깥에 있는 젊은 녀석도 거기 함께 넣어야 하지 않을까요?」

「물론이에요.」그녀가 동의하고 웃었다. 「콘스탄티노플에서 당신과 함께 있던 그 친구가 아니라면요.」

카이로의 얼굴에 피가 확 솟아올라 얼룩덜룩한 무늬를 만들었다. 그가 분노에 찬 목소리로 날카롭게 외쳤다. 「당신이 손에 넣지 못한 친구를 말하는 건가요?」

브리지드 오쇼네시는 아랫입술을 깨문 채 의자에서 벌떡 일어났다. 눈빛은 어두웠고 경직된 얼굴은 창백했다. 그녀는 카이로 앞으로 재빨리 두 걸음 다가갔다. 그는 일어서려고 했다. 그녀가 오른손을 들어 찰싹 따귀를 때리자 그의 뺨에 벌건 손자국이 남았다.

카이로가 그르렁거리며 그녀의 뺨을 때렸고, 그녀는 비틀거리며 짧고 낮은 비명을 질렀다.

스페이드는 무표정한 얼굴로 소파에서 일어나 두 사람에게 다가갔다. 그러고는 카이로의 목을 잡고 흔들었다. 카이로는 꿀꺽거리는 소리를 내면서 코트 안쪽을 더듬었다. 스페이드가 그의 손목을 꽉 쥐고 코트 밖으로 비틀어 빼내자 통통한 손가락이 열리면서 검은 권총이 양탄자 위로 떨어졌다.

브리지드 오쇼네시가 얼른 권총을 집어 들었다.

카이로는 목을 졸린 상태에서 스페이드에게 힘들게 말했다. 「당신이 나한테 손찌검을 한 게 벌써 두 번째야.」 그의 눈은 목의 압박 때문에 튀어나올 듯 불거져 있으면서도 차갑고 위압적이었다.

「그래.」 스페이드가 낮게 윽박질렀다. 「맞을 때는 잠자코 기쁘게 맞는 게 좋아.」 그는 카이로의 손목을 놓고 두툼한 손바닥으로 그의 얼굴 한쪽을 격하게 세 번 때렸다.

카이로는 스페이드의 얼굴에 침을 뱉으려고 했지만 입술이 말라서 분노의 몸짓에 그치고 말았다. 스페이드가 그의 입을 때리자 아랫입술이 터졌다.

그때 현관에서 초인종 소리가 났다.

카이로의 눈이 움찔하며 현관 쪽으로 돌아갔다. 분노는 사라지고 경계심이 떠올라 있었다. 여자도 숨을 멈추고 현관 쪽을 바라보았다. 그녀의 얼굴은 공포에 질려 있었다. 스페이드는 피가 떨어지는 카이로의 입술을 잠시 무거운 얼굴로 바라보다가 뒤로 물러서서 그의 목을 놓아주었다.

「누구예요?」 여자가 스페이드 옆에 바짝 다가오며 물었다. 카이로도 스페이드에게 똑같은 질문이 담긴 눈길을 던졌다.

「어찌 알겠습니까?」 스페이드는 짜증스럽게 대답했다.

다시 초인종이 울렸고, 소리는 더 집요해졌다.

「조용히 있어요.」 스페이드는 문을 닫으며 거실을 나갔다.

스페이드는 현관 입구의 불을 켜고 복도 문을 열었다. 던디 경위와 톰 폴하우스가 서 있었다.

「안녕, 샘.」 톰이 말했다. 「어쩌면 아직 안 잘지도 모른다고 생각했어.」

던디는 옆에서 고개를 끄덕이며 아무 말도 하지 않았다.

「언제나 이렇게 훌륭한 시간에 찾아오는군. 지금이 몇 시지?」 스페이드가 부드럽게 말했다.

그러자 던디가 나지막하게 말했다. 「자네하고 이야기를 좀 하고 싶네, 스페이드.」

「그래요?」 스페이드는 입구를 가로막고 서 있었다. 「말씀해 보시죠.」

톰 폴하우스가 앞으로 나오면서 말했다. 「여기 서서 이야기할 필요는 없잖아?」

스페이드는 입구를 막고 선 채 말했다. 「들어올 수 없어.」 그 목소리에 아주 살짝 미안하다는 기색이 실렸다.

스페이드와 같은 높이에 있는 톰의 강인한 얼굴에 가벼운 비웃음이 감돌았다. 하지만 그의 작고 기민한 눈에는 밝은 빛이 번득였다. 「왜 그래, 샘?」 그러면서 그는 자신의 큰 손을 샘의 가슴에 장난스럽게 얹었다.

스페이드는 앞으로 몸을 기울여 손을 밀어내면서 늑대처럼 웃었다. 「힘으로 밀고 들어오려는 거야, 톰?」

「아, 제발.」 톰이 불평하고 손을 치웠다.

던디가 딱 소리를 내며 이를 다물고 그 틈으로 말했다. 「들어가세.」

스페이드의 입술이 송곳니 위쪽에서 움찔했다. 「들어올 수 없습니다. 안에서 뭘 하려는 거죠? 그래도 굳이 들어가실 겁니까? 아니면 여기서 이야기하시겠습니까? 아니면 골로 가고 싶으신지요?」

톰이 끙 하는 소리를 냈다.

던디는 여전히 이를 악문 채 말했다. 「우리를 잠깐 상대해 주면 자네한테도 도움이 될 걸세, 스페이드. 지금까지 자네는 여러 가지 일을 잘도 피해 왔지만 영원히 그럴 수는 없어.」

「할 수 있다면 나를 좌초시켜 봐요.」 스페이드가 오만하게 말했다.

「그럴 걸세.」 던디는 뒷짐을 지더니 스페이드에게 딱딱한 얼굴을 들이댔다. 「자네하고 아처의 아내가 불륜 관계였다는 소문이 있더군.」

스페이드가 웃었다. 「꼭 경위께서 지어낸 이야기 같은데요.」

「그러면 사실이 아니라는 건가?」

「사실이 아닙니다.」

「소문에 따르면…… 아처의 아내는 이혼하고 자네한테 가려고 했지만, 아처가 놔 주지를 않았다고 하더군. 이게 사실이 아니라고?」 던디가 말했다.

「사실이 아닙니다.」

던디가 덤덤하게 말을 이었다. 「심지어는…… 그래서 일부러 아처한테 그 일을 시켰다는 말도 있네.」

스페이드가 재미있다는 표정을 지어 보였다. 「너무 욕심이 많으시군요. 나한테 한 번에 한 건 이상의 살인을 떠넘기는 건 곤란합니다. 내가 마일스까지 죽였다면 애초에 경위께서 품은 의심, 그러니까 서스비가 마일스를 죽여서 내가 서스비를 죽였다는 논리가 깨지지 않습니까?」

「자네가 누구를 죽였다는 말은 하지 않았네. 자꾸 그 말을 꺼내는 건 자네야. 하지만 내가 그런 의심을 했다고 해보세. 아니라는 걸 증명하면 되지 않나. 그게 바로 사실을 알아가는 방법일세.」

「그래요, 내가 마일스의 아내를 빼앗으려고 그 사람을 죽였을

지 몰라요. 그런 뒤에 그 혐의를 뒤집어씌우려고 서스비를 죽였고요. 아주 멋진 논리예요. 거기다 이제 서스비의 살해 혐의를 뒤집어씌울 사람을 찾아내면 더 좋겠군요. 그런 식으로 어디까지 갈 거죠? 이제 샌프란시스코에서 일어나는 살인 사건은 전부 내가 혐의를 받게 되는 겁니까?」

「제발 진정해, 샘. 우리도 이런 일을 자네 못지않게 싫어한다는 걸 알잖아. 하지만 우리한테는 임무가 있어.」 톰이 말했다.

「그 임무라는 게 날마다 새벽에 여기 찾아와서 치졸한 질문을 늘어놓는 게 아니었으면 좋겠어.」

「그리고 치졸한 거짓 답변만 듣는 일도 아니었으면 좋겠군.」 던디가 신중하게 덧붙였다.

「함부로 말하지 말아요.」 스페이드가 그에게 주의를 주었다.

던디는 그를 위아래로 훑어보니 그의 눈을 똑바로 들여다보며 말했다. 「자네하고 아처의 아내 사이에 아무 일도 없었다는 건 거짓말이야. 그건 분명해.」

톰의 조그만 눈에 놀란 표정이 떠올랐다.

스페이드는 혀끝으로 입술을 훑고 물었다. 「그게 이런 야심한 시각에 여기로 출동하게 한 특급 정보였습니까?」

「그 가운데 하나일세.」

「그러면 다른 건 뭐죠?」

던디는 입꼬리를 아래로 내렸다. 「들어가세.」 그는 의미심장한 고갯짓으로 스페이드가 가로막고 선 현관을 가리켰다.

스페이드는 인상을 쓰고 고개를 저었다.

던디의 입꼬리가 올라가면서 그럴 줄 알았다는 듯이 미소를 지었다. 「무언가 있는 게 분명하군.」 그가 톰에게 말했다.

톰은 두 발을 살짝 옮겼지만 두 사람 중 누구에게도 시선을 주지 않고 말했다.「그야 모르죠.」

「지금 뭐하는 겁니까?」 스페이드가 물었다. 「무슨 알아맞히기 게임이라도 하는 건가요?」

「좋네, 스페이드, 가겠네.」 던디가 외투 단추를 잠갔다. 「가끔 찾아오겠네. 자네가 우리를 막아서는 건 당연한 일이겠지. 잘 생각해 보게.」

「그러죠.」 스페이드가 빙긋이 웃으며 말했다. 「언제든 다시 보죠, 경위님. 바쁘지 않으면 언제라도 안으로 모시겠습니다.」

그때 스페이드의 거실에서 비명이 울렸다. 「사람 살려! 살려 줘요! 경찰! 여기 사람 살려요!」 높고 가늘고 날카로운 그 목소리는 조엘 카이로의 것이었다.

복도 문에서 돌아서던 던디 경위가 우뚝 멈춰서서 스페이드를 돌아보며 단호하게 말했다. 「안에 들어가 봐야겠군.」

짧은 드잡이 소리, 치고받는 소리, 소리 죽인 비명 소리가 들렸다.

스페이드의 얼굴에 미소가 떠올랐지만 즐거운 기색이라고는 없었다. 「그런 것 같군요.」 그러고는 옆으로 비켜섰다.

형사들이 안으로 들어가자 그는 복도 문을 닫고 그들을 따라 거실로 들어갔다.

8
허튼 수작

　브리지드 오쇼네시는 탁자 옆 안락의자에 웅크리고 앉아 있었다. 두 팔이 얼굴 윗부분을 감쌌고, 얼굴 아랫부분은 위로 끌어올린 두 무릎에 가려졌다. 흰자위에 동그랗게 둘러싸인 두 눈은 겁에 질려 있었다.

　조엘 카이로는 그녀 앞에 허리를 굽히고 서 있었다. 한 손에는 스페이드가 비틀어 빼냈던 권총을 들고 있었고, 다른 손은 이마를 짚고 있었다. 이마를 짚은 손가락 사이로, 그리고 그 손바닥 밑으로 피가 눈을 향해 흘러내렸다. 터진 입술에서도 피가 흘러서 아래턱까지 구불구불한 핏줄기 세 개를 만들어 놓았다.

　카이로는 형사들이 들어오는 것에 신경도 쓰지 않았다. 그저 자기 앞에 웅크린 여자를 맹렬히 노려볼 뿐이었다. 입술이 발작적으로 비틀렸지만, 그 입에서는 어떤 분명한 말도 나오지 않았다.

　셋 중 가장 먼저 거실에 들어간 던디는 얼른 카이로 옆으로 가서 한 손을 외투 자락 안쪽의 허리춤에 대고, 다른 손으로 레반트인의 손목을 잡으며 호통을 쳤다. 「여기서 뭐하는 거요?」

　카이로는 피로 붉게 물든 손을 머리에서 떼서 경위의 얼굴 앞에 흔들었다. 이마에는 7센티미터 길이의 거친 상처가 나 있었다.「이 여자가 한 짓이에요.」그가 소리쳤다.「봐요.」

그녀는 다리를 방바닥에 내려놓고 조심스레 카이로의 손을 잡은 던디를 보고, 이어 두 사람 바로 뒤에 서 있는 톰 폴하우스를 보고, 문틀에 기대 서 있는 스페이드를 보았다. 스페이드의 얼굴은 침착했다. 그녀와 눈길이 마주치자 그의 황회색 눈동자에 잠시 심술궂은 장난기가 반짝였지만, 곧 본래대로 무표정한 눈빛으로 돌아갔다.

「이거 아가씨가 한 일이오?」던디가 카이로의 상처를 고갯짓으로 가리키며 여자에게 물었다.

그녀가 다시 스페이드를 보았다. 호소를 담은 그녀의 눈빛에 그는 아무런 반응을 하지 않았다. 그는 별 관심 없는 관객처럼 문에 기대어 예의 바르고 초연한 태도로 그 방에 모인 사람들을 지켜보았다.

여자가 던디에게 눈길을 돌렸다. 커다란 눈은 어둡고 간절한 빛을 담고 있었다.「그래야 했어요.」그녀가 낮고 떨리는 목소리로 말했다.「이 사람이 나를 폭행할 때 이 방에는 나뿐이었어요. 나는…… 그저 이 사람을 물리치려고 한 거예요. 총을…… 쏠 수는 없었으니까요.」

「거짓말!」카이로가 권총을 잡은 손을 던디의 손아귀에서 빼내려고 헛된 몸부림을 치며 소리쳤다.「더러운 거짓말!」그는 몸을 비틀어 던디를 마주 보았다.「저건 거짓말이에요. 나는 여기 믿음을 가지고 왔는데, 두 사람 모두에게 폭행을 당했어요. 스페이드가 당신들을 만나러 나가면서 이 여자한테 권총을 쥐어 주었어요. 그리고 이 여자가 뭐라고 했는지 압니까? 당신들이 가고 나면 둘이서 나를 죽일 거랍니다. 그래서 내가 당신들을 부른 거예요. 여기 남아 있다가는 죽을 것 같아서 말입니다. 그랬더니 이 여자가 권총으로 나를 쳤어요.」

「이리 주시오.」 던디가 말하며 카이로의 손에서 권총을 빼 들었다. 「이제 차분히 이야기를 들어 봅시다. 당신은 여기 왜 온 겁니까?」

「저 자가 불렀습니다.」 카이로는 고개를 비틀어 분노의 눈길로 스페이드를 노려보았다. 「저 자가 전화를 해서 나더러 여기 오라고 했어요.」

스페이드는 레반트인을 보며 졸린 눈을 깜박거릴 뿐 아무 말도 하지 않았다.

「왜 저 친구가 당신을 부른 겁니까?」 던디가 물었다.

카이로는 대답하지 않고 가만히 있다가 연보라색 줄무늬 실크 손수건으로 피가 흐르는 이마와 턱을 닦았다. 그러는 사이 그는 분노를 약간 가라앉히고 주의 깊은 태도를 취했다. 「여기서 저 여자랑 같이…… 나를 만나고 싶다고 했어요. 이유가 뭐였는지는 나도 모릅니다.」

톰 폴하우스는 고개를 숙였다가 실크 손수건에서 풍기는 〈시프레〉 향수를 맡고 스페이드를 바라보며 무슨 일이냐고 묻는 듯 이맛살을 찌푸렸다. 스페이드는 눈을 찡긋해 보이고 담배를 계속 말았다.

「그래서 그다음에는 어떻게 됐습니까?」 던디가 물었다.

「둘이 나를 폭행했어요. 먼저 여자가 때렸고 다음에 저 자가 내 목을 조르며 내 주머니에 든 권총을 빼앗었어요. 그 순간 당신들이 오지 않았으면 무슨 일이 일어났을지 모릅니다. 아마 그 자리에서 나를 죽였을 거예요. 어쨌건 초인종 소리가 나자, 저 자가 여자에게 권총을 맡기고 나를 감시하게 했습니다.」

브리지드 오쇼네시가 안락의자에서 일어나 소리쳤다. 「왜 이 사람이 진실을 말하게 하지 않는 거죠?」 그러더니 카이로의 뺨을 때렸다.

카이로가 뭐라 알아들을 수 없는 말을 외쳤다.

던디가 카이로를 잡지 않은 손으로 여자를 의자에 도로 앉히고 소리쳤다. 「이제 그만 하시오.」

스페이드는 담배에 불을 붙여 연기를 뿜고 조용히 웃으며 톰에게 말했다. 「성격이 불같아.」

「그렇군.」 톰이 동의했다.

던디가 인상을 쓴 채 여자를 보며 물었다. 「당신이 말하는 진실이란 무엇입니까?」

「저 사람이 말한 건 아니에요.」 그녀가 대답했다. 「저 사람이 말한 건 다 거짓이에요.」 그러고는 스페이드를 돌아보았다. 「그렇죠?」

「내가 어떻게 압니까?」 스페이드가 대답했다. 「나는 부엌에서 오믈렛을 만들고 있었잖아요.」

그녀는 이마를 찌푸리고 어리둥절한 눈으로 그를 바라보았다.

톰은 마음에 안 든다는 듯 끙 하는 소리를 냈다.

던디는 스페이드의 말을 무시하고 여전히 찡그린 눈으로 여자를 바라보았다. 「이 사람 말이 진실이 아니라면 왜 당신이 아니고 이 사람이 도와 달라고 소리를 지른 겁니까?」

「내가 때렸더니 겁을 먹은 거예요.」 그녀가 레반트인에게 경멸 어린 시선을 던지며 대답했다.

카이로의 얼굴에서 피로 얼룩지지 않은 부분이 화끈 달아올랐다. 그가 외쳤다. 「하! 또 거짓말을 하는군!」

그녀는 다리를 들어 파란 구두의 높은 뒷굽으로 카이로의 무릎 바로 아래를 가격했다. 던디가 그 공격을 피해 카이로를 옆으로 당겼고, 톰이 그녀에게 다가가서 말했다.「자제하세요. 이러시면 안 됩니다.」

「그러면 저 사람이 진실을 말하게 해봐요.」그녀가 반항하듯 말했다.

「우리가 진실을 알아낼 겁니다.」그가 말했다.「그러니 거칠게 행동하지 마십시오.」

던디가 차갑고 밝고 뿌듯함이 어린 녹색 눈으로 스페이드를 바라보며 경사에게 말했다.「여봐, 톰. 이 사람들을 모두 체포해도 문제가 없겠지?」

톰이 무겁게 고개를 끄덕였다.

그러자 스페이드가 문 앞을 떠나 거실 안으로 들어서면서, 가는 길에 탁자 위에 있는 재떨이에 담배를 떨어뜨렸다. 그의 미소와 태도는 온화하고 차분했다.「서두르지 마세요. 설명해 드리겠습니다.」

「아무렴 그래야지.」던디가 비웃으며 말했다.

스페이드는 여자에게 꾸벅 인사를 하고 말했다.「오쇼네시 양, 여기는 던디 경위와 폴하우스 경사입니다.」그러고는 던디에게도 인사했다.「오쇼네시 양은 제 사무실의 협력 직원입니다.」

「그렇지 않아요. 저 여자는……」조엘 카이로가 발끈해서 말했다.

스페이드가 여전히 온화하지만 우렁찬 목소리로 카이로의 말을 막았다.「오쇼네시 양을 고용한 지는 얼마 되지 않습니다. 바로 어제였거든요. 이분은 조엘 카이로 씨로 서스비의 친구입니다. 친구는 아니더라도 어쨌건 지인이기는 합니다. 카이로 씨가 오늘 오후에 우리 사무실에 와서 죽은 서스비가 갖고 있었다고 여겨지는 어떤 물건을 찾아 달라고 의뢰를 했습니다. 하지만 이야기를 하는 품이 영 석연치 않아서 거절했습니다. 그랬더니 나에게 총을 겨누더군요. 물론 서로 고소하는 지경에 이르지 않는다면야 그게 별일은 아니지만요. 어쨌건 오쇼네시 양과 의논을 했고, 어쩌면 이 사람에게서 마일스와 서스비의 죽음과 관련된 이야기를 들을 수도 있을 것 같다는 결론을 내렸습니다. 그래서 이 사람을 여기로 불렀습니다. 아마 우리가 질문을 좀 거칠게 한 모양입니다만, 어쨌건 폭행을 하지는 않았습니다. 그러니까 살려 달라고 비명을 지를 정도는 아니었다는 말입니다. 이 사람의 총은 그 전에 이미 빼앗아 놓았고요.」

스페이드의 이야기를 듣는 카이로의 상기된 얼굴에 불안이 떠올랐다. 그의 두 눈이 위아래로 움찔거리며 거실 바닥과 스페이드의 침착한 얼굴 사이를 초조하게 떠돌았다.

던디가 카이로에게 퉁명스럽게 물었다.「자, 이제 당신이 할 말은 뭐요?」

카이로는 거의 1분 동안 아무 말도 하지 않고 경위의 가슴팍만 바라보았다. 그러다가 마침내 들어 올린 그의 눈에는 소심함과 조심스러움이 가득했다.「뭐라고 말해야 할지 모르겠습니다.」그는 정말로 난처해하는 것 같았다.

「사실을 말하면 됩니다.」던디가 말했다.

「사실이요?」카이로의 눈이 움찔거렸지만, 그래도 시선은 경위에게 고정되어 있었다.「사실을 말한다고 믿어 준다는 보장이 있습니까?」

「답답하군. 그냥 이 사람들이 당신에게 주먹질을 했다고 고소만 하면 영장 담당이 그 말을 믿고 영장을 발부해 줄 테고, 그러면 우리는 이 두 사람을 모두 감방에 넣을 수 있소.」

스페이드가 즐거워하며 말했다.「그래요, 카이로. 경위님에게 기쁨을 줘요. 그러겠다고 해요. 그러면 우리는 당신을 고소할 테니, 경위님은 우리 모두를 잡아갈 수 있겠네요.」

카이로는 목을 가다듬고 불안하게 방을 둘러보았지만, 사람들과 눈을 마주치지는 않았다.

던디가 콧방귀와는 또 다른 소리를 내며 코로 숨을 쉬고 말했다.「모자들 쓰시오.」

걱정과 의문을 동시에 담은 카이로의 눈이 조롱하는 스페이드의 눈을 바라보았다. 스페이드는 그에게 눈을 찡긋해 보이고 푹신한 흔들의자 팔걸이에 걸터앉았다.「여러분.」 그가 즐거움이 가득한 미소를 짓고 레반트인과 여자를 바라보며 말했다.「정말로 멋진 연기였어요.」

던디의 딱딱하고 각진 얼굴이 살짝 어두워졌다. 그가 단호하게 말했다.「모자들 쓰시오.」

스페이드는 미소 띤 얼굴을 경위에게 돌리고 의자 팔걸이에 좀 더 편안한 자세로 고쳐 앉은 뒤 태평하게 물었다.「우리가 장난치고 있었다는 거 아직도 모르시는 겁니까?」

톰 폴하우스의 얼굴이 붉게 빛났다.

던디의 얼굴은 점점 어두워질 뿐 아무런 동요도 없었다. 오직 입술만이 뻣뻣하게 달싹거렸다.「모르네, 하지만 경찰서에 가면 확인할 수 있겠지.」

스페이드는 일어나서 바지 주머니에 두 손을 넣었다. 그는 몸을 꼿꼿이 세워서 경위를 더 위쪽에서 내려다보았다. 그의 미소에는 조롱이 가득했고 온몸 구석구석에서 자신감이 풍겼다.

「데려가셔도 좋습니다, 던디. 하지만 그러면 경위님은 온 샌프란시스코 신문의 놀림감이 될 겁니다. 설마 우리가 서로 고소할 거라고 생각하지는 않겠죠? 정신 차리세요. 우리가 장난을 친 거라니까요. 초인종이 울리자 내가 오쇼네시 양과 카이로에게 말했습니다. 〈아, 또 지겨운 형사들이로군. 요즘 나를 아주 귀찮게 한다니까. 아무래도 좀 장난을 쳐야겠어. 내가 그 사람들을 보내는 소리가 들리면, 누구 한 사람이 소리를 지르는 거야. 그 사람들이 얼마나 잘 속나 좀 보자고.〉 그리고······.」

브리지드 오쇼네시가 의자에 앉은 채 허리를 굽히고 미친 듯이 웃음을 터뜨렸다.

카이로는 움찔 놀라더니 미소를 지었다. 생기는 없었지만 어쨌건 그 미소는 그의 얼굴을 떠나지 않았다.

톰이 못마땅한 얼굴로 퉁명스럽게 말했다. 「그만 해, 샘.」

스페이드는 쿡쿡 웃고 말했다. 「정말이라니까. 우리는······.」

「그러면 이 사람 머리와 입의 상처는?」 던디가 조소하며 물었다. 「이건 어떻게 생긴 거지?」

「그 사람한테 물어보세요.」 스페이드가 말했다. 「면도하다 벤 건지도 모르죠.」

그러자 카이로가 질문도 받기 전에 입을 열었고, 얼굴의 근육들이 움직이자 경직된 미소가 흔들렸다. 「넘어졌습니다. 형사 분들이 들어올 때 총을 서로 가지려고 싸우는 척하려고 했는데, 내가 그만 넘어졌습니다. 양탄자 끝에 발이 걸려서요.」

「허튼 수작 마시오.」 던디가 말했다.

「좋아요, 던디. 믿건 안 믿건 그건 경위님 자유죠. 어쨌거나 우리 주장은 그렇고, 우리는 그걸 고수할 겁니다. 신문들도 믿건 안 믿건 그 이야기를 받아쓸 거고요. 양쪽 경우 다 재미있을 거예요. 그러니 어떻게 하실 겁니까? 경찰을 상대로 연극을 좀 한 게 범죄는 아니죠. 우리 중 누구를 조사해도 고발할 내용을 찾을 수 없을 겁니다. 우리가 말한 이야기도 모두 연극의 일부였어요. 어떻게 하실 겁니까?」 스페이드가 말했다.

「그런 식으로 달아날 수는 없소.」 던디는 스페이드에게 등을 돌린 뒤 카이로의 어깨를 잡고 흔들며 으르렁거렸다. 「도와 달라고 소리쳤으면 도움을 받아야 되는 것 아니오?」

「아닙니다.」 카이로가 침을 튀기며 말했다. 「장난이었습니다. 스페이드는 당신들이 자기 친구라서 이해해 줄 거라고 그랬습니다.」

스페이드가 웃었다.

던디는 카이로를 거칠게 당겨서 그의 한쪽 손목과 멱살을 동시에 잡고 말했다. 「어쨌건 나는 총기 소지 건으로 당신을 연행하겠소. 나머지 두 사람도 같이 가서 다른 사람들이 그 장난을 얼마나 재미있어 하는지 한번 알아봅시다.」

카이로가 둥그레진 눈으로 스페이드의 얼굴을 휙 돌아보았다.

「덜떨어지게 굴지 말아요, 던디. 총도 하나의 장치였어요. 그건 내 총이라고요.」 스페이드가 웃었다. 「32구경이라서 안타깝군요. 잘하면 서스비와 마일스를 쏜 총이라고 생각할 수도 있었을 텐데.」

던디는 카이로를 잡은 손을 놓고 구두 뒤축으로 빙글 돌아서 오른손 주먹으로 스페이드의 아래턱을 갈겼다.

브리지드 오쇼네시가 짧은 비명을 질렀다.

충격을 받은 순간 스페이드는 반짝 미소를 지었지만, 곧 다시 나른한 태도로 돌아갔다. 그는 짧은 뒷걸음질로 중심을 잡으며, 두껍고 처진 어깨를 코트 속에서 꿈틀거렸다. 그가 주먹을 들기 전에, 톰 폴하우스가 두 사람 사이에 끼어들어서 술통 같은 배와 두 팔로 스페이드의 팔을 막았다.

「제발, 제발 그만 해!」 톰이 부탁했다.

스페이드는 한참 동안 꼼짝 않고 서 있다가 몸의 긴장을 풀고 말했다. 「그러면 얼른 모시고 나가.」 미소가 다시 사라진 그의 얼굴은 부루퉁했고 약간 창백한 기운까지 감돌았다.

톰은 스페이드 앞에 붙어 서서 자기 팔로 스페이드의 팔을 누른 채 고개를 돌려 던디 경위를 보았다. 톰의 작은 눈에 질책이 담겨 있었다.

던디는 두 주먹을 앞에 쥐고 발을 약간 벌린 채 바닥을 굳게 딛고 서 있었지만, 얼굴에 어렸던 분노가 조금 누그러들면서 녹색 눈동자와 눈꺼풀 사이로 가느다란 흰자위가 보였다.

「이 자들의 이름과 주소를 적게.」 그가 명령했다.

톰은 카이로를 보았고, 카이로가 얼른 말했다. 「조엘 카이로, 벨베데어 호텔.」

톰이 브리지드 오쇼네시에게 질문하기 전에 스페이드가 말했다. 「오쇼네시 양은 언제든지 나를 통해서 연락할 수 있습니다.」

톰이 던디를 보았고 던디가 으르렁거렸다. 「주소를 받아.」

「오쇼네시 양의 주소는 제가 관리합니다.」 스페이드가 말했다.

던디가 한 걸음 앞으로 나와 여자 앞에 서서 물었다. 「어디 사시오?」

스페이드가 톰에게 말했다. 「어서 모시고 나가. 이젠 지겹군.」

톰은 사납게 번득이는 스페이드의 눈을 보고 웅얼거렸다. 「진정해, 샘.」 그런 뒤 코트 단추를 잠그고 던디에게 돌아서서 애써 가벼운 태도를 취하며 물었다. 「이제 된 겁니까?」 그는 문 쪽으로 걸음을 옮겼다.

던디의 찌푸린 얼굴은 망설이는 마음을 숨기지 못했다.

카이로가 불쑥 문 앞으로 걸어가며 말했다. 「저도 같이 가겠습니다. 스페이드 씨가 모자와 코트를 내주신다면요.」

「왜 그렇게 서두르나요?」 스페이드가 물었다.

던디가 성난 어조로 말했다. 「다 장난이었다면서 이 사람들이랑 같이 남는 건 두렵다는 거요?」

「그렇지 않습니다.」 레반트인은 양쪽을 다 외면한 채 부산하게 움직이며 대답했다. 「하지만 시간이 너무 늦어서…… 가는 게 좋을 것 같습니다. 제가 두 경찰 분과 같이 나가도 될지요?」

던디는 입을 꾹 다물고 아무 말도 하지 않았다. 그의 녹색 눈이 번득였다.

스페이드가 현관 입구의 벽장에서 카이로의 모자와 코트를 가지고 왔다. 스페이드의 얼굴에는 아무 표정이 없었다. 레반트인에게 코트를 입히고 뒤로 물러나와 톰에게 말하는 그의 목소리에도 역시 아무런 감정이 실리지 않았다. 「경위께 총은 두고 가시라고 말해 주게.」

던디는 카이로의 총을 외투 주머니에서 꺼내 탁자에 내려놓았다. 그가 먼저 나갔고 뒤를 이어 카이로가 나갔다. 톰이 스페이드 앞에 서서 말했다. 「자네가 무슨 일을 하고 있는지 스스로 알고 있는 건지 모르겠어.」 아무런 대답이 없자 그는 한숨을 쉬고 두 사람을 따라 나갔다. 스페이드는 현관 입구까지 따라가서 톰이 복도 문을 닫고 나가는 모습을 지켜보았다.

9
브리지드

 거실로 돌아온 스페이드는 소파 한쪽 끝에 앉아서 팔꿈치를 무릎에 얹고 두 손으로 뺨을 감싼 채 바닥을 내려다보았다. 안락의자에 앉아서 희미한 미소를 짓고 그를 바라보는 브리지드 오쇼네시에게는 눈길을 주지 않았다. 그의 눈은 뜨거웠다.

 그가 자신을 보지 않을 거라는 게 분명해지자 브리지드 오쇼네시는 미소를 거두었다. 스페이드를 바라보는 그녀의 눈에 불안의 그림자가 점점 짙어졌다.

 그는 얼굴이 갑자기 분노로 시뻘겋게 달아오르더니 거친 목구멍 소리를 내가며 떠들기 시작했다. 두 손으로 성난 얼굴을 감싸 쥐고 바닥을 계속 노려보면서 5분 동안 쉬지도 않고 던디를 향해 온갖 지독하고 험악한 욕을 하고 또 했다.

 그러더니 얼굴에서 손을 떼고 여자를 바라보며 수줍게 미소 지으며 말했다. 「유치하죠? 압니다. 하지만 젠장, 맞기만 하고 때리지 못하면 화를 참을 수가 없어요.」 그는 조심스레 아래턱을 만졌다. 「그렇다고 충격이 컸다는 건 아니지만.」 그는 웃고 소파에 등을 기대며 다리를 꼬았다. 「승리의 대가로 이 정도는 가볍죠.」 그의 이마에 살짝 주름이 잡혔다가 사라졌다. 「어쨌건 잊지는 않을 겁니다.」

 여자는 다시 미소를 짓고 의자를 떠나 소파로 왔다. 그러고는 그의 옆자리에 앉아서 말했다. 「내가 만난 사람들 중에 당신처럼 대담한 사람은 없었어요. 언제나 그렇게 고자세예요?」

 「조용히 얻어맞지 않았습니까?」

 「물론 그랬지만, 그 사람은 경찰이에요.」

 「그런 게 아니에요.」 스페이드가 설명했다. 「그가 이성을 잃고 나를 친 건 자기 힘을 과신해서 실수한 거예요. 내가 같이 뒤엉켰다면 그는 고이 돌아가지 못했을 겁니다. 우리는 끝장을 봤을 테고, 결국 경찰서에 가서 그 멍청한 이야기를 해야 했겠죠.」 그는 여자를 가만히 들여다보고 물었다. 「왜 카이로에게 그런 짓을 했습니까?」

 「별일 아니었어요.」 그녀가 얼굴을 붉혔다. 「경찰이 갈 때까지 조용히 시키려고 조금 겁을 주었어요. 그랬더니 너무 겁을 먹은 건지 아니면 그렇게 당하는 게 싫었는지 그 사람이 소리를 지른 거예요.」

 「그래서 총으로 때렸다고요?」

 「그럴 수밖에 없었어요. 그 사람이 먼저 나를 쳤는걸요.」

 「당신은 자신이 무슨 일을 하고 있는지 몰라요.」 스페이드는 미소를 짓기는 했지만 불쾌한 기색을 감추지 않았다. 「내가 말했죠. 모든 걸 추측과 운에 맡기고 되는 대로 행동한다고.」

 「미안해요, 샘.」 그녀의 얼굴과 목소리에 후회의 빛이 담겼다.

 「그래요.」 그는 주머니에서 담배쌈지와 종이를 꺼내서 담배를 말기 시작했다. 「이제 카이로하고 이야기를 했으니 나한테 말해 봐요.」

 그녀는 입에 손가락을 대고 눈을 크게 뜬 채 방 여기저기를 둘러보다가 다시 보통 눈이 되어 얼른 스페이드에게 눈길을 돌렸다. 그는 담배를 마는 데 몰두하고 있었다. 「맞아요.」 그녀가 입을 열었다. 「그래야죠.」 그녀는 입에서 손가락을 떼고 무릎 위의 치맛자락을 매만졌다. 그러다가 무릎을 바라보며 얼굴을 찌푸렸다.

스페이드는 담배를 핥고 이음새를 여민 뒤, 손을 더듬어 라이터를 찾으며 말했다. 「말해 봐요.」

「하지만 그 사람하고……」 그녀는 알맞은 표현을 찾는 듯 머뭇머뭇 말했다. 「제대로 이야기할 시간이 없었어요.」 그녀는 무릎에서 눈을 들어 또렷하고 거짓 없는 눈길로 스페이드를 바라보았다. 「시작하기도 전에 중단이 되어 버렸어요.」

스페이드는 담배에 불을 붙이고 웃으며 입 밖으로 연기를 토해 냈다. 「전화해서 다시 오라고 할까요?」

그녀는 웃지 않고 고개를 저었다. 그녀의 눈이 양옆으로 흔들렸지만, 시선은 스페이드의 눈에 고정되어 있었다. 질문이 담긴 시선이었다.

스페이드는 그녀의 등에 한 팔을 걸치고 자신에게서 먼 쪽 어깨에 손을 둥글게 얹었다. 훤히 드러난 그녀의 어깨는 희고 부드러웠다. 그녀는 그의 팔에 기댔다. 그가 말했다. 「듣고 있으니 얘기해 봐요.」

그녀는 고개를 돌려 장난스레 건방진 표정을 지어 보이며 말했다. 「이야기 듣는 데 팔을 거기 얹어야 돼요?」

「아니요.」 그가 어깨에서 손을 떼고 등 뒤로 팔을 내렸다.

「당신은 정말 예측할 수가 없는 사람이에요.」 그녀가 중얼거렸다.

그가 고개를 끄덕이고 온화하게 말했다. 「계속 듣고 있어요.」

「세상에, 시간 좀 봐요!」 그녀가 소리치고, 책 위에 놓인 자명종을 한 손가락으로 만지작거렸다. 시계의 볼품없는 바늘이 2시 15분을 가리키고 있었다.

「그래요. 오늘 밤은 아주 바빴으니까요.」

「가야겠어요.」 그녀가 소파에서 일어섰다. 「너무 늦었어요.」

스페이드는 일어나지 않고 고개를 저으며 말했다. 「이야기를 마치기 전에는 갈 수 없어요.」

「하지만 시간을 봐요.」 그녀가 항변했다. 「이야기를 다 하려면 몇 시간이 걸릴지 몰라요.」

「그러면 몇 시간 동안 듣죠.」

「내가 포로로 잡힌 건가요?」 그녀가 경쾌한 목소리로 물었다.

「게다가 밖에는 그 청년이 있어요. 아직 안 갔을지도 몰라요.」

그녀에게서 경쾌함이 사라졌다. 「아직도 있을까요?」

「그럴 수 있죠.」

그녀는 몸을 떨었다. 「알아봐 주겠어요?」

「내려가서 보고 오겠습니다.」

「아, 그러면 정말…… 그래 주겠어요?」

스페이드는 잠깐 그녀의 걱정스러운 얼굴을 바라보고 소파에서 일어서며 〈그럼요〉 하고 말했다. 그러고는 벽장에서 모자와 외투를 꺼냈다. 「10분 정도 걸릴 겁니다.」

「조심해요.」 그녀가 복도 문까지 그를 따라 나오며 말했다.

그는 〈그러죠〉 하고 나갔다.

나가 보니 포스트 거리는 비어 있었다. 스페이드는 동쪽으로 한 블록을 걸어가서 길을 건넌 뒤 서쪽으로 두 블록을 걷고 다시 길을 건너서 아파트 건물로 돌아왔다. 사람의 그림자라고는 자동차 수리 센터에서 일하는 기계공 두 명밖에 없었다.

아파트 문을 열자 브리지드 오쇼네시가 카이로의 권총을 들고 현관 입구 모퉁이에 서 있었다.

「아직도 있어요.」 스페이드가 말했다.

그녀는 입술 안쪽을 깨물고 천천히 돌아서서 거실로 들어갔다. 스페이드가 따라 들어가서 모자와 외투를 의자에 내려놓고 〈이제 이야기할 시간이 생겼군요〉 하고 말한 뒤 부엌으로 들어갔다.

그녀가 부엌 문 앞에 가 보니, 그는 스토브에 커피포트를 얹어 놓고 가느다란 바게트 빵을 썰고 있었다. 그녀는 문 앞에 서서 그를 유심히 바라보았다. 그러면서 아직도 오른손에 들고 있는 총신을 왼손으로 무심히 어루만졌다.

「탁자보는 저기 있어요.」 그가 빵칼로 간이 식탁 겸 찬장을 가리켰다.

그녀가 식탁을 차리는 동안 그는 방금 썬 조그만 타원형 빵 조각 사이에 간(肝) 소시지나 차가운 콘비프 조각을 끼워 넣었다. 그런 뒤 커피를 따르고 거기에 땅딸막한 병에 든 브랜디를 넣었다. 마침내 두 사람은 식탁 앞 긴 의자에 나란히 앉았다. 그녀는 의자 끝에 권총을 내려놓았다.

「시작해 봐요. 먹으면서.」 그가 말했다.

그녀는 인상을 찌푸려 보이고 불만스러운 듯 말했다. 「당신처럼 집요한 사람은 처음이에요.」 그러고는 샌드위치를 깨물었다.

「그래요, 그리고 대담하고 예측할 수도 없고요. 사람들이 그렇게 혈안이 되어 찾는 그 매는 도대체 뭡니까?」

그녀는 입에 든 쇠고기와 빵을 우물거리다 삼키고는 샌드위치에 난 동그란 이빨 자국을 들여다보며 물었다. 「내가 말 안하면 어떨까요? 그것에 대해 당신에게 아무 이야기도 안 해주면요? 그러면 어떻게 할 건가요?」

「새에 대해서 말입니까?」

「모든 것에 대해서요.」

「그거 때문에 당황해서 다음 할 일을 못하지는 않을 겁니다.」 그가 송곳니를 드러내며 웃었다.

「그게 뭐죠?」 그녀가 눈길을 샌드위치에서 그의 얼굴로 돌렸다. 「그걸 알고 싶었어요. 다음 할 일이란 게 뭔가요?」

그는 고개를 저었다.

그녀의 얼굴에 비웃음이 번졌다. 「대담하고 예측할 수 없는 일인가요?」

「그럴 수 있죠. 하지만 지금 입을 다무는 게 당신한테 무슨 득이 될지 모르겠습니다. 어쨌건 그 진상은 조금씩 드러나고 있어요. 물론 나는 아직 모르는 게 많지만, 아는 것도 좀 있고, 추측할 수 있는 건 더 많고, 이런 날이 하루 정도 더 지나면 당신이 모르는 것도 알게 될 겁니다.」

「당신은 이제 알고 있을 거예요.」 그녀가 다시 샌드위치로 시선을 돌리고 심각한 표정이 되어 말했다. 「하지만…… 아! 나는 너무 피곤해요. 그리고 그 일을 이야기해야 한다는 게 너무 싫어요. 당신 말대로 시간이 지나면 당신도 알게 될 테니 그냥 그렇게 되도록 기다리는 건 어떨까요?」

스페이드가 웃었다. 「난 모르겠어요. 그건 당신이 판단할 일이니까. 내가 일을 알아내는 방법은, 움직이는 기계 속에 대담하고 예측할 수 없는 방해물을 집어넣어 망가지는 모습을 보는 거예요. 당신이 그 기계 파편에 다치지 않을 거라고 자신한다면, 나는 아무 상관없습니다.」

그녀는 드러난 어깨를 불안스레 움직였지만 말은 하지 않았다. 두 사람은 몇 분 동안 조용히 샌드위치만 먹었다. 그는 덤덤

했고 그녀는 심각했다. 그런 뒤 그녀가 낮은 목소리로 말했다. 「당신이 무서워요. 정말이에요.」

「그건 진실이 아니에요.」

「진실이에요.」 그녀가 계속 낮은 목소리로 말했다. 「내가 무서워하는 남자가 두 명 있는데 오늘 밤 두 사람을 모두 만났어요.」

「당신이 카이로를 무서워하는 건 이해합니다.」 스페이드가 말했다. 「그 사람한테는 당신의 힘이 미치지 않으니까요.」

「당신은 다른가요?」

「방식이 다릅니다.」 그가 말하고 씩 웃었다.

그녀가 얼굴을 붉혔다. 그러고는 잿빛 간 소시지 샌드위치를 집어 들었다가 접시에 내려놓았다. 그녀는 흰 이마를 찌푸리고 말했다. 「그건 정확한 종류는 모르지만 어떤 매 같은 모양으로 만든 검은 조각상이에요. 크기는 이만해요.」 그녀는 두 손을 30센티미터가량 벌렸다.

「그게 왜 그렇게 중요한 거죠?」

그녀는 브랜디가 든 커피를 한 모금 마시고 고개를 저으며 말했다. 「나도 몰라요. 말을 안 해줘요. 그걸 구하는 데 협력해 주면 나한테 5백 파운드를 주겠다고 했어요. 그런데 우리가 조하고 헤어진 뒤 플로이드는 나한테 750파운드를 주겠다고 했어요.」

「그러면 그것의 값어치가 7500달러가 넘는다는 얘기로군요?」

「아니, 그보다도 훨씬 커요. 나하고 균등하게 나눈다는 식으로 말하지 않았으니까요. 그 사람들은 나를 그저 협력자로 고용했을 뿐이에요.」

「어떻게 협력하는 거였습니까?」

그녀는 커피 잔을 다시 입에 댔다. 스페이드는 위압적인 황회색 눈동자를 그녀의 얼굴에 고정시킨 채 담배를 만들기 시작했다. 두 사람 뒤에 있는 스토브 위에서 커피포트가 보글거렸다.

「그걸 가진 사람에게서 빼내 오는 거였죠.」 그녀가 잔을 내려놓고 천천히 말했다. 「케미도프라는 러시아 사람이었어요.」

「어떻게?」

「아, 그건 중요하지 않아요.」 그녀가 일축했다. 「당신한테 도움도 안 될 거고요.」 그녀의 미소가 뻔뻔해졌다. 「당신이 상관할 일이 전혀 아니에요.」

「콘스탄티노플에서 벌어진 일입니까?」

그녀는 망설이다가 고개를 끄덕이고 말했다. 「마르모라예요.」

그는 그녀에게 담배를 흔들면서 말했다. 「계속해요. 그다음에는 무슨 일이 있었습니까?」

「그게 전부예요. 말했잖아요. 도와주면 5백 파운드를 주겠다고 해서 도와줬다고. 그러고 나서 조 카이로가 우리한테서 매를 빼앗아 달아날 속셈이었다는 걸 알게 됐어요. 그래서 우리가 선수를 쳤죠. 하지만 내 형편은 나아지지 않았어요. 플로이드는 나에게 750파운드를 줄 생각이 전혀 없었으니까요. 나는 그걸 여기 도착해서야 알았어요. 그는 뉴욕에 가서 그걸 팔면 내 몫을 주겠다고 했지만, 그건 거짓말이 분명했어요.」 분노가 그녀의 눈동자에 보라색 그림자를 드리웠다. 「그래서 그 매가 어디 있는지 알아내는 데 도움을 받으려고 당신을 찾아갔던 거예요.」

「만약 그걸 찾으면? 그러면 어떻게 하려고 했던 겁니까?」

「그러면 플로이드 서스비하고 조건을 협상할 수 있다고 생각했죠.」

스페이드는 눈을 가늘게 뜨고 그녀를 보며 말했다. 「하지만 당신은 그걸 어디 가서 팔아야 그 사람이 주려고 했던 것보다 더 큰돈을 받을 수 있는지 모르지 않았습니까? 그러니까 플로이드가 그걸 팔려고 했던 금액 말입니다.」

「몰랐죠.」 그녀가 말했다.

스페이드는 접시 위에 뜬 담뱃재를 보며 얼굴을 찌푸리고 물었다. 「그게 왜 그렇게 가치가 큰 겁니까? 당신도 조금은 알죠? 아니면 짐작이라도 할 수 있겠죠.」

「아무것도 몰라요.」

그는 찌푸린 얼굴을 그녀에게 돌렸다. 「뭘로 만들어졌습니까?」

「도자기 아니면 검은 돌이에요. 잘 몰라요. 만져 본 적도 없어요. 딱 한 번 보긴 했는데, 겨우 몇 분 동안이었어요. 처음 손에 넣었을 때 플로이드가 보여 주더군요.」

스페이드는 접시 위에 담배를 비벼 끄고, 잔에 담긴 브랜디 커피를 한 모금 마셨다. 그러고는 냅킨으로 입술을 닦고 구겨진 냅킨을 식탁에 놓은 뒤 가볍게 말했다. 「거짓말.」

그녀는 얼굴을 붉히고 일어서더니 식탁 끝에 서서 어둡고 당혹한 눈으로 그를 내려다보며 말했다. 「나는 거짓말쟁이예요. 옛날부터 그랬어요.」

「자랑할 만한 일은 아니죠. 어린애 같은 짓이에요.」 그의 목소리는 다정했다. 그는 식탁과 긴 의자 사이를 빠져나왔다. 「그 장황한 이야기 가운데 진실이 조금이라도 있습니까?」

그녀는 고개를 숙였다. 검은 속눈썹에 물기가 반짝거렸다. 「약간은 있어요.」 그녀가 속삭였다.

스페이드는 그녀의 턱에 손을 대고 고개를 들어 올렸다. 그러고는 그녀의 젖은 눈을 바라보며 웃고 말했다. 「아직도 밤은 길어요. 브랜디를 좀 더 넣어서 커피를 다시 끓이죠. 그러고 나서 다시 한 번 해보는 거예요.」

그녀의 눈꺼풀이 떨어져 내렸다. 「아, 너무 지겨워요.」 그녀가 떨리는 목소리로 말했다.「모든 게 다 지겨워요. 나 자신도 지겹고, 거짓말하는 것도 지겹고 그걸 지어내는 것도 지겹고, 뭐가 거짓이고 진실인지 모르는 것도 지겨워요. 나는…….」

그녀는 두 손으로 스페이드의 뺨을 감싸더니, 그의 입 위에 자신의 벌린 입을 강하게 얹고 두 사람의 몸을 밀착시켰다.

스페이드의 두 팔이 그녀를 안고 바짝 끌어 당겼다. 근육이 불거지면서 푸른 옷소매가 팽팽해졌다. 한 손은 붉은 머리카락에 손가락을 파묻은 채 그녀의 머리를 받쳐 들었고, 다른 한 손은 그녀의 가녀린 등을 어루만졌다. 그의 두 눈이 노랗게 타올랐다.

10
벨베데어 호텔의 소파

새로 열리는 하루가 밤을 뿌연 빛 속으로 몰아냈을 때 스페이드는 일어나 앉았다. 옆자리에는 브리지드 오쇼네시가 나직하고 규칙적인 숨소리를 내며 자고 있었다. 스페이드는 아주 조용히 침대에서 몸을 일으켰고, 역시 조용히 침실 밖으로 나가서 문을 닫았다. 그는 욕실에서 옷을 입었다. 그러고는 자고 있는 여자의 옷을 뒤져서 코트 주머니에 든 납작한 놋쇠 열쇠를 꺼내 들고 밖으로 나갔다.

그는 코로넷 아파트로 가서 열쇠로 그녀의 아파트 문을 열었다. 겉으로 보기에 그의 행동은 전혀 비밀스러운 기색이 없었다. 그는 망설이지 않고 곧장 아파트 안으로 들어갔다. 하지만 그러면서도 그의 행동은 더없이 비밀스러웠다. 그는 거의 아무 소리도 내지 않았다.

여자의 아파트에 들어서자 그는 불을 전부 켰다. 그러고는 그 안을 이 잡듯이 뒤졌다. 그의 눈과 두꺼운 손가락은 서두르는 기색도 없고, 망설이거나 더듬거나 되짚는 일도 없이, 아파트 구석구석을 확고하게 조사하고 살피고 판단했다. 서랍, 찬장, 벽장, 상자, 가방, 트렁크 — 잠겨 있거나 잠기지 않았거나 — 들이 남김 없이 열렸고, 그 안의 내용물들은 눈과 손의 탐색을 거쳤다. 옷들도 하나하나 그의 손을 지나며 어떤 물건이 불룩 튀어나오거나 어떤 종이가 바스락거리지는 않는지 검사를 받았다. 침대에서 침대보도 걷었다. 양탄자 밑과 가구 밑도 들여다보았다. 블라인드 안에 말아서 숨겨 놓은 건 없는지 블라인드도 내려 보았다. 창문 아래 걸려 있는 건 없는지 밖으로 고개를 내밀어 보았다. 화장대의 분통과 크림 통을 모두 포크로 쑤셔 보았다. 분무기와 병은 햇빛에 비추어 보았다. 접시와 냄비와 음식과 그릇을 살펴보았고, 신문지를 펼쳐서 그 위로 쓰레기통을 쏟았다. 욕실 변기 물통의 뚜껑을 열고 물을 내리며 그 안을 살펴보았다. 욕조 배수구 위의 철망도 대야도 세면대도 빨래통도 살펴보았다.

하지만 검은 새는 보이지 않았다. 검은 새와 관련 있다고 생각되는 어떤 것도 보이지 않았다. 글이 적힌 종이라고는 브리지드 오쇼네시가 1주일 전에 한 달간 아파트 임대 계약을 한 영수증뿐이었다. 잠시 그의 탐색을 지연시킬 만큼 흥미로웠던 것은 잠긴 화장대 서랍 안에 든 오색 빛깔의 상자와 그 안에 든 두 주먹 분량의 장신구뿐이었다.

탐색을 마친 뒤 그는 커피를 끓여서 마셨다. 그러고는 부엌 창문을 따고, 주머니칼로 자물쇠 가장자리를 약간 긁은 뒤 창문 — 비상 계단 위로 난 — 을 열고, 거실의 긴 의자 위에서 모자와 코트를 집어 들고는 들어온 방식 그대로 아파트를 떠났다.

집으로 가는 도중에 통통한 남자가 잠이 덜 깬 눈으로 문을 여는 식품점에 들어가 오렌지, 달걀, 롤빵, 버터와 크림을 샀다.

스페이드는 조용히 아파트로 들어갔지만, 복도 문을 닫기 전에 브리지드 오쇼네시가 소리쳤다. 「누구예요?」

「스페이드 청년이 아침 식사 거리를 사 가지고 왔습니다.」

「아, 놀랐잖아요!」

그가 닫아 두고 간 침실 문이 열려 있었고, 여자는 침대에 앉아 떨고 있었다. 그녀의 오른손은 베개 밑에 들어가 있었다.

스페이드는 사 온 물건을 부엌 식탁에 내려놓고 침실로 들어갔다. 그러고는 여자 옆에 앉아서 부드러운 어깨에 입을 맞추고 말했다. 「그 친구가 아직도 있는지 보기도 하고 또 아침 식사 거리도 사려고 나갔다 왔어요.」

「아직도 있어요?」

「아니요.」

그녀는 한숨을 쉬고 그에게 기댔다. 「일어나 보니까 당신이 없는데 누가 들어오는 소리가 나잖아요. 얼마나 놀랐는지 몰라요.」

스페이드는 그녀의 얼굴에 늘어진 붉은 머리카락을 손가락으로 쓸어 넘기며 말했다. 「미안해요. 이렇게 일찍 일어날 줄 몰랐어요. 밤새도록 베개 밑에 총을 넣어 두고 잤습니까?」

「아뇨, 안 그랬다는 거 알잖아요. 문소리를 듣고 벌떡 일어나서 여기다 넣었어요.」

그가 아침 식사를 준비하는 동안 — 그 사이에 납작한 놋쇠 열쇠를 그녀의 코트 주머니에 다시 넣었다 — 그녀는 목욕을 하고 옷을 입었다.

그녀는 휘파람으로 「엔 쿠바」를 불며 욕실 밖으로 나왔다. 「침대 정돈은 내가 할까요?」

「그러면 좋죠. 달걀이 익으려면 아직도 2, 3분 더 있어야 되니까.」

그녀가 부엌에 돌아왔을 때 식탁에는 아침 식사가 차려져 있었다. 둘은 어젯밤과 같은 자리에 앉아서 양껏 식사를 했다.

「이제 그 새 이야기를 해볼까요?」 식사가 시작되자 곧바로 스페이드가 물었다.

그녀는 포크를 내려놓고 그를 보았다. 그러고는 미간을 좁히고 입술을 오므렸다. 「이런 날 아침 그런 이야기를 하자고 그러면 안 되죠.」 그녀가 따지듯이 말했다. 「말하고 싶지도 않고 말하지도 않을 거예요.」

「정말 고집이 만만치 않군요.」 그는 슬픈 표정으로 말하고 롤빵 하나를 입에 물었다.

대기 중인 택시를 타러 스페이드와 브리지드 오쇼네시가 함께 길을 건너며 보니 어제 스페이드를 미행하던 청년은 보이지 않았다. 택시를 쫓는 자동차도 없었다. 코로넷 아파트 앞에서 택시를 내렸을 때, 그 청년도 주변을 어슬렁거리는 다른 어떤 사람도 없었다.

브리지드 오쇼네시는 스페이드를 아파트로 들이려고 하지 않았다. 「이런 시각에 이브닝 드레스를 입고 귀가하는 것만으로도 충분히 괴로워요. 일행까지 데리고 들어가지 않아도 말이에요. 아무도 안 만났으면 좋겠어요.」

「오늘 밤 같이 저녁 식사를 하는 건 어떻습니까?」

「좋아요.」

둘은 키스했다. 그녀는 코로넷 아파트 안으로 들어갔다. 그는 운전기사에게 말했다. 「벨베데어 호텔로 갑시다.」

벨베데어 호텔에 가자, 어제 그를 미행하던 청년이 로비의 엘리베이터가 보이는 소파에 앉아 있었다. 겉으로는 신문을 읽는 척하고 있었다.

접수부에 물었더니 카이로는 안에 없다고 했다. 그는 인상을 쓰고 아랫입술을 꼬집었다. 그의 두 눈에 노란 점들이 떠올랐다.

「고맙습니다.」그는 접수부 직원에게 나직하게 말하고 돌아섰다.

그는 천천히 로비를 가로질러 엘리베이터가 보이는 소파로 걸어가서 신문을 읽는 척하는 청년 옆에 ― 30센티미터도 떨어지지 않은 거리에 ― 앉았다.

청년은 신문에서 고개를 들지 않았다. 가까이서 보니 청년은 정말로 스무 살도 안 되어 보였다. 몸집과 마찬가지로 이목구비도 가늘고 단정했다. 피부는 매우 깨끗했다. 창백한 두 뺨을 얼룩지게 하는 수염도 핏기도 없었다. 그가 입은 옷은 새 것도 아니고 특별히 좋은 품질도 아니었지만, 그 옷매무새에는 남성적이고 견고한 단정함이 어려 있었다.

스페이드는 가벼운 말투로 물었다. 「그 친구는 어디 갔지?」 그리고 둥글게 말아 쥔 갈색 종이 안에 담배 가루를 털어 넣었다.

청년은 신문을 내리고 일부러 느릿하게 그를 돌아보았다. 몸에 밴 재빠른 동작을 자제하는 것 같았다. 길고 곱슬곱슬한 속눈썹에 반쯤 가려진 개암 빛의 작은 두 눈이 스페이드의 가슴을 보았다. 그는 그 앳된 얼굴만큼이나 건조하고 침착한 목소리로 말했다. 「뭐라고요?」

「그 친구 어디 갔느냐고?」 스페이드가 계속 담배를 만들면서 말했다.

「누구요?」

「남색꾼 말이야.」

개암 빛 시선이 스페이드의 가슴에서 밤색 넥타이 매듭까지 올라가더니 거기서 멈추었다. 「도대체 무슨 말씀을 하시는 거죠?」 청년이 물었다. 「지금 날 놀리는 건가요?」

「그렇게 되면 말해 주지.」 스페이드는 담배를 핥고 청년에게 부드러운 미소를 지었다. 「뉴욕에서 왔지?」

청년은 스페이드의 넥타이만 바라볼 뿐 대답하지 않았다. 하지만 스페이드는 젊은이가 그렇다고 대답하기라도 한 듯 고개를 끄덕이고 물었다. 「봄스 법[2]에 쫓겨 온 거야?」

청년은 스페이드의 넥타이를 잠깐 더 들여다보다가, 다시 신문을 들고 눈길을 그리로 돌리며 〈저리 가요〉 하고 입 구석으로 말했다.

스페이드는 담배에 불을 붙이고 소파에 편안히 등을 기대며 태평스럽게 말했다. 「나한테 말하지 않고는, 적어도 일부는 말이야, 일을 마무리 짓지 못할걸. 그리고 G한테 가서 내가 그렇게 말하더라고 전해도 좋아.」

청년은 신문을 탁 내려놓고 스페이드에게 고개를 돌렸지만, 그 차가운 개암 빛 눈은 넥타이만을 바라보았다. 청년은 조그만 두 손을 배에 대고 말했다. 「계속 그러면 험한 꼴 볼 수 있어. 그것도 아주 많이.」 그의 목소리는 낮고 단조롭고 고압적이었다. 「가라고 했어. 저리 꺼져.」

스페이드는 안경을 쓴 땅딸막한 남자와 날씬한 다리의 금발 여자가 두 사람 앞을 지나갈 때까지 기다렸다. 그런 뒤 쿡쿡 웃고 말했다. 「그런 말은 7번 거리에서 하면 아주 잘 통할 거야. 하지만 네가 지금 있는 곳은 롬빌이 아니라 내 도시야.」 그는 담배 연기를 빨아들였다가 길고 흐린 구름으로 뿜었다. 「그래, 그 친구는 어디 갔어?」

청년은 두 마디를 내뱉았는데, 첫 마디는 목이 막힌 듯 짧은 두 음절이었고, 두 번째는 〈새끼〉였다.

---

2 봄스 법은 1926년에 통과된 뉴욕 주의 법으로 중범죄를 3회 저지른 전과자가 다시 범죄를 저지르면 무조건 무기 징역을 선고하는 것이 핵심이다.

「그런 식으로 말하다가는 이빨을 다쳐.」 스페이드의 목소리는 여전히 온화했지만, 그의 얼굴은 무표정하게 굳어 있었다. 「내 동네에 와서 놀려면 예의를 갖추는 게 좋아.」

젊은이는 조금 전에 한 그 두 마디 말을 반복했다.

스페이드는 담배를 소파 옆의 커다란 돌 항아리에 떨어뜨리고, 몇 분 전부터 흡연대 한쪽 끝에 서 있던 중년 남자에게 손을 들어 보였다. 남자는 중간 정도의 키에 둥글고 누르스름한 얼굴이었고, 단단한 체격에 검은 옷을 단정하게 입고 있었다.

「안녕, 샘.」 그가 다가오며 물었다.

「안녕하세요, 루크.」

두 사람은 악수를 했고, 루크가 말했다. 「마일스가 안됐어.」

「그래요. 운이 없었어요.」 스페이드는 턱짓으로 소파 옆자리의 젊은이를 가리켰다. 「이런 형편없는 총잡이들이 주머니에 총을 불룩하게 넣고서 호텔 로비를 서성이게 내버려 두는 이유는 뭡니까?」

「뭐라고?」 루크가 갑자기 엄격한 표정이 되어, 날카로운 갈색 눈으로 청년을 보며 물었다. 「젊은이, 여기서 뭘 하는 거요?」

청년이 일어섰다. 스페이드도 일어섰다. 청년은 두 사람을, 두 사람의 넥타이를 번갈아 보았다. 루크의 넥타이는 검은색이었다. 두 사람 앞에 선 청년은 마치 학생 같았다.

루크가 말했다. 「할 일이 없다면 눈앞에서 꺼지고, 다시는 오지 마시오.」

「잊지 않겠다.」 젊은이는 이렇게 말하고 밖으로 나갔다.

그들은 그의 뒷모습을 지켜보았다. 스페이드는 모자를 벗고 손수건으로 젖은 이마를 훔쳤다. 호텔 경비가 물었다. 「무슨 일이야?」

「나도 몰라요.」 스페이드가 대답했다. 「그냥 우연히 본 거예요. 조엘 카이로에 대해서는 뭐 아는 것 없어요? 635호실 사람 말이에요.」

「아, 그 사람!」 호텔 경비의 눈이 짓궂게 변했다.

「여기 온 지 얼마나 됐습니까?」

「나흘 됐네. 오늘이 닷새째야.」

「어때요?」

「아는 게 뭐 있어야지. 그 사람이 내 마음에 안 드는 건 생김새뿐이야.」

「어젯밤에 호텔에 돌아왔는지 알아봐 줘요.」

「그러지.」 호텔 경비가 말하고 갔고, 스페이드는 소파에 앉아 기다렸다. 마침내 그가 돌아와서 말했다. 「아니, 어젯밤은 객실에 없었네. 무슨 일인가?」

「아무것도 아니에요.」

「말해 봐. 입은 딱 닫아 놓고 있을 테니. 하지만 무슨 문제가 있는지는 미리 알아 놓아야 숙박비를 챙겨 받지.」

「그런 일은 전혀 아닙니다.」 스페이드가 그를 안심시켰다. 「사실대로 말하면, 지금 그 사람한테서 일을 하나 의뢰 받았어요. 만약 그 사람한테 문제가 생기면 알려 드리죠.」

「그렇게 해주게. 내가 좀 지켜봐 줄까?」

「고마워요, 루크. 좀 지켜봐 주면 도움이 될 수도 있을 거예요. 요즘 같은 때는 고객에 대해 많이 알아 둘수록 좋죠.」

조엘 카이로가 호텔에 들어섰을 때 엘리베이터 위에 걸린 시계는 11시 21분을 가리켰다. 이마에는 붕대가 감겨 있었다. 옷은 후줄근한 것이 오래 입고 있던 티가 났다. 얼굴은 창백했고 눈과 입꼬리가 모두 처져 있었다.

스페이드가 접수부에 서 있는 그에게 다가가서 〈안녕하십니까〉 하고 가볍게 인사했다.

카이로는 지친 몸을 똑바로 펴고, 처진 이목구비를 팽팽하게 당겼다. 「안녕하십니까.」 그는 반가운 기색 없이 응대했다.

잠시 침묵이 흘렀다.

「어디 가서 이야기 좀 하죠.」 스페이드가 말했다.

카이로가 턱을 들고 말했다. 「죄송합니다만, 당신과 나누었던 그런 방식의 대화를 다시 하고 싶은 마음은 들지 않습니다. 퉁명스럽게 말해서 죄송합니다만, 그게 사실입니다.」

「어젯밤 일 말씀인가요?」 스페이드가 답답하다는 듯 머리와 손을 흔들었다. 「내가 달리 어떻게 할 수 있었겠습니까? 그 정도는 이해하실 줄 알았는데요. 당신이 브리지드한테 싸움을 걸거나 브리지드가 당신한테 싸움을 건다면, 나는 여자 편을 들 수밖에 없습니다. 나는 그놈의 새가 어디 있는지 모르고 그건 당신도 마찬가지예요. 하지만 그 여자는 알잖아요. 그 여자의 비위를 맞추지 않으면 어떻게 그걸 손에 넣는다는 말입니까?」

카이로가 망설이다가 의심스러운 목소리로 말했다. 「당신은 언제나 매끄러운 설명이 준비되어 있군요.」

스페이드는 얼굴을 찌푸렸다. 「그러면 내가 어떻게 하면 좋을까요? 말을 더듬도록 노력해 볼까요? 어쨌거나 저기 가서 이야기해 봅시다.」 그가 앞장서서 소파로 갔다. 함께 소파에 앉은 뒤 그가 물었다. 「던디가 경찰서로 데리고 갔습니까?」

「그랬습니다.」

「얼마나 오랫동안 붙들어 두던가요?」

「조금 전까지요. 완전히 강제였어요.」 카이로의 얼굴과 목소리에 고통과 분노가 뒤섞였다.「그리스 총영사에게 이 일을 알리고 변호사에게 의뢰할 겁니다.」

「그렇게 하십시오. 그러고 나서 결과를 지켜보세요. 경찰한테 어디까지 말했습니까?」

카이로의 얼굴에 만족이 담긴 새침한 미소가 떠올랐다.「한마디도 안 했습니다. 나는 당신이 아파트에서 한 이야기를 하며 계속 우겼습니다.」그의 미소가 사라졌다.「하지만 좀 더 말이 되는 이야기였다면 좋았겠다는 생각은 했습니다. 그 이야기를 자꾸 거듭하려니 여간 민망한 게 아니었어요.」

스페이드가 장난스레 웃고 말했다.「그랬을 겁니다. 하지만 그런 황당함이 그 이야기의 장점입니다. 정말 아무것도 흘리지 않은 겁니까?」

「믿어도 좋습니다, 스페이드 씨. 나는 한마디도 하지 않았습니다.」

스페이드가 손가락으로 두 사람 사이의 소파 가죽을 두드렸다.「던디가 다시 당신을 찾을 겁니다. 입을 꼭 다물고 있으면 아무 일 없을 거예요. 이야기가 황당했던 건 걱정하지 말아요. 사리에 닿는 이야기를 했다면 우리 모두 감방에 들어갔을 테니까요.」그러고는 일어섰다.「밤새도록 경찰한테 시달렸으니 눈을 붙여야겠군요. 나중에 봅시다.」

스페이드가 사무실에 들어섰을 때, 에피 페린은 전화기에 대고 〈아뇨, 아직 안 오셨습니다〉라고 말하고 있었다. 그녀는 그를 돌아보고 〈아이바〉라는 입 모양을 지어 보였다. 그가 고개를 저었다.「네, 오시는 대로 전화 드리라고 전하겠습니다.」그녀가 말하고 수화기를 내려놓았다.「오늘 아침에만 벌써 세 번째 전화예요.」

그는 짜증스럽다는 듯 목구멍으로 그르릉 소리를 냈다.

에피는 갈색 눈동자를 안쪽 사무실 쪽으로 돌렸다. 「당신의 브리지드 오쇼네시 양이 안에 있어요. 아홉 시 조금 넘어서부터 기다리고 있어요.」

스페이드는 그럴 줄 알았다는 듯이 고개를 끄덕이고 물었다. 「다른 건?」

「폴하우스 경사가 전화했어요. 하지만 전할 말은 남기지 않았어요.」

「지금 전화 넣어 줘.」

「그리고 G가 전화했어요.」

스페이드가 눈을 반짝 빛내고서 물었다. 「누구?」

「G래요. 그렇게 말하던걸요.」 개인적 관심은 전혀 없다는 듯한 말투였다. 「탐정님이 없다니까 〈스페이드 씨에게 할 말이 있는 G라는 사람이오. 다시 전화할 거라고 전해 주십시오〉라고 했어요.」

스페이드는 좋아하는 음식이라도 맛보는 듯 입술을 움직이고 나서 말했다. 「고마워, 에피. 톰 폴하우스를 연결해 줘.」 그러고는 안쪽 사무실로 들어가서 문을 닫았다.

브리지드 오쇼네시는 사무실에 처음 왔을 때하고 똑같은 옷차림으로 그의 책상 옆 의자에 앉아 있다가 얼른 일어나서 다가왔다. 「코로넷 아파트에 사람이 들었어요. 집 안이 완전히 뒤집혔어요.」

그는 약간 놀라는 기색을 보였다. 「뭐 없어진 건 없습니까?」

「없는 것 같아요. 모르겠어요. 거기 계속 있기가 겁이 났어요. 그래서 최대한 빨리 옷을 갈아입고 곧장 여기로 왔어요. 그 미행하던 청년이 거기까지 따라갔나 봐요.」

스페이드는 고개를 저었다.「그게 아니에요.」그러고는 주머니에서 오후 신문 초판본을 꺼내서 그녀에게 〈비명 소리에 달아난 도둑〉이라는 제목이 붙은 작은 기사를 보여 주었다.

서터 거리 아파트에 혼자 사는 캐롤린 빌이라는 젊은 여자가 새벽 네 시에 누군가 방에 들어오는 소리에 잠이 깼다. 그녀는 비명을 질렀고 들어오던 사람은 도망쳤다. 같은 건물에서 역시 혼자 사는 다른 여자 두 명도 그날 아침 집에 도둑이 든 흔적을 발견했다. 세 아파트 어디서도 도둑맞은 물건은 없었다.

「거기가 바로 내가 그자를 따돌린 자리예요.」스페이드가 설명했다.「나는 그 건물로 들어갔다가 뒷문으로 나왔어요. 세 집이 모두 여자 혼자 사는 집이었던 건 그런 이유예요. 그 친구는 건물 현관에 있는 인명부를 보고 여자가 사는 아파트를 찾은 거예요. 당신이 가명으로 살 거라고 생각하고.」

「하지만 우리가 당신 아파트에 있을 때 그 친구가 바깥에 있었잖아요.」그녀가 의문을 제기했다.

스페이드는 어깨를 으쓱해 보였다.「그 친구가 혼자만 일한다는 보장은 없죠. 아니면 당신이 내 아파트에서 밤을 보낼 걸 알고 서터 거리로 갔는지도 모르죠. 의심해 볼 상황은 많지만, 어쨌건 내가 그 친구를 달고 코로넷 아파트에 가지는 않았어요.」

그녀는 아직 의문이 풀린 것 같지 않았다.「그 사람이 찾았건 누가 찾았건 하여간 찾은 거네요.」

「그렇죠.」그가 그녀의 발을 내려다보며 인상을 썼다.「카이로였을 수도 있습니다. 그 사람은 어젯밤에 호텔에 없었고 방금 전에야 돌아왔거든요. 밤새 경찰에서 조사를 받았다고 하던데, 그거야 모르죠.」그는 돌아서서 문을 열고 에피 페린에게 물었다.

「톰하고 연락 됐어?」

「톰이 경찰서에 없어요. 조금 있다 다시 연락해 볼게요.」

브리지드 오쇼네시가 걱정스러운 눈으로 그를 보고 물었다. 「아침에 조를 찾아갔어요?」

「그랬습니다.」

그녀는 잠시 망설이다가 물었다. 「왜요?」

「왜냐고요?」 그가 그녀를 보며 웃었다. 「왜냐하면요 아가씨, 이 수수께끼에 얽혀 있는 당사자 모두하고 일종의 연락 관계를 유지해야 내가 이 사건을 이해하건 해결하건 할 수 있을 테니까요.」 그는 한 팔로 그녀의 어깨를 안고 자신의 회전의자로 데리고 갔다. 그러고는 코 끝에 살짝 키스한 뒤 의자에 앉혔다. 그는 책상에 걸터앉아서 말했다. 「당신한테 새 집을 구해 줘야겠군요.」

그녀는 열렬히 고개를 끄덕였다. 「거기로는 돌아가지 않을 거예요.」

그는 허벅지 사이의 책상을 두드리면서 심각한 표정을 짓더니 이내 말했다. 「방법이 있을 것 같습니다. 잠깐 기다려요.」 그는 바깥 사무실로 나가며 문을 닫았다.

「다시 전화할게요.」 에피 페린이 전화기로 손을 뻗으며 말했다.

「그건 나중에 해도 돼. 그런데 에피, 여자의 직감으로 볼 때 아직도 저 여자가 성모 마리아랑 비슷한 것 같아?」

그녀는 정색을 하고 그를 보았다. 「오쇼네시 양이 무슨 문제를 겪고 있든 간에 나는 아직 그 여자가 괜찮은 사람이라고 생각해요. 그걸 물어본 거라면요.」

「그걸 물어본 거야. 그 믿음이 저 여자를 도와줄 수 있을 만큼 강해?」

「어떻게요?」

「며칠 동안 데리고 있는 거야.」

「우리 집에서 말이에요?」

「그래. 지금 숙소에 사람이 침입했어. 이번 주에만 벌써 두 번째지. 다른 사람이랑 같이 있는 게 나을 것 같아. 에피가 저 여자를 집에 데리고 있어 주면 아주 큰 도움이 될 거야.」

에피 페린은 몸을 굽히고 심각하게 물었다. 「정말로 위험한 처지인가요?」

「그런 것 같아.」

그녀는 손톱으로 입술을 긁었다. 「어머니가 놀라 기절하실 텐데요. 어머니한테 오쇼네시 양은 당신이 몰래 보호하다가 마지막 순간에 깜짝 증인으로 내세울 사람이라거나 뭐 그렇다고 말씀드려야겠네요.」

「에피는 천사야.」 스페이드가 말했다. 「지금 데리고 나가 주면 더 고맙겠어. 내가 오쇼네시한테서 열쇠를 받아서 그 아파트에 있는 물건들 중에 필요한 걸 다 챙겨서 갈게. 가만…… 둘이 같이 나가는 게 눈에 띄면 좋지 않겠군. 에피는 지금 바로 집에 가. 택시를 타고, 미행이 붙지 않게 조심해. 가능성은 낮지만 그래도 모르는 일이니까. 오쇼네시는 조금 있다가 따로 보낼게. 역시 미행이 붙지 않게 해서 말이야.」

11
뚱뚱한 사내

스페이드가 브리지드 오쇼네시를 에피 페린의 집으로 보내고 사무실로 다시 돌아왔을 때 전화벨이 울리고 있었다. 그는 전화기로 다가갔다.

「여보세요…… 네, 제가 스페이드입니다…… 네, 알겠습니다. 전화 기다렸습니다…… 성함이? ……거트먼 씨요? 아, 네, 그럼요! 그러면…… 빠를수록 좋지요…… 12층 C호실이요…… 좋습니다. 15분이면 됩니다…… 네.」

스페이드는 전화기 옆 책상 모서리에 앉아 담배를 말았다. 입술이 단단하고 만족스러운 V자를 그렸다. 담배 마는 손가락을 지켜보는 두 눈은 팽팽히 당겨진 아래 눈꺼풀 위에서 조용히 타올랐다.

문이 열리고 아이바 아처가 들어왔다.

「안녕.」 스페이드는 가볍고 다정하게 인사했고, 그의 표정 또한 순식간에 그에 걸맞게 돌변했다.

「아 샘, 날 용서해 줘! 제발 용서해 줘!」 그녀가 목이 메어 말했다. 그녀는 문 안쪽에 멈춰 서서 장갑 낀 조그만 손으로 검은 테두리의 손수건을 뭉개며, 겁에 질린 충혈된 눈으로 그의 얼굴을 살폈다.

그는 책상 모서리에 앉은 채 말했다.「괜찮아. 신경 쓸 것 없어.」

「하지만 샘……」그녀가 흐느끼며 말했다.「내가 당신 집에 경찰을 보냈어. 질투심에 미쳐 버릴 것 같았어. 그래서 경찰에 전화해서 거기 가면 마일스의 살인과 관련해서 무언가 단서를 잡을 수 있을 거라고 그랬어.」

「무엇 때문에 그런 생각을 한 거지?」

「아냐, 그런 생각은 안 했어! 하지만 너무 속이 상해서 당신한테 못된 짓을 하고 싶었어.」

「그것 때문에 일이 얼마나 꼬였는지 몰라.」그는 한 팔로 그녀를 감싸더니 앞으로 바짝 끌어안았다.「하지만 이제 괜찮아. 이제부터 그런 생각 안 하면 돼.」

「안 할게, 다시는.」그녀가 약속했다.「하지만 어젯밤에 당신은 나한테 너무 심했어. 차갑고 냉담했고 나를 빨리 쫓아 보내고 싶어 했어. 내가 거기서 얼마나 오랫동안 당신을 기다렸는데. 당신한테 조심하라고 말해 주려고 했는데…….」

「뭘?」

「필 말이야. 그 사람이 알게 됐어. 당신하고 내가 사랑하는 사이라는 걸, 내가 이혼하고 싶어 한다는 걸 마일스한테 들은 거야. 물론 마일스는 그 이유를 몰랐지만. 그런데 이제 필은…… 마일스가 이혼을 안 해 줘서 당신이 나랑 결혼하려고 자기 동생을 죽였다고 생각해. 자기는 그걸 확신한다면서 어제 경찰에 그렇게 말했어.」

「멋지군.」스페이드가 나직하게 말했다.「그래서 나한테 그걸 이야기해 주려고 왔는데, 내가 다른 일로 바쁜 걸 보고 화가 나서, 그 놈의 필 아처가 그런 일을 벌이도록 내버려 뒀다는 거로군.」

「미안해.」 그녀가 울먹였다. 「당신이 용서 안 할 거라는 거 알아. 정말, 정말, 정말로 미안해.」

「그래, 그건 잘못한 일이야. 나한테뿐 아니라 당신한테도. 필이 경찰에 그런 이야기를 한 뒤에 던디가 당신을 찾아갔어? 아니면 다른 경찰이라도?」

「아니.」 그녀가 깜짝 놀라서 입을 벌리고 눈을 휘둥그렇게 떴다.

「이제 연락이 갈 거야. 당신이 여기 있는 모습을 보이면 안 좋아. 경찰에 전화했을 때 당신의 신원은 밝혔어?」

「아, 아니! 그냥 지금 당장 샘 스페이드의 아파트로 가면 살인과 관련된 단서를 잡을 거라고 말하고 전화를 끊었어.」

「전화는 어디서 했어?」

「당신 집 근처에 있는 약국에서. 아, 샘. 나는……..」

그는 그녀의 어깨를 두드리고 가볍게 말했다. 「어리석은 짓이었어. 하지만 어쨌건 지난 일이지. 얼른 집에 가서 경찰한테 뭐라고 말할지나 궁리해. 곧 연락이 갈 테니까. 그냥 무조건 아니라고 잡아떼는 게 가장 좋을지도 몰라.」 그는 먼 곳을 보는 듯한 얼굴로 인상을 썼다. 「아니면 시드 와이즈를 먼저 만나는 게 좋을지도 모르고.」 그는 그녀에게서 팔을 떼고 주머니에서 꺼낸 명함 뒷장에 세 줄의 메모를 끼적여 그녀에게 건넸다. 「시드한테는 모든 이야기를 다 해도 돼.」 그가 인상을 썼다. 「아니면 거의 모든 이야기를. 마일스가 죽은 날 밤에 당신은 어디 있었지?」

「집에.」 그녀가 조금도 망설이지 않고 대답했다.

그는 미소 띤 얼굴로 그녀를 바라보며 고개를 저었다.

「집에 있었어.」 그녀가 강조했다.

「아니야. 하지만 그게 당신의 설명이라면, 나는 상관없어. 가서 시드를 만나 봐. 다음번 모퉁이에 있는 분홍색 건물 827호야.」

그녀의 파란 눈이 그의 황회색 눈을 조심스레 살폈다. 「왜 내가 집에 없었다고 생각해?」 그녀가 천천히 물었다.

「나는 그냥 당신이 집에 없었다는 걸 알 뿐이야.」

「하지만 집에 있었어. 정말이야.」 그녀의 입술이 비틀리면서 눈에 분노가 차올랐다. 「에피 페린이 말했구나.」 그녀가 분개하면서 말했다. 「그 애가 내 옷을 들여다보고 방안을 살피던 걸 봤어. 하지만 그 여자애가 나를 싫어한다는 건 샘, 당신도 알잖아. 나를 괴롭히는 일이라면 무엇이든 하려고 들 여자애의 말을 왜 믿는 거지?」

「참 여자들이란.」 스페이드가 나직하게 말하고는 손목시계를 보았다. 「어서 가, 아이바. 나도 빨리 가봐야 할 데가 있어. 당신 하고 싶은 대로 해. 하지만 내가 당신이라면 시드한테 전부 말하든지 아니면 입을 꾹 다물 거야. 그러니까 말하기 싫은 건 말 안 해도 좋지만 이야기를 꾸미지는 말라고.」

「거짓말하는 거 아냐, 샘.」 그녀가 따졌다.

「그렇겠지.」 그는 그렇게 말하고 일어섰다.

그녀는 그의 얼굴에 좀 더 바짝 다가가기 위해 발끝으로 서서 속삭였다. 「당신은 나를 안 믿어?」

「안 믿어.」

「그러면 내가 한 일을…… 용서도 안 하고?」

「아니, 용서해.」 그는 고개를 숙여 그녀의 입에 키스했다. 「그건 상관없어. 이제 빨리 가.」

그녀가 그를 안았다. 「나랑 같이 와이즈 씨를 만나러 가는 건 어때?」

「그럴 수 없어. 나는 방해만 될 거야.」 그는 그녀의 팔을 두드리고 자기 몸에서 떼어 낸 뒤, 왼쪽 손목의 장갑과 소매 사이에 입을 맞추었다. 그러고는 그녀의 어깨에 두 손을 올리고 그녀를 문 쪽으로 가볍게 밀면서 말했다. 「어서 가.」

알렉산드리아 호텔 12-C호 스위트 객실의 마호가니 문을 연 사람은 벨베데어 호텔 로비에서 스페이드와 이야기를 나눈 청년이었다. 「안녕하신가.」 스페이드가 다정한 말투로 인사했다. 청년은 아무 말도 없이 문을 잡고 옆으로 비켜섰다.

스페이드는 안으로 들어갔다. 아주 뚱뚱한 남자가 다가와서 그를 맞았다.

그의 온몸에서 살이 출렁거렸다. 뺨, 입술, 턱, 목이 모두 분홍색 알뿌리처럼 뭉툭하게 튀어나왔고, 거대한 달걀 같은 몸통에 팔과 다리가 원뿔 같은 모양새로 달려 있었다. 그가 스페이드를 맞으러 다가오자, 몸에 달린 모든 알뿌리가 제멋대로 덜렁거렸다. 마치 빨대로 분 비누 방울이 아직도 빨대 끝에 덩어리져 매달려 있는 것 같았다. 눈두덩에 파묻혀 조그매진 검은 두 눈에는 윤기가 흘렀다. 널따란 정수리는 숱 적은 검은 곱슬머리에 덮여 있었다. 그는 검은 연미복과 검은 조끼에 회색 줄무늬 소모사 바지를 입었고, 검은 새틴 애스콧 넥타이에는 분홍 진주를 꽂았으며, 에나멜 구두를 신고 있었다.

그의 목소리는 목을 긁고 나오는 듯 그르렁거렸다. 「아, 스페이드 씨.」 그가 반색하며 말하고 두꺼운 분홍색 별 같은 손을 내밀었다.

스페이드는 그 손을 잡고 빙그레 웃으며 말했다. 「처음 뵙겠습니다, 거트먼 씨.」

뚱뚱한 남자는 스페이드의 손을 잡고 그의 옆으로 돌아가더니, 다른 한 손을 스페이드의 팔꿈치 뒤에 대고 그를 녹색 양탄자 저편에 놓인 녹색 플러시 의자로 데리고 갔다. 의자 앞 탁자에는 탄산수와 유리잔 몇 개, 조니 워커 위스키가 놓인 쟁반, 코로나스 델 리츠 시가 한 갑, 신문 두 종류, 그리고 노란 동석(凍石)으로 만든 조그만 상자가 있었다.

스페이드는 녹색 의자에 앉았다. 뚱뚱한 남자는 유리잔 두 개에 위스키와 탄산수를 따랐다. 청년은 어디론가 사라지고 없었다. 삼면의 벽에 난 문은 모두 닫혀 있었다. 스페이드의 등 뒤에 있는 문 없는 벽에는 기어리 거리를 내다보는 두 개의 창문이 나 있었다.

「시작이 좋구려, 선생.」 뚱뚱한 남자가 잔을 들고 돌아서면서 그르렁거리는 소리로 말했다. 「나는 술을 따를 때 〈그만〉 하고 말하는 사람을 싫어하오. 술을 충분히 마시지 않겠다는 건 술을 마시면 믿을 수 없는 사람이 된다는 뜻 아니겠소?」

스페이드는 미소 띤 얼굴로 잔을 받아들고 잔 너머로 아주 살짝 목례를 했다.

뚱뚱한 남자는 잔을 들어서 창문으로 들어오는 햇빛에 비추어 보았다. 그러고는 잔 속에 끓어오르는 거품을 보며 만족스레 고개를 끄덕였다. 「자, 솔직한 대화와 투명한 이해를 위해 건배합시다.」

둘은 술을 마시고 잔을 내려놓았다.

뚱뚱한 남자가 스페이드에게 날카로운 시선을 던지며 물었다. 「선생은 입이 무겁소?」

스페이드는 고개를 저었다. 「저는 말하는 걸 좋아합니다.」

「갈수록 좋구려!」 뚱뚱한 남자가 감탄했다. 「나는 입이 무거운 사람을 믿지 않소. 그런 사람들은 대개 가만히 있다가 엉뚱한 시기에 엉뚱한 말을 하는 법이오. 말이란 것은 계속 사용하지 않고는 현명하게 쓰기가 어려운 것이오.」 그는 잔 너머로 흔쾌한 미소를 보냈다. 「우리는 이야기가 잘 통할 거요, 선생. 아주 잘 통할 거요.」 그는 잔을 탁자에 내려놓고 코로나스 델 리츠 갑을 집어 스페이드에게 건넸다. 「시가요, 선생.」

스페이드는 시가를 받아서 끝을 떼고 불을 붙였다. 그러는 동안 뚱뚱한 남자는 녹색 플러시 의자를 하나 더 가져다가 스페이드 앞 적당한 거리에 놓고, 두 의자 사이에 재떨이 대를 놓았다. 그러고는 탁자에서 잔을 들고 시가 갑에서 시가를 하나 꺼낸 뒤 의자에 앉았다. 그의 몸에 붙은 알뿌리들이 덜렁거림을 멈추고 육중한 몸과 함께 차분히 가라앉았다. 그는 편안히 한숨을 쉬고 나서 말했다. 「이제 선생이 원한다면 이야기를 합시다. 분명히 말하는데, 나는 말하기 좋아하는 사람하고 말하는 걸 좋아하오.」

「좋습니다. 검은 새 이야기를 할까요?」

뚱뚱한 남자가 웃음을 터뜨리자 그 웃음을 타고 알뿌리들이 출렁출렁 춤을 추었다. 「그럴까요?」 그가 묻고는 〈그럽시다〉 하고 대답했다. 그의 분홍빛 얼굴에 즐거움이 가득했다. 「선생은 내가 딱 좋아하는 그런 사람이오. 내 비위에 잘 맞는 사람이야. 변죽 같은 거 울리지 않고 단도직입적으로 〈검은 새 이야기를 할까요?〉 하고 본론으로 들어가니 말이오. 그럽시다. 나도 그게 좋소, 선생. 그런 식으로 일하는 게 좋아. 검은 새 이야기를 합시다. 하지만 먼저 내 질문에 대답을 좀 듣고 싶소. 불필요한 질문일지 모르지만, 그래야 우리가 서로를 잘 이해한 상태에서 시작할 수 있을 테니 말이오. 선생은 여기 오쇼네시 양을 대신해서 온 거요?」

스페이드는 뚱뚱한 남자의 머리 위로 길게 담배 연기를 뿜었다. 그러고는 시가 끝의 재를 바라보며 심각하게 인상을 쓴 뒤 조심스럽게 말했다. 「긍정도 부정도 못하겠습니다. 어느 쪽으로든 확실한 게 없으니까요.」 그는 뚱뚱한 남자를 올려다보며 얼굴을 폈다. 「그건 종속 변수입니다.」

「어디에 종속된 변수라는 거요?」

스페이드는 고개를 저었다. 「그걸 안다면 방금 전의 질문에 분명한 답을 드렸을 겁니다.」

뚱뚱한 남자는 술을 한 모금 마신 뒤 말했다. 「혹시 조엘 카이로에게 종속된 거요?」

스페이드는 망설임 없이 〈그럴지도 모르죠〉 하고 말했지만 그 말투는 심각하지 않았다. 그는 술을 마셨다.

뚱뚱한 남자는 뱃살이 허용하는 최대한도까지 몸을 굽혔다. 그의 미소는 스페이드의 비위를 맞추고 있었고, 그건 그의 그르렁거리는 목소리도 마찬가지였다. 「그러면 내 질문이 선생이 누구의 대리인지를 묻는 게 될 수도 있는 거요?」

「그렇게 볼 수 있습니다.」

「두 사람 가운데 한쪽이오?」

「그렇다고는 말하지 않았습니다.」

뚱뚱한 남자의 눈이 빛났다. 목을 긁는 그 목소리가 속삭임으로 변했다. 「다른 사람은 누구요?」

「제가 있습니다.」 스페이드는 시가로 자기 가슴을 가리키며 말했다.

뚱뚱한 남자는 의자에 기대앉아 편하게 몸을 늘어뜨렸다. 그러고는 길고 강한 숨을 만족스레 내뿜으며 말했다. 「아주 훌륭해요, 선생. 정말 훌륭해. 나는 자신을 위해 일한다고 말하는 사람을 좋아하오. 우리 모두 그렇지 않소? 그렇지 않다고 말하는 사람을 나는 믿지 않소. 그리고 진실이 아니라면서 진실을 말하는 사람을 가장 믿지 않소. 그런 사람은 바보인 데다 또 자연 법칙을 거역하는 바보이니 말이오.」

스페이드는 담배 연기를 내뿜었다. 예의 바르게 경청하는 얼굴이었다.「그렇죠. 이제 검은 새 이야기를 합시다.」

뚱뚱한 남자는 호의적인 미소를 짓고 말했다.「그럽시다.」그가 눈을 찡그리자 두꺼운 눈두덩에 덮인 눈에서 어두운 미광만이 번득였다.「스페이드 씨, 그 새가 어느 정도 값어치가 있는지 알고 있소?」

「모릅니다.」

뚱뚱한 남자는 다시 몸을 앞으로 숙이고 두꺼운 분홍빛 손을 스페이드 의자의 팔걸이에 얹었다.「내가 그걸 일러 주면 아니, 참말로 그 절반을 말해도, 선생은 거짓말이라고 할 거요.」

스페이드는 미소를 지었다.「아닙니다. 설령 그렇게 생각해도 그렇다고 말은 하지 않을 겁니다. 하지만 문제가 안 된다면 말씀해 주시죠. 그러면 내가 수익을 판단해 보죠.」

뚱뚱한 남자는 웃었다.「그럴 수 없을 거요, 선생. 그런 일에 경험이 많지 않은 사람은 누구도 그럴 수 없소. 그리고……」그는 강한 인상을 주기 위해 잠시 침묵했다.「그런 물건이 여러 개 있는 건 아니오.」그가 다시 웃음을 터뜨리자 알뿌리들이 서로 부딪혔다. 그는 갑자기 웃음을 멈추었다. 두툼한 입술을 벌린 채 웃음을 떠나보냈다. 그가 근시가 있는 듯한 눈길로 스페이드를 유심히 들여다보며 물었다.「정말로 그게 뭔지 모른다는 말이오?」놀라움에 그의 목소리에서는 목을 긁는 듯한 소리가 사라졌다.

스페이드는 시가를 아무렇게나 흔들며 가볍게 말했다.「아, 그게 어떻게 생겼는지는 들었습니다. 사람들이 그걸 얼마나 중요하게 여기는지도 압니다. 하지만 그게 무엇인지는 모릅니다.」

「그 여자가 말해 주지 않았소?」

「오쇼네시 말입니까?」

「그렇소. 사랑스러운 아가씨요.」

「맞습니다. 하지만 말해 주지 않았습니다.」

뚱뚱한 남자의 눈이 분홍빛 눈두덩 아래서 어둡게 빛났다. 그는 분명치 않게 중얼거렸다. 「그 여자는 분명히 알고 있소.」 그러더니 〈카이로도 말해 주지 않았소?〉 하고 물었다.

「카이로는 교묘한 사내입니다. 그걸 사고 싶어 하면서도, 내가 아직 모르는 건 말해 주려고 하지 않습니다.」

뚱뚱한 남자는 혀로 입술을 적시고 물었다. 「얼마에 사겠다고 합디까?」

「만 달러를 말했습니다.」

뚱뚱한 남자는 비웃었다. 「만 달러라니, 파운드도 아니고 달러로. 그 그리스 사내가 그렇다니까. 험! 그래 당신은 뭐라고 했소?」

「내가 그걸 넘겨주면 만 달러를 받겠다고 했습니다.」

「아, 그렇소, 넘겨주면! 잘 말했소, 선생.」 뚱뚱한 남자가 이마를 찌푸렸지만, 통통한 살은 그다지 주름이 깊게 잡히지 않았다. 「그자들은 분명히 알 거요.」 그가 혼잣말처럼 중얼거리더니 말을 이었다. 「그들이 알고 있소? 그 사람들이 그 새가 뭔지 알고 있소, 선생? 당신이 받은 인상은 어땠소?」

「그건 모르겠습니다.」 스페이드가 솔직히 말했다. 「제가 판단할 근거가 별로 없습니다. 카이로는 안다고도 모른다고도 하지 않았습니다. 오쇼네시는 모른다고 했지만, 나는 당연히 거짓말이라고 생각했습니다.」

「분별있는 판단이오.」 뚱뚱한 남자가 말했지만, 그의 마음은 이미 다른 곳에 가 있는 게 명백했다. 그는 머리를 긁고 이마에 붉은 자국이 새겨질 때까지 이마를 찌푸렸다. 또 의자에 앉은 채 자신의 몸집과 의자의 크기가 허락하는 한도 내에서 최대한 불안스레 몸을 움직였다. 그러더니 눈을 감았다가 번쩍, 휘둥그렇게 뜨고서 말했다. 「어쩌면 모를지도 모르오.」 그의 알뿌리 같은 분홍빛 얼굴에서 걱정스러운 주름살이 천천히 사라지는가 싶더니, 오래지 않아 말할 수 없이 기쁜 표정이 떠올랐다. 「만약 두 사람이 모른다면……」 그가 소리쳤다. 「만약 두 사람이 모른다면 나는 이 넓고 아름다운 세상에서 그걸 아는 유일한 사람이 되는 거요!」

스페이드는 입술을 모아 단단한 미소를 짓고 말했다. 「제가 적절한 곳을 찾아오게 돼서 기쁩니다.」

뚱뚱한 남자도 미소 지었지만, 그 미소는 좀 희미했다. 그러더니 그의 미소 띤 얼굴에서 기쁨이 사라지고 신중한 기색이 떠올랐다. 그의 조심스러운 미소는 스페이드의 눈과 그의 생각 사이를 가로막는 가면이었다. 그의 눈은 스페이드의 눈을 떠나 스페이드의 팔꿈치 옆에 놓인 술잔으로 옮겨 갔다. 그의 얼굴이 밝아졌다. 「이런, 잔이 비었구려.」 그는 일어나서 탁자로 가더니, 술잔과 탄산수와 위스키 병을 달그락거리며 다시 두 잔을 만들었다.

스페이드는 꼼짝 않고 앉아서 뚱뚱한 남자가 허풍스레 인사를 하고 농담처럼 〈아, 선생, 이런 약은 사람에게 해가 되는 법이 없소!〉라고 말하며 새로 채운 술잔을 내미는 모습을 지켜보았다. 그러다가 의자에서 일어나 뚱뚱한 남자 앞으로 가서 그를 내려다보았다. 스페이드의 눈이 엄격하게 빛났다. 그는 잔을 들었다. 그의 목소리는 침착하면서도 도전적이었다. 「솔직한 대화와 투명한 이해를 위해.」

뚱뚱한 남자는 쿡쿡 웃었다. 두 사람은 술을 마셨다. 뚱뚱한 남자가 앉아서 잔을 두 손으로 잡은 채 배에 대고, 미소 띤 얼굴로 스페이드를 올려다보며 말했다.「놀라운 일이오. 하지만 두 사람 다 그 새의 정체를 모른다는 것, 그리고 이 넓고도 아름다운 세상에서 어느 누구도 그 정체를 모른다는 것이 사실일 수 있소. 당신의 종 캐스퍼 거트먼을 빼고 말이오, 선생.」

「멋집니다.」 스페이드는 두 다리를 벌리고 섰다. 한 손은 잔을 들고 다른 한 손은 바지 주머니에 넣은 자세였다.「이제 내가 그걸 아는 두 번째 사람이 될 거라는 말을 들으니 말입니다.」

「수학적으로는 그렇소, 선생.」 뚱뚱한 남자의 눈이 빛났다.「하지만……」 그의 미소가 커졌다.「내가 선생한테 이야기를 해줄지 어쩔지는 모르겠소.」

「바보처럼 굴지 마세요.」 스페이드가 차분히 말했다.「당신은 그것의 정체를 알고, 나는 그게 있는 곳을 압니다. 그러니까 우리가 만난 것 아닙니까?」

「그러면 그게 어디 있소, 선생?」

스페이드는 그 질문을 무시했다.

뚱뚱한 남자는 입술을 오므리고 눈썹을 치켜 올렸다가 고개를 왼쪽으로 기울였다.「보시오.」 그가 온화하게 말했다.「나는 내가 아는 걸 선생에게 말해야 하지만, 선생은 선생이 아는 걸 말해 주지 않을 거요. 그건 공정한 일이라고 하기 어렵지 않소? 나는 그런 식으로 일할 수는 없다고 생각하오.」

스페이드의 얼굴이 창백하고도 딱딱해졌다. 그는 분노를 담은 목소리로 낮고 빠르게 말했다.「다시 생각하세요. 그리고 빨리 생각하세요. 나는 이미 당신이 보낸 조무래기한테 이 일을 끝내려면 당신이 나한테 이야기를 해야 한다고 말했습니다. 만약 당신이 오늘 이야기를 하지 않으면 그걸로 끝이라는 걸 알아 두십시오. 당신은 무슨 이유로 내 시간을 낭비하는 겁니까? 당신과 그 보잘것없는 비밀을 위해? 이런, 세상에! 나는 그 보관소에 간직된 물건이 무언지 정확히 알고 있습니다. 하지만 그게 나한테 무슨 소용이죠? 나는 당신 없이도 해결할 수 있어요. 집어치우세요! 당신이 나를 피했다면 나 없이도 해결할 수 있었을지 모릅니다. 하지만 이제는 안 돼요. 샌프란시스코에서는 안 돼요. 나하고 함께하든지 떠나든지 둘 중 하나입니다. 오늘 안으로 결정하세요.」

그는 뒤로 돌아서서 분노와 경멸을 담아 술잔을 탁자 쪽으로 던져 올렸다. 술잔은 탁자에 부딪혀 산산조각이 났고, 안의 내용물과 반짝이는 유리 파편이 탁자 위와 방바닥에 어지럽게 흩어졌다. 스페이드는 그 소리도 못 듣고 모습도 못 본 사람처럼 다시 돌아서서 뚱뚱한 남자를 마주 보았다.

술산의 운명에 관심이 없기는 뚱뚱한 남자도 마찬가지였다. 입술을 오므리고 눈썹을 치켜 올리고 고개를 왼쪽으로 기울인 그의 분홍빛 얼굴은 스페이드가 분노에 찬 말을 쏟아 내는 동안에도, 그 후에도 내내 덤덤한 표정을 짓고 있었다.

스페이드는 여전히 화를 내며 말했다.「한 가지 더 있어요. 나는……」

스페이드 왼쪽에 있는 문이 열렸다. 스페이드에게 문을 열어 준 청년이었다. 그는 문을 닫고 두 손을 양 옆구리에 댄 채 문 앞에 서서 스페이드를 바라보았다. 휘둥그레진 눈에 검은 눈동자가 팽창해 있었다. 그 눈은 스페이드의 몸을 어깨에서 무릎까지 훑어 내리더니, 다시 위로 올라가서 스페이드의 갈색 코트 윗주머니에 꽂힌 밤색 테두리 손수건에서 멈추었다.

「한 가지가 더 있어요.」 스페이드가 청년을 바라보며 다시 말했다. 「당신이 마음을 정할 때까지 저 어린 남색쟁이를 내 눈앞에서 치워 줘요. 안 그러면 죽여 버릴 겁니다. 그냥 마음에 안 들어요. 보면 짜증나거든. 녀석이 다시 내 일을 방해하면 그 자리에서 바로 죽일 겁니다. 사정을 고려한다거나 한번 봐 준다거나 그런 거 없습니다. 그냥 죽여 버립니다.」

청년의 입술이 어두운 미소로 비틀렸다. 하지만 그는 눈을 들지도 뭐라고 말을 하지도 않았다.

뚱뚱한 남자가 점잖게 말했다. 「아, 선생. 정말 성미가 대단하구려.」

「성미라고요?」 스페이드는 요란하게 웃었다. 그는 의자로 돌아가서 거기 내려놓은 모자를 집어 들어 머리에 썼다. 그러고는 긴 팔을 들어 두꺼운 검지로 뚱뚱한 남자의 배를 가리키며 방이 쩌렁쩌렁 울리도록 성난 목소리로 말했다. 「다시 한 번 생각해 보세요. 있는 힘을 다해서요. 5시 30분까지 시간을 드리죠. 그런 다음에는 함께하느냐 떠나느냐 둘 중 하나입니다.」 그는 팔을 내리고 찌푸린 눈길로 덤덤한 표정의 뚱뚱한 남자를 보더니, 이어 청년에게 눈길을 돌렸다가 자신이 들어온 문을 향해 걸어갔다. 그러고는 문을 열고 돌아서며 거칠게 쏘아붙였다. 「5시 30분, 그때 막이 내립니다.」

청년은 스페이드의 가슴을 노려보면서 벨베데어 호텔 로비에서 두 번 내뱉은 두 마디 말을 다시 한 번 반복했다. 목소리는 크지 않았지만 말투는 싸늘했다.

스페이드는 밖으로 나가서 쾅 하고 문을 닫았다.

12
회전목마

 스페이드는 거트먼의 스위트 객실이 있는 층에서 아래로 내려가는 엘리베이터를 탔다. 창백하고 축축한 얼굴에서 입술만이 건조하게 갈라져 있었다. 손수건을 꺼내 얼굴을 닦는데 손이 덜덜 떨렸다. 그는 빙긋 웃으며 〈휴!〉 하고 말했는데, 그 소리가 어찌나 컸는지 엘리베이터 운전자가 고개를 돌리고 〈무슨 일입니까?〉 하고 물어보았다.

 스페이드는 기어리 거리를 걸어 내려가 팰리스 호텔에서 점심을 먹었다. 식탁에 앉았을 때 그의 얼굴은 더 이상 창백하지 않았고, 입술도 건조하지 않았고, 손도 떨리지 않았다. 그는 서두르지 않았지만 허기진 듯 먹었고, 식사를 마친 뒤에는 시드 와이즈의 사무실로 갔다.

 스페이드가 갔을 때 와이즈는 손톱을 깨물며 창문을 바라보고 있었다. 그는 입에서 손을 떼고 의자를 돌려 스페이드를 마주 보고 말했다. 「왔군. 의자를 이리로 가지고 와.」

 스페이드는 서류로 덮인 커다란 책상 옆으로 의자를 가지고 가서 앉았다. 「아이바 아처가 왔다 갔어?」 그가 물었다.

 「그랬어.」 와이즈의 눈에 희미한 빛이 깜박거렸다. 「그 여자랑 결혼할 생각이야, 새미?」

스페이드는 신경질적으로 콧김을 뿜고 불평했다. 「이제 자네까지 그런 말을!」

변호사는 입꼬리를 살짝 올리며 짧고 피곤한 미소를 지었다. 「만약 결혼하지 않는다면 자네한테 번거로운 일들이 생길 것 같은데.」

스페이드가 담배를 만들던 손에서 눈을 들고 심술궂게 말했다. 「번거로운 건 자네겠지. 하지만 자네가 하는 일이 원래 그런 것 아닌가? 아이바가 뭐라고 그래?」

「자네에 대해서 말이야?」

「내가 알아야 되는 일 전부.」

와이즈가 손가락으로 머리를 훑자 비듬이 어깨 위로 반짝이며 떨어졌다. 「마일스하고 이혼하려고 했다더군.」

「그건 알아.」 스페이드가 그의 말을 잘랐다. 「그 부분은 건너뛰어도 돼. 내가 모르는 부분을 말해 줘.」

「그걸 내가 어떻게 알아?」

「힘 빼지 마, 시드.」 스페이드가 담배 끝에 라이터를 대고 말했다. 「나한테 하지 말라면서 한 이야기가 있을 거 아냐?」

와이즈는 스페이드를 나무라듯 바라보면서 말했다. 「이봐, 새미, 그런 게……」

스페이드는 천장을 쳐다보며 끙 소리를 냈다. 「아이고 하느님, 내 덕에 부자가 된 변호사한테 이야기 좀 듣기 위해서 내가 무릎을 꿇고 빌어야 하다니!」 그는 다시 눈길을 내려 와이즈를 바라보았다. 「내가 왜 그 여자를 자네한테 보냈을 것 같아?」

와이즈는 피곤한 듯 인상을 쓰고 불평했다. 「자네 같은 고객이 한 명만 더 있으면 나는 요양원에 가게 될 거야. 아니면 샌퀜틴 감옥이든가.」

「거기 가면 자네 고객을 다 만나겠군. 마일스가 죽은 날 아이바가 어디 있었는지 얘기하던가?」

「했어.」

「어디에 있었대?」

「마일스를 미행했다더군.」

스페이드는 똑바로 앉아 눈을 깜박였다. 그러고는 믿을 수 없다는 듯 소리쳤다. 「참 여자들이란!」 그러더니 웃으며 다시 긴장을 풀고 물었다. 「그래, 뭘 봤대?」

와이즈는 고개를 저었다. 「별로 본 건 없어. 그날 저녁 마일스가 집에 와 저녁을 먹으면서 세인트 마크 호텔로 여자랑 데이트하러 간다면서 이제 원하던 대로 이혼을 할 수 있을 거라고 놀렸다더군. 처음에는 괜히 관심을 끌어 보려고 그러는 줄 알았대. 마일스는……」

「마일스의 가족사는 알아.」 스페이드가 말했다. 「그건 건너뛰고, 아이바가 한 말만 전해 줘.」

「말을 하게 해주면 말해 주지. 마일스가 나간 다음에 생각해 보니 어쩌면 정말로 데이트 약속이 있을 수도 있다는 생각이 들었대. 마일스가 그렇잖아. 그 친구가 원래……」

「마일스의 성격도 건너뛰어.」

「도대체 말을 못 하겠군.」 변호사가 말했다. 「그래서 차고에서 차를 빼서 세인트 마크 호텔로 갔대. 길 건너편에 차를 세우고 지켜봤다더군. 마일스가 어떤 남녀를 뒤쫓아 호텔에서 나왔는데, 그중 여자는 어제 자네하고 같이 있었다더군. 그래서 마일스가 일을 하러 나가면서 농담을 했다는 걸 알았대. 실망도 좀 하고 화도 좀 나고 그랬던 것 같아. 이야기를 하는 목소리가 그랬어. 마일스가 미행을 하고 있다는 게 분명해질 때까지 뒤를 밟다가 자네 아파트로 갔지만 자네가 없었다더군.」

「그때가 몇 시였는데?」 스페이드가 물었다.

「자네 집에 갔을 때가? 처음 갔을 때는 9시 반에서 10시 사이였을걸.」

「처음이라고?」

「그래. 30분 동안 운전을 하면서 주변을 돌다가 다시 올라가 봤다니까 말이야. 그건 아마 10시 반쯤이었겠지. 그래도 자네가 들어오지 않은 걸 보고 시내로 나가 자정이 넘어서까지 영화를 봤대. 그리고 그때쯤이면 자네가 돌아왔을 거라고 생각했대.」

스페이드가 인상을 썼다. 「10시 반에 영화관에 갔다고?」

「아이바 말에 따르면 그래. 파월 거리에 새벽 한 시까지 하는 영화관이 있거든. 집에 돌아가고 싶지는 않았다더군. 마일스가 돌아왔을 때 집에 있기가 싫었다는 거야. 자기가 집에 없으면 마일스는 언제나 길길이 뛴다나. 특히 늦은 밤이면 말이야. 그래서 영화관 문을 닫을 때까지 거기 있었대.」 와이즈의 말이 느려졌고 그의 눈에 빈정거림이 떠올랐다. 「하지만 자네 집에 다시 가지는 않기로 했다더군. 그렇게 늦은 시간에 찾아오는 걸 자네가 좋아할 것 같지 않아서 말이야. 그래서 테이트로 가서 — 엘리스 거리에 있는 것 말이야 — 요기를 하고 집에 혼자 갔대.」 와이즈는 의자에 앉아 몸을 뒤로 기댄 채 스페이드의 말을 기다렸다.

스페이드의 얼굴에는 아무런 표정이 없었다. 그가 물었다. 「그 말을 믿나?」

「자네는 안 믿어?」 와이즈가 대꾸했다.

「내가 어떻게 알아? 두 사람이 나를 속이려고 작당해서 꾸며 낸 이야기가 아니라는 증거는 없지.」

와이즈가 웃었다. 「모르는 사람한테서는 수표도 받지 않겠군, 새미 자네는.」

「많이 받지는 않지. 그러면 뭐야? 마일스는 집에 없었고, 그때면 적어도 두 시는 되었을 테니까, 마일스는 이미 죽었을 거야.」

「마일스는 집에 없었대.」 와이즈가 말했다. 「그래서 아이바는 다시 화가 난 것 같더군. 마일스가 집에 와서 아이바가 없는 걸 보고 길길이 뛰게 하려고 했는데 그러지 못해서 말이지. 그래서 다시 차고에서 차를 빼서 자네 집으로 갔대.」

「나도 집에 없었지. 그 시각에 나는 마일스의 시신을 보고 있었으니까. 아주 멋진 회전목마 놀이였군. 그다음에는?」

「집에 갔지만 아직도 남편은 없었고, 어쨌건 옷을 갈아입는데 자네 사무실 직원이 마일스가 죽었다는 소식을 가지고 왔대.」

스페이드는 아무 말도 없이 조심스레 담배를 말아서 불을 붙였다. 「그 정도면 괜찮은 이야기로군. 알려진 사실들하고 대체로 잘 맞아떨어지니까. 신뢰성이 있다는 얘기지.」

와이즈가 다시 손가락으로 머리를 훑어 어깨에 더 많은 비듬을 떨어뜨렸다. 그러고는 호기심 어린 눈길로 스페이드를 보면서 물었다. 「하지만 믿지는 않는다는 건가?」

스페이드는 입술 사이에서 담배를 뺐다. 「믿지도 않고 안 믿지도 않아, 시드. 나는 그 일에 대해 아는 게 하나도 없으니까.」

변호사의 입에 쓴웃음이 어렸다. 그는 어깨로 피곤한 몸짓을 해 보이고 말했다. 「그래, 맞아. 나는 자네를 배신하고 있어. 그러니 정직한 변호사를 찾아보지 그래. 자네가 믿을 수 있는 사람으로 말이야?」

「그 친구는 죽었어.」 스페이드가 일어섰다. 그리고 와이즈를 조롱했다. 「기분 나쁜 거야? 나는 아직 생각이 모자라. 앞으로는 자네 앞에서 예의를 갖추어야 한다는 사실을 잊지 않도록 하지. 여기 들어오면서 내가 뭘 어쨌더라? 그래, 충분히 굽실굽실하지 않았던 것 같군.」

시드 와이즈가 힘없이 웃으며 말했다. 「하여간 잡놈이야, 새미 자네는.」

스페이드가 사무실로 돌아가니, 에피 페린이 바깥 사무실 한복판에 서 있었다. 그녀는 걱정 가득한 갈색 눈으로 그를 보며 물었다. 「어떻게 된 거예요?」

스페이드의 얼굴이 딱딱하게 굳었다. 「뭐가?」

「왜 그 여자가 안 온 거죠?」

스페이드는 두 걸음을 크게 내디뎌 에피 페린의 어깨를 잡았다. 「안 갔다고?」 그가 그녀의 놀란 얼굴에 고함을 쳤다.

그녀는 거세게 고개를 저었다. 「한참을 기다렸는데 안 왔어요. 그런데 당신한테 전화도 안 되고 해서 직접 온 거예요.」

스페이드는 그녀의 어깨에서 손을 내리고 바지 주머니에 찔러 넣고는 성난 목소리로 외쳤다. 「여기도 회전목마로군.」 그런 뒤 안쪽 사무실로 성큼성큼 걸어 들어갔다가 금방 다시 나와서 명령조로 말했다. 「집으로 전화해. 혹시 지금은 왔는지 확인해 봐.」

에피가 전화를 하는 동안 그는 사무실을 서성거렸다. 「안 왔어요.」 그녀가 전화를 끊고 말했다. 「택시를 태워 보냈나요?」

그가 뭐라고 불분명하게 툴툴거렸는데, 그렇다는 의미인 것 같았다.

「분명히…… 아무래도 미행이 붙은 것 같아요!」

스페이드는 서성거리던 발걸음을 멈추었다. 그러고는 두 손을 허리에 대고 에피를 노려보며 사납게 말했다. 「미행은 없었어.

내가 코흘리개 학생인 줄 알아? 택시에 태우기 전에 그것부터 확인했어. 그리고 십여 블록을 같이 타고 가면서 더 확실히 해뒀다고. 택시에서 내린 다음에도 대여섯 블록을 갈 때까지 계속 지켜보았어.」

「그건 그렇지만……」

「하지만 그 여자는 에피네 집에 가지 않았지. 에피가 그렇다고 했고, 나는 그 말을 믿어. 에피는 내가 에피 말을 믿지 않는다고 생각해?」

에피 페린이 코웃음을 치고 말했다. 「당신은 지금 코흘리개 학생처럼 굴고 있어요.」

스페이드는 목구멍 안으로 거친 소리를 내고 복도 문 앞으로 가며 말했다. 「하수구를 뒤져서라도 찾아오겠어. 내가 돌아오거나 연락할 때까지 여기서 기다려. 뭔가 제대로 좀 일을 하자고.」

그는 밖으로 나가서 엘리베이터까지 중간쯤 가다가 도로 되짚어 사무실로 돌아갔다. 문을 열자 에피 페린은 책상 앞에 앉아 있었다. 「내가 그렇게 말하는 걸 마음에 담아 두지 않을 만큼의 분별력은 있어야 돼.」

「내가 그런 말을 조금이라도 마음에 담아 둘 거라고 생각했다면 완전히 착각한 거예요.」 그녀가 대답했다. 「다만…… 앞으로 보름 동안은 이브닝드레스를 못 입을 거예요. 당신의 야만적인 행동 때문에.」 그녀는 팔짱을 낀 손으로 자기 어깨를 만지며 입술을 살짝 비틀었다.

그는 미안하다는 듯 웃었다. 「내가 원래 아무짝에도 쓸모가 없어.」 그러고는 과장된 몸짓으로 인사를 한 뒤 다시 나갔다.

스페이드는 노란 택시 두 대가 서 있는 모퉁이 승차장으로 갔다. 택시 운전기사 두 명이 나란히 서서 이야기를 나누고 있었다. 스페이드가 물었다. 「오늘 정오에 여기 있던 금발 머리에 얼굴이 붉은 택시 기사는 어디 있습니까?」

「손님을 태우고 갔죠.」 한 운전기사가 말했다.

「여기 다시 올까요?」

「그렇겠죠.」

다른 운전기사가 동쪽을 바라보며 고개를 끄덕였다. 「저기 오는군요.」

스페이드는 길모퉁이 보도 연석 앞으로 가서 택시가 서기를 기다렸다. 그러고는 그 운전기사가 내리자 다가가서 말했다. 「정오 무렵에 제가 젊은 여자하고 같이 기사님의 택시를 탔습니다. 스톡턴 거리를 벗어나서 존스 거리 쪽으로 새크라멘토 거리를 달리다가 제가 내렸죠.」

「네.」 얼굴이 붉은 남자가 말했다. 「생각납니다.」

「제가 그 여자 분을 9번 거리에 있는 어느 집까지 데려다 달라고 부탁을 드렸습니다. 그런데 그리로 가지 않으셨더군요. 어디로 가신 겁니까?」

운전기사는 때 묻은 손으로 뺨을 문지르며 스페이드에게 의심스러운 눈길을 던졌다. 「나는 아무것도 모릅니다.」

「괜찮습니다.」 스페이드가 그에게 명함 한 장을 건네며 말했다. 「하지만 말씀하시는 게 부담 되면 같이 회사로 가서 먼저 감독관의 승인을 받을 수도 있습니다.」

「괜찮을 겁니다. 그 여자 분은 페리 빌딩[3] 앞에서 내렸습니다.」

「그 여자 분이 그리로 가자고 했습니까?」

---

3 샌프란시스코 항구의 여객선 터미널

「네. 당연히 그랬죠.」

「그 전에 들른 데는 없고요?」

「없습니다. 경위를 말해 보면 이렇습니다. 그쪽이 내리고 나서 나는 새크라멘토 거리를 달렸습니다. 폴크 거리에 이르렀을 때 여자 분이 유리 칸막이를 두드리고 신문을 사야겠다고 해서, 모퉁이에 차를 세우고 신문팔이를 불러 신문을 샀습니다.」

「무슨 신문이었습니까?」

「〈콜〉지였어요. 그런 뒤 새크라멘토 거리를 계속 가는데, 반 네스 거리를 지나자 그분이 다시 유리를 두드리고 페리 빌딩으로 가자고 했습니다.」

「혹시 흥분했다거나 그랬습니까?」

「제가 본 바로는 그렇지 않았습니다.」

「페리 빌딩 앞에 가서는요?」

「여자 분이 돈을 치르고 내렸습니다. 그게 전부예요.」

「거기에 그 여자를 기다리는 사람이 있던가요?」

「있었다고 해도 나는 못 봤습니다.」

「어느 방향으로 갔습니까?」

「페리 빌딩에서요? 모르겠는데요. 위층 아니면 계단 쪽으로 갔겠죠.」

「신문도 가지고 내렸나요?」

「네, 그걸 겨드랑이에 끼고 돈을 주었어요.」

「분홍색 면이 바깥이었습니까? 흰색 면이 바깥이었습니까?」

「이봐요, 형씨. 그런 건 몰라요.」

스페이드는 운전기사에게 고맙다고 말하고 〈담배나 한 갑 사서 태우십시오〉 하며 1달러 은화를 건넸다.

스페이드는 「콜」지를 한 부 사서 바람을 피해 근처에 있는 사무용 건물의 로비로 들어갔다.

그의 눈은 1면의 큰 제목들에서 시작해서 2면, 3면으로 빠르게 움직였다. 그러다가 4면의 〈위폐 용의자 체포〉라는 제목 밑에서 잠깐 멈추었다. 그리고 5면에서 〈베이 지역 청년, 권총 자살 시도〉에서도 다시 멈추었다. 6면과 7면에는 흥미로운 게 없었다. 8면에서는 〈샌프란시스코 강도 세 명 총을 쏘며 저항한 끝에 체포〉가 잠깐 그의 관심을 끌었다. 그리고 아무것도 없다가, 날씨, 선박 안내, 농산물, 재정, 이혼, 출생, 결혼, 사망 소식이 실린 35면에 이어 36면, 37면 — 재정 금융 소식 — 이 지나갔고, 38면과 마지막 면에서도 그의 눈을 멈추게 할 것을 발견하지 못했다. 그는 한숨을 쉬고 신문을 접어 코트 주머니에 넣은 뒤 담배를 말았다.

5분 동안 그는 건물 로비에 서서 담배를 피며 부루퉁한 표정으로 허공을 바라보았다. 그런 뒤 스톡턴 거리로 가서 택시를 잡아타고 코로넷 아파트로 갔다.

그는 브리지드 오쇼네시가 준 열쇠로 그녀의 아파트에 들어갔다. 전날 밤 그녀가 입었던 파란 드레스가 침대 발치에 널려 있었다. 파란 스타킹과 구두는 침실 바닥에 있었다. 화장대 서랍 안에 있던 오색 장신구 상자는 화장대 위에 텅 빈 채 놓여 있었다. 스페이드는 인상을 쓰고 입술을 핥으며 아파트 안을 슬슬 둘러보았지만, 아무것도 건드리지 않고 그곳을 떠나 다시 시내로 돌아왔다.

스페이드의 사무실 건물 입구에 거트먼의 객실에서 만났던 청년이 있었다. 청년은 입구에서 스페이드를 가로막고 말했다. 「그분이 당신을 보고 싶어 해.」

젊은이의 두 손은 외투 주머니에 들어가 있었고, 주머니는 손 크기 이상으로 불룩했다.

스페이드는 씩 웃은 뒤 놀리듯 말했다. 「자네가 5시 25분이 되기 전에 올 줄은 몰랐는데. 오래 기다린 건 아니었기를 바라네만.」

젊은이는 눈을 들어 스페이드의 입을 바라보며, 육체적 통증을 겪는 사람처럼 목소리를 쥐어 짜내 말했다. 「나를 계속 놀리다간 배꼽에서 총알을 빼내게 될 거야.」

스페이드는 가볍게 웃으며 유쾌하게 말했다. 「별 볼일 없는 악당일수록 허풍은 센 법이지. 그래, 가세.」

둘은 나란히 서서 거리를 걸었다. 청년의 손은 외투 주머니에서 나오지 않았다. 그들은 한 블록 조금 넘는 거리를 아무 말 없이 걸었다. 그런 뒤 스페이드가 가볍게 물었다. 「빨래 훔쳐다 파는 일은 언제부터 그만둔 거지?」

청년은 질문을 들었다는 기색이 전혀 없었다.

「혹시 전에……?」 스페이드는 입을 열었다가 다물었다. 그의 노르스름한 눈에 부드러운 빛이 떠올랐다. 그는 다시 청년에게 말을 걸지 않았다.

두 사람은 알렉산드리아 호텔에 들어가서 12층으로 올라간 뒤, 거트먼의 스위트 객실을 향해 복도를 걸었다. 복도에 다른 사람들은 없었다.

스페이드는 조금씩 걸음을 늦추었다. 그래서 거트먼의 객실문 5미터 앞에 이르렀을 때는 청년에게서 50센티미터 정도 뒤에 처졌다. 그러자 그는 갑자기 몸을 옆으로 기울이고는 양손을 모두 내밀어 등 뒤에서 청년의 양팔을 잡았다. 팔꿈치 바로 아랫부분을 잡고 앞으로 쭉 내밀자, 외투 주머니에 꽂힌 두 손 때문에 청년의 외투 앞자락이 들렸다. 청년은 몸부림을 치며 저항했지만 우람한 사내의 손아귀에서는 아무런 도움이 되지 않았다. 그의 뒷발질은 스페이드가 벌리고 선 다리 사이의 허공을 찰 뿐이었다.

스페이드는 청년을 번쩍 들어 올렸다가 바닥에 세게 내려놓았다. 하지만 그 소리는 두꺼운 양탄자가 삼켜 버렸다. 청년이 바닥에 닿는 순간, 스페이드의 손은 아래로 내려가 이번에는 그의 손목을 잡았다. 청년은 이를 악물고 스페이드의 커다란 손에 저항했지만, 그에게서 몸을 떼지도 못했고, 그의 손을 덮치는 스페이드의 손을 막지도 못했다. 청년은 부득부득 이를 갈았고, 그 소리는 청년의 손을 으스러지게 움켜잡으며 헐떡이는 스페이드의 숨소리와 뒤섞였다.

그들은 한참 동안 빳빳이 굳은 채 꼼짝하지 않았다. 그런 뒤 청년의 팔이 힘없이 늘어졌다. 스페이드는 청년을 놓아주고 뒤로 물러섰다. 청년의 외투 주머니에서 나온 스페이드의 양손에는 무거운 자동 권총이 들려 있었다.

청년은 뒤로 돌아 스페이드를 보았다. 그의 얼굴은 섬뜩할 만큼 창백했다. 그의 손은 여전히 외투 주머니에 있었다. 그는 스페이드의 가슴을 바라보며 아무 말도 하지 않았다.

스페이드가 권총을 자기 주머니에 넣고 비웃으며 말했다. 「가지. 자네 대장도 좋아할 거야.」

그들은 거트먼의 객실 앞으로 갔고, 스페이드가 문을 두드렸다.

13
황제에게 바치는 선물

 거트먼이 문을 열었다. 그의 퉁퉁한 얼굴에 반가운 미소가 빛났다. 그는 손을 내밀고 말했다. 「들어오시오, 선생! 와 줘서 고맙소. 이리 오시오.」

 스페이드는 악수를 하고 안으로 들어갔다. 청년이 그를 따라 들어왔다. 뚱뚱한 남자는 문을 닫았다. 스페이드는 주머니에서 청년의 권총을 꺼내 거트먼에게 내밀었다. 「여기 있습니다. 이 친구한테 이런 걸 들려서 돌아다니게 하지 마세요. 잘못하다간 다칩니다.」

 뚱뚱한 남자는 즐겁게 웃고 권총을 집어 들었다. 「이런, 이런. 이게 뭐요?」 그가 이렇게 말하고는 스페이드와 청년을 번갈아 보았다.

 「다리를 저는 신문팔이가 이 친구한테서 빼앗아 가더군요. 하지만 내가 가서 도로 받아 냈습니다.」 스페이드가 말했다.

 창백한 얼굴의 청년은 거트먼에게서 총을 받아들고 주머니에 도로 넣었다. 말은 한 마디도 하지 않았다.

 거트먼은 다시 웃고서 스페이드에게 말했다. 「참말로, 선생. 선생은 알고 지낼 만한 사람이구려. 놀라운 인물이오. 들어오시오. 여기 앉아요. 모자는 이리 주고.」

청년은 입구 오른쪽에 난 문으로 방을 나갔다.

뚱뚱한 남자는 스페이드를 탁자 옆의 녹색 플러시 의자에 앉히고, 시가를 권한 뒤 불을 붙여 주었다. 그러고는 위스키와 탄산수를 섞어서 스페이드의 손에 한 잔 건넨 뒤 다른 잔을 손에 들고 스페이드 맞은편에 앉았다.

「자 선생, 내 사과를 받아 주기 바……」

「신경 쓰지 마십시오.」 스페이드가 말했다. 「검은 새 이야기를 하죠.」

뚱뚱한 남자는 고개를 왼쪽으로 기울이고 스페이드에게 다정한 눈길을 보냈다. 「좋아요, 그럽시다.」 그가 동의한 뒤 손에 든 술잔을 기울여 술을 한 모금 마셨다. 「아마 선생도 이렇게 놀라운 이야기는 처음 들어 볼 거요. 선생의 직업과 선생의 역량을 감안하면 선생도 그동안 놀라운 일을 적잖이 겪었을 테지만.」

스페이드는 예의 바르게 고개를 끄덕였다.

뚱뚱한 남자는 눈을 가늘게 뜨고 물었다. 「예루살렘의 성 요한 병원 기사단에 대해 알고 있소? 나중에는 로도스 섬 기사단 등으로 이름이 바뀌었소만.」

스페이드는 시가를 흔들었다. 「잘 모릅니다. 학교 역사 시간에 배운 것 정도죠. 십자군인가 뭔가 그런 것 아닙니까?」

「맞소. 하지만 술레이만 대제가 1523년에 그들을 로도스 섬에서 쫓아낸 건 모르겠지요?」

「모릅니다.」

「쫓아냈소, 선생. 그래서 그자들은 크레타 섬으로 갔소. 거기서 1530년까지 7년을 지내다가 카를[4] 황제를 설득해서……」 거트먼은 두꺼운 손가락 세 개를 들어 하나씩 꼽았다. 「몰타, 고조,

트리폴리를 달라고 했소.」

「그래서요?」

「하지만 조건이 있었소. 몰타가 아직도 스페인의 지배 아래 있다는 표시로 해마다 황제에게…… 매 한 마리를 공물로 바치는 거였소.」 그는 손가락 한 개를 펴 들었다. 「그리고 그들이 섬을 떠나면 스페인에 섬을 반환하기로 했소. 이해하겠소? 황제는 기사단에게 섬을 주었고, 그 조건은 그들이 거기 사는 것이었소. 섬을 남에게 양도하거나 팔 수는 없었다는 말이오.」

「그랬군요.」

뚱뚱한 남자는 고개를 돌려 세 개의 문을 둘러보더니 등을 굽혀 스페이드와의 거리를 좁히고 소리를 낮추어 거의 속삭이는 듯한 쉰 목소리로 말했다. 「그 시절 그 기사단이 쌓은 엄청난 재산을 짐작할 수 있겠소?」

「내가 기억하기로는, 상당했던 것 같습니다.」

거트먼이 거리낌 없이 웃었다. 「상당했다는 건 아주 완곡한 표현이오, 선생.」 그의 속삭임이 더 낮고 부드러워졌다. 「그들은 보화 속을 뒹굴었소. 선생은 모를 거요. 우리도 전혀 모르오. 그 사람들은 수십 년 동안 사라센인을 상대로 해적질을 해서 무수한 보석, 귀금속, 비단, 상아를 약탈했소. 동양 세계에 있는 부의 정수 중에서도 정수들을 말이오. 그것이 역사요, 선생. 그 사람들에게는 그 성스러운 전쟁이 — 성당 기사단도 마찬가지였지만 — 노략질에 지나지 않았다는 걸 우리는 모두 알고 있소.

그렇소, 카를 황제가 그들에게 몰타를 주고서 공물로 요구한

---

4 신성로마제국 황제이자 스페인 국왕이다. 신성로마제국 황제로는 카를 5세이고, 스페인 국왕으로는 카를로스 1세이다.

것이라고는 해마다 별 볼일 없는 새 한 마리가 전부였소. 그저 형식의 문제로 말이오. 그러니 부를 주체 못한 이 기사들이 고마움을 표시할 방법을 찾아보는 건 아주 자연스러운 일이 아니었겠소? 그래서 선생, 그들은 바로 그렇게 했소. 그래서 첫해의 공물로, 시시한 진짜 새가 아니라 머리에서 발끝까지 자신들이 가진 최고의 보석을 박아 넣은 황금 새를 보내겠다는 멋진 생각을 하게 된 거요. 그리고 선생, 그들이 가진 보석은 눈부셨소. 동양 최고의 보석들 말이오.」 거트먼은 속삭임을 멈추었다. 그의 윤기 있는 검은 눈이 스페이드의 침착한 얼굴을 훑었다. 「선생, 어떻게 생각하시오?」

「모르겠습니다.」

뚱뚱한 남자는 만족스러운 미소를 지었다. 「이건 사실이오, 역사적 사실. 학교에서 배우는 역사는 아니고, 웰스[5]의 역사도 아니지만, 그래도 역사가 맞소.」 그가 몸을 앞으로 숙였다. 「12세기 이후 기사단의 자료가 아직도 몰타 섬에 보관되어 있소. 말끔하게 보관된 건 아니지만, 그 가운데 세 개나 되는 자료에서 이 보석 매임에 틀림없는 물품을 언급하고 있소.」 그는 손가락 세 개를 펼쳐 보였다. 「J. 들라빌 르 루의 〈레 자르시브 드 로르드르 드 생장〉[6]에도 이것이 언급되어 있소. 단정짓기는 좀 어렵지만 어쨌건 언급된 건 사실이오. 또 파올리의 미출간 논문 — 저자가 완성짓지 못하고 죽었소 — 〈델로리지네 에드 인스티투토 델 사크로 밀리타르 오르디네〉[7]의 보론에 내가 지금 선생에게 말하는 사실들이 분명하게 적시되어 있소.」

---

5 H.G. 웰스. 『타임머신』, 『투명인간』으로 유명한 영국의 소설가. 『세계 문화사 대계』라는 역사 저술도 남겼다.
6 Les Archives de l'Ordre de Saint-Jean 성 요한 기사단 자료집.

「좋은 일이군요.」스페이드가 말했다.

「좋은 일이오, 선생. 기사단 단장인 빌리에 드 릴 다당이 이 30센티미터 크기의 새를 세인트 안젤로 성에 있는 터키 노예들을 부려서 만든 뒤, 갤리선에 실어 스페인에 있는 카를 황제에게 보냈소. 기사단에 속한 코르미에인지 코르베르인지 하는 프랑스 기사가 갤리선의 지휘를 맡았지.」그의 목소리가 다시 속삭임으로 변했다. 「그러나 새는 스페인에 닿지 않았소.」그는 입을 다문 채 미소를 짓고 물었다. 「바르바로사, 즉 붉은 수염이라는 별명을 가진 카이레딘을 아시오? 모르시오? 그 당시 알제 앞바다의 유명한 해적 대장이오. 그러니까 그자가 기사단의 갤리선을 나포해서 새를 빼앗았고 새는 알제로 갔소. 그건 사실이오. 프랑스 역사가 피에르 당이 알제에서 보낸 편지에 그렇게 써 있소. 그 편지에 따르면 새는 그곳에 백 년도 넘게 있었소. 그러다가 알제의 해적들과 어울리던 영국의 모험가 프랜시스 버니 경에게 넘어갔지. 그건 사실이 아닐지도 모르지만 피에르 당은 그렇다고 했고, 나한테는 그 정도로 충분하오.

프랜시스 버니의 부인이 쓴 〈17세기 버니가 회고록〉을 보면 새 이야기는 한마디도 없소. 나는 조사해 보았소. 프랜시스 경이 1615년 메시나 병원에서 죽을 때 그 새를 소유하고 있지 않았던 건 분명한 것 같소. 그때 그는 완전히 파산한 상태였으니 말이오. 하지만 선생, 그 새가 시칠리아로 갔다는 건 의문의 여지가 없소. 새는 거기 있다가 1713년 비토리오 아마데오 2세가 왕이 되고 나서 그의 손에 들어갔다가 그가 폐위된 뒤 샹베리에서 결혼하

---

7 Dell'origine ed instituto del sacro militar ordine 성 기사단의 기원과 제도에 대해.

면서 아내에게 선물로 주었소. 이건 사실이오, 선생. 〈스토리아 델 레뇨 디 비토리오 아마데오 II〉[8]를 쓴 카루티가 확증했소.

아마 두 사람, 그러니까 아마데오 부부는 왕위를 되찾으러 토리노로 갈 때 새를 가지고 갔던 것 같소. 어쨌거나 새의 다음 소유주는 1734년에 나폴리를 점령한 스페인 군대 사람이었는데, 이 사람의 아들인 플로리다블랑카 백작, 돈 호세 모니노 이 레돈도는 카를로스 3세의 수석 장관이 되었지. 적어도 카를로스 파 전쟁이 끝난 1740년대까지 이 집안에 새가 있지 않았다는 어떤 증거도 없소. 그런 뒤 새는 스페인에서 쫓겨난 카를로스 추종자들이 파리로 몰려들던 시절에 파리에 나타났소. 그들 중 한 명이 그걸 가지고 왔겠지만 그게 누구건 간에 당사자는 새의 진정한 가치를 몰랐던 것 같소. 그 사이에 새는 의심할 바 없이 카를로스가 스페인에서 겪던 곤경 때문에 그저 꽤 흥미로운 검은 새 조각상으로 보이도록 겉에 도료와 에나멜을 발랐기 때문이오. 그렇게 본모습을 가린 상태로 새는 그 속에 뭐가 있는지 알지 못하는 사람들과 장사꾼들의 발길에 차이며 70년 동안 파리를 떠돌아다녔소.」

뚱뚱한 남자는 말을 멈추고 미소를 짓더니 안타깝다는 듯 고개를 저었다. 그러고는 다시 말을 이었다. 「70년 동안 이 경이로운 보물은 파리 시궁창의 축구공이었소. 그러다가 1911년에 카릴라오스 콘스탄티니데스라는 그리스 상인이 어느 후미진 상점에서 이걸 발견했소. 카릴라오스가 그것의 정체를 파악하고 그걸 손에 넣는 데는 그리 오랜 시간이 걸리지 않았소. 아무리 두꺼운 에나멜도 그의 눈과 코를 속일 수는 없었던 거요. 바로 그 카릴라오스

---

[8] Storia del Regno di Vittorio Amadeo II 비토리오 아마데오 2세 통치사.

가 이 새의 역사와 본래의 정체를 밝혀 낸 사람이오. 나는 그렇다는 풍문을 듣고 그를 윽박질러서 마침내 이런 이야기의 대부분을 듣게 되었소. 물론 그 뒤에 나도 얼마간의 내용을 보탰소만.

카릴라오스는 이 보물을 서둘러 돈으로 바꾸지 않았소. 새 그 자체만으로도 이미 엄청난 가치가 있지만, 그 진정한 기원이 확증되면 훨씬 더 큰돈을 만질 수 있다는 걸 안 거요. 그래서 아마도 옛날 기사단의 현대판 후예 한 곳과 사업을 하려고 계획했던 것 같소. 예루살렘의 성 요한 영국 기사단, 프로이센의 요한 기사단, 또는 몰타 최고 기사단의 이탈리아나 독일 〈랑그〉[9] 같은 곳 말이오.」

뚱뚱한 남자는 빈 술잔을 들고 스페이드를 바라보며 미소 짓더니, 두 사람의 잔을 채우려고 일어났다. 「이제 내 말이 조금 믿어지시오?」 그가 탄산수를 따르면서 물었다.

「안 믿는다고 말한 적 없습니다.」

「물론 그렇소.」 거트먼이 웃었다. 「하지만 선생의 표정을 보시오.」 그는 자리에 앉아서 술을 쭉 들이켠 뒤 흰 손수건으로 입을 톡톡 두드렸다. 「그렇소. 카릴라오스는 새의 역사를 추적하면서 안전을 더 확고히 하기 위해 새에 다시 한 번 에나멜을 칠했소. 그래서 지금 같은 모습이 된 거요. 그가 그걸 손에 넣고 딱 1년 되던 날, 그러니까 내가 그에게서 자백을 받은 지 석 달 정도 되던 날, 나는 런던에서 〈타임스〉를 펼쳤다가 그의 집에 강도가 들어 그가 살해당했다는 기사를 읽었소. 나는 다음 날 당장 파리로 갔소.」 그는 슬픈 표정으로 고개를 저었다. 「새는 없었소. 참말로 선생, 나는 길길이 뛰었소. 다른 누구도 그 새의 소재를 모른다고

---

[9] 몰타 기사단의 지부를 일컫는 말.

생각했고, 카릴라오스가 오직 나한테만 그 이야기를 했다고 생각했거든. 그런데 도난당한 물건이 상당히 많았소. 그래서 아마 도둑이 그것의 정체를 모른 채 다른 물건들과 함께 휩쓸어 가져갔다고 생각했지. 그것의 가치를 안다면 힘들여 다른 걸 — 왕실 보석 정도가 아니라면 — 가져가지 않았을 테니 말이오.」

그는 눈을 감고 어떤 생각을 하는 듯 만족스러운 미소를 지었다. 잠시 후 그가 눈을 뜨고 말했다.「그게 17년 전 일이오. 그 후로 새가 있는 곳을 알아내는 데 17년이 걸렸지만 결국 알아냈소. 나는 그걸 원했고, 나라는 사람은 무얼 원하면 쉽게 단념하지 않소.」 그의 미소가 얼굴을 환히 밝혔다.「나는 그걸 원했고 찾았소. 나는 그걸 원하고 곧 갖게 될 거요.」 그가 잔을 비우고 다시 입술을 닦더니 손수건을 주머니에 넣었다.「추적을 해보니 콘스탄티노플 외곽에 있는 케미도프라는 러시아 장군의 집에 있었소. 그 사람은 새에 대해 아무것도 몰랐소. 그저 검은 칠이 된 조각상으로 알고 있었지. 하지만 공연히 고집을 부리며 — 러시아 장군들한테 흔한 그런 고집 말이오 — 나한테 그걸 팔려고 하지 않더군. 아마 내가 그게 몹시 갖고 싶은 나머지 좀 서툴게 군 면도 있었던 것 같소. 그렇다고 아주 서툴지는 않았겠지만. 그건 잘 모르겠소. 하지만 나는 그걸 원했고, 이 고집불통 군인이 그 물건을 조사해 보려고 칠을 벗겨 볼 수도 있다는 생각이 들자 불안해졌소. 그래서 그걸 구할 수 있는…… 뭐랄까…… 심부름꾼을 몇 명 보냈지. 그래서 선생, 그들이 그걸 구했는데, 아직 내 손에 들어오지 않은 거요.」 그는 일어서서 빈 잔을 들고 탁자로 갔다. 「하지만 곧 손에 넣을 거요. 잔을 주시오, 선생.」

「그렇다면 그 새의 주인은 당신들 중 누구도 아니로군요?」 스페이드가 물었다.「진정한 주인은 케미도프 장군 아닙니까?」

「진정한 주인이라고요?」 뚱뚱한 남자가 유쾌하게 말했다. 「이보시오, 선생. 진정한 주인은 스페인 국왕이었다고 말할 수 있을 거요. 하지만 그 외의 다른 사람에게는 주인이라는 이름을 명백하게 붙일 수 없소. 있다면 소유권이 있을 뿐이오.」 그는 조용히 웃었다. 「그만한 가치를 지닌 데다 그렇게 여러 사람의 손을 거친 물건은 분명히 그걸 손에 넣는 사람이 소유자요.」

「그러면 지금은 오쇼네시 양의 소유겠네요.」

「아니오. 오쇼네시 양은 내 심부름꾼일 뿐이오.」

스페이드가 〈아〉 하고 비꼬듯이 말했다.

거트먼은 손에 든 위스키 병 뚜껑을 심각하게 바라보며 물었다. 「지금 오쇼네시가 그걸 가지고 있다는 건 의심의 여지가 없겠지요?」

「별로 없을 겁니다.」

「어디 있소?」

「정확히는 모릅니다.」

뚱뚱한 남자는 탕 소리를 내며 병을 탁자에 내려놓고 추궁했다. 「안다고 말하지 않았소?」

스페이드는 상관없다는 듯이 한 손을 흔들었다. 「때가 되면 그걸 어디서 구해야 할지 안다는 뜻이었습니다.」

거트먼의 얼굴 가득한 분홍빛 알뿌리들이 좀 더 즐거운 모습으로 자리를 잡았다. 「정말이오?」

「네.」

「그게 어디요?」

스페이드는 빙긋 웃고 말했다. 「나한테 맡겨 두십시오. 그건 내가 해야 할 일입니다.」

「그러면 언제?」

「내가 준비가 되었을 때요.」

뚱뚱한 남자는 입을 오므리고 약간 초조한 미소를 짓더니 물었다. 「스페이드 씨, 오쇼네시는 지금 어디 있소?」

「안전한 곳에 보호해 두고 있습니다.」

거트먼은 만족한 미소를 짓고 말했다. 「그 점에 관해서라면 선생을 믿소. 그런데 선생, 가격을 말하기 전에, 이 질문에 답해 주시오. 언제쯤 매를 넘겨줄 수 있소. 아니면 넘겨줄 생각이오?」

「2, 3일이면 됩니다.」

뚱뚱한 남자가 고개를 끄덕였다. 「그 정도면 좋소. 우리는…… 그런데 내가 영양 섭취를 잊었구려.」 그는 탁자로 돌아서서 위스키를 따른 뒤 탄산수를 뿜어 넣었다. 그러고는 스페이드의 잔을 그의 팔꿈치 옆에 내려놓고 자신의 잔을 높이 들었다. 「선생, 공정한 거래와 우리 두 사람 모두의 커다란 이익을 위해 건배합시다.」

두 사람은 술을 마셨다. 뚱뚱한 남자가 앉았다. 스페이드가 물었다. 「거트먼 씨가 생각하는 공정한 거래란 어떤 것입니까?」

거트먼은 잔을 햇빛에 비추며 사랑스럽게 바라본 뒤 다시 한 번 술을 들이켜고 말했다. 「나는 두 가지 제안을 할 생각이오, 선생. 그리고 둘 다 공정한 거요. 둘 중 아무 거나 선택하시오. 선생이 나한테 매를 주면 바로 2만 5천 달러를 주고, 그다음에 내가 뉴욕에 도착하는 즉시 2만 5천 달러를 더 주겠소. 아니면 내가 매를 팔아 번 돈의 4분의 1, 그러니까 25퍼센트를 주겠소. 그거요, 선생. 당장 5만 달러를 받거나 아니면 두어 달 안에 훨씬 더 많은 돈을 받거나.」

스페이드가 술을 마시고 물었다. 「얼마나 더 많습니까?」

「훨씬 더 많소.」 뚱뚱한 남자가 반복해 말했다. 「얼마나 더 큰

지는 알 수 없소. 10만 달러일 수도 있고, 25만 달러일 수도 있소. 내가 최소 추정 액수를 말하면 믿어 주겠소?」

「안 될 거 없죠.」

뚱뚱한 남자는 입맛을 다시더니 목소리를 낮추고 조용히 그르렁거리며 말했다. 「50만 달러라면 어떻소?」

스페이드가 실눈을 떴다. 「그러면 그 물건이 2백만 달러의 가치가 있다고 생각하시는 겁니까?」

거트먼은 평온한 미소를 지었다. 「선생의 말을 빌리자면, 안 될 거 없소.」

스페이드는 잔을 비우고 탁자에 내려놓았다. 그러고는 시가를 물었다가 도로 빼서 바라본 뒤 다시 입에 물었다. 그의 황회색 눈동자가 약간 혼탁해졌다. 「엄청나게 큰돈이로군요.」

뚱뚱한 남자가 동의했다. 「엄청나게 큰돈이오.」 그는 몸을 앞으로 굽히고 스페이드의 무릎을 두드렸다. 「하지만 그것도 절대적인 최소 액수를 추정한 거요. 그게 아니라면 카릴라오스 콘스탄티니데스가 완전히 바보였다는 건데, 그런 사람은 아니었소.」

스페이드는 입에서 다시 시가를 빼내고 맛이 없다는 듯 인상을 쓰며 재떨이 대에 내려놓았다. 그러고는 눈을 꽉 감았다가 다시 떴다. 눈이 아까보다 더 혼탁해져 있었다. 「최소한이 그 정도면 최대한은?」 최대한이라는 단어를 말할 때 그의 입에서 바람이 빠지는 것 같은 소리가 났다.

「최대한?」 거트먼은 손바닥을 위로 하고 손을 내밀었다. 「그건, 나로서는 짐작도 할 수 없소. 미쳤다고 생각하겠지만 정말이오. 그 가격이 어디까지 올라갈지는 누구도 알 수 없소. 그게 유일한 진실이오.」

스페이드는 처진 아랫입술을 윗입술에 바짝 붙이고 신경질적으로 고개를 저었다. 두 눈에는 공포의 빛이 떠올랐다가, 한층 짙어진 혼탁함에 묻혔다. 그는 두 손으로 의자 손잡이를 잡고 일어서서 다시 고개를 젓고 앞으로 어물쩍 한 발을 내디뎠다. 그러고는 바보처럼 웃으며 중얼거렸다. 「이런, 더러운 인간.」

거트먼도 의자를 밀고 일어섰다. 살덩어리들이 출렁거렸다. 그의 눈은 번들거리는 분홍빛 얼굴에 뚫린 두 개의 검은 구멍 같았다.

스페이드는 고개를 양옆으로 흔들고 멍한 시선을 문 쪽으로 던졌지만, 초점이 잘 맞지 않는 것 같았다. 그는 다시 한 번 어정쩡한 걸음을 내디뎠다.

뚱뚱한 남자가 날카롭게 불렀다. 「윌머!」

문이 열리고 청년이 나왔다.

스페이드는 세 번째 걸음을 내디뎠다. 그의 얼굴은 이제 잿빛이 되었고, 귀 밑의 턱 근육들은 종기처럼 부풀어 올랐다. 그의 다리는 네 번째 걸음을 내디딘 뒤에도 똑바로 서지 못했고, 혼탁한 두 눈을 눈꺼풀이 내리 덮었다. 그는 다섯 번째 걸음을 디뎠다.

청년이 스페이드 앞으로 걸어와 약간 앞쪽에 섰지만, 문으로 가는 길을 가로막지는 않았다. 청년은 오른손을 코트 안쪽 심장 부위에 대고 있었다. 그의 입꼬리가 비틀렸다.

스페이드는 여섯 번째 걸음을 시도했다.

청년이 재빨리 스페이드의 다리 앞으로 발을 뻗었다. 스페이드는 그 발에 걸려 비틀거리다 바닥에 쾅 엎어졌다. 청년은 오른손을 계속 코트 안에 넣은 채 스페이드를 내려다보았다. 스페이드는 일어나려고 했다. 청년은 오른발을 뒤로 뺐다가 스페이드의 관자놀이를 걷어찼다. 그 충격에 스페이드는 데구르르 굴렀다. 그는 다시 일어나려고 했지만 실패하고 그대로 잠이 들었다.

14
라 팔로마

 스페이드는 오전 여섯 시를 조금 넘은 시각에 엘리베이터에서 내려 모퉁이를 돌다가 자기 사무실의 반투명 유리문 안에 노란 불이 켜져 있는 걸 보았다. 그는 우뚝 멈춰 서서 입술을 꼭 다물고 복도를 훑어본 뒤 빠르고 조용한 걸음으로 문 앞까지 갔다.

 그는 문손잡이를 잡고는 달그락 소리도 찰칵 소리도 없이 조용히 돌렸다. 끝까지 돌려 보았지만 문은 잠겨 있었다. 그는 여전히 손잡이를 잡은 채 이번에는 왼손으로 손을 바꾸어 잡았다. 오른손으로는 쩔그렁거리지 않게 조심하며, 주머니에서 열쇠고리를 꺼냈다. 그러고는 다른 열쇠들을 손바닥에 움켜쥐고 사무실 열쇠를 앞으로 꺼내 들어 열쇠 구멍에 꽂았다. 아무 소리도 나지 않았다. 그는 깨금발로 서서 폐에 숨을 가득 채운 뒤 문을 딸각 열고 들어갔다.

 에피 페린이 팔을 베고서 책상에 엎드려 자고 있었다. 코트 차림이었고, 스페이드의 외투를 망토처럼 어깨에 두르고 있었다.

 스페이드는 숨을 내쉬며 조용히 웃고 문을 닫은 뒤 안쪽 사무실 앞으로 가 보았다. 안쪽 사무실은 비어 있었다. 그는 에피에게 다가가 어깨에 손을 얹었다.

그녀가 몸을 움직이더니 졸린 듯이 힘겹게 머리를 들고 눈꺼풀을 깜박거렸다. 그러다가 벌떡 몸을 일으키며 눈을 번쩍 떴다. 그녀는 스페이드를 보자 웃으면서 의자에 기대앉아 손으로 눈을 비볐다. 「이제 돌아왔군요? 지금 몇 시예요?」

「여섯 시. 여기서 뭐하고 있는 거야?」

그녀는 몸을 부르르 떨고 스페이드의 외투를 몸에 더 바짝 두른 뒤 하품을 했다. 「돌아오거나 전화할 때까지 사무실을 지키라고 했잖아요.」

「아하, 에피는 갑판을 지키던 소년[10]의 누나로군.」

「나는……」 그녀가 말을 하다 말고 일어서자 그의 코트가 의자 위로 떨어졌다. 그녀는 모자 아래로 드러난 그의 관자놀이를 보고 깜짝 놀라서 소리쳤다. 「아니, 머리가 왜 그래요! 무슨 일이에요?」

그의 오른쪽 관자놀이는 검게 멍들고 부어 있었다.

「넘어진 건지 맞은 건지 모르겠어. 별것 아닌 것 같은데 아프긴 지독하게 아프군.」 그는 손가락으로 그 부분을 살짝 만졌다가 움찔하고는 인상을 펴고 쓴웃음을 지었다. 「누구를 만나러 갔는데 술에 약을 타서 먹였어. 열두 시간 후에 바닥에 뻗은 채 정신이 들었어.」

그녀는 손을 뻗어 그의 모자를 벗기고 말했다. 「너무 심하네요. 병원에 가봐요. 그런 머리를 하고 돌아다니면 안 돼요.」

「보기보다는 괜찮아. 두통은 좀 있지만. 그리고 그건 아마 약

---

[10] 나폴레옹의 이집트 원정 때 넬슨 제독 휘하의 영국 함대가 정박 중인 프랑스 함대를 공격했는데, 이때 한 열두 살 소년이 도망치지 않고 갑판에 꿋꿋이 버티고 선 모습에 영국 해군들이 감동했다고 한다. 이 이야기는 히먼스의 시 「카사비앙카」의 소재가 되면서 더욱 유명해졌다.

때문일 거야.」 그는 사무실 구석의 세면대로 가서 손수건에 찬물을 받았다. 「내가 나간 다음에 무슨 일 없었어?」

「오쇼네시 양을 찾았어요, 샘?」

「아직 못 찾았어. 내가 나간 다음에 무슨 일 없었어?」

「지방 검찰청에서 전화왔어요. 와 달라고 하던데요.」

「검사를 만나러?」

「나는 그렇게 이해했어요. 그리고 한 젊은이가 전갈을 가지고 왔어요. 거트먼 씨가 5시 30분 전에 만나서 이야기를 하고 싶어 한다고요.」

스페이드는 물을 잠그고 손수건을 짠 뒤 그걸 관자놀이에 대고 세면대 앞을 떠났다. 「그건 알아. 아래층에서 만났거든. 거트먼하고 이야기하다가 이 꼴이 된 거야.」

「전화했던 G가 그 사람이에요, 샘?」

「그래.」

「그런데 뭐가……?」

스페이드는 초점이 벗어난 눈길로 에피를 보며 생각을 정리하듯 천천히 말했다. 「그 사람은 내가 자기한테 무언가를 구해다 줄 수 있다고 생각해. 내가 그 사람한테 5시 30분 전에 나하고 계약하지 않으면, 그 사람이 그걸 얻지 못하게 내가 방해할 수도 있다고 했지. 그런 뒤…… 그래…… 분명해…… 내가 이삼 일 기다려 달라고 말하자 그자가 약을 먹였어. 내가 죽을 거라고는 생각하지 않았을 거야. 열 시간에서 열두 시간 정도 지나면 깨어날 걸 알았겠지. 그러니까 내가 끼어들지 못하게 해놓으면, 그 시간 안에 자기가 내 손을 빌리지 않고 직접 그걸 구할 수 있다고 계산한 거야.」 그는 얼굴을 찌푸렸다. 「그 계산이 틀렸기를 간절히 바라고 있어.」 그의 눈에 초점이 약간 돌아왔다. 「오쇼네시한테서는 연락 있었어?」

에피는 고개를 젓고 물었다. 「이 일이 그 여자하고 상관이 있어요?」

「좀 있어.」

「그 사람이 오쇼네시의 물건을 탐내는 건가요?」

「오쇼네시의 물건이라고도 할 수 있고 스페인 국왕의 물건이라고도 할 수 있어. 에피, 대학에서 역사를 가르치는 삼촌이 있다고 했지?」

「삼촌이 아니라 사촌 오빠예요. 왜요?」

「우리가 4백 년 된 역사적 진실로 추정되는 이야기를 들려주면, 사촌 오빠가 한동안 그걸 비밀로 지켜줄 수 있을까?」

「그럼요. 좋은 사람이에요.」

「좋아. 연필하고 수첩을 준비해.」

그녀는 연필과 수첩을 준비하고 의자에 앉았다. 스페이드는 손수건에 찬물을 좀 더 적시고 관자놀이에 댄 뒤, 에피 앞에 서서 거트먼에게서 들은 매 이야기를 받아 적게 했다. 카를 5세가 병원 기사단에게 땅을 하사한 일에서 시작해서, 카를로스 파의 대규모 망명 시기에 에나멜을 덧입은 새가 파리에 가게 된 데까지. 그가 거기서 멈추었다. 거트먼이 말한 저자들과 저작 제목을 말할 때는 좀 더듬었지만, 비슷해 보이는 이름들을 떠올릴 수 있었다. 나머지 부분은 숙련된 면담 경력자답게 정확하게 설명했다.

구술을 마치자 에피는 수첩을 닫았다. 그러고는 흥분한 미소가 어린 얼굴을 들고 말했다. 「아, 정말 흥미로운 이야긴데요. 이건……」

「맞아. 그리고 완전한 헛소리일 수도 있어. 이제 그걸 가지고 사촌 오빠한테 가서 읽어 주고 의견을 물어봐. 그와 비슷한 이야기를 들은 게 있는지? 그런 일이 개연성이 있는 건지? 아니면 가능성이 희미하게라도 있는지? 아니면 거짓인지? 시간을 두고 생각해 봐야겠다면 그것도 좋지만, 그래도 지금 당장 드는 생각을 말해 달라고 그래. 그리고 이 이야기는 무슨 일이 있어도 비밀에 부쳐야 해.」

「지금 갈게요.」 그녀가 말했다. 「당신은 얼른 병원에 가요.」

「먼저 같이 아침을 좀 먹자.」

「아뇨, 나는 버클리에 가서 먹을 거예요. 테드의 생각을 빨리 듣고 싶어요.」

「좋아.」 스페이드가 말했다. 「오빠가 비웃더라도 울지는 마.」

팰리스 호텔에서 여유롭게 아침 식사를 하며 아침 신문 두 개를 읽은 뒤, 스페이드는 집에 가서 면도와 목욕을 하고 깨진 관자놀이에 얼음을 문지르고 깨끗한 옷을 입었다.

그러고는 다시 브리지드 오쇼네시의 아파트로 갔다. 아파트에는 아무도 없었다. 지난번에 다녀간 뒤에 달라진 것도 없었다.

그는 알렉산드리아 호텔로 갔다. 거트먼은 없었다. 스위트 객실에 함께 투숙중인 일행도 모두 없었다. 스페이드는 그 일행이 거트먼의 비서 윌머 쿡과 딸 리아라는 걸 알아냈다. 리아는 갈색 눈에 금발 머리를 한 자그마한 체격의 열일곱 살 소녀로, 호텔 직원들은 예쁘다고 평했다. 스페이드는 거트먼 일행이 뉴욕에서 열흘 전에 왔으며 아직도 체류 중이라는 이야기를 들었다.

벨베데어 호텔로 가 보니 경비가 호텔 카페에서 식사를 하고 있었다.

「안녕, 샘. 앉아서 달걀 하나 먹게.」 그러더니 경비는 스페이드의 관자놀이를 보고 말했다. 「이런, 아주 제대로 두드려 맞았구만!」

「고마워요. 식사는 했습니다.」 스페이드는 그렇게 말하고 자리에 앉아서 관자놀이를 가리키며 말했다. 「보기보다는 괜찮아요. 우리 카이로는 어떻게 하고 있나요?」

「어제 자네가 간 뒤 30분도 지나지 않아서 나갔는데, 그 뒤로는 여태 못 봤어. 어젯밤에 들어오지 않았네.」

「나쁜 버릇을 들이고 있군요.」

「큰 도시에서 혼자 지내는 사내가 그렇지. 그런데 누가 자네 얼굴을 그 지경으로 만들었나, 샘?」

「카이로는 아니었어요.」 스페이드는 루크의 토스트를 봉긋하게 덮은 은제 뚜껑을 유심히 바라보았다. 「그 친구가 없는 동안 방을 좀 볼 수는 없을까요?」

「볼 수 있지. 자네 일이라면 내가 언제나 흔쾌히 도와준다는 걸 알지 않나?」 루크는 커피 잔을 밀고 두 팔꿈치를 탁자에 얹은 뒤 스페이드를 바라보며 눈살을 찌푸렸다. 「하지만 자네는 나를 전적으로 믿는 것 같지가 않아. 이 친구에 대한 진실이 뭔가, 샘? 나한테까지 감출 필요는 없어. 나는 완전히 자네 편이니까.」

스페이드는 은제 뚜껑에서 눈을 뗐다. 그 눈은 거리낌 없고 솔직했다. 「그럼요. 저는 아무것도 숨기지 않습니다. 다 솔직히 말씀드렸어요. 그 사람한테서 일을 의뢰받았는데, 제가 볼 때는 그 사람 친구들이 심상치 않아서 조금 조심을 하는 거예요.」

「어제 우리가 쫓아낸 녀석도 그 사람의 친구인가?」

「그래요, 루크.」

「그러면 마일스를 저 세상에 보낸 사람도?」

스페이드는 고개를 저었다. 「마일스는 서스비가 죽였습니다.」

「그러면 그자를 죽인 자는?」

스페이드는 미소 짓고 말했다. 「아직 비밀인데요. 비공식적으로 그 사람은 나예요. 경찰이 하는 말에 따르면요.」

루크는 목을 긁는 소리를 내고 일어섰다.「자네 속은 도무지 알 수가 없어, 샘. 하여간 가세. 방을 보자고.」

두 사람은 루크를 통해 접수부에〈그 남자가 들어오면 전화를 해달라〉고 부탁해 놓고서 카이로의 방으로 올라갔다. 카이로의 침대는 깔끔했지만, 휴지통의 신문과 들쭉날쭉 쳐진 블라인드와 욕실의 구겨진 수건 두 장을 보면 아침에 객실 청소부가 들어오지 않았다는 걸 알 수 있었다.

카이로의 짐은 사각 트렁크 하나와 서로 다른 모양의 여행 가방 두 개뿐이었다. 욕실 캐비닛에는 화장품 — 온갖 분, 크림, 연고, 향수, 로션, 토닉이 든 상자, 깡통, 병 — 이 가득했다. 벽장에는 양복 두 벌과 외투 한 벌이 걸려 있었고, 그 아래에는 구두 세 켤레가 형태 유지 보형물을 세심하게 끼운 채 놓여 있었다.

두 개의 여행 가방은 자물쇠가 채워져 있지 않았다. 스페이드가 다른 곳을 탐색하고 왔을 때 루크는 트렁크도 열어 놓았다.

「아직까지는 별것 없네요.」스페이드는 루크와 함께 트렁크를 뒤지면서 말했다.

거기서도 별달리 흥미로운 것은 눈에 띄지 않았다.

「특별히 찾는 물건이 있는 건가?」루크가 다시 트렁크를 잠그면서 말했다.

「아뇨, 그 사람은 콘스탄티노플에서 온 걸로 되어 있어요. 그게 정말인지 알고 싶은데, 그게 사실이 아니라는 증거는 없네요.」

「그 사람 직업은 뭔가?」

스페이드는 고개를 저었다.「저도 궁금한 것 중의 하나예요.」그는 다른 쪽으로 가서 허리를 굽히고 휴지통을 보았다.「이게 마지막 탐색이 되겠네요.」

그는 휴지통에서 신문을 거냈다. 그게 전날의 「콜」지라는 걸 보는 순간 그의 눈이 반짝 빛났다. 신문은 분류 광고가 실린 면을 바깥으로 해서 접혀 있었다. 그는 신문을 펼쳐서 그 면을 살펴보았지만 별달리 흥미로운 것은 없었다.

그는 신문을 넘겨서 안쪽으로 접힌 면을 보았다. 재정 금융 소식과 선박 안내, 날씨, 출생, 결혼, 이혼, 사망 소식이 실린 면이었다. 왼쪽에서 2단째 부분 아래쪽에 5센티미터 남짓 되는 부분이 찢겨 나가고 없었다.

찢겨 나간 부분 바로 위에는 〈입항 선박〉이라는 작은 제목이 보이고 그 아래는 이렇게 되어 있었다.

오전 12:20 — 카파크호(애스토리아발)
오전 5:05 — 헬렌 P. 드루호(그린우드발)
오전 5:06 — 앨버라도호(밴던발)

신문은 그 바로 아래에서 찢겨, 다음 줄은 〈시드니발〉이라고 추측되는 부분밖에 남아 있지 않았다.

스페이드는 「콜」지를 책상에 올려놓고 다시 휴지통 안을 들여다보았다. 작은 포장지, 끈 하나, 양말 상표 두 개, 양말 여섯 켤레 영수증이 있었고, 휴지통 밑바닥에는 동그랗게 구겨서 버린 신문지 조각이 있었다.

그는 신문지 조각을 조심스레 펼쳐서 책상 위에 놓고 반듯하게 편 뒤 「콜」지의 찢어진 부분과 맞추어 보았다. 양쪽 가장자리는 들어맞았지만, 구겨진 종이의 맨 윗부분과 〈시드니발〉로 추정되는 항목 사이에 1센티미터 남짓 되는 분량이 없었다. 배 예닐곱 척의 도착 공고가 담길 만한 크기였다. 그는 종이를 뒤집어 보았지만, 찢긴 부분의 뒷면에 실렸을 가능성이 있는 것은 의미 없는 증권 중개인의 광고뿐이었다.

루크가 그의 어깨 위로 허리를 굽히고 물었다. 「그게 뭔가?」

「그 사람이 배에 관심이 있는 것 같네요.」

「그러면 안 된다는 법은 없지.」 루크가 말했다. 스페이드는 신문의 찢긴 면과 구겨진 조각을 함께 접어서 코트 주머니에 넣었다. 「이제 다 살펴본 건가?」

「네, 정말 고마워요, 루크. 그 사람이 호텔에 돌아오면 저한테 바로 전화해 주세요.」

「그러지.」

스페이드는 「콜」지의 사무실에 가서 전날 신문을 산 뒤, 선박 소식 면을 펼쳐서 카이로의 휴지통에서 꺼내 온 신문과 비교해 보았다. 찢긴 부분은 이랬다.

오전 5:17 ─ 타히티호(시드니발, 파페에테 경유)
오전 6:05 ─ 애드미럴 피플즈호(애스토리아발)
오전 8:07 ─ 캐도피크(샌 페드로발)
오전 8:17 ─ 실버라도호(샌 페드로발)
오전 8:05 ─ 라 팔로마호(홍콩발)
오전 9:03 ─ 데이지 그레이호(시애틀발)

그는 천천히 목록을 다 읽은 뒤, 〈홍콩〉이라는 단어 밑에 손톱으로 줄을 긋고 주머니칼로 입항 선박 목록을 잘랐다. 그러고는 신문 나머지와 카이로의 방에서 가지고 나온 신문을 휴지통에 버리고 사무실로 돌아갔다.

그는 책상에 앉아서 전화번호부를 뒤지고는 전화를 걸었다.

「커니 0401번이오. 어제 오전 홍콩에서 온 〈라 팔로마〉호는 어디에 정박하고 있나요?」 그러고는 다시 한 번 같은 질문을 반복한 뒤에 〈고맙습니다〉하고 말했다.

그는 수화기 걸고리를 엄지손가락으로 잠시 눌렀다가 떼고 말했다. 「데이븐포트 2020번이오…… 수사과 부탁합니다…… 폴하우스 경사 있습니까? ……고맙습니다. 이보게, 톰. 샘 스페이드야…… 어제 오후에 연락을 해봤더니 안 되더군…… 그래, 점심이나 같이 하지…… 좋아.」

그는 수화기를 여전히 귀에 댄 채 엄지손가락으로 다시 한 번 걸고리를 눌렀다가 뗐다.

「데이븐포트 0170번이오…… 여보세요, 샘 스페이드입니다. 우리 비서 말이 어제 브라이언 검사가 나를 보자고 했다더군요. 언제가 좋을지 물어봐 주시겠습니까? ……네, 스페이드입니다. S-p-a-d-e.」 긴 침묵. 「네…… 2시 30분이오? 좋습니다. 고마워요.」

그는 다섯 번째 전화를 걸어서 말했다. 「여보세요, 고마워요. 시드 좀 바꿔 줘요…… 안녕, 시드. 샘이야. 오늘 오후 2시 반에 검사하고 약속이 있어. 네 시 무렵에 나한테 전화를 해서…… 여기 저기 어디든 말이야, 내가 무사한지 알아봐 주겠어? 토요일 오후 골프 따위는 집어치워. 내가 감옥에 안 가게 해주는 게 자네 일이야…… 맞아, 시드. 그럼 안녕.」

그는 전화기를 내려놓고는 하품을 하고 기지개를 켰다. 그러고 나서 멍이 든 관자놀이를 만진 뒤 담배를 말아 불을 붙였다. 그가 몽롱하게 담배를 피는데 에피 페린이 들어왔다.

에피 페린은 미소를 짓고 있었다. 눈빛이 밝고 뺨이 발그레했다. 「테드가 가능하다는데요. 그리고 사실이었으면 좋겠대요. 그

분야의 전문가는 아니지만 이름하고 제목들이 자연스럽고, 적어도 그 저자나 저작들이 황당한 가짜는 아니래요.」

「멋지군. 사촌 오빠가 그게 진짜인지 가짜인지 직접 알아보고 싶다는 열망만 너무 커지지 않는다면.」

「아, 그럴 일은 없어요, 테드는요! 그런 데 한눈 팔 만큼 자기 일에 무능하지 않아요.」

「그래 맞아, 페린 집안사람은 모두가 훌륭하지. 에피도 그렇고, 에피 코에 묻은 검댕마저 말이야.」

「테드는 페린 집안이 아니에요. 테드 크리스티예요.」 그렇게 말하고 그녀는 고개를 숙여 화장품 갑에 달린 거울을 보았다. 「화재 현장에서 묻은 검댕일 거예요.」 그녀는 손수건으로 검댕을 닦았다.

「페린 가와 크리스티 가의 열정이 버클리에 불을 놓은 거야?」 그가 물었다.

그녀는 분홍색 분첩으로 코를 두드리면서 그에게 인상을 썼다. 「오는 길에 배에 화재가 난 걸 봤어요. 사람들이 배를 부두 밖으로 끌어내고 있었는데, 그 연기가 우리가 탄 여객선까지 불어 왔어요.」

스페이드는 두 손을 의자 팔걸이에 얹고 물었다. 「혹시 그 배 이름을 봤어?」

「네, 〈라 팔로마〉호였어요. 왜요?」

스페이드는 서글픈 미소를 짓고 말했다. 「내가 묻고 싶은 말이야, 에피. 도대체 왜?」

15
이 도시의 모든 얼치기

스페이드와 폴하우스 경사는 스테이츠 호프 브라우 식당에서 빅 존의 구역에 앉아 식초에 절인 돼지 다리를 먹었다.

폴하우스는 밝은 빛깔의 흐물흐물한 살덩어리를 포크에 꽂아 들어 올리다가 말했다.「샘! 그날 일은 잊어버려. 경위가 크게 잘못했지만 그런 식으로 당하면 누구라도 평정을 잃을 수 있어.」

스페이드는 심각한 표정으로 형사를 보며 물었다.「그 이야기를 하려고 나를 만나고 싶다고 한 거야?」

폴하우스는 고개를 끄덕이고 포크에 꽂힌 살덩어리를 입에 넣고 삼킨 뒤 말했다.「주요하게는.」

「던디가 보낸 거야?」

폴하우스는 입술을 비틀었다.「그게 아니라는 거 알면서 왜 그래? 경위는 자네만큼이나 황소고집이야.」

스페이드는 미소 띤 얼굴로 고개를 저으며 말했다.「그렇지 않아, 톰. 그냥 자기가 그런 줄 아는 거야.」

톰은 인상을 쓰고 칼로 돼지 다리를 썰며 툴툴거렸다.「자네는 도대체 언제 철이 들 거야? 뭣 때문에 그렇게 불만인 거지? 경위가 자네한테 해를 끼친 것도 아니잖아. 자네가 이겼어. 악감정을 품을 이유가 뭐야? 자네는 스스로 괴로움을 자초하는 거라니까.」

스페이드는 칼과 포크를 접시에 나란히 내려놓고 양손을 접시 옆에 얹었다. 희미한 미소에는 아무런 온기도 없었다.「샌프란시스코의 모든 경찰이 나를 지금보다 더 괴롭히려고 초과 근무를 한다고 해도 나에게 아무런 해가 안 돼. 그런 일이 있다는 사실도 모를 거야.」

폴하우스는 붉은 얼굴을 더 붉히고 말했다.「정말 멋진 말을 해주는군그래.」

스페이드는 칼과 포크를 들고 다시 먹었다. 폴하우스도 먹었다.

잠시 후 스페이드가 물었다.「항구에서 배에 불 난 것 봤어?」

「연기만 봤어. 제발 그러지 마, 샘. 경위가 잘못했고 그 사람도 그걸 알아. 왜 마음을 풀지 않는 거야?」

「그러면 던디한테 찾아가서 맞았지만 하나도 안 아프다고 말해 줘야 돼?」

폴하우스는 돼지 다리를 거칠게 잘랐다.

「필 아처가 새로 건네준 따끈한 제보는 없어?」 스페이드가 말했다.

「젠장! 던디는 자네가 마일스를 쐈다고 생각하지 않아. 하지만 제보가 들어왔는데 그걸 추적하는 것 외에 던디가 뭘 할 수 있겠어? 그 자리에 있다면 자네도 똑같이 했을 거야. 그걸 모르는 자네도 아니고.」

「그래?」 스페이드의 눈에 악의가 빛났다.「그런데 그 사람이 무얼 믿고 내가 마일스를 쏘지 않았다고 생각한 거지? 또 자네는 무얼 믿고 그렇게 생각하나? 아니면……」

폴하우스는 붉은 얼굴이 다시 상기된 채 말했다.「서스비가 마일스를 쏘았네.」

「그건 자네 생각이지.」

「서스비의 짓이야. 웨블리 총은 그자의 것이고, 마일스의 몸에 박힌 구식 총알은 거기서 나온 거야.」

「확실해?」

「확실해. 서스비가 있던 호텔의 사환을 조사했는데, 바로 그날 아침 그 친구 방에서 그 총을 봤다고 했어. 그런 총은 처음 봐서 눈에 띄었다고 하더군. 나도 처음 봤어. 그러니까 더 이상은 만들지 않는 권총인 거야. 그런 게 또 하나 돌아다닐 가능성도 없고. 어쨌건 그게 서스비의 총이 아니라면 그의 총은 어디로 간 거야? 그리고 마일스의 몸에 박힌 총알은 그 총에서 나온 거야.」 그는 빵을 입에 넣다 말고 물었다.

「자네는 전에 그 총을 본 적이 있다고 했지, 어디서였어?」 그러고는 빵을 입에 넣었다.

「전쟁 전 영국에서.」

「그래, 그랬겠지.」

스페이드는 고개를 끄덕이고 말했다. 「그러면 내가 죽인 사람은 서스비만 남는군.」

폴하우스는 의자에 앉은 채 몸을 움직였다. 그의 얼굴이 붉은 빛으로 번쩍였다. 「제발, 좀 잊어줄 수 없는 거야?」 그가 격렬하게 말했다. 「그건 끝났어. 자네도 나만큼이나 잘 알고 있는 사실이야. 이런 식으로 꿍얼거리는 건 탐정답지 않아. 자네는 우리가 자네한테 쓴 것 같은 술수를 전혀 쓰지 않나 보군 그래?」

「술수를 쓰려고 해본 거지, 톰. 시도만 해본 거야.」

폴하우스는 입 속으로 욕을 하고 남은 돼지 다리를 포크로 찔렀다.

「좋아. 자네도 나도 그게 끝났다는 걸 알아. 그러면 던디는 뭘 알지?」

「그게 끝났다는 걸 알아.」

「무슨 일로 진실에 눈을 뜬 거지?」

「샘, 제발. 던디는 자네가 정말로 그런······.」 스페이드의 미소가 폴하우스를 제지했다. 그는 문장을 맺지 않고 이어 말했다. 「우리는 서스비의 행적을 알아냈어.」

「그래? 뭐 하는 사람이야?」

폴하우스의 작고 날카로운 갈색 눈이 스페이드의 얼굴을 살폈다. 스페이드가 짜증스레 소리쳤다. 「자네 같은 똑똑한 친구들이 생각하는 절반만큼이라도 내가 그런 일을 잘 알았으면 얼마나 좋을까.」

「그거야 우리 모두의 소망 아닌가?」 폴하우스가 툴툴거렸다. 「하여간 처음에 모습을 드러냈을 때 이 친구는 세인트루이스 출신의 총잡이였어. 거기서 이런저런 일로 자주 잡혔지만, 이건의 부하다 보니 별달리 크게 당한 일은 없었어. 그자가 어쩌다 그 울타리를 떠나게 됐는지는 모르지만, 하여간 그자는 뉴욕에 있는 한 카드 게임장을 뒤엎다가 잡혔어. 애인이 신고를 했지. 감옥에서 1년을 살다가 팰런 덕에 풀려났어. 그리고 두어 해 뒤에는 잔소리를 해대는 다른 애인을 총으로 때린 일로 졸리엣에서도 잠깐 옥살이를 했어. 하지만 그 뒤로는 딕시 모너핸과 한 패가 되어서 문제가 생겨도 바로바로 해결됐지. 그때 딕시는 시카고 도박계에서 그리스인 닉만큼이나 세가 대단했으니까. 이 서스비가 딕시의 경호원이었고, 딕시가 도박 빚을 못 갚은 건지 안 갚은 건지, 아무튼 그렇게 되면서 동료들과 사이가 시끄러워지자 그와 함께 도망을 쳤어. 그게 한 2년 전 일이야. 뉴포트 비치의 보트

클럽이 폐쇄됐을 무렵이지. 딕시가 거기 관련되어 있었는지는 모르겠어. 어쨌거나 그 뒤로 딕시나 서스비가 세상에 모습을 보인 건 이번이 처음일세.」

「딕시를 본 사람도 있나?」

폴하우스가 고개를 저었다. 「없어.」 그의 작은 눈이 예리해지면서 탐색의 빛을 띠었다. 「자네가 직접 보았거나 그렇다는 사람을 만난 게 아니라면 아무도 없네.」

스페이드는 의자에 등을 기대고 앉아 담배를 만들면서 조용히 말했다. 「나는 못 봤어. 다 처음 듣는 이야기야.」

「아무렴, 그렇겠지.」 폴하우스가 콧방귀를 뀌었다.

스페이드는 그를 보고 빙긋 웃고는 물었다. 「서스비에 대한 이런 이야기들은 다 어떻게 알게 된 거야?」

「경찰 기록에서 나온 것도 있고, 나머지는…… 그냥…… 여기저기서 알게 됐어.」

「카이로한테서도?」 이제 스페이드의 눈이 탐색의 빛을 띠었다.

폴하우스는 커피 잔을 내려놓고 고개를 저었다. 「그 사람한테서는 한마디도 들은 게 없어. 자네의 술수에 철저히 협력하더군.」

스페이드가 웃었다. 「자네와 던디 같은 일류 형사들이 그 은방울꽃 같은 남자를 밤새 취조하면서 한 가지도 캐내지 못했다는 거야?」

「무슨 소리야, 밤새라니?」 폴하우스가 항변했다. 「두 시간도 안 데리고 있었어. 도저히 가망이 없어서 그냥 보냈지.」

스페이드는 다시 웃고 손목시계를 들여다보았다. 그러고는 빅 존과 눈길이 마주치자 계산서를 달라고 했다. 「오늘 오후에 지방 검사와 약속이 있어.」 잔돈을 기다리는 동안 그가 폴하우스에게 말했다.

「검사가 불렀어?」

「응.」

폴하우스는 의자를 뒤로 밀고 일어섰다. 커다란 키와 술통 같은 배, 건장한 체격에 무덤덤한 얼굴. 「내가 자네하고 이런 이야기를 했다는 걸 검사에게 알려 준다면 나한테 그렇게 즐거운 일은 아닐 거야.」

깡마른 체격에 귀가 뽀족 튀어나온 젊은이가 스페이드를 지방 검사의 사무실로 안내했다. 스페이드는 살짝 미소 지으며 들어가서 가볍게 말했다. 「안녕하십니까, 브라이언!」

지방 검사 브라이언은 일어서서 책상 위로 손을 내밀었다. 그는 중간 체격의 금발 머리 남자로 나이는 마흔다섯 정도였다. 검은 테의 코안경을 쓴 눈은 공격적인 파란 빛으로 반짝였으며, 입은 연설자처럼 지나치게 컸고, 넓적한 아래턱은 가운데가 움푹 파여 있었다. 〈안녕하신가, 스페이드?〉 하고 인사하는 그의 목소리는 그가 가진 조용한 힘을 웅변했다.

그들은 악수를 하고 앉았다.

지방 검사는 책상 위에 모둠을 이룬 진주 빛 단추 네 개 중 하나를 누르더니, 다시 문을 열고 나타난 깡마른 젊은이에게 〈토머스 씨와 힐리 씨를 안으로 들이게〉 하고 말했다. 그러고는 의자에 기대앉으며 스페이드에게 유쾌한 말투로 〈자네하고 경찰은 사이가 썩 좋은 건 아니지?〉 하고 물었다.

스페이드는 신경 안 쓴다는 듯 오른손을 흔들고 가볍게 말했다. 「심각한 건 아닙니다. 던디 경위가 가끔 너무 열을 올려서요.」

문이 열리고 두 명의 남자가 들어왔다. 스페이드가 〈안녕, 토머스!〉 하고 인사한 사람은 그을린 얼굴과 땅딸막한 몸집의 서른

살 남자로, 옷과 머리가 똑같이 흐트러져 있었다. 그는 주근깨가 잔뜩 박힌 손으로 스페이드의 어깨를 두드렸다. 「재미 좋아?」 그가 이렇게 묻고는 그의 옆에 앉았다. 두 번째 남자는 그보다 젊고 창백했다. 그는 세 사람에게서 약간 떨어진 곳에 앉아 무릎에 속기 노트를 펼치고 녹색 펜을 들었다.

스페이드는 그를 보고 웃으면서 브라이언에게 물었다. 「내가 하는 말이 나한테 불리한 증언이 될 수 있다는 뜻인가요?」

지방 검사가 빙긋 웃었다. 「그야 언제나 그런 법이지.」 그는 코안경을 벗어 살펴보더니 다시 코 위에 얹었다. 그러고는 안경 쓴 눈으로 스페이드를 바라보며 물었다. 「서스비를 죽인 게 누구인가?」

「모릅니다.」 스페이드가 대답했다.

브라이언은 검은 안경 줄을 손가락으로 문지르며 다 안다는 듯 말했다. 「어쩌면 그럴지도 모르지. 하지만 자네라면 상당히 날카로운 추측을 해볼 수 있을 텐데.」

「할 수 있을지 모르지만 하지 않을 생각입니다.」

지방 검사가 눈썹을 치켜 올렸다.

「하지 않을 겁니다.」 스페이드가 다시 말했다. 그는 평온해 보였다. 「내 추측은 날카로울 수도 있고 또 형편없을 수도 있습니다. 하지만 우리 어머니는 지방 검사와 검사보와 속기사 앞에서 머릿속 추측을 이야기할 만큼 멍청한 아들을 키우지는 않았습니다.」

「감출 게 아무것도 없다면 그럴 이유가 없지 않은가?」

「감출 게……」 스페이드가 차분히 대답했다. 「아무것도 없는 사람은 아무도 없습니다.」

「그러면 자네는……?」

「일단 내 추측도 비밀이지요.」

지방 검사는 책상을 내려다보고 다시 스페이드를 올려다보았다. 그러고는 안경을 코 위에 더 단단히 얹고 말했다. 「여기 속기사가 있는 게 불편하다면 내보낼 수도 있네. 그저 편의를 위해서 부른 거야.」

「속기사가 있건 없건 눈곱만큼도 상관없습니다.」 스페이드가 대답했다. 「내 말이 기록되는 건 즐거운 일이죠. 필요하다면 기꺼이 서명도 해드릴 수 있습니다.」

「자네한테 뭘 서명해 달라고 부탁할 생각은 없네.」 브라이언이 말했다. 「이걸 어떤 공식 조사로 여기지 않았으면 좋겠어. 그리고 경찰 측에서 자네를 두고 구성한 그 추론을 내가 믿는다고는 생각하지 말아 주게.」

「안 믿는다고요?」

「전혀 믿지 않아.」

스페이드는 숨을 내쉬고 다리를 꼬았다. 「다행입니다.」 그는 주머니를 뒤져 담배쌈지와 종이를 찾았다. 「그러면 검사님의 추론은 무언가요?」

브라이언은 의자에 앉은 채 몸을 앞으로 내밀었다. 그의 두 눈은 안경알만큼이나 단단하게 반짝였다. 「아처가 누구의 의뢰를 받고 서스비를 미행했는지 알려 주면, 누가 서스비를 죽였는지 말해 주겠네.」

스페이드는 짧고 경멸이 섞인 웃음을 터뜨리며 말했다. 「검사님이나 던디 경위나 오십 보 백 보로군요.」

「오해하지 말게, 스페이드.」 브라이언이 손가락 마디로 책상을 두드리며 말했다. 「자네의 고객이 서스비를 죽였다거나 살인을 청부했다는 게 아니야. 하지만 그 고객이 누군지를 알면 나는 누가 서스비를 죽였는지를 곧 알아낼 걸세.」

스페이드는 담배에 불을 붙이고 입에서 뗀 뒤, 폐에 고인 연기를 비워 내며 이해할 수 없다는 듯이 말했다.「무슨 말씀인지 모르겠는데요.」

「모르겠다고? 그러면 이렇게 말해 보지. 딕시 모너핸은 어디 있는가?」

스페이드는 계속 이해할 수 없다는 표정으로 말했다.「그렇게 물으셔도 별로 도움이 안 되는데요. 여전히 무슨 말씀인지 모르겠습니다.」

지방 검사는 안경을 벗어서, 강조하기 위해 흔들며 말했다. 「우리는 서스비가 모너핸의 경호원이었고, 모너핸이 시카고를 뜰 때 그와 동행했다는 걸 알고 있어. 모너핸이 20만 달러가량의 도박 빚을 떼어먹고 도망쳤다는 것도 알아. 그의 채권자들이 누구인지, 아직은 모르지만.」그는 다시 안경을 쓰고 차갑게 웃었다.「하지만 돈을 떼어먹은 도박꾼과 그 경호원이 채권자들에게 발견되면 무슨 일이 일어나는지는 모두가 잘 아는 일이지. 전에도 이런 사건이 있었어.」

스페이드는 입술을 핥더니 이를 드러내며 음흉하게 웃었다. 찌푸린 이마 아래에서 그의 눈이 번쩍거렸다. 벌게진 목이 옷깃 너머로 부풀어 올랐다. 그의 목소리는 낮고 거칠고 격렬했. 「그러면 어떻게 생각하시는 겁니까? 내가 그의 채권자들을 대신해서 그를 죽였다는 겁니까? 아니면 어디 있는지 알려 줘서 그를 죽이게 했다고요?」

「그런 게 아니네!」지방 검사가 단언했다.「그건 오해야.」

「오해이기를 바랍니다.」스페이드가 말했다.

「그런 뜻이 아니었어.」토머스가 말했다.

「그러면 무슨 뜻이지?」

브라이언이 손을 흔들었다. 「내 말뜻은 그저 자네가 부지불식간에 그 일에 연관되었을 수 있다는 거지. 그러니까……」

「알겠습니다.」 스페이드가 비웃었다. 「내가 악당은 아니지만 얼간이라고 생각하는 거로군요.」

「말도 안 되는 소리. 누가 자네한테 와서 모너핸을 찾아 달라고 의뢰했다고 해보게. 그자가 샌프란시스코에 있는 게 분명하다면서 말이야. 그자는 아마 자네에게 완전히 거짓말을 하거나 — 십중팔구는 그럴 걸세 — 아니면 자세한 내용은 생략하고 그가 달아난 채무자라고만 말하겠지. 거기 어떤 사연이 있는지 자네가 어떻게 알겠나? 그게 평범한 탐정 업무하고 다르다는 걸 어떻게 알겠냐고? 그런 상황에서 자네한테 돌아갈 책임은 없네. 예외는 오직 자네가 살인자의 신원이나, 체포에 도움이 될 정보를 감추는 공범 행위를 할 경우뿐이지.」 그의 목소리가 더 무거워졌고, 발음은 더 띄엄띄엄하고 분명해졌다.

스페이드의 얼굴에서 분노가 사라졌다. 「그게 검사님이 의도한 이야기입니까?」 그의 목소리에도 분노가 남아 있지 않았다.

「그렇네.」

「좋습니다. 그러면 나쁘게 생각할 게 없군요. 하지만 그건 틀린 생각입니다.」

「증명해 보게.」

스페이드는 고개를 저었다. 「지금은 증명할 수 없습니다. 그저 말만 할 수 있습니다.」

「그러면 말해 보게.」

「딕시 모너핸과 관련해서는 어떤 일도 의뢰받은 적이 없습니다.」

브라이언과 토머스는 서로 시선을 주고받았다. 브라이언은 다시 스페이드에게 눈길을 돌리고 말했다. 「하지만 자네도 인정한 것처럼 누군가 그의 경호원인 서스비와 관련된 일을 의뢰한 건 사실 아닌가?」

「그렇죠. 그의 옛 경호원에 대해서요.」

「옛?」

「네, 옛 경호원이오.」

「서스비가 이제 모너핸과 아무 관련이 없다는 말인가? 확실해?」

스페이드는 손을 뻗어 담배꽁초를 책상 위에 있는 재떨이에 떨어뜨렸다. 「확실하게 말씀드릴 수 있는 것 하나는 내 의뢰인은 처음부터 모너핸에게 아무런 관심이 없었다는 것뿐입니다. 서스비는 모너핸과 함께 아시아에 간 뒤 그와 소식이 두절되었다고 들었습니다.」

지방 검사와 검사보가 다시 시선을 주고받았다.

토머스가 사무적이지만 흥분을 감추지 못한 어조로 말했다. 「그렇다면 완전히 새로운 추론이 가능해지는군. 모너핸의 친구들이 친구를 버렸다고 서스비를 죽였을 수도 있지 않은가.」

「도망친 도박꾼에게 무슨 친구가 있어?」 스페이드가 말했다.

「두 가지 새로운 추론이 가능해.」 브라이언이 말했다. 그는 의자에 기대앉아서 몇 초 동안 천장을 바라본 뒤 재빨리 몸을 일으켰다. 연설자 같은 그의 얼굴이 밝아졌다. 「그리고 그건 세 가지 추론으로 귀결되지. 첫 번째, 서스비는 모너핸에게 도박 빚을 때인 시카고의 도박꾼들에게 살해되었다. 서스비가 모너핸을 저버렸다는 걸 모르고, 아니면 믿지 않고 모너핸의 심복이라는 이유로 죽였거나, 앞에 거치적거리는 사람을 없애서 모너핸을 만나려고 했거나 아니면 그냥 그가 모너핸의 소재를 알려 주지 않아서 죽였거나. 두 번째, 그자는 모너핸의 친구들의 손에 죽었다. 세 번째, 그자가 모너핸을 적들에게 팔았는데, 그러고 나서 그들과 사이가 틀어지자 그들이 죽였다.」

「또는 네 번째.」 스페이드가 즐거운 미소를 짓고 말했다. 「늙어서 죽었을 수도 있죠. 설마 지금 진지하게 말하는 건 아니겠죠?」

두 사람은 스페이드를 뚫어지게 바라보았지만 아무도 입을 열지 않았다. 스페이드는 두 사람을 번갈아 보면서 미소 짓고 불쌍하다는 표정으로 고개를 흔들었다. 「두 분 머릿속에는 아놀드 로스스타인[11] 생각이 너무 많은 것 같네요.」

브라이언은 왼손 등으로 오른손 바닥을 쳤다. 「위의 세 가지 중 한 곳에 해결책이 있네.」 그의 목소리에 깃든 힘은 이제 더 이상 조용하지 않았다. 앞으로 빼든 오른손 검지가 위로 치켜 올라가다가 내려오더니, 스페이드의 가슴팍과 수평이 되는 순간 덜컥 멈추었다. 「그리고 자네는 우리가 이 가운데 어떤 게 답인지 판단하는 데 도움이 될 정보를 줄 수 있어.」

「그런가요?」 스페이드는 느릿하게 말했다. 그의 얼굴은 음울했다. 그는 한 손가락으로 아랫입술을 만지고 그 손가락을 본 뒤 같은 손가락으로 목 뒤를 긁었다. 그의 이마에 불쾌한 주름들이 가늘게 나타났다. 그는 콧구멍으로 무겁게 숨을 내쉬면서 빈정그러진 목소리로 말했다. 「내가 드리는 정보는 검사님이 원하는 정보가 아닐 겁니다. 전혀 도움이 안 될 거예요. 그건 이 도박꾼의 복수 시나리오하고 아무 상관이 없으니까요.」

---

11 뉴욕의 도박꾼이자 사업가로 여러 조직범죄에 가담한 인물. 피츠제럴드의 소설 『위대한 개츠비』의 메이어 울프샤임의 모델로 1928년 살해되었다.

브라이언은 몸을 세우고 앉아 어깨를 폈다. 고함을 치지는 않았지만 목소리가 엄격했다. 「그건 자네가 판단할 일이 아니야. 옳건 그르건 나는 지방 검사니까.」

스페이드는 입술을 살짝 올려 송곳니를 보였다. 「이건 비공식 대화가 아니었나요?」

「나는 하루 24시간 법을 집행하는 관리야. 대화의 공식성, 비공식성이 자네가 범죄의 증거를 주지 않는 근거가 될 수는 없어. 물론 몇 가지 헌법적 근거가 예외를 보장해 주기는 하지만.」 그가 의미심장하게 고개를 끄덕였다.

「그렇다면 나에게 죄가 있다고 간주하겠다는 의미인가요?」 스페이드가 물었다. 그의 목소리는 침착했고 거의 즐거운 기색까지 비쳤지만, 표정은 그렇지 않았다. 「그렇다면 나한테는 더 큰 근거가 있습니다. 나에게 일을 의뢰한 고객은 일정한 수준의 비밀을 보장받을 권리가 있습니다. 어쩌면 내가 대배심이나 검시 배심에까지 불려가게 될지 모르지만, 아직은 소환되지 않았고 불가피하게 강제 받지 않는 한 나는 고객의 사정을 떠벌리지 않을 겁니다. 그런데 검찰과 경찰이 모두 내가 그날 밤 살인 사건과 관련이 있다고 비난하는군요. 나는 전에도 두 기관과 문제를 겪었습니다. 내가 볼 때 지금 양쪽에서 나한테 씌우려고 하는 이 혐의를 씻는 최고의 방법은 살인자를 직접 잡아서 데려오는 것밖에 없는 것 같습니다. 한데 묶어서 말입니다. 또 그들을 잡아서 한데 묶어 오는 유일한 방법은 검찰과 경찰을 멀리하는 것입니다. 어느 쪽도 이 일을 제대로 파악하고 있다는 징표를 전혀 보여주지 못하니까요.」 그는 일어나서 고개를 돌리고 속기사에게 말했다. 「잘 받아 적고 있나? 내가 너무 빨리 말하지 않았나?」

속기사가 놀란 눈으로 그를 보며 대답했다. 「아닙니다, 잘 받아 적고 있습니다.」

「그래, 좋아.」 스페이드는 그렇게 말하고 다시 브라이언에게 시선을 돌렸다. 「이제 위원회에 가세요. 가서 내가 사법 정의를 방해한다고 내 면허 취소를 요청하고 싶으면 어서 그렇게 하라고요. 그런 일을 안 해본 것도 아니잖아요. 결국 웃음거리가 되고 말았지만.」 그는 모자를 집어 들었다.

브라이언이 입을 열었다. 「하지만 여길 보게.」

「하지만 나는 이런 격의 없는 비공식 대화를 더 이상 하고 싶지 않습니다. 나는 검찰에도 경찰에도 할 말이 없고, 이 도시의 모든 얼치기들한테 불려 다니는 것도 지긋지긋합니다. 나를 보고 싶으면 체포 영장이라든지 소환장 같은 걸 발부하세요. 그러면 변호사를 데리고 가겠습니다.」 스페이드는 모자를 쓰고 말했다. 「아마 검시 때 다시 보겠죠.」 그러고는 성큼성큼 걸어 나갔다.

16
세 번째 살인

 스페이드는 서터 호텔에 들어가서 알렉산드리아 호텔에 전화를 걸었다. 거트먼은 없었다. 거트먼 일행은 아무도 없었다. 스페이드는 벨베데어 호텔에 전화를 걸었다. 카이로는 없었다. 그날 하루 종일 호텔에 없었다고 했다.
 스페이드는 자기 사무실로 갔다.
 기름기가 흐르는 거무스름한 얼굴에 멋진 옷차림을 한 남자가 바깥 사무실에서 그를 기다리고 있었다. 에피 페린이 남자를 가리키며 말했다.「스페이드 씨, 이 신사 분이 뵙고자 하십니다.」
 스페이드는 미소 띤 얼굴로 인사한 뒤 안쪽 사무실 문을 열었다. 「들어가시죠.」그를 따라 안으로 들어가기 전에 스페이드는 에피 페린에게 물었다.「다른 일과 관련해서 새로운 소식은 없어?」
 「없습니다.」
 거무스름한 남자는 마켓 거리에 있는 영화관 주인이었다. 그는 현금 출납원 한 명과 정문 안내원이 결탁해서 돈을 빼돌리는 것 같다는 의심을 품고 있었다. 스페이드는 그에게 이야기를 빨리 하라고 해서 자초지종을 들은 뒤, 〈잘 처리할 것〉을 약속하고 50달러를 요청해서 받고 30분도 지나지 않아 그를 보냈다.

그가 복도 문을 나가자 에피 페린이 안쪽 사무실로 들어왔다. 그녀의 그을린 얼굴에 걱정과 의문이 가득했다. 「아직 못 찾았죠?」

그가 고개를 끄덕이고, 손가락으로 가볍게 동그라미를 그리며 깨진 관자놀이를 어루만졌다.

「좀 어때요?」 그녀가 물었다.

「괜찮아. 하지만 두통이 심해.」

그녀는 그의 등 뒤로 돌아와서 그의 손을 내려놓고, 자신의 가냘픈 손가락으로 그의 관자놀이를 쓰다듬었다. 그가 뒤로 몸을 기대서, 그녀의 가슴에 얹힌 의자 머리 받침에 머리를 얹었다. 「에피는 천사야.」

그녀는 그의 머리 위로 고개를 숙이고 그를 내려다보았다. 「얼른 그 여자를 찾아야 돼요, 샘. 벌써 하루도 더 지났고······.」

그는 몸을 일으켜서 그녀의 말을 막았다. 「내가 해야 되는 일은 없어. 하지만 이 지옥 같은 머리를 1, 2분 쉬게 해준다면 나가서 찾아보지.」

그녀가 웅얼거렸다. 「불쌍한 머리.」 그러고는 한동안 조용히 그의 머리를 쓰다듬다가 물었다. 「어디에 있는지 알아요? 짐작 가는 데라도 있어요?」

그때 전화가 울렸다. 스페이드가 수화기를 들고 말했다. 「여보세요······ 그래, 시드. 별일 아니야, 고마워······ 아니······ 그럼. 그쪽에서 치졸하게 나왔지만, 그건 나도 마찬가지였어······ 도박꾼의 복수라는 몽상을 하고 있더군······ 키스까지 하면서 헤어지지는 않았어. 큰소리를 탕 치고 박차고 나와 버렸지······. 그건 자네가 걱정할 일이야······ 좋아. 안녕.」 그는 수화기를 내려놓고 다시 의자에 기댔다.

에피 페린이 뒤에서 나와 그의 옆에 서서 물었다. 「오쇼네시 양이 어디 있는지 짐작이 가요, 샘?」

「어디로 갔는지는 알아.」 그가 대답하기 싫다는 듯이 말했다.

「어디로요?」 에피가 흥분했다.

「오늘 에피가 본 불 타는 배에.」

그녀의 눈이 휘둥그레져서 갈색 눈동자 주변에 흰자위가 동그랗게 보였다. 「당신도 거기 갔군요.」 그것은 질문이 아니었다.

「안 갔어.」 스페이드가 말했다.

「샘.」 그녀가 발끈해서 소리쳤다. 「그렇다면 그 여자가…….」

「그 여자가 찾아간 거야.」 그가 무뚝뚝하게 말했다. 「누구한테 잡혀간 게 아니야. 배가 들어온다는 걸 알게 되자, 에피네 집으로 가는 대신 거기로 간 거라고. 그래, 뭐가 문제야? 내가 헐레벌떡 고객을 쫓아가서 제발 내 도움을 받아 달라고 간청이라도 해야 돼?」

「하지만 샘, 그 배에 불이 났다고 했잖아요!」

「그건 정오 때 일어난 일이고. 나는 그 후에 폴하우스하고 약속이 있었고 브라이언하고도 약속이 있었어.」

그녀는 찡그린 눈으로 그를 노려보며 말했다. 「샘 스페이드. 당신은 마음만 먹으면 정말 징그러운 사람이 될 수 있어요. 당신한테 아무 말 하지 않고 갔다는 이유만으로 당신은 그 사람이 위험에 처해 있다는 걸 알면서도 여기 가만히 앉아 있어요. 그 여자가 혹시…….」

스페이드의 얼굴이 화끈 달아올랐다. 그가 고집스레 말했다. 「오쇼네시는 자기를 돌볼 능력이 있고, 어디에 도움을 구해야 할지도 알아. 도움이 필요하고 또 도움을 받는 게 적절하다고 생각될 때면 말이야.」

「대단한 심술이에요.」에피가 소리쳤다.「그게 다예요! 그 여자가 당신한테 말하지 않고 자기 멋대로 움직였다고 삐쳐 있는 거라고요. 오쇼네시 양이 왜 이야기를 해야 하죠? 당신은 대단히 정직한 사람도 아니고, 그 여자를 동등하게 대해 주지도 않았어요. 그러니 그 여자가 어떻게 당신을 전적으로 신뢰할 수 있겠어요.」

「이제 그만 해.」스페이드가 말했다.

그 말투를 듣자 그녀의 뜨거운 눈에 잠시 불안한 빛이 떠올랐지만, 머리를 한 번 까딱하자 그 빛은 사라졌다. 그녀는 입을 꾹 오므려 다물었다가 말했다.「샘, 당신이 지금 당장 거기 가지 않으면 내가 경찰을 데리고 가겠어요.」그녀의 목소리는 떨리고 갈라졌으며 가늘게 울먹였다.「아, 샘, 어서 가요!」

그는 욕을 하면서 일어섰다.「이런 젠장! 여기 앉아서 에피가 꽥꽥거리는 소릴 듣고 있느니 나가는 편이 더 낫겠군.」그러고는 손목시계를 보았다.「내가 나가면 문 잠그고 집에 가.」

「안 가요. 당신이 올 때까지 여기서 기다릴 거예요.」

「마음대로 해.」그가 말하고 모자를 썼다가 움찔하며 벗어서 손에 들고 나갔다.

한 시간 반 뒤, 5시 20분에 스페이드가 돌아왔다. 그는 유쾌했다. 그가 들어오면서 물었다.「도대체 무엇 때문에 에피는 이렇게 까다로울까?」

「나 말이에요?」

「그래, 에피.」그는 에피 페린의 코끝에 손가락을 대고 꾹 눌렀다. 그러고는 그녀의 팔꿈치 아래로 손을 넣어 그녀를 번쩍 안아 들고 아래턱에 키스를 했다. 그런 뒤 그녀를 도로 바닥에 내려놓고 물었다. 「내가 나간 동안 무슨 일 없었어?」

「루크, 맞나요? 벨베데어 호텔 경비가 전화해서 카이로가 돌아왔다고 그랬어요. 30분 전쯤.」

스페이드는 입을 딱 닫고는 긴 걸음으로 돌아서서 문 앞으로 갔다.

「여자 찾았어요?」 에피가 소리쳐 물었다.

「돌아오면 이야기해 주지.」 그가 멈춰 서지도 않고 대답한 뒤 서둘러 나갔다.

택시를 탄 스페이드는 사무실을 떠난 지 10분도 되지 않아 벨베데어 호텔 앞에서 내렸다. 로비에 루크가 있었다. 호텔 경비는 스페이드를 보자 미소를 지으며 고개를 흔들었다. 「15분 늦었군. 새는 날아갔어.」

스페이드는 불운을 한탄했다.

「숙박비를 계산하고, 짐을 다 싸 들고 나갔네.」 루크가 말했다. 그러고는 조끼 주머니에서 너덜너덜한 수첩을 꺼내더니, 엄지에 침을 묻히고 종이를 넘기다가 스페이드 앞으로 내밀었다. 「그자를 태우고 간 택시 번호야. 자네를 위해 이만큼은 했네.」

「고마워요.」 스페이드는 편지 봉투 뒤에 번호를 베껴 적었다. 「우편물을 전달할 주소 같은 건 남기지 않았어요?」

「없어. 그냥 큰 여행 가방을 가지고 들어오더니, 객실에 올라갔다가 짐을 싸 가지고 내려와서는 숙박비를 계산하고 택시를 잡아타고 갔어. 택시 운전사한테 하는 말은 아무도 듣지 못했어.」

「트렁크는 어떻게 됐어요?」

루크의 아랫입술이 처졌다. 「이런. 그걸 잊었군! 이리 와 보게.」

그들은 카이로의 방으로 갔다. 트렁크는 거기 있었다. 닫혀 있었지만 잠겨 있지는 않았다. 그들은 뚜껑을 열었다. 트렁크는 비어 있었다.

「이건 무슨 뜻인가!」 루크가 말했다.

스페이드는 아무 말도 하지 않았다.

스페이드는 사무실로 돌아갔다. 에피 페린이 두 눈 가득 질문을 담고 그를 쳐다보았다.

「놓쳤어.」 스페이드가 그르렁거리며 안쪽 사무실로 들어갔다.

그녀가 따라 들어왔다. 그는 의자에 앉아 담배를 말았다. 그녀는 책상에 앉아서 그의 의자 한 구석에 발가락을 올려놓았다.

「오쇼네시 양은 어떻게 됐어요?」 그녀가 물었다.

「그 여자도 놓쳤어.」 그가 대답했다. 「하지만 거기 갔던 건 분명해.」

「그 〈팔로마〉호에요?」

「〈라 팔로마〉호야.」

「그런 소리는 그만 해요, 샘. 어서 말해 줘요.」

그는 담배에 불을 붙이고 라이터를 주머니에 넣고 나서 그녀의 정강이를 두드린 뒤 말했다. 「그래 〈라 팔로마〉호. 브리지드는 어제, 정오가 조금 지나서 거기 갔더군.」 그는 이마를 찌푸렸다. 「다시 말해서 페리 빌딩에서 택시를 내린 뒤 곧장 거기로 갔다는 거지. 거기서 멀지 않은 나루에 정박해 있었으니까. 선장은 배에 없었어. 선장 이름이 재코비인데, 브리지드는 그의 이름을 정확히 대면서 그를 찾았다더군. 선장은 마침 일을 보러 시내에 나가 있었어. 그러니까 그 사람은 그 여자가 올 줄 몰랐다는 거지. 아니면 어쨌건 그 시간에 올 줄은 몰랐다는 거야. 브리지드는 계속 기다렸고 네 시에 마침내 선장이 왔대. 두 사람은 저녁 시간까지 그의 선실에 같이 있었고, 저녁도 같이 먹었어.」

그는 연기를 들이마셨다가 내뱉고, 고개를 돌려 입술에 묻은 노란 담배 가루를 뱉었다. 「저녁 식사 후에 재코비 선장한테 세 명의 손님이 더 찾아왔어. 한 명은 거트먼이고, 또 한 명은 카이로고, 또 한 사람은 어제 에피한테 거트먼의 전갈을 가지고 온 청년이야. 브리지드가 아직 거기 있을 때 이 세 사람이 함께 왔고, 다섯 명은 선장의 선실에서 엄청나게 떠들었다더군. 선원들은 내용을 전혀 몰랐지만, 어쨌건 소란스러운 싸움이 있었고, 밤 열한 시쯤에 선장의 선실에서 총 소리가 났어. 경비가 놀라서 달려 내려가 보니, 선장이 나와서 아무 일 아니라고 그랬대. 선실 한쪽 구석에 총알구멍이 났는데, 워낙 높은 곳에 있어서 총알이 거기 박혔다면 사람을 다치게 했을 가능성은 없었대. 내가 들은 바에 따르면, 총소리는 한 번밖에 울리지 않았어. 하지만 내가 들은 이야기가 그렇게 많은 건 아니야.」

그는 인상을 쓰고 다시 연기를 빨아들였다. 「그러다 그 사람들은 자정 무렵에 배를 떠났대. 선장하고 손님 네 명이 모두. 다들 걷는 데 아무 문제가 없었대. 그건 경비한테서 들은 이야기야. 그날 근무한 세관 직원은 만나지 못했어. 그게 전부야. 선장은 그 뒤로 돌아오지 않았어. 오늘 오후에 있던 해운업자들과의 약속도 어기고, 배에 불이 났을 때도 행방을 몰라 연락을 못했다더군.」

「그러면 불은요?」

스페이드는 어깨를 으쓱 치켰다가 내렸다. 「모르겠어. 불은 오늘 아침에 지하에 있는 뒤쪽 화물칸에서 발견됐대. 하지만 불이 붙은 건 아마 어제였을 거야. 불은 잡았지만 피해는 적지 않아. 선장이 없다 보니 사람들이 별로 이야기하고 싶어 하지 않았어. 그건……」

그때 복도 문이 열렸다. 스페이드는 입을 다물었다. 에피 페린이 책상에서 펄쩍 뛰어내렸지만, 그녀가 문 앞에 가기도 전에 한 남자가 안쪽 사무실 문을 열었다.

「스페이드가 어딨소?」 남자가 물었다.

그 목소리에 스페이드는 신경을 곤두세우고 벌떡 일어나 앉았다. 고통으로 삐걱대는 거친 목소리, 온 힘을 기울여 목구멍으로 부글부글 끓어오르는 액체를 막고, 간신히 그 두 마디 말을 한 목소리였다.

에피 페린은 기겁해서 옆으로 물러섰다.

그가 문간에 서자, 머리에 쓴 말랑말랑한 모자가 입구 꼭대기에 닿아 찌그러졌다. 키가 2미터는 족히 넘어 보였다. 길고 곧고 좁게 재단된 검은색 외투는 목에서 무릎까지 단추가 채워져서, 그의 깡마른 몸집을 더 두드러져 보이게 했다. 비죽 튀어나온 어깨는 높고 가늘고 앙상했다. 젖은 모래색의 여윈 얼굴 — 풍상에 시달리고 세월에 주름진 — 은 뺨과 아래턱에 땀이 번들거렸다. 두 눈은 어둡고 충혈되고 광기 어렸으며, 축 처진 아래 눈꺼풀은 안쪽의 붉은 점막을 드러내 보였다. 검은 소매와 그 끝에 달린 누르스름한 손이 가슴 왼쪽에 꾸러미 하나를 부둥켜안고 있었다. 갈색 종이로 싸고 밧줄로 묶은 그 꾸러미는 미식 축구공보다 약간 더 컸고, 모양은 길쭉한 타원형이었다.

이 키 큰 사내는 문 앞에 서 있었지만, 스페이드를 보았다는 기색은 없었다. 「저기……」 그가 입을 열었지만 목 안에서 솟아오른 액체가 그 뒷부분을 삼켜 버렸다. 그는 타원형 꾸러미를 안은 손 위에 다른 손을 얹었다. 그러더니 뻣뻣하고 꼿꼿한 자세로, 그러니까 충격을 막기 위해 두 손을 내뻗지도 않은 채 나무처럼 앞으로 쓰러졌다.

무표정한 얼굴로 바라보고 있던 스페이드가 의자에서 재빨리 튀어 일어나 쓰러지는 남자를 붙들었다. 스페이드가 그를 잡았을 때 남자의 입이 벌어지면서 피가 약간 분출되었고, 갈색 꾸러미가 그의 손에서 툭 떨어져 바닥을 구르다가 책상 다리에 걸려 멈추었다. 남자의 무릎이 꺾이고, 허리가 구부러지더니, 좁은 외투에 감싸인 그의 마른 몸 전체가 힘을 잃고 축 늘어졌다. 스페이드는 그를 계속 붙들고 있을 수가 없었다.

스페이드는 남자를 조심스레 내려서 왼쪽 옆구리로 뉘었다. 사내의 눈 — 어둡고 충혈되었지만 이제 광기는 사라진 — 은 휘둥그렇고 고요했다. 피를 토할 듯 입이 열렸지만 피는 나오지 않았고, 그의 긴 몸은 그가 누운 바닥만큼이나 고요했다.

스페이드가 말했다. 「문을 잠가.」

에피 페린이 이를 딱딱 부딪치면서 더듬더듬 복도 문을 잠그는 동안, 스페이드는 마른 남자 옆에 무릎을 꿇고 앉아 남자를 제대로 눕힌 뒤, 한 손을 외투 속에 넣었다. 다시 꺼낸 그 손에는 피가 묻어 있었다. 그 피가 스페이드의 얼굴에 무슨 변화를 조금이라도 또 잠시라도 일으키지는 않았다. 그는 그 손을 허공에 든 채, 다른 손으로 자기 옷의 주머니를 뒤져 라이터를 꺼냈다. 그러고는 라이터 불을 켜서 마른 남자의 두 눈에 차례로 갖다 댔다. 그 눈은 — 눈꺼풀, 안구, 홍채, 동공 — 얼어붙은 듯 꼼짝도 하지 않았다.

스페이드는 불을 끄고 라이터를 도로 주머니에 넣었다. 그러고는 무릎걸음으로 죽은 사내의 옆으로 돌아가, 깨끗한 손으로 길고 좁은 외투의 단추를 풀고 앞섶을 열었다. 외투 안쪽은 피로 젖어 있었고, 안에 입은 파란 더블 재킷에도 피가 흥건했다. 남자의 가슴을 덮은 재킷의 넓은 깃과 그 바로 아래쪽 코트 양편에는 피에 젖은 구멍들이 거칠게 뚫려 있었다.

스페이드가 일어나서 바깥 사무실의 세면대로 갔다.

에피 페린은 창백한 얼굴로 덜덜 떨면서, 복도 문손잡이를 잡고 문 유리에 기대어 선 채 속삭였다. 「그…… 사람 혹시……?」

「그래. 가슴에 맞았어. 대여섯 발은 맞은 것 같아.」 스페이드는 손을 씻었다.

「그러면 빨리…….」 그녀가 입을 열었지만 그가 말을 잘랐다. 「의사를 부르기에는 너무 늦었어. 어떻게 해야 할지 생각할 시간이 필요해.」 그는 손을 다 씻고 세면대를 헹구었다. 「이런 상태로 먼 길을 왔을 리는 없어. 만약 이게…… 아, 저 사람이 조금만 더 버텨서 이야기를 좀 해주었으면 얼마나 좋아?」 그는 에피를 보며 인상을 쓰고, 다시 손을 헹군 뒤 수건을 집어 들었다. 「기운 내. 나한테 토하면 안 돼.」 그는 수건을 던지고 손가락으로 머리를 훑었다. 「이제 저 꾸러미를 좀 봐야겠어.」

그는 다시 안쪽 사무실로 들어가서 죽은 사내의 다리를 넘어간 뒤 갈색 종이에 싼 꾸러미를 집어 들었다. 무게를 가늠해 보는 그의 눈에 밝은 빛이 떠올랐다. 그는 꾸러미를 책상에 내려놓고 뒤집어서 밧줄 매듭 부분이 위쪽으로 오게 했다. 매듭은 단단하게 묶여 있었다. 그는 주머니칼을 꺼내 밧줄을 잘랐다.

에피가 다시 안으로 들어와서, 고개를 돌린 채 죽은 사내 옆을 돌아 스페이드 곁에 와 섰다. 그러고는 두 손으로 책상 한 구석을 짚은 채, 스페이드가 밧줄과 갈색 종이를 푸는 모습을 지켜보았다. 그녀의 얼굴에서 구역질의 흔적은 사라지고 대신 흥분이 감돌았다. 「이게 그건가요?」 그녀가 속삭였다.

「보면 알겠지.」 스페이드가 말하고, 두꺼운 손가락으로 갈색 종이 아래에 나타난 거친 회색 종이 세 겹을 부지런히 벗겼다. 그의 얼굴은 딱딱하고 건조했다. 두 눈은 빛났다. 회색 종이를 벗기자 연한 색 완충재 조각들이 달걀 모양으로 단단하게 뭉쳐 있는 게 보였다. 완충재 뭉치를 찢어 내자 30센티미터가량 되는, 색깔은 석탄처럼 검고, 나무 부스러기 및 완충재 조각들과의 마찰로 윤기를 잃은 부분을 제외하면 반짝반짝 빛나는 새가 나타났다.

스페이드는 웃으며 새 위에 한 손을 얹었다. 그러더니 손가락을 넓게 벌려 새를 꽉 움켜잡았다. 그는 다른 한 팔을 에피 페린에게 두르고, 그녀를 으스러질 듯 끌어안으면서 말했다. 「드디어 이 물건이 우리 손에 들어왔어.」

「아야! 아파요.」

그는 그녀에게서 팔을 거두고, 두 손으로 검은 새를 들고 흔들어 완충재 부스러기를 떨어뜨렸다. 그러고는 그걸 치켜든 채 물러서서 후후 바람을 불어 먼지를 떨고 의기양양한 표정으로 바라보았다.

에피 페린이 기겁한 얼굴로 그의 발치를 가리키며 비명을 질렀다.

그는 발치를 내려다보았다. 뒷걸음질을 치다가 왼쪽 뒷굽으로 죽은 사내의 손바닥 가장자리를 5밀리미터 밟고 있었다. 스페이드는 얼른 발을 뗐다.

전화가 울렸다.

그가 에피에게 고갯짓을 했다. 그녀는 책상으로 다가가서 수화기를 들었다. 「여보세요…… 네…… 누구요? ……아, 네!」 그녀의 눈이 휘둥그레졌다. 「네…… 네…… 잠깐만요.」 그녀가 겁에 질린 표정으로 입을 크게 벌리고 소리쳤다. 「여보세요! 여보세요! 여보세요!」 그녀는 수화기 걸고리를 격렬하게 눌렀다 떼었다 하며 〈여보세요! 여보세요!〉 하고 두 번 소리쳤다. 그러더니 흐느끼며 돌아서서 자기 곁에 다가온 스페이드를 보았다. 「오쇼네시 양이에요.」 에피가 흥분해서 말했다. 「당신을 부르고 있어요. 알렉산드리아 호텔에 있는데, 위험하대요. 목소리가…… 아, 너무 끔찍했어요, 샘! 말을 마치기도 전에 무슨 일이 생겼어요. 얼른 가 봐요, 샘!」

스페이드는 매를 책상에 내려놓고 무겁게 인상을 썼다. 「이 친구를 먼저 처리해야 돼.」 그는 엄지손가락으로 바닥에 누워 있는 여윈 사내의 주검을 가리키며 말했다.

그녀는 주먹으로 샘의 가슴을 두드리며 소리쳤다. 「아니에요. 오쇼네시 양한테 가야 돼요. 모르겠어요, 샘? 그 여자가 갖고 있던 걸 이 남자가 당신한테 가지고 왔어요. 그래도 몰라요? 이 남자는 그 여자를 도와주다가 죽은 거라고요. 그러니까 이제 오쇼네시 양이…… 아, 얼른 가야 돼요!」

「알았어.」 스페이드는 에피를 옆으로 밀치고 책상 위로 고개를 숙여 검은 새를 원래대로 완충재 뭉치 속에 넣은 뒤, 그 위에 서둘러 종이를 감아서 처음보다 크고 어설픈 꾸러미로 만들었다. 「내가 나가면 곧장 경찰에 전화해. 어떻게 된 일인지 다 설명해. 하지만 사람들 이름은 대지 마. 에피는 아무것도 모르는 거야. 내가 전화를 받더니 급하게 나간 거야. 어디로 가는지는 말하지 않고 말이야.」 그는 엉킨 밧줄에 대고 뭐라고 욕을 하고는 확 잡아펴서 포장지를 묶었다. 「이 물건은 머릿속에서 지워. 나머지는 사실대로 이야기하되 이 꾸러미는 잊어버려.」 그는 아랫입술을 깨물었다. 「추궁을 하면 어쩔 수 없겠지만. 사람들이 아는 기색을 보이면 인정하는 게 좋을 거야. 하지만 그럴 것 같지는 않아. 만약 경찰이 알고 있다면 내가 가지고 갔다고 말해. 열어 보지도 않고.」 그는 매듭을 마무리 짓고 왼쪽 겨드랑이에 꾸러미를 낀 채 몸을 폈다. 「자, 정리할게. 모든 걸 사실대로 말해. 다만 이 물건에 대해서는 경찰이 이미 알고 있지 않다면 미리 언급하지 마. 부정하라는 게 아니고, 그냥 먼저 말하지 말라는 거야. 그러다가 내가 전화를 받은 거야. 에피가 아니라 내가. 그리고 에피는 이 친구랑 다른 사람들이 어떤 관계인지 전혀 몰라. 이 친구에 대해서도 아무것도 모르고, 내 업무와 관련된 일은 나를 만나기 전에는 말할 수 없는 거야. 알겠지?」

「알았어요, 샘. 그런데, 이 남자가 누구인지 알아요?」

그는 늑대 같은 미소를 짓고 말했다. 「몰라. 하지만 재코비 선장인 것 같아. 〈라 팔로마〉호의 선장 말이야.」 그는 모자를 썼다. 그리고는 심각한 표정으로 죽은 사내를 내려다보더니 그 옆을 돌아 나갔다.

「얼른 가요, 샘.」 에피가 재촉했다.

「알았어.」 그가 건성으로 대답했다. 「서두르게. 경찰이 오기 전에 완충재 부스러기들을 치워 두는 것도 별로 나쁜 생각이 아닐 거야. 그리고 시드한테 연락해 보는 것도 좋을 테고. 아냐……」 그는 아래턱을 문질렀다. 「당분간 시드는 빼는 게 좋겠어. 그게 더 모양이 좋아. 문은 내가 잠그고 나갈게.」 그는 턱에서 손을 떼고 에피의 뺨을 문질렀다. 「에피는 정말 좋은 친구야.」 그렇게 말하고 그는 나갔다.

17
토요일 밤

 스페이드는 꾸러미를 겨드랑이에 가뿐하게 끼고 경쾌하게 길을 걸었다. 주변을 끊임없이 훑어보는 그의 두 눈만이 긴장하고 있었다. 그는 사무실을 나간 뒤, 골목길과 좁은 안뜰을 통해 커니 거리와 포스트 거리 모퉁이까지 가서 택시를 잡아탔다.

 택시는 그를 5번 가에 있는 피크위크 버스 터미널에 내려 주었다. 그는 그곳의 물품 보관소에 새를 맡기고 그 보관증을 편지 봉투에 넣은 뒤, 겉에 〈M. F. 홀랜드〉라는 이름과 샌프란시스코에 있는 한 우체국의 사서함 번호를 써서 봉하고는 우편함에 넣었다. 그는 버스 터미널에서 택시를 잡아 타고 알렉산드리아 호텔로 갔다.

 스페이드는 스위트 객실 12-C호로 가서 문을 두드렸다. 그가 두 번째로 두드리자, 반짝이는 재질의 노란 실내 가운을 입은 조그만 금발 소녀가 문을 열었다. 소녀의 얼굴은 하얗고 핏기가 없었으며, 양손으로 안쪽 문손잡이를 꽉 움켜쥐고 있었다. 소녀가 놀라서 숨을 훅 삼키며 물었다. 「스페이드 씨?」

 「그렇습니다.」 스페이드가 대답하고 흔들리는 소녀를 잡았다. 소녀의 몸이 그의 팔 위에서 뒤로 휘어지면서 짧은 머리가 아래로 늘어졌다. 가느다란 목이 턱과 가슴팍 사이에 팽팽한 곡선을 이루었다.

스페이드는 소녀의 등을 받친 손을 위로 옮기고 소녀의 무릎을 들려고 허리를 굽혔지만, 소녀가 저항하며 살짝 벌어진 입으로 거의 아무런 움직임도 없이 뭉개진 발음을 토했다.「안 돼! 엄 — 나 — 무!」

스페이드는 소녀를 걷게 했다. 그는 문을 발로 차서 닫은 뒤 소녀를 녹색 양탄자 위로 이끌고 가서 방 끝에서 끝까지 걷게 했다. 한 손은 겨드랑이 아래에서 소녀의 작은 몸을 붙들어 안고, 다른 손은 반대편 팔을 잡아서 소녀가 비틀거릴 때마다 붙들고 흔들림을 막고 또 앞으로 가게 했지만, 소녀 자신의 체중은 모두 비틀거리는 두 다리에 싣게 했다. 두 사람은 방 안을 걷고 또 걸었다. 소녀는 불안정한 걸음으로 비틀거렸지만, 스페이드는 발 앞부분에 힘을 꽉 준 채 소녀의 비틀거림에도 흔들리지 않고 확고하게 걸었다. 소녀는 얼굴도 새하얗게 질려 있었고, 눈도 뜨지 못했다. 그의 얼굴은 불쾌감에 싸였고, 눈은 한꺼번에 모든 것을 보려는 듯 부릅뜨고 있었다.

그가 소녀에게 단조롭게 말했다.「그래, 그렇게. 왼쪽, 오른쪽, 왼쪽, 오른쪽. 그래, 그렇게. 하나, 둘, 셋, 넷. 하나, 둘, 셋. 이제 돌아야지.」그는 벽에서 돌아서면서 그녀를 흔들었다.「이제 반대로 돌아가야 돼. 하나, 둘, 셋, 넷. 고개를 들고. 그래, 그렇게. 잘하는데. 왼쪽, 오른쪽, 왼쪽, 오른쪽. 이제 다시 돌아야 돼.」그는 다시 소녀를 흔들었다.「그래, 그렇게 하는 거야. 한 발, 한 발, 한 발, 한 발, 한 발. 하나, 둘, 셋, 넷. 이제 돌자.」그는 좀 더 거칠게 소녀를 흔들고 속도를 높였다.「그래, 바로 그렇게. 왼쪽, 오른쪽, 왼쪽, 오른쪽. 좀 더 빨리. 하나, 둘, 셋……」

소녀는 몸을 부르르 떨고 스페이드의 귀에도 들릴 만큼 큰 소리로 침을 삼켰다. 스페이드는 소녀의 팔과 옆구리를 따뜻하게 문지르면서, 소녀의 귀에 바짝 대고 말했다.「좋아. 아주 잘하고 있어. 하나, 둘, 셋, 넷. 더 빨리, 더 빨리, 더 빨리, 더 빨리. 그래. 한 발, 한 발, 한 발, 한 발, 한 발. 들었다 내리고. 그래, 그렇게. 이제 돌아야지. 왼쪽, 오른쪽, 왼쪽, 오른쪽. 어떻게 된 거야, 너한테 약을 먹인 거야? 나한테 먹인 것하고 똑같은 걸?」

소녀의 눈꺼풀이 바르르 떨리며 위로 올라갔다가 잠시 금갈색 눈을 내리 덮었다. 소녀가 간신히〈네〉하고 말했다.

두 사람은 계속 방을 걸었다. 소녀의 걸음은 이제 스페이드와 거의 보조가 맞았다. 스페이드는 노란 실크 차림의 소녀를 계속 때리고 문지르면서 말을 걸었다. 그의 눈은 변함없이 팽팽하고 초연하고 날카로웠다.「왼쪽, 오른쪽, 왼쪽, 오른쪽, 돌고. 그래, 그렇게 하는 거야. 하나, 둘, 셋, 넷, 하나, 둘, 셋, 넷. 턱을 들어. 그래, 그렇게. 하나, 둘······.」

소녀의 눈꺼풀이 다시 한 번 살짝 들리더니 그 아래에서 눈동자가 힘없이 옆으로 굴렀다.

「좋아.」그가 이제 단조로운 어조를 버리고 또랑또랑한 목소리로 말했다.「계속 눈을 뜨고 있어. 크게, 크게!」그러면서 그는 소녀를 흔들었다.

소녀는 신음하며 항의했지만, 눈꺼풀은 위로 더 올라갔다. 하지만 그 눈에는 아무런 빛이 없었다. 그는 손을 들어 그녀의 뺨을 대여섯 번 빠른 속도로 때렸다. 소녀는 다시 신음하면서 그의 손아귀를 빠져나가려고 했다. 그가 한 팔로 소녀를 안고, 방 끝에서 끝까지 걷게 했다.

「계속 걸어.」그가 갈라진 목소리로 명령한 뒤 물었다.「너는 누구지?」

「리아 거트먼.」 대답은 또렷하지 않았지만 알아들을 수는 있었다.

「그 사람 딸이야?」

「네.」 그러고는 그만이었다.

「브리지드는 어디 있어?」

소녀는 그의 품 안에서 경련하듯 몸을 비틀고는 양손으로 그의 손을 잡았다. 그는 얼른 손을 빼서 바라보았다. 손등에 4센티미터가량 되는 가늘고 붉은 상처가 나 있었다.

「이게 뭐야?」 그가 소리를 지르고 소녀의 손을 살펴보았다. 왼손에는 아무것도 없었다. 오른손을 억지로 펴자 그 안에 구슬이 박힌 8센티미터 길이의 꽃다발 모양 브로치가 있었다. 「이게 뭐지?」 그가 다시 소리치고 브로치를 소녀의 눈앞에 들어 보였다.

브로치를 보자 소녀는 훌쩍거리며 실내 가운 자락을 열었다. 그러고는 가운 아래 입은 미색 잠옷 상의를 옆으로 젖혀서 왼쪽 젖가슴 아래를 보여 주었다. 흰 피부에 가늘고 붉은 선들이 종횡으로 그어지고, 작고 붉은 점들이 콕콕 찍혀 있었다. 브로치 핀이 긁고 찌른 자국이었다. 「잠들지 않으려고…… 걸어…… 당신이 올 때까지…… 그 여자가 당신이 올 거라고 그랬어…… 그런데 너무 늦었어.」 소녀의 몸이 흔들렸다.

스페이드는 소녀를 더 바짝 끌어안고 〈걸어〉 하고 말했다.

소녀는 그의 품안에서 몸부림을 치다가 몸을 돌려 다시 그를 마주 보았다. 「아니…… 당신한테 말해…… 잠을…… 그 여자를 구하러…….」

「브리지드를 말하는 거야?」 그가 물었다.

「맞아…… 데리고 갔어…… 버−벌링엄…… 26 앤초…… 빨리

······ 이미 늦었······」 소녀의 머리가 어깨 위로 툭 떨어졌다.

스페이드는 거칠게 소녀의 머리를 세웠다. 「누가 그리 데리고 갔어? 네 아버지?」

「응······ 윌머······ 카이로.」 소녀가 몸을 비틀었다. 눈꺼풀이 바르르 떨렸지만 눈을 뜨지는 않았다. 「그 여자를 죽여······.」 소녀의 머리가 다시 떨어졌고, 그는 다시 머리를 일으켰다.

「재코비는 누가 죽였지?」

소녀는 질문을 듣지 못한 것 같았다. 고개를 들고 눈을 떠 보려고 하는 소녀의 노력은 애처로울 정도였다. 「가서······ 그 여자를······.」

그는 소녀를 사납게 흔들었다. 「의사가 올 때까지 정신을 잃지 마.」

두려움에 소녀의 눈이 번쩍 뜨였고, 그 얼굴에서는 잠시 흐릿함이 사라졌다. 「안 돼.」 소녀가 뭉개진 발음으로 소리쳤다. 「아버지가······ 나를 죽여······ 안 그런다고······ 약속해 줘······ 아버지는 다 알아······ 나는······ 그 여자를 위해서······ 약속해 줘······ 안 그런다고······ 잠을 자면······ 아침이면······ 괜찮아······.」

그는 다시 소녀를 흔들었다. 「잠자면 괜찮아지는 거 분명해?」

「응.」 그녀의 고개가 다시 떨어졌다.

「침대가 어디야?」

소녀는 고개를 들려고 했지만 그건 이제 너무 버거운 일이 되어 있어서, 대신 손을 들어 양탄자 바닥이 아닌 아무 곳이나 가리켰다. 그러고는 지친 아이처럼 한숨을 쉬며 온몸을 축 늘어뜨렸다.

스페이드는 무너져 내리는 소녀를 잡아 올려 가볍게 품에 안고는, 세 개의 문 가운데 가장 가까운 문 앞으로 갔다. 문의 손잡이를 충분히 돌려 걸쇠를 푼 뒤 발로 밀고 들어가니, 열린 욕실

문 앞을 지나 침실로 이어지는 복도가 나타났다. 그는 욕실이 비어 있는 걸 확인하고 소녀를 침실로 데리고 갔다. 침실에는 아무도 없었다. 그런데 여기저기 보이는 옷가지와 작은 옷장 위에 놓인 물건들로 볼 때 그곳은 남자의 방이었다.

스페이드는 소녀를 데리고 다시 녹색 양탄자가 깔린 방으로 나가서 반대편 문으로 들어갔다. 아무도 없는 욕실을 또 한 개 지나서 이번에는 여자의 장신구가 있는 방으로 들어갔다. 그는 이불을 젖히고 소녀를 눕힌 뒤, 신발을 벗기고 소녀의 몸을 살짝 들어서 노란 실내 가운을 벗기고 머리 아래에 베개를 받쳐 주고 다시 이불을 덮어 주었다.

그러고 나서 방에 달린 두 개의 창문을 열고 창문을 등진 채 잠자는 소녀를 바라보았다. 소녀의 숨소리는 무겁지만 평온했다. 그는 인상을 쓰고 입술을 꼭 다문 채 방 안을 둘러보았다. 황혼이 스며들고 있었다. 그는 어두워지는 빛 속에 5분가량 서 있었다. 그러다가 축 처진 두꺼운 어깨를 신경질적으로 흔들고는 바깥문을 잠그지 않은 채 스위트 객실을 나갔다.

스페이드는 파월 거리에 있는 퍼시픽 전화전보 회사의 출장소에 가서 데이븐포트 2020번으로 전화를 걸었다. 「응급 병원이요…… 여보세요. 알렉산드리아 호텔 스위트 객실 12-C호에 강제로 마약을 투약당한 소녀가 쓰러져 있습니다. 네, 사람을 보내는 게 좋을 것 같습니다. 저는 알렉산드리아 호텔의 후퍼라고 합니다.」

그는 수화기를 내려놓고 웃었다. 그러고는 다른 번호로 전화를 걸었다. 「안녕, 프랭크. 샘 스페이드야…… 승용차 한 대하고 입을 잘 봉해 줄 운전사를 같이 보내 줄 수 있어? ……반도 아래쪽으로

가 보려고…… 두어 시간이면 돼…… 좋아. 존스 거리와 엘리스 거리 모퉁이에서 기다리겠다고 전해 줘. 되도록 빨리 오라고.」

그는 다른 번호 — 그의 사무실 — 로 전화를 걸어 수화기를 귀에 대고 기다린 뒤 아무 말도 하지 않고 전화를 끊었다.

그는 존스 그릴에 가서 고기구이와 감자구이와 얇게 썬 토마토를 급히 주문해서 서둘러 먹었다. 그러고 나서 커피를 마시며 담배를 피우는데, 땅딸막한 체구에 연한 눈동자, 그리고 다부지고 유쾌한 얼굴을 한 젊은이가 체크무늬 모자를 비스듬하게 쓰고 식당에 들어와서 그가 앉은 탁자로 다가왔다.

「준비됐습니다, 스페이드 씨. 기름을 가득 채워 주니 차가 당장 떠나자고 아우성입니다.」

「좋아요.」 스페이드는 잔을 비우고 땅딸막한 남자와 함께 나갔다. 「벌링엄에 있는 앤초 거리인지 대로인지 하는 곳을 압니까?」

「모릅니다. 하지만 거기 있는 게 분명하면 찾을 수 있겠죠.」

「찾아봅시다.」 스페이드는 검은 캐딜락 승용차의 운전기사 옆자리에 들어가 앉으며 말했다. 「26번지로 가야 합니다. 되도록 빨리 가야 하지만, 그 집 바로 앞에 서지는 않을 겁니다.」

「알겠습니다.」

그들은 말없이 대여섯 블록을 달렸다. 운전기사가 말했다. 「동료 분이 횡사하셨다고요, 스페이드 씨?」

「그렇습니다.」

운전기사가 끌끌거렸다. 「꽤 거친 직업이에요. 나라면 사양하겠어요.」

「글쎄요, 택시 운전기사라고 영원히 사는 건 아니죠.」

「물론 그렇죠.」 땅딸막한 남자가 말했다. 「하지만 그래도 마찬가지예요. 내가 죽게 되면 그건 아주 놀라운 일일 테니까요.」

스페이드는 앞쪽만 바라보며 건성으로 〈네〉, 〈아니요〉라고만 대답했다. 그러자 결국 운전기사는 말을 걸려는 시도를 포기했다.

운전기사는 벌링엄의 한 약국에서 앤초 거리로 가는 방법을 알아냈다. 10분 후에 그는 어느 어두운 모퉁이에 차를 세우고 불을 끈 뒤 앞쪽 블록을 가리켜 보이며 말했다. 「저기입니다. 길 건너편이고, 아마 세 번째 아니면 네 번째 집일 겁니다.」

「좋아요.」 스페이드가 차에서 내렸다. 「시동 끄지 말아요. 급하게 떠나야 할지도 모릅니다.」

그는 길 건너편으로 갔다. 앞쪽 멀리 가로등 하나가 외롭게 서 있었다. 블록 양편에 각기 대여섯 채의 집이 있었고, 거기서 새어 나오는 빛들은 좀 더 따뜻하게 어둠을 수놓았다. 하늘 위에 떠 있는 초승달은 먼 곳에 서 있는 가로등처럼 차갑고 희미했다. 길 건너편에 있는 어느 집의 열린 창문으로 라디오 소리가 흘러나왔다.

스페이드는 모퉁이 두 번째 집 앞에서 멈춰 섰다. 울타리에 비해 지나치게 큰 대문 기둥에 2와 6이라는 숫자가 새겨진 흰색 금속판이 붙어서, 거리의 희미한 불빛들을 반사시켰다. 금속판에 네모난 흰색 카드가 붙어 있었다. 얼굴을 바짝 들이대고 보니 카드는 〈매매 혹은 임대〉라는 안내문이었다. 대문 기둥 사이에 대문은 없었다. 스페이드는 현관까지 이어진 시멘트 길을 걸어가서 현관 계단 앞에 한참을 서 있었다. 집 안에서는 아무 소리도 들리지 않았다. 그리고 현관문에 붙은 또 한 장의 네모난 카드를 빼면 집 전체가 컴컴했다.

스페이드는 문 앞으로 가서 귀를 기울여 보았다. 아무 소리도 들리지 않았다. 그는 유리문 안을 들여다보려고 했다. 커튼이 쳐져 있지는 않았지만 어두워서 아무것도 볼 수가 없었다. 그는 까치발로 조심조심 창문에 다가가 보았다. 창문들도 문처럼, 커튼은 쳐져 있지 않지만 어둠에 잠겨 있었다. 두 개의 창문을 다 열어 보았지만 모두 잠겨 있었다. 그는 문을 열어 보았다. 역시 잠겨 있었다.

그는 현관 앞을 떠나 어둡고 낯선 땅바닥으로 조심스레 내려가, 집을 둘러싼 잡초들을 헤치고 걸어갔다. 집 옆 창문들은 너무 높아서 땅에 선 상태로는 눈도 손도 닿지 않았다. 뒷문과 뒷창은 높이는 맞았지만 잠겨 있었다.

스페이드는 대문 기둥으로 돌아가서 오므린 두 손 안에 불을 켜고 라이터를 〈매매 혹은 임대〉라고 적힌 카드 위로 들었다. 거기에는 샌머테이오 부동산 중개업자의 이름과 주소가 인쇄되어 있었고, 파란색 연필로 〈열쇠는 31번지에〉라고 쓰여 있었다.

스페이드는 자동차로 돌아가서 운전기사에게 물었다. 「손전등 있습니까?」

「그럼요.」 그는 손전등을 스페이드에게 주었다. 「내가 도와드릴 일은 없나요?」

「있을 것 같습니다.」 스페이드가 차에 올라탔다. 「31번지까지 가야 해요. 전조등을 켜도 됩니다.」

31번지는 26번지 조금 위쪽 건너편에 있는 네모진 회색 집이었다. 1층 창문에서 불빛이 새어 나왔다. 스페이드는 현관으로 다가가 초인종을 울렸다. 열네 살이나 열다섯 살 정도 되어 보이는 검은 머리 소녀가 문을 열었다. 스페이드가 목례를 하고 미소 지으며 말했다. 「26번지의 열쇠를 받고 싶어서 왔다.」

「아버지 불러 드릴게요.」 소녀가 말하고 〈아빠!〉 하고 소리치며 안으로 돌아갔다.

통통한 몸집에 얼굴이 붉은 남자가 신문을 들고 나타났다. 머리는 벗겨졌고 콧수염이 두툼했다.

「26번지의 열쇠를 받으러 왔습니다.」 스페이드가 말했다.

통통한 남자가 의심스러운 눈빛으로 바라보며 말했다. 「그 집은 전기가 안 들어와요. 들어가 봐야 아무것도 볼 수 없습니다.」

스페이드는 주머니를 두드렸다. 「손전등이 있습니다.」

통통한 남자는 더 의심스러운 표정이 되어, 불안스레 목을 가다듬고 손에 든 신문을 구겼다.

스페이드는 그에게 명함을 보여 주고 다시 주머니에 넣은 뒤 낮은 목소리로 말했다. 「거기 무언가 숨겨져 있다는 정보가 있어서요.」

통통한 남자의 얼굴과 목소리가 심각해졌다. 「잠깐만요. 나도 같이 가겠습니다.」

잠시 후 그는 검고 붉은 꼬리표가 달린 놋쇠 열쇠를 가지고 왔다. 스페이드는 자동차 옆을 지나가면서 운전기사에게 손짓을 했고 운전기사도 그들을 따라왔다.

「최근에 그 집을 보러 온 사람이 있나요?」 스페이드가 물었다.

「내가 알기로는 없습니다.」 통통한 남자가 대답했다. 「지난 두 달 동안 열쇠를 빌리러 온 사람이 없었으니까요.」

통통한 남자는 현관 앞까지는 자신이 직접 열쇠를 들고 앞서 갔다. 그러다 현관에 이르자 스페이드의 손에 열쇠를 찔러 주고 〈여기 있습니다〉 하고 웅얼거리며 옆으로 물러섰다.

스페이드는 열쇠로 문을 따고 안으로 밀어서 열었다. 집 안은 고요하고 어두웠다. 스페이드는 손전등을 왼손에 들고 — 하지만 켜지는 않고 — 안으로 들어갔다. 운전기사가 그 뒤에 바짝 붙어 왔고, 통통한 남자가 약간 떨어져서 따라왔다. 그들은 1층에서 꼭대기 층까지 뒤져 보았다. 처음에는 조심스러웠지만, 별다른 게 보이지 않자 나중에는 대담해졌다. 집은 — 의심할 여지 없이 — 비어 있었고, 최근 몇 주 사이에 누가 다녀간 흔적도 전혀 없었다.

「고맙습니다. 이제 끝났습니다.」 이렇게 말하면서 스페이드는 알렉산드리아 호텔 앞에서 자동차와 헤어졌다. 그러고는 호텔 안으로 들어가서 접수부로 갔다. 검고 진지한 얼굴의 키 큰 젊은이가 인사했다. 「안녕하십니까, 스페이드 씨.」

「안녕.」 스페이드는 젊은이를 접수부 끝으로 데리고 갔다. 「12-C호실의 거트먼 가족은 안에 있어?」

젊은이가 스페이드를 힐끔 보면서 〈아뇨〉 하고 대답했다. 그러더니 다른 데로 시선을 돌리고 잠시 망설이다가 다시 스페이드를 보며 조그맣게 말했다. 「오늘 저녁 그 사람들 때문에 좀 웃기는 일이 있었어요, 스페이드 씨. 누가 응급 병원에 전화를 해서 거기 아픈 여자가 있다고 했나 봐요.」

「그런데 그런 사람이 없었어?」

「그럼요, 아무도 없었죠. 그 사람들은 저녁 일찍 나갔으니까요.」

「꼭 그렇게 남을 괴롭히지 않고는 못 배기는 친구들이 있지. 고마워.」

그는 전화 부스로 가서 전화를 걸었다. 「여보세요…… 페린 부인?…… 에피 집에 있나요? ……네, 부탁드립니다…… 고맙습니다.」

「안녕, 천사! 좋은 소식 있어? ……좋아, 좋아! 기다려, 내가 20분 뒤에 그리로 갈게…… 그래.」

30분 후 스페이드는 9번 가에 있는 어느 2층 벽돌 건물의 초인종을 눌렀다. 에피 페린이 문을 열었다. 그녀의 소년 같은 얼굴은 지친 가운데에도 미소를 짓고 있었다. 「안녕하세요, 대장님. 들어오시죠.」 그러더니 목소리를 낮추었다. 「샘, 어머니가 뭐라고 그래도 너그럽게 받아 줘요. 화가 잔뜩 나셨거든요.」

스페이드는 걱정 말라는 듯이 웃어 보이고 그녀의 어깨를 두드렸다.

그녀는 두 손으로 그의 팔을 잡았다. 「오쇼네시 양은요?」

「못 찾았어. 술수에 말렸어. 브리지드 목소리가 분명했어?」

「분명했어요.」

그는 불쾌한 표정이 되었다. 「속임수였어.」

그녀는 그를 데리고 불이 환한 거실로 들어가 한숨을 쉬더니, 소파 끝에 털썩 주저앉았다. 그러고는 피곤한 얼굴에 밝은 미소를 지어 보였다.

그는 그녀 옆에 앉아서 물었다. 「다 잘됐어? 꾸러미 이야기는 하지 않았어?」

「안 했어요. 당신이 시킨 말만 했어요. 그 사람들은 전화가 그 일하고 관련이 있는 것도 당신이 급하게 뛰어나간 것도 다 당연하다고 생각하는 것 같았어요.」

「던디도 왔어?」

「아뇨, 호프하고 오가가 오고 또 내가 모르는 몇 사람이 더 왔어요. 경감하고도 이야기했어요.」

「경찰서로 데려가지는 않았어?」

「데려갔죠. 엄청나게 많은 질문을 했어요. 하지만 다 판에 박힌 것들이었어요. 당신도 알겠지만.」

스페이드는 두 손바닥을 비볐다. 「잘했어.」 그렇게 말하고 그는 다시 인상을 썼다. 「하지만 나랑 만날 때쯤이면 다시 수많은 질문을 생각해 놓을 거야. 어쨌건 지겨운 던디하고 브라이언은 말이야.」 그가 어깨를 들썩였다. 「거기서 경찰 외에 다른 사람은 못 봤어?」

「봤어요.」 그녀가 똑바로 앉았다. 「거트먼의 전갈을 가져 왔던 그 청년이 거기 있었어요. 들어오지는 않았는데, 복도 문이 열려 있어서 그 사람이 밖에 서 있는 게 보였어요.」

「아무 말도 안 했어?」

「안 했어요. 그 사람한테 무슨 말을 할지는 안 일러 줬잖아요. 그래서 신경 안 썼는데, 어느샌가 가고 없더라고요.」

스페이드는 그녀를 보며 웃었다. 「에피, 경찰이 한 발 빨랐던 게 정말 다행이었어.」

「왜요?」

「그 녀석은 지독한 악당이거든. 독극물 같은 인간이야. 죽은 사람은 재코비가 맞아?」

「맞아요.」

그는 에피의 두 손을 잡고 일어섰다. 「가봐야겠어. 에피는 이제 자. 많이 피곤하겠군.」

그녀가 일어섰다. 「샘, 무슨 일……?」

그는 그녀의 입에 손을 대서 이야기를 막았다. 「월요일까지 기다려 줘. 에피 어머니한테 들키기 전에 얼른 나가야지. 안 그러면 착한 딸을 시궁창에 굴린다고 나를 가만두시지 않을걸.」

스페이드는 자정을 몇 분 남긴 시각에 집에 도착했다. 그는 1층 현관 자물쇠에 열쇠를 꽂았다. 보도에서 구둣발 소리가 빠른 속도로 그의 등 뒤에 와 붙었다. 그는 열쇠를 놓고 뒤로 돌아섰다. 브리지드 오쇼네시가 계단을 뛰어 올라와 그 앞에 섰다. 그러고는 그를 끌어안고 매달려서 숨을 헐떡였다. 「안 오는 줄 알았어요!」 그녀의 얼굴은 해쓱하고 혼란스러웠으며, 온몸을 흔드는 불안에 함께 흔들리고 있었다.

그는 그녀를 잡지 않은 손으로 다시 열쇠를 더듬어 찾아 문을 열었다. 그러고는 그녀를 안아 올리다시피 해서 안으로 들인 뒤 물었다. 「기다리고 있었습니까?」

「네.」 그녀가 숨을 헐떡이며 띄엄띄엄 말했다. 「길 위편 어느 집 문 앞에서요.」

「괜찮겠어요? 내가 업고 갈까요?」

그녀는 그의 어깨에 머리를 대고 고개를 저었다. 「괜찮을……거예요. 자리에…… 앉을 수만 있으면.」

두 사람은 엘리베이터를 타고 올라가서 그의 아파트까지 갔다. 그녀가 그의 팔을 놓고 옆에 서 있을 때 — 여전히 숨을 헐떡이며 두 손을 가슴에 얹고 — 스페이드는 문을 열었다. 그런 뒤 현관 입구에 불을 켜고 안으로 들어갔다. 그는 문을 닫고 다시 한 팔로 그녀를 안은 채 거실로 갔다. 그런데 거실 문 앞에 이르자 거실에 딸깍 불이 켜졌다.

브리지드는 비명을 지르며 스페이드에게 매달렸다.

거실 안에는 뚱뚱한 거트먼이 너그러운 미소를 짓고 서 있었다. 윌머 청년이 부엌에서 스페이드와 오쇼네시의 등 뒤로 나왔다. 그의 조그만 손에 들린 검은 권총 두 자루가 거대해 보였다. 카이로가 욕실에서 나왔다. 그의 손에도 권총이 있었다.

거트먼이 말했다. 「선생. 보시다시피 우리 모두가 한자리에 모였구려. 들어와요. 편안히 앉아서 이야기 좀 합시다.」

18
희생양

 스페이드는 두 팔을 브리지드 오쇼네시에게 두르고 그녀의 머리 위에서 건조하게 웃으며 말했다. 「그럼요. 이야기를 해야죠.」
 거트먼은 몸에 달린 알뿌리들을 덜렁덜렁 흔들며 뒤로 뒤뚱뒤뚱 세 걸음을 물러섰다. 카이로가 문 앞에 와 섰다. 청년은 총 한 자루를 주머니에 집어넣고 스페이드 바로 뒤에 붙어서 왔다.
 스페이드가 어깨 너머로 고개를 돌려 청년을 내려다보며 말했다. 「저리 비켜. 소지품 검사 따위는 받지 않아.」
 「입 다물고 가만히 있어.」 청년이 말했다.
 스페이드의 콧구멍이 들숨과 날숨에 따라 벌렁거렸다. 하지만 그의 목소리는 흔들리지 않았다. 「저리 비켜. 네가 나한테 손을 대면 총을 쏠 기회를 주지. 하지만 이야기를 시작하기 전에 내가 총에 맞아 죽는 걸 네 대장이 좋아할지 물어봐.」
 「비켜라, 윌머.」 뚱뚱한 남자가 말했다. 그러고는 스페이드를 바라보며 부드럽게 인상을 썼다. 「선생은 정말로 억세기가 한이 없구려. 자, 앉읍시다.」
 「저 조무래기가 마음에 들지 않는다고 전에 이미 말씀드렸습니다.」 스페이드가 말했다. 그러고는 브리지드 오쇼네시를 창가 소파로 데리고 갔다. 두 사람은 나란히 앉았다. 그녀는 그의 왼쪽 어깨에 머리를 댔고, 그는 왼팔로 그녀의 어깨를 감쌌다. 그녀는 이제 몸을 떨지 않았고, 거친 숨도 쉬지 않았다. 거트먼 일당의 등장이 그녀에게서 동물적인 자유로운 움직임과 감정을 모두 빼앗고, 식물적인 고요한 생명과 의식만을 남긴 것 같았다.

거트먼은 푹신한 흔들의자에 앉았다. 카이로는 탁자 옆의 안락의자를 선택했다. 윌머는 앉지 않았다. 그는 카이로가 섰던 거실 문 앞으로 가서 눈에 보이는 권총 한 자루를 옆구리에 늘어뜨린 채, 고불거리는 속눈썹을 내리깔고 스페이드의 몸을 보았다. 카이로는 권총을 옆에 있는 탁자에 내려놓았다.

스페이드는 모자를 벗어서 소파 반대편에 던져 놓고는 거트먼을 향해 미소를 지었다. 늘어진 아랫입술과 처진 눈꺼풀이 얼굴의 V자들과 결합해서, 그의 미소는 사튀로스[12]처럼 음탕해 보였다. 「따님의 배는 아주 예쁘더군요. 편으로 긁어도 좋은 그런 배가 아니었습니다.」

거트먼의 미소는 느끼할 만큼 부드러웠다.

문 앞에 선 청년은 한 걸음 앞으로 내디디면서 권총을 허리춤까지 들어 올렸다. 방 안의 모든 시선이 그에게 향했다. 그에게 꽂히는 브리지드 오쇼네시와 조엘 카이로의 서로 다른 시선이 기이하게도 똑같은 비난의 기색을 보냈다. 청년은 얼굴을 붉히더니 발걸음을 뒤로 물리고는 다리를 쭉 폈다. 그러고는 총을 아래로 내리고 아까와 똑같은 자세가 되어 눈꺼풀에 덮인 시선을 스페이드의 가슴에 고정했다. 그의 얼굴에 떠오른 홍조는 매우 희미해서 금방 사라졌지만, 그렇게 냉혹하고 침착하기만 하던

---

[12] 사람의 몸에 염소의 하반신을 한 그리스 신화의 신.

그의 얼굴에 그런 빛이 일었다는 것 자체가 놀라웠다.

거트먼은 다시 스페이드에게 윤기 있고 기름진 미소를 보냈다. 그의 목소리가 부드럽게 울렸다. 「그렇소, 선생. 안타까운 일이었소. 하지만 그게 소기의 목적을 달성했다는 건 인정해야 할 거요.」

스페이드는 미간을 좁히고 말했다. 「굳이 그럴 필요는 없었습니다. 나는 매를 손에 넣는 순간 당신을 만나려고 했으니까요. 현금 고객인데, 당연한 일 아닙니까? 이런 종류의 만남을 기대하고 벌링엄까지 갔죠. 여러분이 재코비가 나를 먼저 만나지 못하게 하려고 30분이나 늦게 헛발질을 할 줄은 몰랐습니다.」

거트먼이 부드럽게 웃었다. 그의 웃음에서는 오직 만족만이 느껴졌다. 「이보시오, 선생. 어쨌거나 이렇게 만나지 않았소. 선생이 원한 게 이거라면 말이오.」

「제가 원한 게 이것입니다. 언제 저한테 1차 분 돈을 주고 매를 가져가실 겁니까?」

브리지드 오쇼네시가 똑바로 일어나 앉아서 놀라움이 담긴 파란 눈으로 스페이드를 보았다. 그는 그녀의 어깨를 건성으로 두드렸다. 그의 눈은 거트먼의 눈을 차분히 들여다보고 있었다. 거트먼의 눈은 두꺼운 위아래 눈두덩 사이에서 즐겁게 반짝였다. 그가 말했다. 「선생, 그것에 관해서라면.」 그러더니 코트 안쪽 가슴 부분에 손을 넣었다.

카이로는 두 손을 허벅지에 댄 자세로 몸을 굽히고, 살짝 벌어진 입술 사이로 숨을 쉬었다. 그의 검은 눈동자는 래커 칠을 한 것처럼 반들거렸다. 그 눈의 초점이 스페이드의 얼굴에서 거트먼의 얼굴로 옮겨 갔다가 다시 스페이드의 얼굴로 돌아갔다.

거트먼이 다시 한 번 〈선생, 그것에 관해서라면〉이라고 말하며 주머니에서 흰 봉투를 꺼냈다. 열 개의 눈이 ― 청년도 이제 반쯤 눈을 뜨고 있었다 ― 봉투를 보았다. 거트먼은 통통한 손 안에서 봉투를 뒤집더니 잠시 봉투의 하얀 앞면을 보고 이어 뒷면을 보았다. 봉투는 봉인되지 않았고, 입구를 막는 종이 자락이 안으로 접혀 들어가 있었다. 그는 고개를 들고 다정하게 미소를 지은 뒤 봉투를 스페이드의 무릎 위로 가볍게 던졌다.

봉투는 두툼하지 않았지만 나풀거리지 않고 정확히 날아갈 만한 무게는 되었다. 그것은 스페이드의 가슴 아랫부분을 툭 치고 허벅지 위로 떨어졌다. 그는 여자를 안고 있던 왼팔을 풀고 두 손으로 봉투를 신중하게 집어 들어 조심스레 열었다. 봉투 안에는 매끈하고 빳빳한 천 달러 지폐 신권이 들어 있었다. 스페이드는 꺼내서 세어 보았다. 열 장이었다. 스페이드는 미소 띤 얼굴로 고개를 들고 부드럽게 말했다. 「우리가 이야기한 액수는 이보다 많았던 것 같은데요?」

「그렇소, 선생. 더 많았소.」 거트먼이 인정했다. 「하지만 그때 우리는 돈 이야기를 했을 뿐이오. 그러나 이건 진짜로 세상에서 통용되는 돈이오, 선생. 이런 돈은 말로 하는 돈보다 열 배 이상의 가치가 있는 법이오.」 조용한 웃음이 그의 알뿌리들을 흔들었다. 진동이 잦아들자 그는 조금은 심각해진, 하지만 많이 심각하지는 않은 어조로 말했다. 「우리는 이제 챙길 식구도 늘었소.」 그는 반짝이는 눈과 살찐 머리로 카이로를 가리켰다. 「그리고 선생, 간단히 말해서, 상황이 바뀌었소.」

거트먼이 말하는 동안 스페이드는 지폐 열 장을 가지런히 정돈해서 봉투에 도로 넣고 봉투 입구의 종이 자락을 안으로 접어 넣었다. 그러고는 두 팔을 무릎에 대서 몸을 굽히고는 봉투를 두 손가락으로 가볍게 쥐고 다리 사이로 늘어뜨렸다. 그는 가벼운 말투로 뚱뚱한 남자에게 대꾸했다. 「그럼요. 그쪽은 이제 한데 모였으니까요. 하지만 매는 내 손에 있습니다.」

「스페이드 씨, 당신한테 굳이 상기시켜 줄 필요는 없겠지만, 매가 당신 손에 있다고 해도 당신은 우리 손에 있습니다.」 조엘 카이로가 못생긴 손으로 의자 팔걸이를 움켜쥐고 몸을 앞으로 내민 채 높고 가는 목소리로 새침하게 말했다.

스페이드는 빙그레 웃었다. 「그런 일로 걱정하지 않으려고 애쓰는 중입니다.」 그러고는 몸을 일으켜 앉은 뒤 봉투를 옆에 — 소파에 — 내려놓고 거트먼에게 말했다. 「돈 문제는 나중에 이야기하죠. 먼저 결정해야 할 게 있습니다. 희생양이 필요합니다.」

뚱뚱한 남자는 무슨 말인지 알아듣지 못하고 얼굴을 찌푸렸다. 하지만 그가 입을 열기 전에 스페이드가 설명했다. 「경찰에 넘길 희생양 말입니다. 그 사람들이 세 건의 살인 사건과 관련해서 모든 혐의를 갖다 붙일 사람이요. 우리는……」

카이로가 흥분해서 더욱 높아진 목소리로 스페이드의 말을 가로막았다. 「두 건, 두 건뿐입니다, 스페이드 씨. 당신의 동료를 죽인 건 서스비가 분명해요.」

「그래요, 두 건이요.」 스페이드가 툴툴거렸다. 「그게 무슨 상관이죠? 중요한 건 우리가 경찰한테 넘겨줄……」

그러자 거트먼이 그의 말을 자르고 자신감 넘치는 미소를 지은 채 다정하게 말했다. 「선생, 우리가 지금껏 보고 들은 바에 따르면 그런 일을 신경 쓸 이유는 없을 것 같소. 경찰과 관련된 일이라면 선생의 손에 맡기겠소. 선생한테는 우리 같은 비전문가의 도움이 필요 없을 거라고 생각하오.」

「그렇게 생각하신다면 지금껏 보고 들으신 게 충분하지 않다는 이야기네요.」 스페이드가 말했다.

「보시오, 스페이드 씨. 이런 마지막 순간에 갑자기 선생이 경찰을 두려워한다거나 그자들을 다룰 줄 모른다고 말하면, 우리가 그런 말을 믿을 것 같소?」

스페이드는 목구멍과 코로 동시에 킁 하는 소리를 냈다. 그러고는 다시 몸을 굽혀 팔을 무릎에 대고 짜증 섞인 말투로 거트먼의 말을 반박했다. 「나는 경찰 따위를 두려워하지 않고, 그자들을 다루는 법을 압니다. 지금 그 방법을 일러 드리는 겁니다. 그들을 다루는 방법은 희생양을 던져 주고 그자들이 거기에 매달리게 하는 거예요.」

「선생, 그것도 분명히 한 가지 방법이라고 인정하겠소. 하지만……..」

「〈하지만〉이라고요! 그것밖에는 방법이 없습니다.」 그의 이마가 벌겋게 달아올랐고 그 아래서 두 눈이 뜨겁고 격렬하게 타올랐다. 관자놀이의 상처는 흑갈색이 되었다. 「모든 사정을 계산하고 하는 말입니다. 전에도 이런 일을 겪었고 앞으로도 겪겠지요. 어느 시점이 되면 나는 대법원부터 말단의 말단까지 불려 다니면서 이야기를 해야 했고, 그때마다 나는 해결했습니다. 그럴 수 있었던 건 언젠가 최종 정산의 시간이 온다는 걸 잊지 않기 때문이죠. 그 시간이 오면 내가 그 사람들의 본부로 들어가서 희생양을 내밀고 〈보시오, 두 선생들, 여기 당신들이 찾던 범인이 있습니다!〉 하고 말해야 한다는 걸 잊지 않습니다. 그걸 할 수 있으면 나는 얼마든지 법을 조롱할 수 있어요. 그걸 할 수 없는 때가 오면 내 이름은 쓰레기가 될 겁니다. 아직 그때는 오지 않았습니다. 그리고 지금이 그때도 아닙니다. 아주 간단한 이야기죠.」

거트먼의 눈이 흔들리면서 그 윤기가 흐려졌지만, 다른 알뿌리들은 침착한 미소를 잃지 않았고, 그의 목소리에는 어떤 불안도 담겨 있지 않았다. 「상당히 권장할 만한 방식이오, 선생. 참말로, 권장할 만한 방식이오. 만약 그게 이 경우에도 적용할 만하다면 누구보다도 내가 나서서 〈절대 그 방식을 고수하라〉고 말할 거요. 하지만 이번은 그런 경우가 아니오. 최고의 방식들도 다 그렇잖소. 예외라는 걸 만들어야 할 때가 생기는 법이지. 그리고 현명한 사람은 원칙에 얽매이지 않고 예외를 만드는 법이오. 선생, 이 경우는 그렇게 되어야 하고, 예외를 만드는 대가로 선생이 받는 보상이 결코 적지 않을 거라고 말씀드리고 싶소. 경찰에 넘겨줄 희생자가 없으면 선생한테 좀 더 고충이 있기는 하겠지만……」 그는 웃으면서 두 손을 펼쳤다. 「선생은 고충을 두려워하는 사람이 아니잖소. 선생은 일을 하는 방법을 알고, 과정이야 어쨌건 결국은 무사히 헤쳐 나갈 수 있다는 걸 스스로도 알고 있소.」 그는 입술을 오므리고 눈 한쪽을 살짝 감았다. 「선생은 해결할 수 있을 거요.」

스페이드의 눈에 온기가 사라졌다. 그의 얼굴은 무뚝뚝하고 울퉁불퉁해졌다. 「모든 사정을 계산하고 하는 말입니다.」 그가 낮고도 끈기 있는 어조로 말했다. 「나는 이 도시에 살고, 이 일은 내 직업입니다. 이번에는 분명히 헤쳐 나갈 수 있을 겁니다. 하지만 다음번에 다시 이런 일을 시도하면, 그 사람들이 미리 알고 가로막을 테고 나는 거꾸러질 겁니다. 그런 일을 겪을 수는 없습니다. 당신들은 뉴욕에 가든지 콘스탄티노플에 가든지 아니면 다른 어디로도 갈 수 있지만, 나는 여기서 일합니다.」

「하지만 분명히 선생은 할 수 있을……」

「할 수 없습니다.」 스페이드가 강경하게 말했다. 「하지 않을 겁니다. 진심으로 하는 말입니다.」 그는 똑바로 일어나 앉았다. 무뚝뚝하고 울퉁불퉁하던 얼굴에 온화한 미소가 떠올랐다. 그는 부드러운 설득조로 재빨리 말했다. 「내 말을 들어 봐요, 거트먼. 나는 우리 모두에게 가장 좋은 방법을 이야기하는 거예요. 희생양을 주지 않으면 그 사람들은 조만간 매에 대한 정보에 맞닥뜨릴 겁니다. 그러면 여러분은 어디에 있든지 그걸 가지고 숨어야 될 테고, 그런 상태에서 매를 팔아 큰돈을 벌기는 쉬운 일이 아닐 겁니다. 희생양을 주면 그자들은 거기서 멈출 겁니다.」

「선생, 일리가 있소.」 거트먼이 말했고, 여전히 불안함은 오직 그의 눈에서만 희미하게 드러났다. 「그렇게 하면 경찰이 거기서 그만두겠소? 아니, 이 희생양을 새로운 단서로 삼아 이 사건이 매와 관련되어 있다는 걸 알게 되지 않겠소? 그리고 그자들은 지금 교착 상태에 빠져 있는 것 아니오? 그러니까 우리에게 최선의 길은 이 상태로 그냥 놓아두는 게 아니겠소?」

스페이드의 이마에 정맥이 뿌리 같은 모양새로 부풀어 올랐다. 「어이쿠! 거트먼 씨는 이런 일을 전혀 모르시는군요!」 그는 억제된 어조로 말했다. 「그 사람들은 잠자고 있는 게 아닙니다. 조용히 엎드려서 기다리는 중이죠. 생각해 봐요. 내가 이 사건에 목까지 잠겨 있다는 걸 그 사람들도 알아요. 때가 되었을 때 내가 그들에게 줄 것이 있다면 그래도 괜찮습니다. 하지만 그러지 못하면 문제가 되죠.」 그의 목소리는 다시 설득조가 되었다. 「거트먼 씨. 절대적으로 희생양은 필요합니다. 그러지 않고는 빠져나갈 방법이 없습니다. 저 조무래기를 줘요.」 그는 문 앞에 선 청년에게 턱짓을 해 보였다. 「실제로 저 친구가 두 사람을 쏘지 않았습니까? 서스비하고 재코비 말이에요. 어쨌건 저 친구는 그 역할에 알맞습니다. 필요한 증거를 모두 붙여서 저 친구를 경찰에 보내요.」

문 앞에 선 청년은 입을 비틀면서 희미한 미소라고도 할 수 있는 표정을 지었다. 스페이드의 제안이 그에게 미친 영향이라고는 오직 그것뿐인 것 같았다. 조엘 카이로는 충격으로 검은 얼굴이 노래지고 눈과 입이 커졌다. 벌린 입으로 숨이 드나들면서, 여자처럼 동그란 그의 가슴이 오르락내리락했다. 브리지드 오쇼네시는 스페이드에게서 떨어져 앉아 허리를 틀어서 스페이드를 바라보았다. 그녀의 얼굴에 떠오른 당황 뒤에 발작적인 웃음이 어른거렸다.

거트먼은 오랫동안 무표정한 얼굴로 가만히 앉아 있었다. 그러더니 마침내 작정한 듯 웃음을 터뜨렸다. 아주 유쾌하고도 긴 웃음이었다. 그 유쾌함이 그의 윤기 흐르는 눈으로 옮겨 간 뒤에야 그는 웃음을 멈추었다. 웃음이 멎자 그가 말했다. 「참말로 선생은 인물이오, 인물!」 그러고는 주머니에서 흰 손수건을 꺼내 눈을 닦았다. 「선생이 다음에 무슨 일을 할지 무슨 말을 할지 예측하기란 불가능하오. 예측할 수 있는 건 그저 그게 놀라울 거라는 것뿐이오.」

「그게 그렇게 재미있는 일인지는 모르겠네요.」 스페이드는 뚱뚱한 남자의 웃음에 기분이 상한 것 같지도 않았고, 그렇다고 마음이 움직인 것 같지도 않았다. 그는 고집은 세지만 말귀는 알아듣는 친구를 설득하는 듯한 태도로 말했다. 「그게 우리의 최선책입니다. 저 친구를 손에 넣으면 경찰은……」

「하지만, 선생.」 거트먼이 반박했다. 「모르겠소? 내가 잠시나마 그럴 가능성을 고려해 본다고 해도, 그것조차 말이 안 되기는 하지만 어쨌든 윌머는 나에게 친아들이나 다름없소. 정말이오. 게다가 내가 잠시라도 선생의 제안을 고려해 본다고 해도, 윌머가 매 이야기와 우리들에 대한 이야기를 경찰에서 낱낱이 밝히지 않으리라는 보장이 어디 있소?」

스페이드는 빳빳한 입술로 웃고 나직하게 말했다. 「필요하다면 체포에 저항했다고 죽일 수도 있습니다. 하지만 그렇게까지 할 필요는 없을 겁니다. 저 친구가 자기 마음대로 떠들어도 아무 상관없습니다. 그걸 문제 삼을 사람은 아무도 없을 거라고 장담합니다. 그런 건 간단하게 해결할 수 있습니다.」

거트먼의 이마를 덮은 분홍빛 살덩이가 깊은 주름을 지었다. 그는 고개를 숙이고 옷깃 위로 몇 겹의 턱을 뭉개며 물었다. 「어떻게?」 그러더니 갑자기 온몸의 두툼한 알뿌리들을 덜렁거리며 고개를 번쩍 들고는 청년을 바라보며 요란스레 웃었다. 「윌머, 너는 이 일을 어떻게 생각하냐? 재미있지 않냐?」

청년의 눈은 속눈썹 아래서 차가운 개암 빛으로 빛났다. 그는 낮고 또렷한 목소리로 말했다. 「그래요, 재미있어요. 개자식.」

스페이드는 브리지드 오쇼네시에게 말했다. 「이제 좀 어때요? 좀 나아졌나요?」

「네, 많이 좋아졌어요. 하지만……」 그녀의 목소리가 작아져서, 마지막 말은 60센티미터만 떨어져 있어도 들리지 않을 정도가 되었다. 「무서워요.」

「그럴 필요 없어요.」 그는 가볍게 말하고 그녀의 무릎을 감싼 회색 스타킹 위에 손을 얹었다. 「끔찍한 일은 없을 겁니다. 술 한 잔 줄까요?」

「지금은 사양할게요.」 그녀의 목소리가 다시 가라앉았다. 「조심해요, 샘.」

스페이드는 빙긋 웃고 거트먼을 보았다.

거트먼은 그를 보고 있었다. 그는 잠시 아무 말도 없이 온화한 웃음을 짓고 있다가 물었다. 「어떻게 말이오?」

스페이드가 멍청한 표정으로 되물었다. 「뭘 어떻게요?」

뚱뚱한 남자는 또 한 차례 웃어 줄 필요를 느낀 것 같았다. 그런 뒤 설명했다. 「그러니까 말이오, 선생이 그 제안을 정말로 진지하게 거론하는 거라면…… 우리는 기본적인 예의를 지키기 위해서라도 최소한 당신 이야기는 끝까지 듣겠다는 거요. 어떻게 해서 윌머가…….」 그는 여기서 말을 멈추고 다시 웃었다. 「우리에게 아무런 해도 끼치지 않게 한다는 거요?」

스페이드가 고개를 젓고 말했다. 「아닙니다. 저는 그렇게 예의에 편승하고 싶은 생각은 없습니다. 그게 아무리 기본적인 것이라고 해도요. 신경 쓰지 마십시오.」

뚱뚱한 남자는 얼굴의 알뿌리들을 모아 찌푸리고서 말했다. 「그러지 마시오. 선생은 나를 정말 불편하게 하는구려. 내가 웃은 게 잘못이오. 깊이 사과하겠소. 그 제안을 놀리거나 할 의사는 전혀 없었소, 스페이드 씨. 선생의 생각과 내 생각이 아무리 다르다 해도 말이오. 선생의 민첩한 수완에 대해서는 내가 정말로 깊이 존경하고 감탄한다는 걸 선생도 알고 있지 않소. 하지만 나한테는 선생의 제안이 도저히 현실적이라고 여겨지지 않소. 내가 윌머를 피붙이처럼 생각한다는 점을 빼 놓고 보더라도 말이오. 하지만 선생이 이야기를 마저 해서 전체 계획을 설명해 준다면, 나에 대한 호의이자 내 사과를 받아들인다는 표시로 읽겠소.」

「좋습니다.」 스페이드가 말했다. 「브라이언은 보통의 지방 검사들과 그다지 다를 게 없습니다. 그 사람이 가장 중요하게 생각하는 건 이 사건이 어떻게 정리돼서 서류에 남는가 하는 것입니다. 의심스러운 사건을 들이파다가 곤란에 휘말리는 것보다는 그냥 묻어 두는 쪽을 택할 겁니다. 그 사람이 알면서도 무고한 사람에게 죄를 뒤집어씌운 적이 있는지는 모르겠지만, 범죄의 증거를 모으고 사건을 정리할 수 있는데도 용의자가 무고하다고 생각할 리는 없습니다. 한 사람의 유죄를 확실히 입증하기 위해서라면, 그는 죄질이 동등한 대여섯 공범은 그냥 내버려 둘 겁니다. 그들의 유죄를 입증하는 게 사건을 혼란스럽게 만들어 버린다면요.

그에게 그런 선택의 여지를 주는 겁니다. 그러면 그는 덥석 받을 겁니다. 매에 관한 이야기는 아무 관심 없을 거예요. 우리의 조무래기가 하는 이야기는 모두 사건을 혼란스럽게 만들려는 술수라고 생각하며 혼자 킬킬거릴 겁니다. 그쪽은 나한테 맡겨 두십시오. 나는 그 사람에게 모든 사람을 조사하려고 어리석게 덤벼 들다가는 배심원들이 도저히 이해할 수 없는 복잡다단한 사건을 얻지만, 조무래기에만 몰두하면 간단하게 유죄 판결을 받을 거라고 말할 겁니다.」

거트먼은 고개를 양옆으로 천천히 저어 너그러운 거절의 의사를 보였다. 「안 되오, 선생. 전혀 통할 것 같지 않소. 그 지방 검사가 서스비와 재코비와 윌머를 한데 엮으려면 불가피하게……」

「거트먼 씨는 지방 검사를 모르십니다. 서스비에 대한 시각은 간단합니다. 그는 총잡이였고, 그건 우리의 조무래기도 마찬가지죠. 브라이언은 이미 그와 관련된 추론을 하나 해놓고 있습니다. 삐걱대는 부분은 없을 겁니다. 어차피 조무래기를 죽이려고 해봐야 한 번밖에 못 죽입니다. 이미 서스비 살인 건으로 유죄 판결을 받은 그를 재코비 살인 건으로 다시 재판하려고 들까요? 그냥 조서에 써 넣고는 그걸로 끝일 겁니다. 거기다 두 사건에 사용한 총이 같다면, 아마 그렇게 생각되는데, 총알도 잘 맞을 거고요. 그러면 모두가 만족하게 되는 거지요.」

「그렇소. 하지만……」 거트먼이 입을 열었다가 말을 멈추고 청년을 바라보았다.

청년은 문 앞을 떠나 두 다리를 벌리고 뻣뻣한 걸음으로 다가와 거트먼과 카이로의 사이, 그러니까 거실의 거의 정중앙 부분에 섰다. 그러고는 어깨는 계속 앞을 향한 채 허리를 살짝 구부렸다. 총을 든 손은 아직도 허리 옆에 늘어져 있었지만, 그걸 움켜쥔 손가락 마디들은 하얗게 변해 있었다. 다른 손은 허리 반대편에서 작고 단단한 주먹이 되어 있었다. 그의 앳된 젊음은 뜨거운 증오와 차가운 적개심이 빛나는 하얀 얼굴에 말할 수 없이 지독한 ― 그리고 비인간적인 ― 느낌을 더해 주었다. 그가 분노로 비틀어진 목소리로 스페이드에게 말했다. 「더러운 놈, 일어나서 네 권총을 가져와!」

스페이드는 청년에게 미소를 지었다. 밝은 미소는 아니었지만 거기 떠오른 즐거움은 진정하고 순수해 보였다.

「더러운 놈, 용기가 있다면 일어나서 총을 잡고 갈겨 봐. 더 이상 네 꼴을 두고 볼 수가 없다.」 청년이 말했다.

스페이드가 지은 미소는 더욱 즐거운 기색이 되었다. 그는 거트먼을 보고 말했다. 「거친 서부의 사나이로군요.」 그 목소리는 그의 미소와 잘 어울렸다. 「매를 손에 넣기 전에 나를 쏘는 건 별로 좋은 일이 아니라고 말해 주는 게 좋을 것 같습니다.」

거트먼은 미소를 지으려고 하다가 실패했지만, 그 결과로 생긴 찌푸린 표정은 얼룩덜룩한 얼굴에 그대로 간직했다. 그는 마른 혀로 마른 입술을 핥았다. 목소리가 거칠게 갈라져서, 그는 의도와는 달리 훈계하는 아버지의 말투를 내지 못했다. 「아, 윌머. 그러면 안 돼. 이런 일에 너무 마음을 쓰면 안 된다고. 너는……」

청년은 스페이드에게서 눈길을 떼지 않고 입 가장자리를 씰룩거리며 목이 잠긴 소리로 말했다. 「그러면 이 자식한테 내 이야기 그만두라고 해요. 자꾸 떠들면 그냥 보내 버릴 테니까. 어떤 것도 나를 막지 못해요.」

「자, 윌머.」 거트먼이 이렇게 말하고 스페이드를 보았다. 그의 얼굴과 목소리에 평정이 돌아왔다.「선생의 계획은 내가 애초에 말한 것처럼 그다지 현실성이 없소. 이제 그 이야기는 그만 합시다.」

스페이드는 두 사람을 번갈아 보았다. 그의 얼굴에서 미소는 사라졌다. 그는 아무런 표정 없이 말했다.「나는 내가 하고 싶은 말을 합니다.」

「물론 그렇소.」 거트먼이 얼른 말했다.「그게 바로 내가 언제나 선생을 높이 사는 이유 가운데 하나요. 하지만 이 일은 좀 전에 내가 말한 대로 현실성이 없소. 그러니 더 이야기해 봐야 아무런 소용이 없소. 선생도 잘 알고 있겠지만 말이오.」

「나는 모르겠는데요.」 스페이드가 말했다.「그리고 거트먼 씨의 말도 이해되지 않았습니다. 거트먼 씨가 안다고도 생각하지 않습니다.」 그는 거트먼을 향해 인상을 썼다.「정리해 보죠. 내가 지금 헛수고를 하고 있는 겁니까? 나는 그저 당신이 버티는 척하는 줄 알았습니다. 내가 조무래기한테 직접 말해야 하는 겁니까? 그 방법은 압니다만.」

「아니요, 선생.」 거트먼이 대답했다.「이런 이야기를 하는 게 잘못은 아니오.」

스페이드가 말했다.「좋습니다. 그러면 또 다른 제안을 해보죠. 첫 번째 것만큼 좋은 건 아니지만, 아무것도 안 하는 것보다는 나을 테니까요. 들어 보시겠습니까?」

「듣다마다요.」

「카이로를 넘기십시오.」

카이로는 얼른 옆의 탁자에서 권총을 집어 들었다. 그러고는 권총을 잡은 두 손을 무릎에 내려놓았다. 총구가 소파 앞의 방바닥을 향했다. 그의 얼굴에는 다시 노란빛이 떠올랐다. 그의 검은 눈이 사람들의 얼굴을 바삐 훑었다. 윤기 없는 그 눈은 납작하고 평면적으로 보였다.

거트먼이 지금 들은 말을 믿을 수 없다는 표정으로 물었다. 「뭘 하라고요?」

「카이로를 경찰에 넘기라고요.」

거트먼은 웃음을 터뜨릴 것 같았지만 웃지 않았다. 그러다 불분명한 어조로 〈아, 참말로, 선생!〉 하고 소리쳤다.

「조무래기를 넘기는 것만큼 좋지는 않습니다.」 스페이드가 말했다. 「카이로는 총잡이가 아니고 카이로의 총은 서스비와 재코비를 쏜 총보다 작습니다. 카이로에게 죄를 뒤집어씌우려면 훨씬 골치가 아플 겁니다. 하지만 아무도 안 넘겨주는 것보다는 낫습니다.」

카이로는 분노로 떨며 소리쳤다. 「스페이드 씨 당신이나 오쇼네시 양은 어떤가요? 누구를 꼭 넘겨야 한다고 그렇게 고집하니 말입니다.」

스페이드는 미소 띤 얼굴로 레반트인을 바라보며 차분히 대답했다. 「여러분은 매를 원합니다. 내가 그걸 갖고 있어요. 희생양은 내가 요구하는 대가의 일부입니다. 오쇼네시 양은……」 그는 냉정한 눈길로 당황한 그녀의 하얀 얼굴과 카이로를 번갈아 보고 어깨를 살짝 들었다가 내렸다. 「만약 오쇼네시 양에게 그 역할을 맡길 수 있다고 생각한다면, 그 경우도 논의해 볼 수 있습니다.」

브리지드는 두 손으로 목을 잡고, 목이 졸린 듯한 비명을 짧게 지르더니 그에게서 떨어져 앉았다.

카이로는 흥분해서 온몸과 얼굴을 떨면서 소리쳤다. 「당신은 무언가를 고집할 입장이 아니라는 걸 잊지 마시오.」

스페이드가 웃었다. 차가운 조롱을 담은 코웃음이었다.

거트먼이 목소리에 확고함과 부드러움을 담으려고 애쓰며 말했다. 「진정하시오, 신사 분들. 우호적인 분위기에서 논의를 합시다. 하지만 분명히……」 그는 스페이드에게 말했다. 「카이로 씨의 말에 일리가 있소. 선생이 고려해야 할 건…….」

「고려 같은 소리 하시네.」 스페이드는 사나울 만큼 태평하게 말을 던졌고, 그 어조는 어떤 극적인 강조나 고함보다 그 말에 더 큰 무게를 실었다. 「나를 죽이면 새는 어떻게 찾을 겁니까? 새를 손에 넣을 때까지 나를 죽이지 못한다는 걸 뻔히 아는데, 어떻게 나를 협박해서 새를 받겠다는 생각을 하는 겁니까?」

거트먼은 고개를 왼쪽으로 기울이고 그 질문들을 생각해 보았다. 찌푸린 눈꺼풀 아래서 두 눈이 반짝였다. 그는 이내 온화하게 대답했다. 「선생, 설득의 수단이 죽이는 거나 죽이겠다는 협박만 있는 건 아니오.」

「물론 그렇죠.」 스페이드가 동의했다. 「하지만 죽음의 협박을 뒤에 깔지 않으면 그 설득은 별로 효과가 없습니다. 내 말 알아듣겠습니까? 여러분이 내 마음에 들지 않는 일을 한다면 나는 그냥 참고 있지 않겠습니다. 여기서 손을 떼든가 아니면 나를 죽이든가 두 가지 선택 사항을 드리죠. 하지만 나를 죽이는 건 선택이 될 수 없다는 걸 잘 알고 있습니다.」

「무슨 뜻인지 알겠소.」 거트먼이 부드럽게 웃었다. 「이건 양면 모두가 극히 신중해야 하는 문제요. 왜냐면 선생도 알다시피, 사람은 행동에 빠져들면 어떤 길이 최선의 이익을 안겨 주는지 잊어버리고 감정에 휘둘리기 십상이니 말이오.」

스페이드도 온화하게 웃으며 말했다. 「바로 그래서 내가 이런 방식을 쓰는 겁니다. 강력하게 논리를 밀고 나가서 여러분을 꼼짝 못하게 만드는 한편, 나를 죽여 버리고 후회하지 않도록 합리적인 단계를 밟는 거죠.」

거트먼이 애정 어린 말투로 말했다. 「참말로 선생은 인물이오!」

조엘 카이로가 의자에서 벌떡 일어나 청년의 뒤쪽을 돌아 거트먼의 의자 뒤로 갔다. 그러고는 거트먼에게 고개를 숙이고 총을 들지 않은 손으로 자기의 입과 거트먼의 귀를 가리고 무언가 속삭였다. 거트먼은 눈을 감은 채 주의 깊게 들었다.

스페이드는 브리지드 오쇼네시에게 미소를 지었다. 그녀의 입술이 희미한 미소로 응답했지만, 눈빛은 여전히 얼이 빠져 있었다. 스페이드는 청년을 돌아보았다. 「두 사람은 지금 너를 팔아넘길 일을 이야기하고 있어.」

청년은 아무 말도 하지 않았다. 무릎의 떨림이 차츰 바지에 드러났다.

스페이드는 거트먼에게 말했다. 「거트먼 씨의 판단이 이 싸구려 무법자들의 총에 흔들리지 않기를 바랍니다.」

거트먼이 눈을 떴다. 카이로는 속삭임을 멈추고 뚱뚱한 남자의 의자 뒤에 꼿꼿이 섰다.

「나는 두 사람 모두에게서 총을 빼앗아 봤습니다. 그러니까 그 점에서는 아무런 문제가 없을 겁니다. 조무래기는······.」 스페이드가 말했다.

「좋아!」 흥분한 청년이 목이 메어 소리치며 가슴 앞으로 권총을 들어 올렸다.

거트먼이 두툼한 손을 앞으로 재빨리 뻗어 청년의 손목을 잡고는, 손과 총을 찍어 누르면서 흔들의자에서 벌떡 거구를 일으켰다. 조엘 카이로가 반대편으로 달려가서 그의 다른 팔을 잡았다.

두 사람은 청년과 씨름하며 그의 두 팔을 내렸고, 청년은 두 사람 사이에 낀 채 아무 소용없는 몸부림을 쳤다. 옥신각신하는 세 사람 사이에서 이런저런 말들이 흘러나왔다. 청년이 두서없이 지껄이는 말의 조각들 — 〈좋아…… 가 버려…… 더러운 놈…… 연기〉 — 거트먼이 계속해서 〈자, 자 윌머!〉 하며 달래는 말, 그리고 카이로가 〈제발 그러지 마. 그러지 마 윌머〉 하는 말.

스페이드는 무표정한 얼굴과 졸린 눈으로 소파에서 일어나 그들에게 다가갔다. 청년은 자신을 짓누르는 무게를 이기지 못해 꼼짝도 못하고 있었다. 카이로는 여전히 청년의 팔을 잡고 약간 앞쪽에 서서 부드러운 말로 그를 달래고 있었다. 스페이드는 카이로를 옆으로 밀고 청년의 아래턱을 향해 왼 주먹을 날렸다. 청년의 머리는 양손을 잡힌 상태에서 뒤로 밀려날 수 있을 만큼 멀리 밀려났다가 돌아왔다. 거트먼이 절망적으로 말했다. 「도대체 왜 이런…….」 스페이드는 오른 주먹을 청년의 턱에 박았다.

카이로는 청년의 팔을 놓았고, 청년은 거트먼의 둥글고 거대한 배 위로 쓰러졌다. 카이로는 양손의 손가락을 할퀼 듯 뻣뻣하게 구부리고 스페이드의 얼굴로 달려들었다. 스페이드는 숨을 내쉬고 레반트인을 옆으로 밀쳤다. 카이로가 다시 달려들었다. 카이로의 눈에 눈물이 고였고, 그의 붉은 입술은 분노 속에 씰룩거리며 무슨 말인가 하려고 했지만 그 입에서는 아무 소리도 나오지 않았다.

스페이드는 거칠게 웃으며 말했다. 「이런, 굉장한걸!」 그러고는 손바닥으로 카이로의 얼굴을 후려 갈겨서 그를 탁자 위로 쓰러뜨렸다. 카이로는 다시 중심을 잡고, 세 번째로 스페이드에게 달려들었다. 스페이드는 길고 뻣뻣한 팔을 앞으로 뻗어 카이로의 얼굴에 두 손바닥을 대는 방법으로 그를 막았다. 카이로는 짧은 팔이 스페이드의 얼굴에 닿지 않자 그의 팔에 주먹질을 해댔다.

「그만 하지.」 스페이드가 그르렁거렸다. 「안 그러면 가만두지 않겠어.」

카이로가 〈천하고 비겁한 놈!〉 하고 소리치고는 그에게서 물러섰다.

스페이드는 허리를 굽혀 바닥에 떨어진 카이로와 청년의 권총을 차례로 주워 들었다. 왼손 검지에 방아쇠 고리들을 꿰고 허리를 펴자, 권총들은 거꾸로 매달려 덜렁거렸다.

거트먼은 청년을 흔들의자에 앉히고, 곤혹스러운 눈과 찌푸린 얼굴로 그를 바라보며 서 있었다. 카이로는 의자 옆에 무릎을 꿇고 앉아 힘없이 늘어진 청년의 손을 열심히 문질렀다.

스페이드는 손가락으로 청년의 턱을 훑으며 말했다. 「깨진 데는 없어요. 소파에 누입시다.」 그는 오른팔로 청년의 등을 받치고 왼팔을 무릎 아래 넣어서, 별로 힘든 기색도 없이 청년을 번쩍 들어 올리고는 소파로 데리고 갔다.

브리지드 오쇼네시가 얼른 일어났고 스페이드는 거기 청년을 뉘었다. 그러고는 오른손으로 청년의 옷을 두드려 또 한 자루의 권총을 찾자 그것 역시 왼손 검지에 건 뒤 소파를 등지고 섰다. 카이로가 벌써 와서 청년의 머리맡에 앉아 있었다.

스페이드가 손에 든 총들을 부딪혀 쨍그랑거리며 거트먼을 향해 유쾌하게 말했다. 「자, 여기 우리의 희생양이 있습니다.」

거트먼의 얼굴은 잿빛이 되었고, 그의 눈은 흐려졌다. 그는 스페이드를 보지 않았다. 아무 말도 없이 바닥만 바라보았다.

스페이드가 말했다. 「다시는 바보 같은 짓 하지 말아요. 당신은 카이로의 귓속말을 가만히 들었고, 또 내가 주먹질을 할 때 저 친구를 꼭 붙들고 있었습니다. 이제 당신은 그 계획을 웃어넘기지 못해요. 그러다가는 당신이 총에 맞을 겁니다.」

거트먼은 양탄자 위에 발을 움직이면서 아무 말도 하지 않았다.

「그리고 또 한 가지, 당신이 지금 당장 동의하지 않으면 나는 그 매와 당신 일당을 모두 경찰에 넘길 겁니다.」

거트먼이 고개를 들고 이를 다문 채 웅얼거렸다. 「그것은 싫소, 선생.」

「당연히 싫겠죠.」 스페이드가 말했다. 「그래서요?」

뚱뚱한 남자는 한숨을 쉬고 얼굴을 찡그린 뒤 슬픈 목소리로 대답했다. 「윌머를 넘기시오.」

「아주 좋습니다.」 스페이드가 말했다.

19
러시아인의 솜씨

 청년은 소파에 누워 있었다. 그의 조그만 몸집은 — 숨소리만 빼면 — 완전히 시체 같았다. 조엘 카이로는 청년 옆에 앉아서 고개를 숙인 채 그의 뺨과 손목을 어루만지고, 머리를 이마에서 뒤로 쓸어 주며 속삭이고, 걱정스러운 눈길로 그의 희고 고요한 얼굴을 바라보았다.

 브리지드 오쇼네시는 탁자와 벽이 만든 모퉁이에 서 있었다. 한 손은 탁자를, 다른 한 손은 자신의 가슴을 짚고 있었다. 그리고 아랫입술을 깨문 채 스페이드가 다른 곳을 볼 때마다 슬쩍슬쩍 그에게 눈길을 던졌다. 그가 그녀를 보면 그녀는 카이로와 청년 쪽을 바라보았다.

 거트먼의 얼굴이 괴로운 기색을 잃고 다시 붉은 혈색을 되찾았다. 그는 두 손을 바지 주머니에 넣고 스페이드 앞에 서서 덤덤한 눈길로 그를 보았다.

 스페이드는 손에 모아 쥔 권총을 아무렇게나 흔들면서 카이로의 둥그런 등을 턱짓으로 가리키며 물었다. 「이 사람은 괜찮을까요?」

 「나는 모르오.」 뚱뚱한 남자가 차분하게 대답했다. 「그건 전적으로 선생에게 달린 일이오.」

스페이드가 미소를 짓자 V 자 모양의 턱이 더욱 뾰족해 보였다.「카이로.」그가 불렀다.

레반트인이 근심 어린 검은 빛 얼굴을 찡그리고 고개를 돌렸다.

「그 친구는 쉬게 놔둬요. 이제 그 친구를 경찰에게 넘겨야 하니, 그가 정신이 들기 전에 이야기를 맞춰 놓아야 합니다.」스페이드가 말했다.

「그런 일 없이도 이미 윌머에게 할 만큼 하지 않았습니까?」카이로가 차갑게 물었다.

「아니요.」

카이로가 소파에서 일어나 뚱뚱한 남자에게 다가갔다.「제발 그만둬요, 거트먼 씨.」그가 하소연했다.「이런다고 될 일이……」

스페이드가 그의 말을 잘랐다.「그건 이미 결정됐습니다. 문제는 당신이 함께할 건지 떠날 건지 하는 겁니다. 함께할 겁니까? 떠날 겁니까?」

거트먼은 약간 슬프고 일견 처연하기도 한 미소를 짓고 고개를 끄덕였다.「나도 마음에 들지 않기는 매일반이오.」그가 레반트인에게 말했다.「하지만 이제는 어쩔 수가 없잖소. 달리 방법이 없소.」

「당신은 어떻게 할 겁니까, 카이로? 들어올 겁니까? 나갈 겁니까?」스페이드가 물었다.

카이로는 입술을 핥고 천천히 고개를 돌려 스페이드를 보았다.「혹시……」그는 침을 꿀꺽 삼켰다.「나한테…… 선택의 여지가 있는 거요?」

「있습니다.」스페이드가 진지하게 말했다.「하지만 만약 답이 〈떠난다〉라면 우리는 당신을 당신의 남자 친구와 함께 경찰에 넘길 겁니다.」

「그러지 마시오, 스페이드.」 거트먼이 항의했다. 「그런 건……」

「그냥 떠나보낼 수는 없습니다.」 스페이드가 말했다. 「우리와 함께하든지 윌머와 함께 경찰서로 가든지 둘 중 하나예요. 여기저기 헐렁한 틈새를 만들어 놓을 수는 없습니다.」 그는 거트먼에게 얼굴을 찌푸리고 신경질적으로 소리쳤다. 「기가 막히는군요! 물건 훔치는 것 이번이 처음입니까? 어찌나 선량들 하신지요! 다음에는 무얼 할 생각입니까? 무릎 꿇고 기도라도 할 겁니까?」 그는 찌푸린 얼굴을 카이로에게 돌렸다. 「어떻게 할 겁니까?」

「선택의 여지가 없지 않습니까.」 카이로의 좁은 어깨가 힘없이 들썩였다. 「같이하겠습니다.」

「좋습니다.」 스페이드가 말하고 거트먼과 브리지드 오쇼네시를 보았다. 「모두 앉아요.」

브리지드는 소파 한쪽 끝, 그러니까 의식을 잃은 청년의 발치 근처에 조심조심 앉았다. 거트먼은 푹신한 흔들의자로 돌아갔고, 카이로는 안락의자에 가서 앉았다. 스페이드는 손에 쥔 권총들을 탁자에 내려놓고 그 옆에 걸터앉았더니, 손목시계를 보고 말했다. 「두 시로군요. 매는 날이 밝은 다음에야 가져올 수 있어요. 아니 여덟 시나 되어야 할지도 몰라요. 이야기를 맞출 시간은 충분합니다.」

거트먼이 목을 가다듬고 물었다. 「어디에 있소?」 그러더니 서둘러 덧붙였다. 「크게 상관은 없소, 선생. 내가 생각하는 건 그저 이 일이 종료되기 전까지는 관련된 사람들이 서로의 시야에서 벗어나는 일이 없었으면 좋겠다는 거요.」 그는 소파를 보더니 다시 스페이드에게 날카로운 눈길을 던졌다. 「아까 준 봉투는 선생이 갖고 있소?」

스페이드는 고개를 젓고 소파와 여자를 이어서 보았다. 그는 눈으로 미소 짓고 말했다. 「오쇼네시 양이 갖고 있습니다.」

 「네, 내가 갖고 있어요.」 그녀가 웅얼거리며 코트 안쪽에 손을 넣었다. 「내가 주워 들어서…….」

 「괜찮아요.」 스페이드가 그녀에게 말했다. 「잘 간직하고 있어요.」 그러고는 거트먼에게 말했다. 「우리가 서로의 시야를 벗어나는 일은 없을 겁니다. 사람을 시켜서 가져오라고 할 수 있으니까요.」

 「아주 좋소.」 거트먼이 목을 울리며 말했다. 「그러면 선생, 1만 달러와 윌머를 바치는 대가로 선생은 우리에게 매를 주고 한두 시간의 여유를 주어야 하오. 선생이 그 친구를 당국에 넘겨줄 때 우리가 이 도시에 있어서는 안 되니까.」

 「도망칠 필요 없습니다.」 스페이드가 말했다. 「비밀이 새지는 않을 겁니다.」

 「그럴지도 모르지만, 우리는 어쨌건 그 지방 검사가 윌머를 심문할 때 여기서 멀리 벗어나 있는 게 마음이 편할 거요.」

 「그건 좋으실 대로 하십시오. 원하신다면 하루 종일이라도 여기 데리고 있겠습니다.」 그는 담배를 말기 시작했다. 「이제 이야기를 맞추어 봅시다. 왜 저 친구가 서스비를 쏜 겁니까? 그리고 왜 어디서 어떻게 재코비를 쏜 겁니까?」

 거트먼은 여유로운 미소를 짓고 고개를 저으며 그르렁거리는 소리로 말했다. 「우리한테 그런 이야기를 기대하면 곤란하오. 우리는 돈을 주었고 윌머까지 주었소. 그게 우리 쪽의 조건이오.」

 「하지만 나는 들어야 합니다.」 스페이드가 말했다. 그는 라이터를 담배에 가져다 댔다. 「내가 원한 것은 희생양이고, 제대로 희생하지 않으면 희생양이 될 수 없습니다. 그러니까 제대로 된 희생을 위해 내가 사정을 알아야 합니다.」 그가 미간을 좁혔다. 「왜 불평을 하시는 거죠? 저 친구를 엉성하게 넘겨주고 떠나면 인생이 편안해질 리 없을 텐데요?」

거트먼은 몸을 앞으로 굽히고 두툼한 손가락을 흔들어 스페이드가 걸터앉은 탁자 위의 권총들을 가리켰다. 「월머가 살인을 저질렀다는 증거는 모자라지 않소, 선생. 두 사람은 모두 거기 있는 총에 맞아 죽었소. 두 사람을 죽인 총알이 거기서 나갔다는 건 경찰 전문가들이라면 아주 쉽게 알아낼 수 있소. 선생도 잘 알 거요. 선생이 직접 그렇게 말했으니까. 그리고 나는 그 사실만으로도 월머의 범죄에 대한 증거가 충분하다고 생각하오.」

「그럴지도 모르죠.」 스페이드가 인정했다. 「하지만 사태는 그보다 복잡하고, 내가 자초지종을 알아야만 어긋나는 지점들을 꿰어 맞춰 가릴 수 있습니다.」

카이로의 눈이 동그랗고 뜨거워졌다. 「그런 건 간단한 일이라고 우리한테 장담했잖아요!」 카이로는 흥분한 얼굴을 거트먼에게 돌렸다. 「보세요! 이러지 말자고 했잖아요. 내가 볼 때는 절대로……」

「두 분이 어떻게 생각하든, 그건 전혀 중요하지 않습니다.」 스페이드가 퉁명하게 말했다. 「그러기에는 너무 늦었고 두 분은 너무 깊이 들어와 있습니다. 왜 저 친구가 서스비를 죽인 겁니까?」

거트먼이 배 위에 양손을 깍지 끼고 의자를 흔들었다. 그의 목소리에도 그의 미소처럼 서글픈 기색이 담겼다. 「선생을 쓰는 일이 이렇게 힘들 줄 몰랐소. 애초에 선생과 접촉을 한 게 실수였다는 생각이 드는구려. 참말로, 그런 것 같소!」

스페이드는 가볍게 손을 저었다. 「크게 잘못하신 것 없습니다. 감옥에도 가지 않고 또 매도 손에 넣을 테니까요. 그 이상 무얼 바라시는 겁니까?」 그는 담배를 입 가장자리에 물고 말했다. 「어 쨌건 지금 당신들이 놓인 처지는 잘 아실 겁니다. 왜 서스비를 죽였습니까?」

거트먼은 의자를 멈추었다. 「서스비는 악명 높은 총잡이이자 오쇼네시 양의 동료요. 우리는 그런 식으로 그를 제거하면, 오쇼네시 양이 생각을 바꾸어서 우리와의 의견 차이를 극복하기로 마음먹을 거라는 걸 알았소. 덤으로 오쇼네시 양을 그토록 사나운 보호자에게서 풀어 주기도 하고 말이오. 선생, 나는 지금 더없이 솔직하게 말하고 있소.」

「네, 계속 그렇게 해주십시오. 그 사람이 매를 갖고 있다는 생각은 하지 않았습니까?」

고개를 젓는 거트먼의 얼굴에서 둥그런 두 뺨이 출렁거렸다. 「그런 건 전혀 생각하지 않았소.」 그가 대답하고 부드럽게 미소 지었다. 「그러기에는 우리가 오쇼네시 양을 너무 잘 알았소. 우리는 오쇼네시 양이 홍콩에서 재코비 선장에게 매를 건네주고 그걸 〈라 팔로마〉 호에 실어서 가져 오게 한 뒤 둘이 먼저 쾌속선을 타고 여기 왔다는 건 몰랐지만, 어쨌건 만약 둘 중 한 사람이 매의 소재를 알고 있다면 그게 서스비일 거라고는 전혀 생각하지 않았소.」

스페이드는 진지하게 고개를 끄덕이고 물었다. 「그렇게 보내기 전에 협상을 할 시도는 안 하셨나요?」

「했소, 선생. 분명히 했소. 내가 그날 밤 직접 그를 만나 이야기를 했소. 윌머가 그 이틀 전에 그 친구의 소재를 파악하고 그가 오쇼네시 양을 만나는 걸 추적하려고 했소. 하지만 서스비는 미행당한다는 사실을 모르면서도 전혀 허술하게 굴지 않았소. 그래서 그날 밤 윌머가 서스비의 호텔에 갔다가 그가 외출했다는 걸 알고는 밖에서 기다렸소. 아마 서스비는 선생의 동료를 죽이고 바로 돌아왔던 것 같소. 어쨌건 윌머는 그 친구를 나에게 데려왔소. 하지만 우리는 그 친구하고 아무것도 할 수 없었소. 오쇼네시 양의 곁을 지켜야 한다는 결심이 아주 굳건해서 말이오. 그래서 선생, 윌머가 호텔로 돌아가는 그를 따라가서 그런 일을 한 거요.」

스페이드가 잠깐 생각했다. 「말이 됩니다. 그러면 재코비는요?」

거트먼이 무거운 눈으로 스페이드를 보며 말했다. 「재코비 선장의 죽음은 전적으로 오쇼네시 양의 잘못이오.」

여자가 〈아!〉 하고 한숨을 토하더니 손을 입에 가져다 댔다.

스페이드의 목소리는 무겁지만 평탄했다. 「그런 건 신경 쓰지 마십시오. 그저 어떻게 된 일인지 말해 주세요.」

거트먼은 스페이드에게 날카로운 시선을 던진 뒤 미소 짓고 말했다. 「선생이 말한 대로 카이로는 그날, 그러니까 여기 왔던 날 밤, 아니 새벽에 경찰서를 나온 뒤에 나와 연락이 닿았소. 내가 저 사람에게 연락을 했소. 그리고 우리가 힘을 모으면 서로에게 이익이 될 거라고 합의했소.」 그는 레반트인에게 미소를 보냈다. 「카이로 씨는 판단력이 뛰어난 사람이오. 〈라 팔로마〉 호를 알아낸 건 카이로 씨였소. 그날 아침 신문에서 그 배의 입항 공고를 보고는 홍콩에서 재코비와 오쇼네시 양이 같이 있더라는 이야기를 들은 걸 기억한 거요. 카이로 씨는 홍콩에서 오쇼네시 양을 찾으려고 무진 애를 썼소. 처음에는 오쇼네시 양이 〈라 팔로마〉 호를 타고 떠난 줄 알았지만 나중에 그게 아니라는 걸 알게 됐소. 그래서 선생, 신문의 입항 공고를 보고 사태를 짐작한 거요. 새를 재코비에게 주고 여기서 자신에게 전해 달라고 했다는 것을. 물론 재코비는 그게 뭔지 전혀 몰랐지. 오쇼네시 양은 그런 걸 일러 주기에는 너무나 신중한 사람이니까.」

그는 여자를 보며 밝은 미소를 짓고 의자를 두 번 흔든 뒤 말을 이었다. 「카이로 씨와 윌머와 나는 재코비 선장을 만나러 갔소. 그런데 가 보니 반갑게도 오쇼네시 양이 거기 와 있었소. 전체적으로 매우 힘든 회의였지만, 자정 무렵이 되자 우리는 마침내 오쇼네시 양을 설득할 수 있었소. 어쨌건 우리는 그렇게 생각했소. 그래서 우리는 배를 떠나 우리 호텔로 갔소. 거기서 오쇼네시 양에게 돈을 주고 새를 받기로 결정이 되었기 때문이오. 그런데 선생, 우리 같은 한갓 남자들이 오쇼네시 양을 다룰 수 있다고 함부로 생각하지 않는 편이 좋을 거요. 오쇼네시 양과 재코비 선장과 매는 〈도중에〉 우리 손가락 사이를 싹 빠져나갔소.」 그는 즐겁게 웃었다. 「참말로 선생, 아주 멋진 도주였다오.」

스페이드는 여자를 보았다. 호소하는 빛을 담은 그녀의 커다란 눈이 그와 마주쳤다. 그가 거트먼에게 물었다. 「그래서 떠나기 전에 배에 불을 놓은 거로군요.」

「일부러 그런 것은 아니오, 선생.」 뚱뚱한 남자가 대답했다. 「물론 우리가, 적어도 윌머가 화재에 책임이 있다는 건 인정하겠지만. 우리가 선실에서 매 이야기를 하는 동안 그 친구는 매를 찾아 사방을 뒤지고 다녔는데, 성냥불에 그다지 주의를 기울이지 않았던 모양이오.」

「좋습니다. 무슨 문제가 생겨서 우리가 저 친구에게 재코비 살해 혐의를 씌워야 할 경우, 방화죄도 추가할 수 있겠군요. 좋아요. 어떻게 죽이게 됐는지로 가죠.」

「그래서 선생, 우리는 하루 종일 두 사람을 찾아 시내를 뒤지고 다녔고, 오늘 오후 늦게야 발견했소. 처음에는 찾은 건지 어쩐 건지도 확실히 몰랐소. 확실한 건 우리가 오쇼네시 양의 아파트를 발견했다는 것뿐이었소. 하지만 문 앞에 서서 들어 보니 안에서 사람들 움직이는 소리가 나더군. 그래서 확신을 하고 초인종을 눌렀소. 오쇼네시 양이 누구냐고 물었고 우리가 대답을 했더니 — 문밖에서 말이오 — 창문 여는 소리가 났소.

우리는 당연히 그게 무슨 의미인지 알았지. 그래서 윌머가 비상계단 앞을 막으려고 재빨리 건물 아래로 달려 내려갔소. 골목으로 돌아든 순간, 겨드랑이에 매를 끼고 달아나는 재코비 선장과 코앞에서 마주친 거요. 참으로 곤란한 상황이었지만 윌머는 최선을 다했소. 결국 윌머가 재코비를 쏘았지. 한 발 이상. 하지만 재코비는 워낙 강골인지라 쓰러지지도 않고 매를 떨어뜨리지도 않았소. 그리고 윌머하고 너무 바짝 붙어 있어서 옆으로 피하지 못하고 윌머를 쓰러뜨리고 달아났소. 이 일은 밝은 대낮에 일어났소. 윌머가 일어나 보니 앞 블록에서 경찰관 한 명이 다가오고 있었소. 그래서 포기하고 옆 건물의 열려 있는 뒷문으로 들어가서 거리로 나온 뒤, 다시 우리가 있는 곳으로 올라왔소. 다행히 목격한 사람은 아무도 없었소.

그래서 선생, 우리는 다시…… 곤란에 빠지게 된 거요. 오쇼네시 양은 재코비가 나간 창문을 닫은 뒤 카이로 씨와 나에게 문을 열어 주었고……」 그는 잠시 말을 멈추고 기억을 떠올리며 미소 지었다. 「우리는 오쇼네시 양을 설득 — 그 말이 맞을 거요, 선생 — 설득해서, 재코비가 매를 들고 선생에게 갔다는 이야기를 들었소. 그가 거기까지 간다는 건 거의 불가능해 보였소. 경찰이 쫓아가지 않는다 해도 말이오. 하지만 어쨌건 거기 가 보는 것밖에 기회가 없었소. 그래서 우리는 오쇼네시 양을 다시, 그러니까 설득해서 선생의 사무실로 전화를 걸게 했소. 재코비가 거기 도착하기 전에 선생을 사무실 밖으로 유인해 내기 위해서요. 그러고는 윌머를 그리 보냈소. 하지만 불행히도 그런 결정을 내리고 또 오쇼네시 양을 설득해서⋯⋯.」

소파 위의 청년이 신음 소리를 내며 몸을 뒤집었다. 그의 눈이 서너 차례 떴다 감겼다. 여자가 일어나서 다시 탁자와 벽 사이의 모퉁이로 돌아갔다.

「⋯⋯협력하게 만드는 데 너무도 많은 시간이 걸렸소.」 거트먼은 급하게 말을 맺었다. 「그래서 우리가 가기 전에 매가 선생의 손에 들어간 거요.」

청년은 한 발을 거실 바닥에 내려놓고 팔꿈치로 몸을 일으킨 뒤 눈을 크게 떴다. 그러고는 다른 발을 마저 내리고 일어나 앉아 주변을 둘러보았다. 두 눈의 초점이 스페이드에게 가 닿자 눈에 어려 있던 어리둥절함이 사라졌다.

카이로는 안락의자에서 일어나 청년에게 가서는 그의 어깨에 한 팔을 두르고 뭐라고 이야기를 했다. 청년은 카이로의 팔을 밀어내며 벌떡 일어났다. 그러고는 방을 한 번 훑어보다가 다시 한 번 스페이드에게 초점을 맞추었다. 그의 얼굴은 딱딱하게 굳어 있었고, 온몸이 극심한 긴장으로 움츠러들어서 체구가 더 작아진 것 같았다.

스페이드는 탁자 모퉁이에 앉아서 다리를 덜렁거리며 말했다. 「이봐, 친구. 자네가 여기 와서 까불면 내가 얼굴을 걷어차 버리겠어. 입 닥치고 얌전히 앉아 있으면 좀 더 오래 살 수 있을 거야.」

청년이 거트먼을 보았다.

거트먼은 그에게 인자한 미소를 짓고 말했다. 「윌머, 너를 보내게 된 건 정말 안타깝구나. 네가 내 아들이었다 해도 내가 지금 이상으로 너를 아끼지는 못했을 거야. 하지만, 아, 참말로! 아들을 잃으면 또 하나를 얻을 수 있지만, 몰타의 매는 하나뿐이야.」

스페이드가 웃었다.

카이로는 청년에게 다가가서 귓속말을 했다. 청년은 차가운 개암 빛 눈동자를 거트먼의 얼굴에 고정하고 다시 소파에 앉았다. 레반트인이 그 옆에 앉았다.

거트먼은 한숨을 쉬면서도 그 인자한 미소를 거두지 않았다. 그가 스페이드에게 말했다. 「나이가 어릴 때는 이해하지 못하는 일이 많지요.」

카이로는 다시 청년의 어깨에 한 팔을 두르고 무언가를 속삭였다. 스페이드는 거트먼을 보며 빙긋 웃고 브리지드 오쇼네시에게 말했다. 「당신이 부엌에 가서 우리한테 먹을 걸 좀 마련해 주겠습니까? 커피도 함께요. 부탁해도 될까요? 손님들 곁을 떠나기가 싫어서 그럽니다.」

「그럼요.」 그녀가 대답하고 문 앞으로 갔다.

거트먼이 흔들의자를 멈추었다. 「잠깐.」 그가 두꺼운 손을 들고 말했다. 「봉투는 여기 두고 가는 게 좋지 않겠소? 기름이 튀면 별로 좋지 않을 텐데.」

여자의 눈이 스페이드에게 질문을 던졌다. 그는 무심한 어조로 말했다. 「아직 거트먼 씨 돈입니다.」

그녀는 코트 안쪽에 손을 넣어 봉투를 꺼낸 뒤 스페이드에게 주었다. 스페이드는 거트먼의 무릎에 그걸 던져 놓고 말했다. 「잃어버릴까 봐 걱정이 되면 깔고 앉으시죠.」

「오해하지 마시오.」 거트먼이 부드럽게 말했다. 「그런 게 아니오. 하지만 거래를 하려면 진정한 거래의 방식을 따라야 하는 법이오.」 그는 봉투를 열고 1천 달러짜리 지폐를 꺼내어 세더니 배를 출렁거리며 웃었다. 「보시오. 지폐가 아홉 장밖에 없소.」 그는 뚱뚱한 무릎과 허벅지 위에 지폐들을 펼쳐 보였다. 「잘 알겠지만 선생에게 줄 때는 열 장이었소.」 그의 미소가 밝고 유쾌하고 의기양양해졌다.

스페이드는 브리지드 오쇼네시를 보고 물었다.「어떻게 된 겁니까?」

그녀는 강력하게 고개를 저었다. 무슨 말인가 하려는 듯 입술이 달싹였지만, 아무 말도 나오지 않았다. 그녀의 얼굴은 겁에 질려 있었다.

스페이드는 거트먼에게 손을 내밀었고 뚱뚱한 남자는 그에게 돈을 건네주었다. 스페이드는 돈을 세고 ― 1천 달러짜리 지폐가 아홉 장이었다 ― 다시 거트먼에게 돌려주었다. 그러더니 무뚝뚝하고 차분한 표정으로 일어서 탁자에 놓인 권총 세 자루를 집어 들었다. 그러고는 사무적인 목소리로 말했다.「무슨 일인지 알아봐야겠군요. 우리는……」그는 여자에게 고갯짓을 했지만 그녀를 바라보지는 않았다.「욕실로 들어갈 겁니다. 욕실 문은 열어 놓을 거고 내가 문 쪽을 볼 겁니다. 3층 높이에서 추락하고 싶지 않다면, 욕실 문 앞을 지나지 않고 빠져나갈 출구는 없습니다. 그러니 엉뚱한 시도는 하지 말아요.」

「아, 선생.」거트먼이 반대했다.「그런 식의 협박은 필요하지도 않고 예의에도 어긋나는 것이오. 우리는 여기를 떠날 의도가 전혀 없소.」

「보면 알겠죠.」스페이드는 느긋했지만 결연했다.「이런 장난은 우리 계획을 헷갈리게 합니다. 답을 찾아야겠어요. 오래 걸리지 않을 겁니다.」그는 여자의 팔꿈치를 밀었다.「갑시다.」

욕실에 들어가자 브리지드 오쇼네시가 겨우 입을 열었다. 그녀는 두 손을 스페이드의 가슴에 얹고 얼굴을 바짝 대고 속삭였다.「내가 가져가지 않았어요, 샘.」

「나도 그렇게 생각해요.」 그가 말했다. 「하지만 알아야 돼요. 옷을 벗어요.」

「내 말을 안 믿는 거예요?」

「안 믿어요. 옷을 벗어요.」

「안 벗어요.」

「좋아요. 그러면 거실로 가서 벗기죠.」

그녀는 손으로 입을 가리고 물러섰다. 두 눈이 놀라서 동그래졌다. 「정말로 그렇게 할 거예요?」 그녀가 손가락 사이로 물었다.

「그럴 겁니다. 그 지폐가 어떻게 됐는지 알아야 돼요. 여자들의 체면을 위해 머뭇거리지는 않을 겁니다.」

「아, 그런 게 아니에요.」 그녀는 앞으로 다가가서 다시 그의 가슴에 두 손을 얹었다.「당신 앞에서 옷을 벗는 게 부끄러워서 이러는 게 아니에요. 모르겠어요? 이런 방식은 싫다고요. 나한테 이런 일을 시키면…… 우리 두 사람 사이의 무언가를 죽이는 거예요.」

그는 목소리를 높이지 않았다.「그런 건 모릅니다. 나는 그저 그 지폐가 어떻게 됐는지를 알아야 돼요. 얼른 벗어요.」

그녀는 깜박이지 않는 그의 황회색 눈동자를 바라보고 얼굴을 붉혔지만, 그 얼굴은 다시 하얘졌다. 그녀는 몸을 꼿꼿이 세우고 옷을 벗기 시작했다. 그는 욕조 가장자리에 앉아서 그녀와 열린 문을 바라보았다. 거실에서는 아무 소리도 들리지 않았다. 그녀는 손을 더듬지 않고 재빠른 동작으로 옷을 벗었고, 옷은 그녀의 발치로 떨어져 내렸다. 옷을 다 벗자 그녀는 옷 더미에서 뒤로 걸어 나가 그를 바라보았다. 분노도 부끄러움도 없는, 자신감 있는 태도였다.

그는 권총 세 자루를 변기 위에 내려놓고 문을 마주한 자세로

옷 더미 앞에 한쪽 무릎을 꿇고 앉았다. 그러고는 옷을 하나하나 집어 들어 눈으로 보고 손으로 만져 검사했다. 천 달러 지폐는 없었다. 탐색을 마치자 그는 옷을 들고 일어서서 그녀에게 내밀었다. 「고마워요. 이제 알겠습니다.」

그녀는 옷을 받아들고 아무 말도 하지 않았다. 그는 권총들을 집어 들었다. 그러고는 욕실 문을 닫고 나와서 거실로 들어갔다.

거트먼이 흔들의자에서 다정하게 웃으며 물었다. 「찾았소?」

카이로는 청년과 나란히 소파에 앉아서 호기심 어린 탁한 눈으로 스페이드를 보았다. 청년은 고개를 들지 않았다. 그는 두 손으로 머리를 감싸고 팔꿈치를 무릎에 댄 채 몸을 앞으로 기울여 두 발 사이의 바닥을 내려다보고 있었다.

스페이드가 거트먼에게 말했다. 「아뇨. 못 찾았습니다. 당신이 감추었으니까요.」

뚱뚱한 남자가 웃었다. 「내가 감추었다고?」

「그렇습니다.」 스페이드가 손에 든 권총을 덜그럭거리며 말했다. 「순순히 고백하겠습니까? 아니면 몸수색을 할까요?」

「몸수색?」

「고백하셔야 합니다. 아니면 내가 거트먼 씨의 몸을 수색해야 하니까요. 다른 방법은 없습니다.」

거트먼이 스페이드의 딱딱한 얼굴을 올려다보고 웃음을 터뜨렸다. 「참말로 선생, 선생이라면 그럴 거요. 그러고도 남지. 선생은 인물이오. 내가 이렇게 말해도 좋다면 말이오.」

「당신이 지폐를 숨겼습니다.」 스페이드가 말했다.

「그렇소, 선생. 내가 숨겼소.」 뚱뚱한 남자가 조끼 주머니에서 꼬깃꼬깃한 지폐를 꺼내서 넓은 허벅지에 올려놓고 폈다. 그러고는 코트 주머니에서 지폐 아홉 장이 든 봉투를 꺼내서 그 지폐를 거기 넣었다. 「가끔 시시한 장난기가 발동할 때가 있소. 그리고 그런 상황에서 선생이 어떻게 나올지도 궁금했소. 선생은 아주 멋지게 시험에 통과했소. 선생이 그렇게 간단하고도 직접적인 방법으로 진실을 찾으려고 할 줄은 몰랐소.」

스페이드는 그를 가볍게 비웃었다. 「그런 장난은 저 조무래기 또래의 친구들이나 하는 건 줄 알았습니다.」

거트먼은 조용히 웃었다.

브리지드 오쇼네시는 코트와 모자만 빼고 다시 옷을 갖춰 입은 뒤, 욕실에서 나와 거실로 들어서다가 주변을 둘러보고는 부엌으로 들어가서 불을 켰다.

카이로는 소파 위의 청년에게 더 바짝 다가앉아서 다시 그에게 귓속말을 하기 시작했다. 청년이 답답하다는 듯 어깨를 으쓱 치켰다 내렸다.

스페이드는 권총을 든 자신의 손을 보고 이어 거트먼을 보더니, 현관 입구의 벽장으로 가서 문을 열고 그 안의 트렁크 위에 권총들을 놓았다. 그러고는 문을 잠그고 열쇠를 바지 주머니에 넣은 뒤 부엌 문 앞으로 갔다.

브리지드 오쇼네시가 알루미늄 커피포트에 물을 넣고 있었다.

「다 찾았습니까?」 스페이드가 물었다.

「네.」 그녀가 고개도 들지 않고 차분히 대답했다. 그러더니 커피포트를 옆으로 치우고 문 앞으로 왔다. 그녀는 얼굴을 붉히고 눈물과 질책이 어린 커다란 눈으로 그를 바라보며 나직하게 말했다. 「나한테 그런 짓을 하다니, 당신이 잘못한 거예요, 샘.」

「난 사실을 알아내야 했어요.」 그는 고개를 숙여서 그녀의 입에 살짝 키스하고 거실로 돌아갔다.

거트먼이 스페이드를 보고 미소 지으며 흰 봉투를 내밀었다. 「이제 곧 선생의 소유가 될 거요. 지금 받아 두는 것도 나쁘지 않을 거요.」

스페이드는 받지 않았다. 그는 안락의자에 앉아서 말했다. 「아직 시간은 많습니다. 우리는 돈과 관련해서 아직 이야기를 별로 하지 않았습니다. 나는 만 달러보다는 더 받아야 한다고 생각합니다.」

「만 달러는 큰돈이오.」 거트먼이 말했다.

「내가 그렇게 말한 것은 사실이지만, 그게 세상 돈 전부는 아니죠.」 스페이드가 말했다.

「그야 그렇지. 당연히 그렇소. 하지만 며칠 만에 별 수고 없이 버는 돈 치고는 아주 큰돈이오.」

「별 수고가 없었다고요?」 스페이드가 묻더니 어깨를 가볍게 으쓱했다. 「그럴지도 모릅니다만, 그건 그쪽에서 상관할 일이 아닙니다.」

「물론 그렇소.」 뚱뚱한 남자가 인정했다. 그는 눈을 찌푸리고 고갯짓으로 부엌 쪽을 가리키며 목소리를 낮추었다. 「오쇼네시 양과 나누기로 했소?」

「그것도 그쪽에서 상관할 일이 아닙니다.」

「물론 그렇소.」 뚱뚱한 남자가 다시 인정했다. 「하지만……」 그가 망설였다. 「조언 한마디 해주고 싶소.」

「하시죠.」

「선생이 오쇼네시 양에게 돈을 줄 때, 아마 결국은 주게 될 테지만, 그 액수가 오쇼네시 양이 생각한 것보다 적다면 내가 해 줄 조언은, 조심하라는 거요.」

스페이드는 눈빛에 조롱을 담고 물었다. 「많이요?」

「많이 조심해야 합니다.」 뚱뚱한 남자가 대답했다.

스페이드는 씩 웃고 담배를 새로 말았다.

카이로는 다시 청년의 어깨에 한 팔을 두르고 그에게 계속 귓속말을 했다. 갑자기 청년이 카이로의 팔을 밀치고 몸을 틀어 그를 바라보았다. 청년의 얼굴에 혐오와 분노가 어려 있었다. 그는 한 손으로 주먹을 쥐고 카이로의 입을 가격했다. 카이로는 여자처럼 비명을 지르고 소파 끝으로 물러갔다. 그러고는 주머니에서 실크 손수건을 꺼내 입에 댔다가 뗐다. 손수건에 피가 묻어 있었다. 그는 다시 손수건을 입에 대고 청년에게 나무라는 눈길을 던졌다. 청년이 〈건드리지 마〉 하고 으르렁거리고는 다시 두 손 사이에 얼굴을 얹었다. 카이로의 손수건에서 풍겨 나온 〈시프레〉 향이 방 안에 떠돌았다.

카이로의 비명 소리에 브리지드 오쇼네시가 문 앞에 나타났다. 스페이드가 엄지손가락으로 소파를 가리키며 웃음 띤 얼굴로 말했다. 「진정한 사랑은 원래 저런 법이에요. 식사는 어떻게 됐나요?」

「다 돼 가요.」 그녀가 말하고 부엌으로 돌아갔다.

스페이드는 담배에 불을 붙이고 거트먼에게 말했다. 「돈 이야기를 합시다.」

「그럽시다, 선생. 기꺼이 하겠소.」 뚱뚱한 남자가 대답했다. 「하지만 이 자리에서 솔직히 말하면 만 달러는 내가 줄 수 있는 최대한이오.」

스페이드는 연기를 뿜었다. 「2만 달러를 주시기 바랍니다.」

「그러면 나도 좋겠소. 그게 가능하다면 나도 흔쾌히 줄 거요. 하지만 맹세컨대 만 달러는 내가 마련할 수 있는 최대한이오. 그리고 물론 알겠지만 이건 1차분이오. 나중에……」

스페이드가 웃고 말했다. 「나중에는 백만 달러를 주시겠죠. 하지만 우선은 1차분에 집중합시다. 1만 5천 달러는 어떻습니까?」

거트먼은 미소를 짓다가 얼굴을 찡그리고 고개를 저었다. 「스페이드 씨, 신사로서 솔직하고 정직하게 말한 거요. 만 달러가 내가 가진 돈과 마련할 수 있는 돈의 전부요.」

「하지만 아주 확고하게 들리지는 않는데요.」

거트먼이 웃고 말했다. 「확고하게 말하는 거요.」

「그렇게 바람직한 상황은 아니지만, 그 이상 어쩔 수 없다면 돈을 주십시오.」 스페이드는 음울하게 말했다.

거트먼은 그에게 봉투를 건넸다. 스페이드가 지폐를 세고 주머니에 집어넣었을 때 오쇼네시가 쟁반을 들고 나타났다.

청년은 먹으려고 하지 않았다. 카이로는 커피 한 잔을 마셨다. 여자, 거트먼, 스페이드는 여자가 만든 스크램블드 에그, 베이컨, 토스트, 마멀레이드를 먹고, 커피를 각각 두 잔씩 마셨다. 그런 뒤 밤을 보낼 자세를 갖추었다.

거트먼은 시가를 피우면서 『미국의 유명 범죄 사례집』을 읽었는데, 이따금 흥미로운 대목이 나오면 조용히 웃거나 그에 대한 견해를 밝혔다. 카이로는 계속 입을 만지면서 소파 끝에 시무룩하게 앉아 있었다. 청년은 네 시가 넘어서까지 계속 두 손으로 얼굴을 감싼 채 앉아 있었다. 그러다 마침내 발을 카이로 쪽으로 하고 누워서 창 쪽을 바라보며 잠이 들었다. 브리지드 오쇼네시는 안락의자에 앉아 졸면서 거트먼이 표명하는 견해를 듣고, 스페이드와 산만한 대화를 드문드문 나누었다.

스페이드는 계속 담배를 말아서 피우며 방 안을 돌아다녔지만, 그 움직임에 지겹다거나 불안한 기색은 보이지 않았다. 그는 이따금 여자가 앉은 의자 팔걸이에도 앉고, 탁자 모퉁이에도 걸터앉고, 그녀의 발치에 쭈그려 앉기도 하고, 또 등받이가 꼿꼿한 의자에 앉기도 했다. 졸린 기색 하나 없이 쾌활하고 생기 넘치는 모습이었다.

다섯 시 반이 되자 그는 부엌으로 가서 다시 커피를 만들었다. 30분 후 청년이 잠에서 깨어 일어나더니 하품을 하며 앉았다. 거트먼이 손목시계를 보고 스페이드에게 질문했다. 「이제 가져다줄 수 있소?」

「한 시간만 더 기다려 주십시오.」

거트먼은 고개를 끄덕이고 다시 책으로 돌아갔다.

일곱 시가 되자 스페이드가 전화기 앞으로 가서 에피 페린에게 전화를 걸었다. 「안녕하세요, 페린 부인? 스페이드입니다. 에피 좀 바꿔 주시겠습니까? 네…… 고맙습니다.」 그는 휘파람으로 「엔 쿠바」의 두 소절을 불었다. 「안녕, 천사. 깨워서 미안해…… 그래, 아주 많이. 내 말 잘 들어, 지금부터 내가 시키는 대로 해. 우체국에 있는 홀랜드 사서함에 가면 겉봉에 내 필체가 적힌 편지 봉투가 있어. 그 안에 피크위크 버스 터미널의 물품 보관증이 있는데, 그게 바로 어제 우리가 받은 꾸러미의 보관증이야. 그 꾸러미를 나한테 가져다줘 되도록 빨리…… 그래, 집에 있어…… 에피는 천사야. 서둘러…… 끊어.」

8시 10분에 1층 현관의 초인종이 울렸다. 스페이드가 전화기로 가서 자물쇠를 여는 단추를 눌렀다. 거트먼은 책을 내려놓고 미소 띤 얼굴로 일어나서 말했다. 「내가 선생과 함께 문 앞으로 마중을 가도 되겠소?」

「그럼요.」 스페이드가 대답했다.

거트먼이 복도 문까지 그를 따라왔다. 스페이드가 문을 열었다. 에피 페린이 갈색 종이에 싼 꾸러미를 들고 엘리베이터에서 내렸다. 에피는 밝고 구김 없는 소년 같은 얼굴로 종종걸음을 치다시피 하면서 재빨리 다가왔다. 그녀는 거트먼을 한 번 쓱 보더니, 바로 스페이드에게 눈길을 돌리고 미소 띤 얼굴로 꾸러미를 건넸다.

그는 물건을 받으며 말했다. 「정말 고맙습니다, 아가씨. 휴일을 망쳐서 미안하지만 이건……」

「당신이 망친 휴일이 오늘뿐인가요?」 그녀가 웃으면서 말했다. 그러고는 자신을 안으로 들이지 않을 게 분명해지자 〈달리 부탁할 건요?〉 하고 물었다.

그는 고개를 저었다. 「아니, 됐어.」

「안녕히 계세요.」 그녀가 인사를 하고 엘리베이터로 돌아갔다.

스페이드는 문을 닫고 꾸러미를 거실로 들고 들어갔다. 붉게 달아오른 거트먼의 얼굴에서 두 뺨이 부들부들 떨렸다. 카이로와 브리지드 오쇼네시도 탁자에서 꾸러미를 푸는 스페이드 곁으로 다가왔다. 그들도 흥분해 있었다. 청년도 창백하고 긴장된 표정으로 일어섰다. 하지만 그는 소파 곁을 떠나지 않고 두 눈을 내리 뜬 채 곱슬곱슬한 눈썹 사이로 다른 사람들을 지켜보았다.

스페이드가 뒤로 물러서면서 말했다. 「자 보십시오.」

거트먼은 두꺼운 손가락으로 끈과 종이와 완충재 조각들을 재빨리 뜯어내고 두 손으로 검은 새를 들었다. 「아.」 그가 갈라진 목소리로 말했다. 「드디어, 17년 만이구나!」 그의 눈이 젖어 들었다.

카이로는 붉은 입술을 핥고 두 손을 맞잡아 비틀었다. 여자는 아랫입술을 깨물었다. 그녀도 카이로도 거트먼도 스페이드도 청년도 모두 숨소리가 거칠어졌다. 방 안의 공기는 싸늘하면서도 퀴퀴했고 담배 연기로 혼탁했다.

거트먼은 탁자에 새를 다시 내려놓고 주머니를 뒤지며 〈이거야〉 하고 말했다. 「하지만 확인을 해봐야지.」 그의 둥근 뺨에 땀이 번들거렸다. 그는 황급히 황금 주머니칼을 꺼내서 칼날을 펼쳐 들었다.

카이로와 여자가 그의 양편에 붙어 섰다. 스페이드는 뒤쪽에 약간 처져 서서 청년과 탁자 앞의 세 사람을 한꺼번에 바라보았다.

거트먼은 새를 뒤집어서 기부(基部) 가장자리를 칼로 긁었다. 검은 에나멜이 벗겨지면서 안에 있는 거무죽죽한 금속이 드러났다. 거트먼의 칼날이 그 금속을 파고들어 얇은 부스러기 하나를 도려냈다. 부스러기의 안쪽 면과 도려낸 좁은 공간에 납의 부드러운 잿빛 광택이 보였다.

거트먼이 이를 악물고 거친 숨을 쉬었다. 얼굴은 피가 가득 쏠려 부풀어 올랐다. 그는 새를 돌려서 머리 쪽을 잘랐다. 거기서도 칼날 밑에 드러난 것은 납이었다. 그는 칼과 새를 탁자 위에 탕 놓고 빙글 돌아서서 스페이드를 마주했다. 「가짜요.」 그가 갈라진 목소리로 말했다.

스페이드의 얼굴은 어두워져 있었다. 그는 천천히 고개를 끄덕였지만, 브리지드 오쇼네시의 손목을 움켜잡는 손동작은 전혀 느리지 않았다. 그는 그녀를 거트먼에게 끌고 가서 다른 손으로 그녀의 뺨을 잡고 거칠게 들어 올렸다. 「좋아요.」 그가 그녀의 얼굴에 대고 으르렁거렸다. 「당신도 가끔 시시한 장난기가 발동하나 보군요. 어떻게 된 일인지 이야기해 주시죠.」

그녀가 소리쳤다. 「아니에요, 샘! 그건 내가 케미도프에게서 받은 거예요. 맹세해요.」

조엘 카이로가 스페이드와 거트먼 사이로 뛰어 들어와 흥분한 목소리로 외쳤다. 「그래! 그거야! 러시아인이 문제였어! 처음부터 알았어야 했어! 우리는 그 사람을 바보로 여겼는데, 그 사람이 우리를 바보로 만든 거야!」 레반트인의 뺨에 눈물이 흘러내렸다. 그는 펄쩍펄쩍 뛰며 거트먼에게 소리쳤다. 「당신이 일을 망쳤어! 그 사람한테서 그걸 사려고 하다니! 천하의 바보! 당신 때문에 그 사람이 그게 가치 있는 물건이라는 걸 알게 된 거야. 그래서 우리를 위해 복제품을 만들어 둔 거라고! 그러니 그렇게 쉽게 훔칠 수 있었지! 그러니 그 사람이 그걸 찾아 어디든 가보라고 나를 이렇게 흔쾌히 떠나보낸 거지! 바보 천치! 살만 뒤룩뒤룩 찐 멍청이!」 그는 두 손에 얼굴을 묻고 엉엉 울었다.

거트먼의 턱은 아래로 처져 있었다. 그는 멍한 눈을 깜박이며 몸을 떨더니 곧 ─ 그의 알뿌리들이 덜렁거림을 멈추자 ─ 다시 뚱뚱하고 유쾌한 모습으로 돌아가서 온화하게 말했다. 「이보시오, 선생. 이럴 필요 없소. 누구나 이따금 실수를 하는 법이고, 이 일은 다른 누구 못지않게 나한테도 큰 충격이오. 그렇소, 러시아인의 솜씨요. 그건 의심의 여지가 없지. 그런데 선생, 어떻게 하겠소? 여기 서서 울고불고 서로를 욕하겠소? 아니면……」 그가 말을 멈추고 통통한 아기 천사 같은 웃음을 지었다. 「나와 함께 콘스탄티노플로 가겠소?」

카이로는 얼굴에서 손을 뗐다. 두 눈이 튀어나올 듯 휘둥그레졌다. 그가 더듬거리며 말했다. 「그러면……?」 그 말뜻이 무언지 알아듣자 그는 놀라움에 말을 잃었다.

거트먼이 두꺼운 두 손을 두드렸다. 그의 눈은 반짝거렸다. 목소리는 나직하게 그르렁거렸다. 「17년 동안 나는 저 물건을 손에 넣으려고 했소. 1년 더 추적한다고 해도……. 그래도 선생, 거기 드는 시간은……」 그가 입술을 달싹이며 계산을 했다. 「5와 17

분의 15퍼센트 늘어날 뿐이오.」

레반트인이 키득거리고 소리쳤다.「당신과 함께 가겠습니다!」

스페이드가 여자의 팔목을 놓고 방을 둘러보았다. 청년이 없었다. 스페이드는 현관 입구로 갔다. 복도 문이 열려 있었다. 스페이드는 입을 비틀고 문을 닫은 뒤 거실로 돌아갔다. 그러고는 문간에 기대서서 거트먼과 카이로를 보았다. 스페이드는 한참 동안 불쾌한 표정으로 거트먼을 바라본 뒤 거트먼의 깊게 그르렁거리는 목소리를 흉내 내서 말했다.「어허 참, 선생들은 정말로 대단한 도적 무리요!」

거트먼이 웃으며 말했다.「우리가 자랑할 만한 건 별로 없소. 그건 사실이오, 선생. 하지만 아직 아무도 죽지 않았고, 약간의 곤경에 처했다고 세상 끝이라고 생각할 필요도 없는 거요.」그는 뒷짐을 지고 있던 왼손을 스페이드에게 내밀었다. 손바닥에는 매끈한 분홍빛 살집들이 두두룩하게 솟아 있었다.「선생에게 그 봉투를 도로 달라고 해야겠구려.」

스페이드는 움직이지 않았다. 그의 얼굴은 무표정했다. 그가 말했다.「나는 나한테 맡겨진 일을 해냈습니다. 당신들은 요청한 물건을 받았고요. 그게 당신들이 원하는 물건이 아닌 건 당신들의 불운이지 내 불운이 아닙니다.」

「보시오, 선생.」거트먼이 설득하는 목소리로 말했다.「우리 모두가 실패를 했고, 그중 어느 한 사람에게 그 타격을 모두 안기는 건 지나친 일이오. 그리고……」그는 등 뒤에 대고 있던 오른손을 앞으로 내밀었다. 작은 권총이 들려 있었다. 장식 무늬가 새겨지고 그 안에 은과 금과 진주가 박힌 화려한 권총이었다.「간단히 말하겠소, 선생, 1만 달러를 돌려주시오.」

스페이드의 얼굴은 변하지 않았다. 그는 어깨를 으쓱 치켰다가 주머니에서 봉투를 꺼냈다. 그러고는 그걸 거트먼에게 내밀다가 잠시 망설이더니 봉투를 열고 1천 달러짜리 지폐 한 장을 꺼내서 바지 주머니에 넣었다. 그런 뒤 봉투 입구의 종이를 안으로 접어 넣고 거트먼에게 봉투를 내밀었다.「이걸로 내가 바친 시간과 경비의 보상을 삼아야겠습니다.」

거트먼은 잠시 가만히 있다가 스페이드를 흉내 내서 똑같이 어깨를 으쓱 치키더니 봉투를 받았다.「그러면 선생, 이제 선생에게 작별 인사를 해야겠소.」눈두덩의 두툼한 살들이 움찔했다.「선생이 우리하고 콘스탄티노플까지 함께 가고 싶지 않다면 말이오. 그런 생각 없지요? 솔직히 선생이 같이 가면 좋겠소. 선생은 내 마음에 드는 부류요. 수완도 좋고 판단력도 훌륭해. 선생의 판단력이 훌륭하다는 걸 알기에 우리는 선생이 이 작은 사건의 내막을 떠벌리지 않으리라 믿고 떠날 수 있소. 또한 선생은 지금 상황에서, 지난 며칠 동안의 일과 관련해서 우리를 단죄할 법률적 근거들이 선생과 아름다운 오쇼네시 양에게도 똑같이 적용될 거라는 걸 분명히 알고 있을 거라 믿소. 그걸 모르기에는 선생은 너무 영리하니까 말이오.」

「알고 있습니다.」

「그럴 거라 생각하오. 또 이제 선택할 여지가 없어졌으니 희생양이 없이도 경찰 문제를 해결할 거라고 믿소.」

「잘 해결할 겁니다.」

「그럴 줄 알았소. 그리고 선생, 작별인사는 짧을수록 좋은 법이오. 안녕히 계시오.」그는 거대한 몸집을 숙여 인사했다.「그리고 오쇼네시 양도 안녕히 계시오. 저 〈희귀조〉는 조그만 기념품으로 오쇼네시 양에게 남겨 주겠소.」

20
교수형을 당한다면

 캐스퍼 거트먼과 조엘 카이로가 바깥문을 닫고 나간 뒤, 스페이드는 5분 동안 열린 거실 문의 손잡이를 바라보며 서 있었다. 찌푸린 이마 아래 그의 눈은 어두워졌다. 미간에 새겨진 실금은 깊고 붉었다. 입술이 느슨하게 튀어나와 부루퉁한 모양새를 이루었다. 그는 입술을 당겨 견고한 V자를 만들고 전화기로 갔다. 탁자 옆에 서서 불안한 얼굴로 그를 쳐다보는 브리지드 오쇼네시에게는 눈길도 돌리지 않았다.

 그는 전화기를 들었다가 다시 내려놓더니, 고개를 숙여 선반 구석에 매달린 전화번호부를 들여다보았다. 그러고는 빠른 속도로 전화번호부를 넘기다가 찾던 번호를 발견하자, 그 부분에 손가락을 짚은 채 몸을 펴고 다시 전화기를 들었다. 그는 번호를 대고 말했다.

 「여보세요, 폴하우스 경사 있나요? 좀 바꿔 주시겠습니까? 새뮤얼 스페이드라고 합니다……」 그는 허공을 바라보며 기다렸다. 「여보세요, 톰, 자네한테 할 말이 있어…… 그래, 많아. 들어 봐. 서스비하고 재코비를 죽인 자는 윌머 쿡이라는 젊은이야.」 그는 청년의 인상착의를 자세히 설명했다. 「그자는 캐스퍼 거트먼이라는 자의 심복이야.」 그는 거트먼의 인상착의를 설명했다. 「자네가 여기서 만난 카이로라는 자도 그들과 함께 있어…… 그래, 맞아…… 거트먼은 알렉산드리아 호텔 스위트 객실 12-C호에 묵고 있어. 아니면 묵었어. 지금 방금 여기서 나갔는데, 곧 샌프란시스코를 뜰 거야. 그러니까 빨리 움직이는 게 좋아. 경찰이 급습하리란 예상은 못하고 있을 거야……. 여자도 있어. 거트먼의 딸이야.」 그는 리아 거트먼의 인상착의를 설명했다. 「거기 가면 그 젊은 친구를 조심해. 총을 잘 다루는 것 같거든……. 그래, 톰, 여기 몇 가지 증거들이 있어. 그 친구가 쓴 총들이랑…… 그래, 맞아. 서둘러. 그리고 행운을 비네!」

스페이드는 천천히 수화기를 걸고리에 내려놓고, 전화기를 다시 선반에 얹었다. 그런 뒤 입술을 핥고 두 손을 내려다보았다. 손바닥이 다 젖어 있었다. 그는 두꺼운 가슴 가득 공기를 들이마셨다. 가늘게 뜬 실눈 사이에서 두 눈동자가 반짝였다. 그가 돌아서서 세 걸음을 성큼성큼 걸어 거실로 들어갔다.

브리지드 오쇼네시는 그의 갑작스런 등장에 놀라, 웃으면서 숨을 내쉬는 것 같은 소리를 냈다.

스페이드는 그녀에게 다가갔다. 큰 키에 장대한 기골, 육중한 근육, 차가운 미소, 단단한 턱과 눈으로 그녀를 마주 대하고 말했다. 「체포되면 그자들은 입을 열 겁니다. 우리 일에 대해서요. 우리는 다이너마이트를 깔고 앉은 거예요. 경찰이 오기 전에 이야기를 정리해 볼 시간은 겨우 몇 분밖에 없어요. 어서 이야기를 해요. 빨리요. 거트먼이 당신하고 카이로를 콘스탄티노플로 보낸 거죠?」

그녀는 입을 열었다가 망설이며 입술을 깨물었다.

그는 그녀의 어깨에 손을 얹고 재촉했다. 「어서 말해요, 빨리!

나는 지금 당신이랑 같은 처지에 놓여 있으니 공연히 둘러댈 생각은 말아요. 말해요. 그자가 두 사람을 콘스탄티노플로 보냈죠?」

「그래요. 나를 보냈어요. 조는 거기서 만났어요. 그래서 그 사람한테 나를 도와달라고 했어요. 그런 다음에 우리는······.」

「잠깐. 케미도프에게서 물건 훔치는 일을 도와달라고 카이로에게 부탁했다는 겁니까?」

「네.」

「거트먼을 위해?」

그녀는 다시 망설이다가 그의 단호하고 엄격한 눈길에 몸을 움찔거리며 침을 꿀꺽 삼켰다. 「아뇨, 거기서는 아니었어요. 그냥 우리가 가지려고 했죠.」

「좋아요. 그다음에는요?」

「그다음에 나는 조가 나한테 공정한 몫을 나눠 주지 않을 거라는 생각이 들었어요. 그래서 플로이드 서스비에게 도와 달라고 했죠.」

「그래서 그 사람이 도와줬고요. 그렇죠?」

「네. 우리는 그 물건을 훔쳐서 홍콩으로 갔어요.」

「카이로하고 같이? 아니면 그 전에 카이로를 버렸나요?」

「네. 그 사람은 콘스탄티노플에 남아 있었어요. 감옥에 있었거든요. 수표하고 관련된 사건으로요.」

「혹시 그 사람을 잡아 두려고 당신이 조작한 사건입니까?」

그녀는 부끄러운 표정으로 스페이드를 보며 속삭였다. 「네.」

「좋아요. 그런 뒤 당신은 서스비하고 같이 새를 가지고 홍콩에 갔고요.」

「맞아요. 그런데 나는 그 사람을 잘 몰랐어요. 그 사람을 믿을 수 있을지 알 수가 없었어요. 그래서 안전한 방법을 찾다가 재코비 선장을 만났는데, 그 사람의 배가 여기로 온다는 이야기를 들었죠. 그래서 그 사람한테 내 짐을 날라 달라고 부탁했고, 그 짐은 바로 새였어요. 나는 서스비를 믿을 수 없는 데다 조나 또, 거트먼의 밑에 있는 사람이 우리하고 같은 배를 탈지도 모른다는 생각에 그게 가장 안전한 방법이라고 여겼어요.」

「좋아요. 그리고 당신하고 서스비는 쾌속선을 타고 여기로 건너 왔고요. 그다음엔 어떻게 된 겁니까?」

「그다음엔, 그다음에 나는 거트먼이 두려웠어요. 그 사람은 사방에 줄이 있어요. 그러니까 우리가 한 일이 금방 알려질 게 분명했죠. 그 사람한테 우리가 홍콩을 떠나 샌프란시스코로 간다는 사실이 알려질 것도 겁이 났어요. 그 사람은 뉴욕에 있었고 그 소식이 전보로 닿으면 우리보다 훨씬 먼저 여기 도착할 수 있었으니까요. 그리고 정말 그렇게 됐고요. 그때는 그렇다는 걸 몰랐지만 하여간 겁은 났고, 나는 재코비 선장의 배가 올 때까지 기다려야 했어요. 나는 거트먼에게 발각될까 봐 겁이 났어요. 그 사람이 플로이드를 찾아서 매수할까 봐 겁이 났어요. 그래서 당신을 찾아가서 그 사람을 지켜봐 달라고 부탁한 거예요.」

「그건 거짓말이에요.」 스페이드가 말했다. 「서스비는 당신한테 빠져 있었고, 당신도 그걸 알았어요. 그자는 여자에 약한 친구였습니다. 전과 기록을 보면, 그 친구가 잡혔을 때는 언제나 여자 문제가 얽혀 있었어요. 한번 얼간이는 영원한 얼간이죠. 당신은 그런 기록은 아마 몰랐겠지만, 그 사람이 당신을 해칠 수 없다는 건 알았어요.」

그녀는 얼굴을 붉히고 그를 조심스럽게 바라보았다.

「당신은 재코비가 그 약탈물을 가지고 오기 전에 그 친구를 제거하려고 했어요. 그 계획을 좀 이야기해 봐요.」

「나는 그 사람이 어떤 문제를 일으킨 뒤 도박꾼하고 같이 미국을 떠났다는 걸 알았어요. 그게 정확히 뭐였는지는 몰랐지만 어쨌거나 그게 어느 정도 심각한 거고, 그런 상태에서 자신에게 미행이 붙었다는 걸 안다면, 서스비가 옛날 문제 때문일 거라 여기고 겁을 먹고 달아날 거라고 생각했어요. 그렇게 될 줄은 정말……」

「그 사람에게 미행이 붙었다고 말했군요.」 스페이드가 잘라 말했다. 「마일스가 대단히 똑똑한 건 아니지만, 그래도 미행 첫날 바로 들킬 만큼 어줍은 사람은 아닙니다.」

「네, 말했어요. 그날 밤 같이 산책을 나갔을 때 나는 아처 씨를 발견한 척하고 플로이드에게 일러 주었어요.」 그녀가 흐느꼈다. 「하지만 믿어 줘요, 샘. 플로이드가 그 사람을 죽일 줄 알았다면 나는 그런 짓을 하지 않았을 거예요. 나는 그냥 그 사람이 겁을 먹고 이곳을 떠날 거라고 생각했어요. 그 사람이 아처 씨를 쏠 거라고는 정말 생각도 못했어요.」

스페이드는 입술을 당겨 늑대 같은 미소를 지었지만 눈은 전혀 웃지 않았다. 「그 사람이 마일스를 쏘지 않을 거라고 생각했다면 그건 맞습니다.」

여자가 화들짝 놀라서 얼굴을 들었다.

「서스비는 마일스를 쏘지 않았습니다.」 스페이드가 말했다.

여자의 얼굴에 놀라움에 이어 의구심이 떠올랐다.

「마일스는 대단히 똑똑한 사람은 아니었습니다. 하지만 봐요! 그 사람처럼 오랫동안 탐정을 한 사람이 자기가 미행하던 사람에게 그런 식으로 당할 수는 없습니다. 막다른 골목에서 총을 허리에 차고 외투 단추를 모두 잠근 채로? 불가능해요. 그 사람도 누구 못지않게 멍청했지만, 그 정도로 멍청하지는 않았어요. 골목에서 나가는 두 개의 출구는 터널 위쪽 부시 거리 가장자리에서 충분히 관찰할 수 있었어요. 당신은 우리한테 서스비가 난폭한 인물이라고 직접 말해 줬어요. 그자가 마일스를 그런 식으로 골목으로 유인하는 건 불가능했습니다. 그리고 힘으로 몰아넣을 수도 없었고요. 마일스는 멍청했지만, 그만큼 멍청하지는 않았어요.」

그는 입술 안쪽을 훑은 뒤 여자에게 다정한 미소를 보내고 말했다. 「하지만 마일스는 다른 사람이 없다는 걸 확신했다면, 당신하고 함께 그곳에 갔을 겁니다. 당신은 그의 고객이었으니까요. 그래서 당신의 권고에 따라 미행을 중단하지 않을 이유가 없었던 겁니다. 그리고 당신이 그에게 다가가서 그리로 함께 가자고 했으면 당연히 갔을 겁니다. 마일스는 그만큼 멍청했던 거죠. 거기서 당신을 훑어보고 입술을 핥고 입이 귀에 걸리도록 웃었을 겁니다. 당신은 어둠 속에서 최대한 그에게 바짝 다가서서, 그날 밤 서스비가 준 총으로 그의 몸에 구멍을 낼 수 있었습니다.」

브리지드 오쇼네시는 뒤로 움찔 물러서다 탁자에 부딪혀 멈춰 섰다. 그러고는 겁에 질린 눈으로 그를 보며 소리쳤다. 「나한테 그런, 그런 말 하지 말아요, 샘! 내가 그러지 않았다는 거 알잖아요! 당신 잘 알잖아요.」

「그만 해요.」 그가 손목시계를 들여다보았다. 「경찰이 금세 들이닥칠 거고 우리는 다이너마이트를 깔고 앉아 있어요. 어서 말해요!」

그녀는 이마에 손등을 댔다. 「어떻게 나한테 그런 끔찍한 이야기를……?」

「그만 하라니까요.」 그가 낮고 신경질적인 목소리로 말했다. 「여학생 연기가 통할 장소가 아니에요. 내 말 들어요. 우리 두 사람은 지금 교수대 아래 앉아 있어요.」 그러고는 그녀의 두 팔목을 잡고 그녀를 일으켜 세웠다. 「말해요!」

「어, 어, 어떻게 알았나요. 그 사람이 입술을 핥고 바라보고 그런 것?」

스페이드가 거칠게 웃었다. 「난 마일스를 아니까요. 하지만 그건 중요하지 않아요. 왜 그자를 쏘았습니까?」

그녀는 스페이드의 손에서 손목을 비틀어 뺀 뒤, 그의 목 뒤를 감아 안고 그의 머리를 당겨 그의 입을 자신의 입에 댔다. 그녀의 몸은 무릎에서 가슴까지 그와 바짝 밀착되어 있었다. 그도 그녀를 끌어당겨 안았다. 그녀의 검은 속눈썹이 벨벳 같은 두 눈을 살짝 덮었다. 그녀는 낮고 떨리는 목소리로 말했다. 「그럴 생각이 아니었어요. 처음에는요. 정말이에요. 아까 말한 그런 계획이었어요. 하지만 플로이드가 그를 보고도 겁을 먹지 않자……」

스페이드가 그녀의 어깨를 툭 때리고 말했다. 「거짓말이에요. 당신은 마일스하고 나더러 직접 일을 맡아 달라고 부탁했어요. 당신이 아는 사람, 그리고 당신을 아는 사람, 그래서 당신이 부탁하면 따라올 사람을 요구한 거예요. 그날 밤 당신은 서스비에게서 총을 받았어요. 그리고 이미 코로넷 아파트를 빌려 놓고 있었죠. 당신의 트렁크는 호텔이 아니라 그 아파트에 있었어요. 나는 그 아파트를 살펴보다가 임대 영수증을 발견했는데, 당신의 말한 날보다 대엿새 이른 날짜에 계약되어 있었어요.」

그녀는 힘겹게 침을 삼켰고 힘없는 목소리로 말했다. 「그래요, 그건 거짓말이에요, 샘. 나는 미리 생각했어요. 만약 플로이드가…… 아, 당신을 바라보면서 이런 이야기를 못하겠어요, 샘.」 그녀는 그의 머리를 잡아 내려서 서로의 뺨을 맞댔다. 그녀는 그의 귀에 대고 속삭였다. 「나는 플로이드가 쉽게 겁을 먹지 않는 사람이라는 걸 알았어요. 하지만 자기한테 미행이 붙었다는 걸 안다면 아마도…… 아, 도저히 말을 못하겠어요, 샘!」 그녀는 그에게 매달린 채 흐느꼈다.

「그렇다면 플로이드가 마일스에게 달려들어서 둘 중 하나가 죽을 거라고 생각한 거죠. 서스비가 죽으면 간단히 그자를 제거하는 거고, 마일스가 죽으면 플로이드가 잡혀서 역시 그자를 제거하는 거고. 그렇죠?」

「그, 그 비슷한 거예요.」

「그런데 서스비가 그에게 달려들 생각을 안 하니까 총을 빌려서 직접 해결한 거죠?」

「그래요, 정확히 그런 건 아니지만.」

「그 정도면 정확한 거예요. 그리고 당신은 처음부터 그런 계획을 품고 왔어요. 살인 혐의는 플로이드에게 씌울 수 있다고 생각했죠.」

「나, 나는 적어도 재코비 선장이 매를 가지고 올 때까지는 경찰이 그를 붙잡아 둘 거라고 생각했어요.」

「그런데 그때 당신은 거트먼이 이미 여기 와서 당신을 추적하고 있다는 걸 몰랐죠. 그걸 알았다면 서스비를 털어 내지 않았을 테니까요. 하지만 서스비가 살해됐다는 소식을 듣고 난 후에 그 사실을 알게 됐고, 그러자 새로운 보호자가 필요해서 나를 다시 찾아온 거예요. 맞습니까?」

「네, 하지만, 아, 샘! 그게 다는 아니었어요. 나는 어쨌건 조만간 당신을 다시 찾을 생각이었어요. 당신을 처음 본 순간부터 나는…….」

스페이드가 부드럽게 말했다. 「사랑스러운 아가씨! 운이 좋으면 20년 후에 샌퀀틴 감옥에서 풀려날 수 있을 겁니다. 그러면 그때 나한테 돌아와요.」

그녀는 그에게서 뺨을 떼고 고개를 뒤로 멀리 젖힌 채 어리둥절한 얼굴로 그를 보았다.

그가 창백한 얼굴로 부드럽게 말했다. 「이 가녀린 목에 교수형 밧줄이 걸리지 않기를 간절히 바라겠습니다.」 그는 두 손으로 그녀의 목을 어루만졌다.

그녀는 즉시 그의 품을 빠져나가 다시 탁자에 기대어 선 뒤, 두 손으로 목을 감싸 쥐고 몸을 웅크렸다. 사나운 눈빛, 당혹한 표정이었다. 그녀가 마른입을 열었다가 닫았다. 그러고는 바짝 말라 갈라지는 조그만 목소리로 말했다. 「설마 당신……」 그녀는 더 이상 말을 하지 못했다.

스페이드의 얼굴은 이제 황백색이 되어 있었다. 그의 입은 미소를 띠었고, 반짝이는 눈가에도 웃는 주름이 새겨졌다. 그는 나직한 목소리로 말했다. 「나는 당신을 넘길 생각이에요. 목숨은 부지할 수 있을 거예요. 그러니까 20년 뒤에는 나올 거라는 말입니다. 당신은 사랑스러운 여자예요. 나는 당신을 기다릴 겁니다.」 그러고는 목을 가다듬었다. 「만약 당신이 교수형을 당한다면 나는 영원히 당신을 기억하겠습니다.」

그녀는 팔을 내리고 몸을 똑바로 세웠다. 두 눈에 어린 희미한 의구심을 빼면 차분하고 평온한 표정이었다. 그녀는 그에게 미소를 짓고 다정하게 말했다. 「제발 샘, 장난으로라도 그런 말 하지 말아요. 잠깐이지만 놀랐잖아요! 진짜 그러는 줄 알았다고요. 당신은 정말 대담하고 예측 불가능한 사람이라서……」 그녀는 말을 멈추었다. 그녀는 얼굴을 앞으로 내밀고 그의 눈을 깊이 들여다보았다. 「정말이에요? 샘!」 그녀는 손을 다시 목에 대면서 몸을 웅크렸다.

스페이드는 웃었다. 그의 황백색 얼굴은 땀에 젖어 있었다. 얼굴은 미소를 띠고 있었지만 목소리는 부드럽지 않았다. 그가 쉰 목소리로 말했다. 「바보 같은 소리 하지 말아요. 당신은 잡혀갈 거예요. 우리 둘 중 한 사람이 잡혀야 하니까. 이야기를 마치고 나면 경찰이 와서 그렇게 할 겁니다. 내가 잡히면 분명히 교수형에 처해질 거예요 하지만 당신에게는 좀 더 행운이 있을 겁니다. 그렇죠?」

「하지만…… 하지만 샘, 어떻게 그런 일을! 우리가 서로에게 어떤 의미였는데. 그러면 안 돼요.」

「왜 안 되는 거죠?」

그녀는 길고도 떨리는 한숨을 쉬었다. 「그럼 당신은 나를 가지고 논 거예요? 나를 좋아하는 척한 거예요? 이렇게 덫을 쳐 놓고? 좋아했던 게…… 아니었어요? 나를…… 나를…… 사랑하지 않았어요? 사랑하지 않아요?」

「아마 사랑하는 것 같습니다. 하지만 그게 무슨 상관이죠?」 그의 얼굴에 미소를 고정시켜주는 근육들이 울퉁불퉁 일어섰다. 「나는 서스비가 아니에요. 재코비도 아니고요. 당신 때문에 얼간이가 되지는 않을 겁니다.」

「말도 안 돼요.」 그녀가 소리쳤다. 그녀의 눈에 눈물이 차올랐다. 「이럴 수는 없어요. 이건 가증스러운 일이에요. 그런 게 아니라는 거 알잖아요. 그런 말을 하면 안 돼요.」

「왜 안 되는 거죠?」 스페이드가 말했다. 「당신은 내 질문을 막으려고 내 침대로 들어왔어요. 어제는 거트먼을 위해 거짓 전화를 해서 나를 불러냈습니다. 어젯밤에는 그 사람들하고 같이 와서 밖에서 나를 기다리다가 함께 올라왔죠. 덫에 걸렸다는 걸 알았을 때 당신이 내 품에 있었어요. 나한테 총이 있었다고 해도 그걸 빼들 수 없었고, 그러길 원했다고 해도 그들과 싸울 수 없었을 겁니다. 그 사람들이 당신을 데려가지 않은 건 거트먼이 꼭 필요한 짧은 순간을 빼고는 당신을 믿지 않을 만큼 현명하기 때문입니다. 그리고 또 내가 당신 때문에 얼간이가 돼서, 그러니까 당신을 다치지 않게 하려고 그 사람을 고이 내버려 둘 거라고 생각했기 때문입니다.」

브리지드 오쇼네시는 눈을 깜박여 눈물을 떨어뜨렸다. 그러고는 그에게 한 걸음 다가와서 꼿꼿하고 자신감 넘치는 태도로 그의 눈을 바라보며 말했다. 「당신은 나더러 거짓말쟁이라고 했어요. 하지만 지금 거짓말을 하는 건 당신이에요. 그런 일들을 하기는 했지만, 그래도 내가 당신을 사랑한다는 걸 모른다고 하면 그건 거짓말이에요.」

스페이드는 뜬금없이 가볍게 목례를 했다. 그의 두 눈은 차츰 충혈되었지만, 미소가 고정되어 있는 축축하고 노란 얼굴은 다른 어떤 변화도 보이지 않았다. 「그럴지도 모르죠. 그게 무슨 상관입니까? 내가 당신을 믿어야 하나요? 내 전임자 서스비에게 그런 귀여운 술수를 계획한 당신을? 당신에게 잘못한 것 하나 없는 마일스를 파리 잡듯 냉정하게, 그저 서스비를 제거하려는 목적으로 죽여 버린 당신을? 거트먼과 카이로와 서스비, 하나, 둘, 세 명을 배신한 당신을? 나를 만난 이후 거짓 없는 시간을 30분 이상 보낸 적이 없는 당신을? 아닙니다. 믿을 수 있다고 해도 믿지 않을 겁니다. 왜 믿어야 합니까?」

그의 눈길을 마주하는 그녀의 눈길은 침착해졌고, 목소리도 낮고 차분해졌다. 그녀가 대답했다. 「왜 당신이 나를 믿어야 하냐고요? 당신이 나를 가지고 논 거라면, 나를 사랑하지 않는다면 그 질문에 답은 없어요. 하지만 나를 사랑한다면 아무 답이 필요 없겠죠.」

스페이드의 눈은 이제 핏발이 가득했고, 오래도록 미소를 머금었던 얼굴은 불쾌한 표정으로 일그러졌다. 그는 거칠게 목을 가다듬고 말했다. 「연설해 봐야 소용없습니다.」 그가 그녀의 어깨에 손을 얹었다. 「누가 누구를 사랑하건 말건, 나는 당신 때문에 얼간이가 되지는 않을 겁니다. 서스비나 그 밖에 얼마인지 모를 사람들이 걸어갔을 그 길을 가지 않을 겁니다. 당신은 마일스를 죽였으니 그에 대한 심판을 받아야지요. 내가 거트먼 일당의 탈출을 눈감아 주고 최선을 다해 경찰을 막아 주었다면, 당신에게도 도움을 줄 수 있었을지 모릅니다. 하지만 지금은 너무 늦었어요. 지금은 당신을 도와줄 수 없습니다. 그리고 그럴 수 있다 해도 그러지 않을 거고요.」

그녀는 자기 어깨에 놓인 그의 손에 자신의 손을 얹고 속삭였다. 「그러면 도와주지 말아요. 그 대신 해치지도 말아 줘요. 그냥 지금 떠나게 해줘요.」

「그럴 수 없습니다. 경찰이 여기 왔는데 넘겨줄 당신이 없으면 나는 끝장이에요. 그게 내가 거트먼 일당과 함께 감옥에 가지 않을 수 있는 유일한 방법입니다.」

「나를 위해서 제발 그렇게 해줘요.」

「나는 당신 때문에 얼간이가 되지는 않을 겁니다.」

「그 말 좀 그만 해요, 제발.」 그녀는 어깨에서 그의 손을 떼어서 자기 얼굴에 댔다. 「나한테 왜 이래야 하는 거죠, 샘? 아처 씨가 당신한테 대단한 존재는 아니었던 게 분명한데.」

「마일스는……」 스페이드의 목소리가 갈라졌다. 「더러운 놈이죠. 동업을 시작하고 1주일도 지나기 전에 나는 그걸 알았고, 계약 기간이 끝나면 바로 갈라설 생각이었습니다. 당신이 마일스를 죽여서 내 인생에 해가 된 건 전혀 없습니다.」

「그런데 왜?」

스페이드는 그녀에게서 손을 빼냈다. 그는 이제 미소를 짓지도 않았고 인상을 쓰지도 않았다. 축축하고 노란 얼굴은 엄격한 표정이 되었다. 깊은 주름이 새겨졌다. 두 눈은 사납게 이글거렸다. 「그래 봐야 소용없어요. 당신은 내 말을 이해하지 못하겠지만, 그래도 마지막으로 한 번만 더 설명하겠습니다. 들어 봐요. 함께 일하던 동료가 죽으면 살아남은 사람은 무언가 행동을 해야 합니다. 살아생전 그 사람을 어떻게 생각했느냐는 아무 상관없어요. 이러건 저러건 동료였으니 그걸 해결하기 위해 어떻게든 움직여야 해요. 거기다 우리는 하필 탐정 업계에 있습니다. 탐정이 죽었는데 동료 탐정이 그 살인자를 밝혀내지 못하면 별로 좋은 일이 아니죠. 그건 단순히 그 탐정뿐 아니라 세상 모든 탐정들에게 다 안 좋은 일입니다. 셋째로 나는 탐정입니다. 탐정에게 힘들여 잡은 범인을 놓아주라고 요구하는 건 개에게 토끼를 사냥시킨 뒤 그걸 놓아주라고 하는 것과 같습니다. 그런 일이 있을 수는 있고 가끔 일어나기도 합니다만, 그렇게 자연스러운 건 아니죠. 내가 당신을 놓아주는 유일한 방법은 거트먼과 카이로와 청년을 놓아주는 것이었습니다. 그건……」

「진지하게 하는 말 아니죠.」 그녀가 말했다. 「설마 그런 일들이 나를 넘기는 충분한 이유가 된다고 말하는 건 아니죠?」

「다 들어 보고 말해요. 넷째, 설령 내가 마음을 바꾸고 싶다고 해도 이제 와서 당신을 놓아준다면 나 역시 거트먼 일당과 함께 교수대로 끌려가지 않을 수 없게 됩니다. 다음으로, 나는 당신을 믿을 이유가 하나도 없고, 내가 당신을 놓아주고 처벌을 면한다고 해도, 당신이 나를 이만큼 알았으니 그것은 당신이 나중에 편리하게 이용할 수 있는 나의 약점이 될 겁니다. 여기까지가 다섯 가지군요. 여섯째는 내가 당신을 이만큼 알았으니, 나중에 당신이 〈내〉 몸에 구멍을 내지 않는다는 확신을 가질 수 없습니다. 일곱째, 내가 당신에게 속아 넘어갔을 가능성이 백에 하나라도 있다는 건 생각하기 싫습니다. 여덟째는...... 하지만 이걸로 충분합니다. 이 모든 게 저울을 한쪽으로 기울입니다. 별로 중요하지 않은 것들도 있을지 모릅니다. 그걸 가지고 왈가왈부할 생각은 없습니다. 하지만 숫자를 봐요. 반대쪽에는 무엇이 있나요? 어쩌면 당신이 날 사랑하고 내가 당신을 사랑할지 모른다는 것밖에 없습니다.」

「사랑하는지 안 하는지는 당신이 알 거예요.」 그녀가 조그맣게 말했다.

「모릅니다. 당신한테 빠지기는 쉬운 일이에요.」 그는 그녀를 머리끝에서 발끝까지 허기진 눈으로 훑어 내린 뒤, 다시 시선을 올려 눈을 바라보았다. 「하지만 그게 무슨 의미인지는 모릅니다. 누군들 그걸 알까요? 혹시 사랑한다고 가정해 보면? 그게 무슨 소용인가요? 한 달만 지나면 도로 모르게 될지도 모르는데. 전에도 그만큼은 지속되었던 경험이 있어요. 그러고 나면 뭐가 남죠? 그러면 나는 내가 얼간이 노릇을 했다고 생각할 겁니다. 그래서 감옥에 가면 그때는 내가 얼간이였다는 걸 확실히 알게 될 테고요. 당신을 감옥에 보내면 말할 수 없이 안타깝겠지만, 몇 날 며칠 편치 않은 밤을 보내겠지만, 그건 지나갈 겁니다. 들어 봐요.」 그는 그녀의 어깨를 잡고 그녀의 허리를 뒤로 굽히며 그 위로 자신의 몸을 기울였다. 「하지만 이런 말이 당신에게 아무 의미가 없다면 잊어 버려요. 대신 이렇게 말하죠. 내가 당신의 사랑을 거절하는 건 내 온몸이 나중 일은 생각하지 말고 당신을 사랑하라고 말하고 있기 때문이고, 또 당신이 거기 의지해서 나도 다른 남자들처럼 넘어갈 거라고 믿기 때문입니다.」

그녀는 두 손으로 그의 뺨을 잡아서 당기며 말했다. 「나를 봐요. 그리고 거짓 없이 말해 줘요. 새가 진짜였고 약속받은 돈을 다 받았어도 나한테 이렇게 했을 거예요?」

「그게 무슨 상관있습니까? 내가 보이는 것만큼 비뚤어져 있다고 생각하지 말아요. 그런 평판은 사업에 유리합니다. 고액의 의뢰가 들어오고, 적을 다루기도 수월해지죠.」

그녀는 그를 보았지만 아무 말도 하지 않았다.

그는 어깨를 살짝 들썩이고 말했다. 「아, 고액의 수임료라면 적어도 저울의 반대편에 얹을 또 하나의 추는 될 수 있었겠죠.」

그녀는 그에게 얼굴을 바싹 가져다 댔다. 그러고는 입을 살짝 벌린 채 입술을 내밀고 속삭였다. 「만약 당신이 나를 사랑한다면 저울의 반대편에 다른 건 아무것도 필요 없어요.」

스페이드는 이를 다물고 그 사이로 말했다. 「나는 당신 때문에 얼간이가 되지는 않을 겁니다.」

그녀는 천천히 그의 입에 입술을 대고 그에게 팔을 둘러 그를 끌어안았다. 초인종이 울렸을 때 그녀는 그의 품에 있었다.

스페이드는 왼팔로 브리지드 오쇼네시를 안은 채 복도 문을 열었다. 던디 경위와 톰 폴하우스 경사, 그리고 다른 두 명의 형사가 서 있었다.

「안녕, 폴. 다 잡았나?」 스페이드가 말했다.

「다 잡았어.」 폴하우스가 말했다.

「좋아. 들어오게. 여기 한 명 더 있네.」 스페이드가 여자를 앞으로 내밀었다. 「이 아가씨가 마일스를 죽였네. 그리고 여기 증거물이 좀 있어. 그 청년의 총 두 자루, 카이로의 총 한 자루, 이 모든 소동의 원인이 된 검은 새 조각상, 그리고 나를 매수하려고 준 천 달러짜리 지폐.」 그는 던디를 바라보고 미간을 찌푸렸다가 고개를 내밀고 경위의 얼굴을 들여다보았다. 그러더니 웃음을 터뜨렸다. 「톰, 자네 친구가 왜 이런 거지? 실연이라도 당한 것 같잖아.」 그가 다시 웃었다. 「아하, 알겠다! 거트먼의 이야기를 듣고서 이제 나를 잡아넣을 때가 왔다고 생각하셨군요.」

「그만두게, 샘.」 톰이 무뚝뚝하게 말했다. 「그런 생각은 전혀……」

「안 했을 리가 있나.」 스페이드가 유쾌하게 말했다. 「입에 군침을 머금고 올라오셨을 거야. 자네는 내가 거트먼을 속이고 있었다는 걸 알 만큼의 분별이 있었겠지만.」

「그만두게, 샘.」 톰이 다시 무뚝뚝하게 말하고 상관에게 불안한 곁눈질을 던졌다. 「그리고 이야기는 카이로에게서 들었네. 거트먼은 죽었어. 우리가 갔을 때는 청년이 그자를 쏘고 난 뒤였어.」

스페이드가 고개를 끄덕이고 말했다. 「그 사람도 그걸 예상해야 했어.」

월요일 아침 아홉 시가 넘어서 스페이드가 사무실에 출근하자, 에피 페린이 신문을 읽다가 내려놓고 스페이드의 의자에서 벌떡 일어났다.

「안녕, 에피.」 그가 말했다.

「이거…… 신문에 난 거 맞아요?」 그녀가 물었다.

「네, 맞습니다.」 그가 책상 위에 모자를 놓고 의자에 앉았다. 얼굴에 핏기는 없었지만 표정은 또렷하고 명랑했으며, 핏발이 남아 있는 두 눈도 맑았다.

에피는 갈색 눈을 동그랗게 뜨고 입을 이상한 모양으로 비틀었다. 그녀는 그의 옆에 서서 그를 내려다보았다.

그는 고개를 들고 웃으면서 에피를 놀렸다.「여자의 직감이 겨우 그 정도라니.」

그녀의 목소리는 표정만큼이나 이상했다.「정말로 그 여자를 그렇게 했어요?」

그는 고개를 끄덕였다.「당신의 대장 샘은 탐정이야.」그는 날카로운 눈길로 그녀를 보았다. 그러고는 그녀의 허리에 팔을 두르고 부드럽게 말했다.「그 여자가 마일스를 죽였어. 아무런 망설임도 없이, 그렇게.」그는 다른 손으로 손가락을 튕겨 소리를 냈다.

그녀는 그 말에 기분이 상한 듯 그의 팔을 풀고 나와서 더듬더듬 말했다.「내 몸에 손대지 말아요. 알아요. 당신이 옳은 거 알아요. 당신이 옳아요. 하지만 나한테 손대지 말아요. 지금은요.」

스페이드의 얼굴이 셔츠 깃만큼이나 하얘졌다.

복도 문손잡이가 덜그럭거렸다. 에피 페린이 얼른 돌아서서, 문을 닫고 바깥 사무실로 나갔다. 그러더니 다시 들어와서 문을 닫았다.

에피가 힘없고 무미건조한 말투로 말했다.「아이바가 왔어요.」

스페이드가 책상 위로 눈길을 떨어뜨리고, 거의 알아보기 힘들 만큼 가볍게 고개를 끄덕였다.「그래.」그렇게 말하고 그는 몸을 떨었다.「들여보내.」

역자 해설
꼬리에 꼬리를 무는 거짓말

1

대실 해밋의 이력은 소설가로서는 상당히 특이하다. 열네 살 때 정규 교육을 그만두고 여러 직업을 전전하다 20대 초반에 탐정으로 일한 경력이 있기 때문이다. 실제로 무절제한 생활 때문에 대부분의 직장에서 금세 해고되던 그가 가장 오래 일한 곳이 당시 미국 최대의 탐정 회사인 핑커턴 사였다. 이런 경력은 추리소설 작가로서는 매우 유리한 점이었다. 작품 창작에도 많은 재료와 통찰을 줄 뿐 아니라 독자들에게도 작품에 대한 신뢰성을 높여 주기 때문이다. 그래서 해밋의 탐정 경력은 실제 이상으로 부풀려지기도 했다.

거기다 이것은 시대의 요구와 완벽히 맞아떨어졌다. 그가 왕성히 작품 활동을 하던 1920년대는 (그의 장편소설 다섯 편 중 네 편과 대부분의 단편소설이 1920년대를 배경으로 삼고 있다) 온 미국이 범죄에 열광했다고 할 수 있는 시대였다. 도시화가 가속되면서 범죄가 급증하는 추세에, 금주법(1920~1933)이 시행되자 범죄자들이 크게 늘어났다. 술을 찾는 대중은 금주법에 저항하는 밀주업자들을 지지하며 그들과 자신을 동일시했고, 알 카포네와 같은 밀주업자들은 대중의 영웅이 되었다. 사람들은 범죄의 낭만적 속성에 매혹되었고, 타블로이드 신문과 대중 잡지들에는 범죄 관련 픽션과 논픽션들이 넘쳐 났다. 이런 환경에서 범죄 세계에 대한 실제 지식과 문학적 통찰력을 지닌 대실 해밋의 작품은 독자를 매료시키기에 충분했다.

대실 해밋의 시대를 이야기할 때 빠뜨릴 수 없는 것 중 하나는 이 시대가 제1차 세계 대전 직후라는 점이다. 미증유의 거대한 전쟁은 사람들을 허무주의로 내몰았고, 이런 황폐한 세상에서 인생의 의미가 무엇인지를 돌아보게 만들었다. 그 결과 세상과 정서적 유대를 잃은 인물이 오직 자신의 본능에 의지해서 가치를 탐색하는 이른바 〈하드보일드 소설〉들이 태어났다. 하드보일드 소설의 대가 중 한 명인 헤밍웨이는 대실 해밋의 동시대인으로, 『무기여 잘 있거라』는 『몰타의 매』와 같은 해에 발표되었다. 대실 해밋은 하드보일드 소설 가운데서도 특히 하드보일드 탐정 소설의 창시자이자 최고봉으로 평가된다.

그를 1920년대의 작가라고 말하는 건 그의 작품이 주로 1920년대를 배경으로 하고 있기 때문만이 아니다. 해밋은 1931년 이후로는 장편소설을 쓰지 않았고, 1934년 이후로는 단편소설도 쓰지 않았다. 그가 문필 활동을 시작한 것이 1922년이고 첫 장편소설 『피의 수확』이 1927년에 연재되기 시작했다는 점을 생각하면, 매우 짧은 경력이 아닐 수 없다. 그 후로 그는 주로 영화 일에 몰두했다.

1927년 최초의 유성 영화 「재즈 가수」가 상영된 이후 영화는 급속히 성장했고, 대실 해밋은 영화계에서 가장 큰 사랑을 받은 작가 중 한 명이었다. 그의 많은 작품이 영화로 만들어졌고, 특히 『몰타의 매』는 10년 사이에 무려 세 번이나 영화화되었다. 해밋은 직접 영화를 위한 창작 이야기도 썼다. 그뿐 아니라 그의 작품은 라디오 시리즈로도 여러 차례 만들어져서 인기를 끌었다. 낭비벽으로 돈을 전혀 모으지 못했지만, 한때 그는 미국에서 가장 높은 수입을 올리는 작가에 속했다.

그러다가 1940년대부터 돌연 정치에 몰두해서 해밋은 공산당 활동을 했다. 이로 인해 매카시즘의 광풍 아래 옥살이도 잠시 했지만, 그가 실제로 공산주의 이념에 깊이 몰두했다고 보이지는 않는다. 당시 코민테른이 내세운 인민 전선 전략에 따라 공산당이 광범위한 민주적 의제를 가지고 사회에 대응하자, 그에 동의해서 활동한 것으로 여겨진다.

180센티미터의 훤칠한 키, 냉소적 표정을 담은 잘생긴 얼굴, 평생토록 이어진 방랑과 방탕한 생활, 탐정 경력과 과격한 정치 활동, 이 모든 것이 대실 해밋이라는 인물의 독특한 오라를 이룬다. 면도날 같은 문장들로 이루어진 하드보일드 탐정 소설의 작가로서 상당히 매력적인 이미지가 아닐 수 없다.

2

『몰타의 매』는 해밋의 세 번째 장편소설로, 1929년 9월 『블랙 마스크』지에 연재되기 시작해서 그다음 해인 1930년 2월 14일 출간되었다. 이 작품은 해밋의 모든 작품 가운데 최고 걸작으로 꼽히며, 대공황의 충격 속에서도 상업적으로 큰 성공을 거두었다. 그리고 앞에서도 말했듯이 영화로도 세 번이나 만들어졌다(세 번째 작품인 존 휴스턴 감독, 험프리 보가트 주연의 영화는 영화 자체도 명작으로 꼽힌다).

이 작품은 1928년 10월의 어느 엿새 동안(정확히 말하면 10월 5일에서 10일)을 시간적 배경으로 삼고 있다. 짧은 시간을 배경으로 하다 보니 시종일관 긴박하다. 또한 이 작품은 거의 완벽하다고 할 만큼 감정 표현을 배제한 문장들로 이루어져 있다. 표현되는 것은 겉모습과 행동과 발언뿐이다. 해밋의 작품이 영화화가 잘되는 이유 중 하나는 이렇게 작품이 사람의 내적인 생각과 감정을 설명하기보다 겉으로 드러나는 것만을 묘사하기 때문이다.

그런데 이렇게 드러나는 것들을 통해 볼 때, 독자는 등장인물 가운데 누구를 믿고 무엇을 믿어야 하는지 종잡기가 매우 어렵다. 주인공 새뮤얼 스페이드조차 많은 의구심을 불러일으키는 인물이다. 독자는 주인공의 의도가 무엇인지 쉽게 알 수 없고, 그의 정직성도 도덕성도 의심스럽다. 몰타의 매와 관련해서 물고 물린 사람들은 더 말할 필요가 없다. 그들은 시종 일관 거짓말에 거짓말을 거듭한다. 특히 브리지드 오쇼네시의 거짓말은 가히 현란할 지경이다. 또 의도는 선량하거나 순진했다고 해도 그와 무관하게 진실을 호도하는 에피 페린이나 아이바 아처 같은 사람들도 있다.

이 모든 거짓과 착각의 미로를 뚫고 마침내 다다른 몰타의 매의 진실은 독자들에게 허탈한 충격을 안겨 준다. 하지만 거트먼이 말하는 매의 유래를 훑어보면, 구멍은 얼마든지 발생할 수 있다는 것을 알 수 있다. 술수와 거짓을 남발해 온 거트먼 자신 또한 기나긴 세월 탐욕에 호도된 끝에 목숨을 잃는다는 것은 이 모든 거짓의 향연의 정점일 수도 있을 것이다.

이런 진실 찾기의 어려움과 더불어 『몰타의 매』의 주제를 말할 때 자주 거론되는 것은 스페이드가 7장에서 브리지드에게 전하는 플릿크래프트의 이야기이다. 이 이야기는 별다른 맥락 없이 불쑥 튀어나오고, 그 후 다시 언급되지도 않는다. 유복하고 정연한 삶을 살던 플릿크래프트가 공사 현장에서 떨어지는 철제 빔에 맞아 죽을 뻔한다. 이 일로 그는, 인생은 잔인한 우연으로 가득하다는 걸 깨닫고 자신이 영위하던 질서 잡힌 인생에서 이탈한다. 한마디 말도 없이 돌연 가족을 떠난 것이다. 그렇게 해서 새로 살게 된 인생 또한 이전의 인생과 그리 다를 게 없지만, 그것은 어쨌건 그가 얻은 실존적 통찰을 통해 (이전처럼 사회의 관습에 맹목적으로 따라서가 아니라) 능동적으로 재구성한 인생이다. 그리고 그것은 이전에 가졌던 정서적 애착의 끈을 냉혹하게 끊고 이루어진 것이다. 플릿크래프트 이야기는 한 치 앞도 알 수 없는 인생에서 어떤 조화나 섭리에 기대기보다 자기 확신과 상황에 따른 실존적 결단을 통해, 그리고 정서적 애착에 얽매이지 않고 사는 사람의 우화가 된다. 이것은 작품의 마지막 장에서 스페이드가 오쇼네시에게 보여 주는 태도의 복선이 되기도 한다.

3

사실적이면서도 개성 넘치는 인물들, 현실감이 물씬 풍기는 대화, 탄탄하게 구성된 플롯, 정밀한 묘사, 이런 것들은 좋은 탐정 소설뿐 아니라 모든 좋은 소설을 구성하는 요소이기도 하다. 거기다 해밋의 작품은 〈범인이 누구인지〉를 찾는 이상의, 철학적이고 실존적인 문제를 깊이 끌어안고 있고 그것은 한 시대의 초상으로도 읽힐 만한 입체감과 설득력을 지니고 있다. 그렇기 때문에 그에 대한 평가는 탐정 소설의 장르를 뛰어넘어서 이루어진다. 그는 당대에 이미 탐정 소설을 문학의 반열에 올린 작가라는 평가를 받았다.

해밋이 작품을 헌정한 조스는 그의 아내 조제핀이다. 그러나 이 작품을 쓸 무렵 해밋과 조스는 별거 중이었고, 두 사람은 끝내 재결합하지 않았다. 해밋이 이 작품을 그녀에게 헌정한 이유는 무엇일까? 그 또한 작품 속의 플릿크래프트처럼 예기치 못한 사태 — 그의 경우에는 건강 악화와 집필 활동 시작 — 를 맞아 인생을 재구성하기로 결심했기 때문일까?

고정아

대실 해밋 연보

1894년 출생 5월 27일 미국 메릴랜드 주 세인트메리스 카운티에서 태어남. 아버지 리처드 해밋, 어머니 애니 본드 해밋.

1900년 6세 펜실베이니아 주 필라델피아로 이사.

1901년 7세 메릴랜드 주 볼티모어로 이사. 공립학교 입학함.

1905년 11세 B&O 철도, 포&데이비스 증권 중개소 등에서 허드렛일을 함(~1915).

1908년 14세 9월 볼티모어 실업학교 입학. 1학기를 마친 뒤 아버지의 사업을 돕기 위해 자퇴함.

1915년 21세 당시 미국 최대의 사립 탐정 회사인 핑커턴 탐정 사무소에 취직, 탐정 일을 시작함.

1918년 24세 6월 24일 제1차 세계 대전 중 군 입대(~1919년 5월 29일). 미국 내에만 머물렀지만 이때 걸린 스페인 독감이 폐렴으로 발전함.

1920년 26세 5월 워싱턴 주 스포케인으로 이주해서 계속 핑커턴 소속 탐정으로 일함. 11월 6일 폐결핵으로 입원. 이 병원에서 간호사 조제핀(조스) 돌런을 만남.

1921년 27세 5월 퇴원해서 시애틀에 잠시 거주함. 6월 샌프란시스코로 이주. 7월 7일 조스 돌런과 결혼. 10월 16일 큰딸 메리 출생. 12월 1일 건강 문제로 탐정 일을 그만둠.

1922년 28세 2월 먼슨 경영 대학에서 1년 반 동안 속기 등의 직업 훈련을 받음. 10일 『스마트 세트』 잡지에 첫 작품을 발표함.

1926년 32세 3월 집필 활동 중단. 샌프란시스코의 보석 회사 새뮤얼스에 광고 매니저로 취직. 5월 24일 둘째딸 조제핀 출생. 7월 20일 간염으로 퇴사. 감염을 우려해서 가족과 따로 살기 시작함. 이후 해밋의 가족은 다시 결합하지 못함.

1927년 33세 1월 15일 『토요 문학 평론』지에 탐정 소설 비평 시작(~1929년 10월 29일). 2월 『블랙 마스크』지에 『대단한 강도』 발표. 11월 첫 번째 장편소설 『피의 수확 *Red Harvest*』을 『블랙 마스크』지에 연재 시작(4회에 걸쳐 연재).

1928년 34세 11월 두 번째 장편소설 『데인 가의 저주 *The Dain Curse*』를 『블랙 마스크』지에 연재 시작(4회에 걸쳐 연재).

1929년 35세 2월 1일 『피의 수확』 출간(크노프 출판사). 7월 19일 『데인 가의 저주』 출간(크노프 출판사). 가을 뉴욕으로 이주, 부인과 딸들은 로스앤젤레스로 이주함. 9월 세 번째 장편소설 『몰타의 매』를 『블랙 마스크』지에 연재 시작(5회에 걸쳐 연재).

1930년 36세 2월 14일 『몰타의 매 *The Maltese Falcon*』 출간(크노프 출판사). 2월 『피의 수확』을 영화화한 「노변 여관의 밤」 출시. 3월 네 번째 장편소설 『유리 열쇠』를 「블랙 마스크」에 연재 시작(4회에 걸쳐 연재). 4월 5일 「뉴욕 이브닝 포스트」지에 추리소설 평론 게재 시작(6개월). 여름 파라마운트 사와 영화용 소설 집필 계약, 할리우드로 이주. 11월 20일 평생에 걸친 연인이자 동반자가 된 극작가 릴리언 헬먼을 만남.

1931년 37세 1월 20일 『유리 열쇠 *The Glass Key*』가 런던에서 출간

됨. 4월 파라마운트와의 계약에 따라서 쓴 소설을 영화화한 「도시의 거리들」 개봉. 4월 28일 영화용 소설 『진전』이 워너브라더스 사에게 거절당함. 뉴욕으로 이주. 봄 장편소설 『여윈 남자 The Thin Man』 집필 시작했다가 중단함. 5월 「몰타의 매」가 영화로 개봉(워너브라더스). 10월 8일 여러 작가의 단편소설을 묶은 『밤마다 추한 놈들』 편집 출간. 겨울 할리우드 방문 중 여배우 엘리스 드 비안 폭행 건으로 고소당함. 결석 재판에서 유죄 판결(1932년 6월 30일).

1932년 38세 11월 29일 뉴욕 서턴 클럽 호텔로 이주해서 『여윈 남자』 재집필 시작(1933년 5월 탈고).

1933년 39세 헬먼과 함께 플로리다 주 홈스테드로 이주함. 1934년 초여름에 뉴욕으로 돌아옴. 12월 다섯 번째이자 마지막 장편소설인 『여윈 남자』 전편을 『레드북스』지에 발표함.

1934년 40세 1월 8일 『여윈 남자』 출간(크노프 출판사). 1월 29일 신디케이트 만화 「비밀요원 X-9」 스토리 작가로 참여(~1935년 4월 27일). 3월 24일 마지막 단편소설 「이 작은 돼지」를 『콜리어스』지에 발표. 6월 영화 「여윈 남자」 개봉(M-G-M). 9월 27일 『진전』을 개명해서 영화화한 「미스터 다이너마이트」 출시. 10월 29일 M-G-M 소속 작가로 일을 시작함. 할리우드로 이주. 베벌리 윌셔 호텔에 거주.

1935년 41세 6월 영화 「유리 열쇠」 출시(파라마운트). M-G-M과 재계약함.

1936년 42세 1월 뉴욕으로 돌아가 2주간 입원. 퇴원 후 매디슨 호텔에서 생활. 7월 「숙녀를 만난 악마」(『몰타의 매』의 두 번째 영화) 개봉(워너브라더스). 가을 뉴저지 주 프린스턴 시로 이주. 12월 25일 「여윈 남자를 찾아」(해밋의 단편소설에 근거한 영화) 개봉(M-G-M).

1937년 43세 2월 『여윈 남자』와 관련된 모든 권리를 4만 달러에 M-G-M에 판매함. 봄 이웃들의 불만 때문에 프린스턴을 떠남. 할리우드로 이주해서 M-G-M과 작업. 8월 31일 멕시코 법정이 조스 해밋에게 이혼을 허가함(하지만 미국에서는 법적 구속력이 없는 판결이었음).

1938년 44세 여름 여윈 남자 시리즈의 두 번째 단편소설 완성. 정치 활동을 시작함.

1939년 45세 7월 14일 M-G-M과의 계약 종료. 뉴욕으로 이주. 가을 랜덤하우스가 해밋의 새 장편소설 『젊은이가 있었네』를 예고했으나 출간되지 않음. 11월 「또 다른 여윈 남자」(여윈 남자 시리즈의 세 번째 작품) 출시.

1940년 46세 선거권 위원회(공산당원의 선거 출마를 촉진하기 위한 단체)의 전국 의장이 됨.

1941년 47세 7월 2일 라디오 시리즈 「여윈 남자의 모험」 시작(1950년 11월까지). 10월 「몰타의 매」 세 번째 영화 제작(존 휴스턴 감독, 험프리 보가트 출연). 11월 「여윈 남자의 그림자」 개봉(M-G-M).

1942년 48세 9월 17일 제2차 세계 대전 중 사병으로 재입대, 뉴저지 주 먼머스 요새에 배치됨. 10월 「유리 열쇠」 두 번째 영화 버전 개봉(파라마운트).

1943년 49세 8월 「라인 강 파수대」(헬먼의 희곡을 해밋과 헬먼이 공동 각색한 영화) 개봉(워너브라더스). 9월 8일 알래스카로 옮김.

1944년 50세 1월 19일 해밋이 편집한 군대 내 일간 신문 「아다키안」의 최초 시험판이 발간됨. 로버트 콜로드니와 공동 집필한 「아류샨인들의 전투」(군 교육 자료) 출간.

1945년 51세 1월 「여윈 남자 집으로 가다」 개봉(M-G-M). 9월 6일 하사로 명예 제대하고 뉴욕으로 돌아감.

1946년 52세 제퍼슨 사회과학 대학에서 추리 소설 작법을 강의함(~1956). 학교 이사로도 활동(1949~1956). 1월 21일 해밋의 몇몇 소설에 나오는 콘티넨탈 탐정(콘티넨탈 탐정 회사에서 일해서 이런 이름으로 불림)을 주인공으로 삼은 라디오 시리즈 「뚱뚱한 사내」 시작(~1950). 6월 5일 뉴욕 시민권 회의 의장으로 선출됨(~1950년대). 7월 12일 라디오 시리즈 「샘 스페이드의 모험」 시작함(~1951).

1948년 54세 5월 28일 위의 라디오 시리즈와 관련해서 워너브라더스 사가 관계자들을 고발했는데, 뒤에 해밋도 고소 대상이 됨. 그러나 1951년 해밋에게 유리한 판결이 남.

1949년 55세 가을 연극 제작자 커밋 블룸가든의 드라마틱-스크립트 컨설턴트로 일함.

1950년 56세 1월 할리우드로 가서 파라마운트의 시나리오 작가로 일함. 가을 헬먼, 블룸가든과 함께 헬먼의 희곡 「가을 정원」을 제작함 (~1951년 봄).

1951년 57세 7월 9일 시민권 회의 보석 기금과 관련해서 지방 법원 증언대에 섰지만 증언 비협조와 법원 경멸죄로 6개월 징역 형을 선고받음. 9월 28일 출소. 수입을 압류당함.

1952년 58세 봄 뉴욕 주 케이토나에 있는 새뮤얼 로센 박사 영지로 이주. 수위실에서 생활함.

1953년 59세 장편소설 『튤립』을 쓰려고 하다가 포기함.

1955년 61세 2월 23일 자선 단체 활동과 관련하여 뉴욕 주 합동 입법 위원회에서 증언. 8월 마사즈 비니어드에 있는 헬먼의 집에서 심장 마비를 일으킴.

1957년 63세 1월 민사 재판에서 14만 795달러 96센트의 연방 소득세 채무를 판결받음.

1959년 65세 5월 재향 군인회에서 월 130달러의 연금을 지급하기로 결정함.

1961년 67세 1월 10일 뉴욕 시 레녹스 힐 병원에서 사망. 1월 13일 알링턴 국립 묘지에 묻힘.

열린책들 세계문학 063 몰타의 매

옮긴이 고정아 1967년 서울에서 태어나 연세대학교 영어영문학과를 졸업했다. 현재 전문 번역가로 활동 중이다. 옮긴 책으로는 E. M. 포스터의 『전망 좋은 방』, 『모리스』, 『하워즈 엔드』, 『기나긴 여행』, 『천사들도 발 딛기 두려워하는 곳』, 에이단 체임버스 『내 무덤에서 춤을 추어라』, 이디스 워튼 『순수의 시대』 등이 있다.

지은이 대실 해밋 **옮긴이** 고정아 **발행인** 홍예빈
발행처 주식회사 열린책들 **주소** 경기도 파주시 문발로 253 파주출판도시
전화 031-955-4000 **팩스** 031-955-4004
홈페이지 www.openbooks.co.kr **이메일** literature@openbooks.co.kr
Copyright (C) 주식회사 열린책들, 2007, 2009, *Printed in Korea*.
ISBN 978-89-329-0980-6 04840 **ISBN** 978-89-329-1499-2 (세트)
발행일 2007년 8월 10일 초판 1쇄 2009년 12월 20일 세계문학판 1쇄 2025년 8월 25일 세계문학판 6쇄

이 도서의 국립중앙도서관 출판예정도서목록(CIP)은 서지정보유통지원시스템 홈페이지(http://seoji.nl.go.kr)와 국가자료공동목록시스템(http://www.nl.go.kr/kolisnet)에서 이용하실 수 있습니다.(CIP제어번호 : CIP2009003507)

열린책들 세계문학
Open Books World Literature

001 **죄와 벌** 표도르 도스또예프스끼 장편소설 | 홍대화 옮김 | 전2권 | 각 408, 504면

003 **최초의 인간** 알베르 카뮈 장편소설 | 김화영 옮김 | 392면

004 **소설** 제임스 미치너 장편소설 | 윤희기 옮김 | 전2권 | 각 280, 368면

006 **개를 데리고 다니는 부인** 안똔 체호프 소설선집 | 오종우 옮김 | 368면

007 **우주 만화** 이탈로 칼비노 장편소설 | 김운찬 옮김 | 416면

008 **댈러웨이 부인** 버지니아 울프 장편소설 | 최애리 옮김 | 296면

009 **어머니** 막심 고리끼 장편소설 | 최윤락 옮김 | 544면

010 **변신** 프란츠 카프카 중단편집 | 홍성광 옮김 | 464면

011 **전도서에 바치는 장미** 로저 젤라즈니 중단편집 | 김상훈 옮김 | 432면

012 **대위의 딸** 알렉산드르 뿌쉬낀 장편소설 | 석영중 옮김 | 240면

013 **바다의 침묵** 베르코르 소설선집 | 이상해 옮김 | 256면

014 **원수들, 사랑 이야기** 아이작 싱어 장편소설 | 김진준 옮김 | 320면

015 **백치** 표도르 도스또예프스끼 장편소설 | 김근식 옮김 | 전2권 | 각 500, 528면

017 **1984년** 조지 오웰 장편소설 | 박경서 옮김 | 392면

018 **수용소군도** 알렉산드르 솔제니찐 기록문학 | 김학수 옮김 | 480면

019 **이상한 나라의 앨리스** 루이스 캐럴 환상동화 | 머빈 피크 그림 | 최용준 옮김 | 336면

020 **베네치아에서의 죽음** 토마스 만 중단편집 | 홍성광 옮김 | 432면

021 **그리스인 조르바** 니코스 카잔차키스 장편소설 | 이윤기 옮김 | 488면

022 **벚꽃 동산** 안똔 체호프 희곡선집 | 오종우 옮김 | 336면

023 **연애 소설 읽는 노인** 루이스 세풀베다 장편소설 | 정창 옮김 | 192면

024 **젊은 사자들** 어윈 쇼 장편소설 | 정영문 옮김 | 전2권 | 각 416, 408면

026 **젊은 베르테르의 슬픔** 요한 볼프강 폰 괴테 장편소설 | 김인순 옮김 | 240면

027 **시라노** 에드몽 로스탕 희곡 | 이상해 옮김 | 256면

028 **전망 좋은 방** E. M. 포스터 장편소설 | 고정아 옮김 | 352면

029 **까라마조프 씨네 형제들** 표도르 도스또예프스끼 장편소설 | 이대우 옮김 | 전3권 | 각 496, 496, 460면

032 **프랑스 중위의 여자** 존 파울즈 장편소설 | 김석희 옮김 | 전2권 | 각 344면

034 **소립자** 미셸 우엘벡 장편소설 | 이세욱 옮김 | 448면

035 **영혼의 자서전** 니코스 카잔차키스 자서전 | 안정효 옮김 | 전2권 | 각 352, 408면

037 **우리들** 예브게니 자먀찐 장편소설 | 석영중 옮김 | 320면

038 **뉴욕 3부작** 폴 오스터 장편소설 | 황보석 옮김 | 480면

039 **닥터 지바고** 보리스 빠스쩨르나끄 장편소설 | 박형규 옮김 | 전2권 | 각 400, 512면

041 **고리오 영감** 오노레 드 발자크 장편소설 | 임희근 옮김 | 456면

042 **뿌리** 알렉스 헤일리 장편소설 | 안정효 옮김 | 전2권 | 각 400, 448면

044 **백년보다 긴 하루** 친기즈 아이뜨마또프 장편소설 | 황보석 옮김 | 560면

045 **최후의 세계** 크리스토프 란스마이어 장편소설 | 장희권 옮김 | 264면

046 **추운 나라에서 돌아온 스파이** 존 르카레 장편소설 | 김석희 옮김 | 368면

047 **산도칸 ― 몸프라쳄의 호랑이** 에밀리오 살가리 장편소설 | 유향란 옮김 | 428면

048 **기적의 시대** 보리슬라프 페키치 장편소설 | 이윤기 옮김 | 416면

049 **그리고 죽음** 짐 크레이스 장편소설 | 김석희 옮김 | 224면

050 **세설** 다니자키 준이치로 장편소설 | 송태욱 옮김 | 전2권 | 각 480면

052 **세상이 끝날 때까지 아직 10억 년** 스뜨루가츠끼 형제 장편소설 | 석영중 옮김 | 224면

053 **동물 농장** 조지 오웰 장편소설 | 박경서 옮김 | 208면

054 **캉디드 혹은 낙관주의** 볼테르 장편소설 | 이봉지 옮김 | 232면

055 **도적 떼** 프리드리히 폰 실러 희곡 | 김인순 옮김 | 256면

056 **플로베르의 앵무새** 줄리언 반스 장편소설 | 신재실 옮김 | 320면

057 **악령** 표도르 도스또예프스끼 장편소설 | 김연경 옮김 | 전3권 | 각 324, 396, 496면

060 **의심스러운 싸움** 존 스타인벡 장편소설 | 윤희기 옮김 | 340면

061 **몽유병자들** 헤르만 브로흐 장편소설 | 김경연 옮김 | 전2권 | 각 568, 544면

063 **몰타의 매** 대실 해밋 장편소설 | 고정아 옮김 | 304면

064 **마야꼬프스끼 선집** 블라지미르 마야꼬프스끼 선집 | 석영중 옮김 | 320면

065 **드라큘라** 브램 스토커 장편소설 | 이세욱 옮김 | 전2권 | 각 340, 344면

067 **서부 전선 이상 없다** 에리히 마리아 레마르크 장편소설 | 홍성광 옮김 | 336면

068 **적과 흑** 스탕달 장편소설 | 임미경 옮김 | 전2권 | 각 376, 368면

070 **지상에서 영원으로** 제임스 존스 장편소설 | 이종인 옮김 | 전3권 | 각 396, 380, 388면

073 **파우스트** 요한 볼프강 폰 괴테 희곡 | 김인순 옮김 | 568면

074 **쾌걸 조로** 존스턴 매컬리 장편소설 | 김훈 옮김 | 316면

075 **거장과 마르가리따** 미하일 불가꼬프 장편소설 | 홍대화 옮김 | 전2권 | 각 364, 328면

077 **순수의 시대** 이디스 워튼 장편소설 | 고정아 옮김 | 448면

078 **검의 대가** 아르투로 페레스 레베르테 장편소설 | 김수진 옮김 | 376면

079 **예브게니 오네긴** 알렉산드르 뿌쉬낀 운문소설 | 석영중 옮김 | 328면

080 **장미의 이름** 움베르토 에코 장편소설 | 이윤기 옮김 | 전2권 | 각 440, 448면

082 **향수** 파트리크 쥐스킨트 장편소설 | 강명순 옮김 | 384면

083 **여자를 안다는 것** 아모스 오즈 장편소설 | 최창모 옮김 | 280면

084 **나는 고양이로소이다** 나쓰메 소세키 장편소설 | 김난주 옮김 | 544면

085 **웃는 남자** 빅토르 위고 장편소설 | 이형식 옮김 | 전2권 | 각 472, 496면

087 **아웃 오브 아프리카** 카렌 블릭센 장편소설 | 민승남 옮김 | 480면

088 **무엇을 할 것인가** 니꼴라이 체르니셰프스끼 장편소설 | 서정록 옮김 | 전2권 | 각 360, 404면

090 **도나 플로르와 그녀의 두 남편** 조르지 아마두 장편소설 | 오숙은 옮김 | 전2권 | 각 328, 308면

092 **미사고의 숲** 로버트 홀드스톡 장편소설 | 김상훈 옮김 | 416면

093 **신곡** 단테 알리기에리 장편서사시 | 김운찬 옮김 | 전3권 | 각 292, 296, 328면

096 **교수** 샬럿 브론테 장편소설 | 배미영 옮김 | 368면

097 **노름꾼** 표도르 도스또예프스끼 장편소설 | 이재필 옮김 | 320면

098 **하워즈 엔드** E. M. 포스터 장편소설 | 고정아 옮김 | 508면

099 **최후의 유혹** 니코스 카잔차키스 장편소설 | 안정효 옮김 | 전2권 | 각 408면

101 **키리냐가** 마이크 레스닉 장편소설 | 최용준 옮김 | 464면

102 **바스커빌가의 개** 아서 코난 도일 장편소설 | 조영학 옮김 | 264면

103 **버마 시절** 조지 오웰 장편소설 | 박경서 옮김 | 400면

104 **10 1/2장으로 쓴 세계 역사** 줄리언 반스 장편소설 | 신재실 옮김 | 464면

105 **죽음의 집의 기록** 표도르 도스또예프스끼 장편소설 | 이덕형 옮김 | 528면

106 **소유** 앤토니어 수전 바이어트 장편소설 | 윤희기 옮김 | 전2권 | 각 440, 480면

108 **미성년** 표도르 도스또예프스끼 장편소설 | 이상룡 옮김 | 전2권 | 각 512, 544면

110 **성 앙투안느의 유혹** 귀스타브 플로베르 희곡소설 | 김용은 옮김 | 584면

111 **밤으로의 긴 여로** 유진 오닐 희곡 | 강유나 옮김 | 240면

112 **마법사** 존 파울즈 장편소설 | 정영문 옮김 | 전2권 | 각 512, 544면

114 **스쩨빤치꼬보 마을 사람들** 표도르 도스또예프스끼 장편소설 | 변현태 옮김 | 416면

115 **플랑드르 거장의 그림** 아르투로 페레스 레베르테 장편소설 | 정창 옮김 | 512면

116 **분신** 표도르 도스또예프스끼 장편소설 | 석영중 옮김 | 288면

117 **가난한 사람들** 표도르 도스또예프스끼 장편소설 | 석영중 옮김 | 256면

118 **인형의 집** 헨리크 입센 희곡 | 김창화 옮김 | 272면

119 **영원한 남편** 표도르 도스또예프스끼 장편소설 | 정명자 외 옮김 | 448면

120 **알코올** 기욤 아폴리네르 시집 | 황현산 옮김 | 352면

121 **지하로부터의 수기** 표도르 도스또예프스끼 장편소설 | 계동준 옮김 | 256면

122 **어느 작가의 오후** 페터 한트케 중편소설 | 홍성광 옮김 | 160면

123 **아저씨의 꿈** 표도르 도스또예프스끼 장편소설 | 박종소 옮김 | 304면

124 **네또츠까 네즈바노바** 표도르 도스또예프스끼 장편소설 | 박재만 옮김 | 316면

125 **곤두박질** 마이클 프레인 장편소설 | 최용준 옮김 | 528면

126 **백야 외** 표도르 도스또예프스끼 소설선집 | 석영중 외 옮김 | 408면

127 **살라미나의 병사들** 하비에르 세르카스 장편소설 | 김창민 옮김 | 296면

128 **뻬쩨르부르그 연대기 외** 표도르 도스또예프스끼 소설선집 | 이항재 옮김 | 296면

129 **상처받은 사람들** 표도르 도스또예프스끼 장편소설 | 윤우섭 옮김 | 전2권 | 각 296, 392면

131 **악어 외** 표도르 도스또예프스끼 소설선집 | 박혜경 외 옮김 | 312면

132 **허클베리 핀의 모험** 마크 트웨인 장편소설 | 윤교찬 옮김 | 416면

133 **부활** 레프 똘스또이 장편소설 | 이대우 옮김 | 전2권 | 각 308, 416면

135 **보물섬** 로버트 루이스 스티븐슨 장편소설 | 머빈 피크 그림 | 최용준 옮김 | 360면

136 **천일야화** 앙투안 갈랑 엮음 | 임호경 옮김 | 전6권 | 각 336, 328, 372, 392, 344, 320면

142 **아버지와 아들** 이반 뚜르게네프 장편소설 | 이상원 옮김 | 328면

143 **오만과 편견** 제인 오스틴 장편소설 | 원유경 옮김 | 480면

144 **천로 역정** 존 버니언 우화소설 | 이동일 옮김 | 432면

145 **대주교에게 죽음이 오다** 윌라 캐더 장편소설 | 윤명옥 옮김 | 352면

146 **권력과 영광** 그레이엄 그린 장편소설 | 김연수 옮김 | 384면

147 **80일간의 세계 일주** 쥘 베른 장편소설 | 고정아 옮김 | 352면

148 **바람과 함께 사라지다** 마거릿 미첼 장편소설 | 안정효 옮김 | 전3권 | 각 616, 640, 640면

151 **기탄잘리** 라빈드라나트 타고르 시집 | 장경렬 옮김 | 224면

152 **도리언 그레이의 초상** 오스카 와일드 장편소설 | 윤희기 옮김 | 384면

153 **레우코와의 대화** 체사레 파베세 희곡소설 | 김운찬 옮김 | 280면

154 **햄릿** 윌리엄 셰익스피어 희곡 | 박우수 옮김 | 256면

155 **맥베스** 윌리엄 셰익스피어 희곡 | 권오숙 옮김 | 176면

156 **아들과 연인** 데이비드 허버트 로런스 장편소설 | 최희섭 옮김 | 전2권 | 464, 432면

158 **그리고 아무 말도 하지 않았다** 하인리히 뵐 장편소설 | 홍성광 옮김 | 272면

159 **미덕의 불운** 싸드 장편소설 | 이형식 옮김 | 248면

160 **프랑켄슈타인** 메리 W. 셸리 장편소설 | 오숙은 옮김 | 320면

161 **위대한 개츠비** 프랜시스 스콧 피츠제럴드 장편소설 | 한애경 옮김 | 280면

162 **아Q정전** 루쉰 중단편집 | 김태성 옮김 | 320면

163 **로빈슨 크루소** 대니얼 디포 장편소설 | 류경희 옮김 | 456면

164 **타임머신** 허버트 조지 웰스 소설선집 | 김석희 옮김 | 304면

165 **제인 에어** 샬럿 브론테 장편소설 | 이미선 옮김 | 전2권 | 각 392, 384면

167 **풀잎** 월트 휘트먼 시집 | 허현숙 옮김 | 280면

168 **표류자들의 집** 기예르모 로살레스 장편소설 | 최유정 옮김 | 216면

169 **배빗** 싱클레어 루이스 장편소설 | 이종인 옮김 | 520면

170 **이토록 긴 편지** 마리아마 바 장편소설 | 백선희 옮김 | 192면

171 **느릅나무 아래 욕망** 유진 오닐 희곡 | 손동호 옮김 | 168면

172 **이방인** 알베르 카뮈 장편소설 | 김예령 옮김 | 208면

173 **미라마르** 나기브 마푸즈 장편소설 | 허진 옮김 | 288면

174 **지킬 박사와 하이드 씨** 로버트 루이스 스티븐슨 소설선집 | 조영학 옮김 | 320면

175 **루진** 이반 뚜르게네프 장편소설 | 이항재 옮김 | 264면

176 **피그말리온** 조지 버나드 쇼 희곡 | 김소임 옮김 | 256면

177 **목로주점** 에밀 졸라 장편소설 | 유기환 옮김 | 전2권 | 각 336면

179 **엠마** 제인 오스틴 장편소설 | 이미애 옮김 | 전2권 | 각 336, 360면

181 **비숍 살인 사건** S. S. 밴 다인 장편소설 | 최인자 옮김 | 464면

182 **우신예찬** 에라스무스 풍자문 | 김남우 옮김 | 296면

183 **하자르 사전** 밀로라드 파비치 장편소설 | 신현철 옮김 | 488면

184 **테스** 토머스 하디 장편소설 | 김문숙 옮김 | 전2권 | 각 392, 336면

186 **투명 인간** 허버트 조지 웰스 장편소설 | 김석희 옮김 | 288면

187 **93년** 빅토르 위고 장편소설 | 이형식 옮김 | 전2권 | 각 288, 360면

189 **젊은 예술가의 초상** 제임스 조이스 장편소설 | 성은애 옮김 | 384면

190 **소네트집** 윌리엄 셰익스피어 연작시집 | 박우수 옮김 | 200면

191 **메뚜기의 날** 너새니얼 웨스트 장편소설 | 김진준 옮김 | 280면

192 **나사의 회전** 헨리 제임스 중편소설 | 이승은 옮김 | 256면

193 **오셀로** 윌리엄 셰익스피어 희곡 | 권오숙 옮김 | 216면

194 **소송** 프란츠 카프카 장편소설 | 김재혁 옮김 | 376면

195 **나의 안토니아** 윌라 캐더 장편소설 | 전경자 옮김 | 368면

196 **자성록** 마르쿠스 아우렐리우스 명상록 | 박민수 옮김 | 240면

197 **오레스테이아** 아이스킬로스 비극 | 두행숙 옮김 | 336면

198 **노인과 바다** 어니스트 헤밍웨이 소설선집 | 이종인 옮김 | 320면

199 **무기여 잘 있거라** 어니스트 헤밍웨이 장편소설 | 이종인 옮김 | 464면

200 **서푼짜리 오페라** 베르톨트 브레히트 희곡선집 | 이은희 옮김 | 320면

201 **리어 왕** 윌리엄 셰익스피어 희곡 | 박우수 옮김 | 224면

202 **주홍 글자** 너새니얼 호손 장편소설 | 곽영미 옮김 | 360면

203 **모히칸족의 최후** 제임스 페니모어 쿠퍼 장편소설 | 이나경 옮김 | 512면

204 **곤충 극장** 카렐 차페크 희곡선집 | 김선형 옮김 | 360면

205 **누구를 위하여 종은 울리나** 어니스트 헤밍웨이 장편소설 | 이종인 옮김 | 전2권 | 각 416, 400면

207 **타르튀프** 몰리에르 희곡선집 | 신은영 옮김 | 416면

208 **유토피아** 토머스 모어 소설 | 전경자 옮김 | 288면

209 **인간과 초인** 조지 버나드 쇼 희곡 | 이후지 옮김 | 320면

210 **페드르와 이폴리트** 장 라신 희곡 | 신정아 옮김 | 200면

211 **말테의 수기** 라이너 마리아 릴케 장편소설 | 안문영 옮김 | 320면

212 **등대로** 버지니아 울프 장편소설 | 최애리 옮김 | 328면

213 **개의 심장** 미하일 불가꼬프 중편소설집 | 정연호 옮김 | 352면

214 **모비 딕** 허먼 멜빌 장편소설 | 강수정 옮김 | 전2권 | 각 464, 488면

216 **더블린 사람들** 제임스 조이스 단편소설집 | 이강훈 옮김 | 336면

217 **마의 산** 토마스 만 장편소설 | 윤순식 옮김 | 전3권 | 각 496, 488, 512면

220 **비극의 탄생** 프리드리히 니체 | 김남우 옮김 | 304면

221 **위대한 유산** 찰스 디킨스 장편소설 | 류경희 옮김 | 전2권 | 각 432, 448면

223 **사람은 무엇으로 사는가** 레프 똘스또이 소설선집 | 윤새라 옮김 | 464면

224 **자살 클럽** 로버트 루이스 스티븐슨 소설선집 | 임종기 옮김 | 280면

225 **채털리 부인의 연인** 데이비드 허버트 로런스 장편소설 | 이미선 옮김 | 전2권 | 각 336, 328면

227 **데미안** 헤르만 헤세 장편소설 | 김인순 옮김 | 272면

228 **두이노의 비가** 라이너 마리아 릴케 시 선집 | 손재준 옮김 | 504면

229 **페스트** 알베르 카뮈 장편소설 | 최윤주 옮김 | 432면

230 **여인의 초상** 헨리 제임스 장편소설 | 정상준 옮김 | 전2권 | 각 520, 544면

232 **성** 프란츠 카프카 장편소설 | 이재황 옮김 | 560면

233 **차라투스트라는 이렇게 말했다** 프리드리히 니체 산문시 | 김인순 옮김 | 464면

234 **노래의 책** 하인리히 하이네 시집 | 이재영 옮김 | 384면

235 **변신 이야기** 오비디우스 서사시 | 이종인 옮김 | 632면

236 **안나 카레니나** 레프 톨스토이 장편소설 | 이명현 옮김 | 전2권 | 각 800, 736면

238 **이반 일리치의 죽음·광인의 수기** 레프 톨스토이 중단편집 | 석영중·정지원 옮김 | 232면

239 **수레바퀴 아래서** 헤르만 헤세 장편소설 | 강명순 옮김 | 272면

240 **피터 팬** J. M. 배리 장편소설 | 최용준 옮김 | 272면

241 **정글 북** 러디어드 키플링 중단편집 | 오숙은 옮김 | 272면

242 **한여름 밤의 꿈** 윌리엄 셰익스피어 희곡 | 박우수 옮김 | 160면

243 **좁은 문** 앙드레 지드 장편소설 | 김화영 옮김 | 264면

244 **모리스** E. M. 포스터 장편소설 | 고정아 옮김 | 408면

245 **브라운 신부의 순진** 길버트 키스 체스터턴 단편집 | 이상원 옮김 | 336면

246 **각성** 케이트 쇼팽 장편소설 | 한애경 옮김 | 272면

247 **뷔히너 전집** 게오르크 뷔히너 지음 | 박종대 옮김 | 400면

248 **디미트리오스의 가면** 에릭 앰블러 장편소설 | 최용준 옮김 | 424면

249 **베르가모의 페스트 외** 옌스 페테르 야콥센 중단편 전집 | 박종대 옮김 | 208면

250 **폭풍우** 윌리엄 셰익스피어 희곡 | 박우수 옮김 | 176면

251 **어센든, 영국 정보부 요원** 서머싯 몸 연작 소설집 | 이민아 옮김 | 416면

252 **기나긴 이별** 레이먼드 챈들러 장편소설 | 김진준 옮김 | 600면

253 **인도로 가는 길** E. M. 포스터 장편소설 | 민승남 옮김 | 552면

254 **올랜도** 버지니아 울프 장편소설 | 이미애 옮김 | 376면

255 **시지프 신화** 알베르 카뮈 지음 | 박언주 옮김 | 264면

256 **조지 오웰 산문선** 조지 오웰 지음 | 허진 옮김 | 424면

257 **로미오와 줄리엣** 윌리엄 셰익스피어 희곡 | 도해자 옮김 | 200면

258 **수용소군도** 알렉산드르 솔제니찐 기록문학 | 김학수 옮김 | 전6권 | 각 460면 내외

264 **스웨덴 기사** 레오 페루츠 장편소설 | 강명순 옮김 | 336면

265 **유리 열쇠** 대실 해밋 장편소설 | 홍성영 옮김 | 328면

266 **로드 짐** 조지프 콘래드 장편소설 | 최용준 옮김 | 608면

267 **푸코의 진자** 움베르토 에코 장편소설 | 이윤기 옮김 | 전3권 | 각 392, 384, 416면

270 **공포로의 여행** 에릭 앰블러 장편소설 | 최용준 옮김 | 376면

271 **심판의 날의 거장** 레오 페루츠 장편소설 | 신동화 옮김 | 264면

272 **에드거 앨런 포 단편선** 에드거 앨런 포 지음 | 김석희 옮김 | 392면

273 **수전노 외** 몰리에르 희곡선집 | 신정아 옮김 | 424면

274 **모파상 단편선** 기 드 모파상 지음 | 임미경 옮김 | 400면

275 **평범한 인생** 카렐 차페크 장편소설 | 송순섭 옮김 | 280면

276 **마음** 나쓰메 소세키 장편소설 | 양윤옥 옮김 | 344면

277 **인간 실격·사양** 다자이 오사무 소설집 | 김난주 옮김 | 336면

278 **작은 아씨들** 루이자 메이 올컷 장편소설 | 허진 옮김 | 전2권 | 각 408, 464면

280 **고함과 분노** 윌리엄 포크너 장편소설 | 윤교찬 옮김 | 520면

281 **신화의 시대** 토머스 불핀치 신화집 | 박중서 옮김 | 664면
282 **셜록 홈스의 모험** 아서 코넌 도일 단편집 | 오숙은 옮김 | 456면
283 **자기만의 방** 버지니아 울프 지음 | 공경희 옮김 | 216면
284 **지상의 양식·새 양식** 앙드레 지드 지음 | 최애영 옮김 | 360면
285 **전염병 일지** 대니얼 디포 지음 | 서정은 옮김 | 368면
286 **오이디푸스왕 외** 소포클레스 비극 | 장시은 옮김 | 368면
287 **리처드 2세** 윌리엄 셰익스피어 희곡 | 박우수 옮김 | 208면
288 **아내·세 자매** 안톤 체호프 선집 | 오종우 옮김 | 240면
289 **폭풍의 언덕** 에밀리 브론테 장편소설 | 전승희 옮김 | 592면
290 **조반니의 방** 제임스 볼드윈 장편소설 | 김지현 옮김 | 320면
291 **의무론** 마르쿠스 툴리우스 키케로 지음 | 김남우 옮김 | 312면
292 **밤에 돌다리 밑에서** 레오 페루츠 지음 | 신동화 옮김 | 360면
293 **한낮의 열기** 엘리자베스 보엔 장편소설 | 정연희 옮김 | 576면
294 **아바나의 우리 사람** 그레이엄 그린 장편소설 | 최용준 옮김 | 392면